Patricia Veryan wurde in London geboren, übersiedelte nach dem Zweiten Weltkrieg nach Amerika und lebt heute in Kirkland, Washington.

Von Patricia Veryan ist bereits erschienen:

Spielball der Zeiten (Band 60256)

Dieses Buch wurde auf chlor- und säurefreiem Papier gedruckt.

Deutsche Erstausgabe Oktober 1995

Titel der Originalausgabe »Had We Never Loved«

Originalverlag St. Martins Press, New York
Umschlaggestaltung Adolf Bachmann, Reischach
Umschlagfoto Agentur Schlück, Garbsen
Satz MPM, Wasserburg
Druck und Bindung Clausen & Bosse, Leck
Printed in Germany
ISBN 3-426-60257-1

2 4 5 3 1

PATRICIA VERYAN

In den Armen einer Hexe

Roman

Aus dem Amerikanischen
von Gabriele Krüger-Wirrer

Knaur

Hätten wir uns nie geliebt
Nie so zärtlich-blind geliebt
Wir hätten uns nicht trennen müssen
Es hätt' uns nicht das Herz zerrissen.

ROBERT BURNS

PROLOG

England, Mai 1748

Das einzige Licht kam von der stetig brennenden Flamme einer Kerze, die auf dem Tisch in der Mitte des Raums stand. Der schwache Lichtkranz ließ die Ecken des Gemäuers in so tiefschwarzer Dunkelheit, daß es schien, als würde sich die Kerzenflamme zusammenziehen und den aussichtslosen Kampf aufgeben, die Düsternis zu durchdringen. Obwohl es Frühling war, herrschte hier klamme Kälte; Modergeruch lag in der Luft.

Sechs Männer saßen am Tisch. Sie wirkten wie gemeißelte Statuen; jeder war in einen dunklen Umhang mit Kapuze gehüllt und trug eine Maske, so daß nur das Funkeln aus den Augenschlitzen anzeigte, daß sie lebendig waren.

Der Mann am Kopfende des Tisches bewegte sich auf seinem Stuhl, und die Kerzenflamme flackerte. So schwach sie auch war, ließ sie doch die kleinen Figuren funkeln, die auf dem Tisch standen, vor jedem Mann eine. Aus Jade oder Quarz gefertigt und etwa acht Zentimeter hoch, erinnerten sie entfernt an winzige Grabsteine, die oben abgerundet waren. In jede Figur war der grobe Umriß eines menschlichen Gesichts eingraviert, während unten angezogene Beine angedeutet waren. Um die Gesichtszüge herum waren glitzernde Edelsteine eingelassen. Obwohl die Figuren in der Größe identisch waren, stellte doch jede ein einmaliges Stück dar. Eine war aus rosa Jade und mit großen Rubinen besetzt, eine andere aus Lapislazuli mit

Saphiren. Die hellgrüne Miniatur war ebenfalls aus Jade und geschmückt mit blaugrün funkelnden Smaragden. Dann gab es einen goldenen Kristall mit drei Topasen und einen glitzernden Quarzstein mit zwei feurigen Opalen. Die Figur am Kopfende des Tisches war aus Amethyst und leuchtete im kalten Feuer von vier prachtvollen Diamanten. Der Mann, vor dem sie stand, ergriff nun mit dünner, farbloser Stimme das Wort.

»Was halten Sie für so albern, Saphir?«

Die Gestalt hinter der saphirbesetzten Figur aus Lapislazuli zuckte mit den Schultern und antwortete gereizt: »Dieses ganze Theater um Rituale. Verdammt blödsinnig, wenn Sie mich fragen. Wir wissen sehr wohl, wer wir alle sind, Squire. Wozu dieser Firlefanz mit Masken und Geheimnistuerei? Wie die Kinder!«

Rechts von dem Mann am Kopfende des Tisches spielte eine hochgewachsene Gestalt mit der grünen Jadefigur vor ihr. »Sie *glauben* vielleicht, daß Sie uns alle mit Namen zu nennen vermögen, Saphir«, sagte der Mann. »Ich könnte mir jedoch vorstellen, daß Sie sich in ein oder zwei Fällen täuschen.«

»Und selbst wenn Sie recht hätten«, schaltete sich derjenige mit der Rubinfigur ein, »wie sollten Sie es beweisen, wenn man es von Ihnen verlangte? Haben Sie jemals *tatsächlich* das Gesicht von einem aus unserem Kreis gesehen, während wir hier am Tisch saßen? Könnten Sie die wahre Identität irgendeines Mitglieds in unserem Bund vor einem Gericht beschwören?«

»Vielleicht«, meinte der mit Squire angeredete Mann mit sehr sanfter Stimme, »würde Saphir es vorziehen, unmaskiert zu erscheinen, so daß der Rest von uns zumindest *seine* Identität kennt.«

Leises Lachen war zu hören, und Saphir widerrief hastig seine Äußerung. »In diesem Licht« habe er die Sache bisher nicht betrachtet.

Der Squire sprang auf und beugte sich über den Tisch. »Dann tun Sie es jetzt!« fauchte er. »Wir sind absolut keine spielenden Kinder, sondern Patrioten, jeder von uns! Unter großem Risiko haben wir uns verschworen, um unser liebes England besser zu gestalten und sein zukünftiges Wohl zu sichern. Charles Stuart wollte den Thron erobern, und wäre er nicht schlecht beraten worden und unerfahren gewesen, hätte es ihm gelingen können. Uns *wird* es gelingen, denn wir zielen nicht nur darauf ab, diesen deutschen Emporkömmling loszuwerden, sondern wollen Könige überhaupt abschaffen und eine wahre Republik errichten.«
»Das Volk wird hinter uns stehen, wenn wir bereit sind«, warf das Mitglied mit dem Opal mit schroffer Stimme ein. »Es hat für den deutschen George nichts übrig! Wer will schon einen König haben, der die englische Sprache nicht beherrscht, der sich keinen Deut um unser Land schert und lieber zurück nach Hannover ginge, der als einzige Sprache Deutsch bei Hofe gelten läßt?«
Das schlanke Mitglied mit der Topasfigur meinte: »Wir haben unsere Sache gut gemacht. Die Besitztümer der Merriams und Albertsons sind fest in unseren Händen und werden schon vorbereitet.«
»Wir haben die Geschichte mit den Rossiters verpatzt«, knurrte Saphir.
»Sehr richtig«, entgegnete der Squire und setzte sich wieder. »Es ist gut, daß wir Sie unter uns haben, Saphir, und sei es nur, um uns davor zu bewahren, selbstzufrieden zu werden. Das Mitglied, das bei diesem Fall ... äh ... versagt hat, hat den Preis bezahlt. Sonst wären Sie, mein lieber Freund, nicht hier.«
Wieder erklang Gelächter, und Saphir stimmte ein, auch wenn ihm dabei etwas unbehaglich zumute war.
»Saphir erinnert uns daran, Squire«, erklärte Rubin, »daß der junge Rossiter und seine unerfreulichen Freunde unseren Plan durchkreuzt, den Tod eines geschätzten Mitglieds

verursacht und ein weiteres gezwungen haben, das Land zu verlassen.«

»Wir müssen offenbar mit Opfern rechnen«, erwiderte der Squire. »Dennoch haben wir unser Ziel erreicht, und Sir Mark Rossiter, einer von Englands großen Männern, fiel in Ungnade und Schande.«

»Und wurde nun für schuldlos befunden«, wandte Opal ein.

»Von einigen vielleicht.« Mit einer ungeduldigen Geste fuhr der Squire fort: »Aber die meisten Leute erinnern sich an das Schlechte und vergessen das Gute. Sir Marks Glaubwürdigkeit hat Schaden genommen. Wenn die Zeit reif ist, wird man ihn als weiteren diebischen Aristokraten beurteilen.«

»Ich glaube, wir sind alle Aristokraten«, warf Topas mit seiner leisen Stimme ein.

»Und wir werden die *einzigen* Aristokraten sein, wenn wir Erfolg haben«, erklärte der Squire. »Außer daß man uns Führer nennen wird. Unser gemeinsames Wissen und unsere Erfahrung werden die Oberhand gewinnen, um diese Insel zu leiten und zu garantieren, daß jeder gewöhnliche Mann die Gelegenheit hat, ebenso hoch aufzusteigen wie sein Nachbar.«

»Und nicht höher«, murmelte Rubin.

Alle brachen in Gelächter aus, und Smaragd sagte: »Nichtsdestotrotz haben wir eine Schuld zu begleichen, und die Zeit verrinnt. Wir sollten unseren Feinden zeigen, daß sie sich auf dem Irrweg befinden, Squire.«

Alle Köpfe wandten sich dem Squire zu. Dieser lehnte sich auf seinem Stuhl zurück und erwiderte nachdenklich: »Ganz recht. Der Anführer verbringt gerade seine Flitterwochen auf dem Kontinent.«

»Stimmt, aber Rossiter ist bis zu einem gewissen Grade bereits bestraft worden«, meinte Rubin.

»Bis zu einem ... gewissen Grade«, murmelte der Squire.

»Zu seinen Freunden und Verbündeten zählt Lord Horatio Glendenning, dessen Treue dem Thron gegenüber, gelinde gesagt, zweifelhaft ist, was sich sehr schön zu unserem Vorteil auswirken könnte.«

Neugierig fragte Saphir: »Hat der junge Narr tatsächlich für die Sache der Stuarts gekämpft?«

»Sehr wahrscheinlich«, antwortete Topas. »Und er ist eine unangenehme Kreatur. Was ist mit diesem Burschen Morris, Squire?«

»Leutnant James Morris stammt aus einer alten Grundbesitzerfamilie, die aber keinen Titel mehr führt, und der Besitz ist für uns uninteressant. Mit ihm können wir leicht fertig werden, aber das wird wenig dazu beitragen, unsere Sache voranzutreiben. Was August Falcon angeht ...«

Verächtliche Rufe wurden laut, und der Squire lachte leise. »Er mag ja ein Halbblut sein, aber vergessen Sie nicht, Gentlemen, daß er ebenso gefährlich wie reich ist, und sein Landsitz Ashleigh steht weit oben auf unserer Liste.«

Saphir ballte eine Hand zur Faust. »Ich habe eine längst überfällige Rechnung mit den Chandlers zu begleichen. Wann werden wir uns um sie kümmern, Squire?«

»Zur rechten Zeit, mein Freund.« Der Squire nickte Smaragd zu, der ein großes, zusammengefaltetes Dokument aus einer Truhe nahm, die neben ihm auf dem Boden stand, und es auf dem Tisch ausbreitete. Alle erhoben sich und scharten sich um ihn. Auf der grob skizzierten Karte zeigte ein Pfeil die Himmelsrichtung Norden an, doch ansonsten ließ sie einiges zu wünschen übrig, denn alle topographischen Details fehlten, und lediglich große Flächen waren rot umrandet. Jede von ihnen war mit sauberen Blockbuchstaben bezeichnet; Linien führten zu blauen Kreisen, die mit Initialen gekennzeichnet waren.

»Nun, Gentlemen«, murmelte der Squire und tippte mit einem sauber manikürten Fingernagel auf seine Diamantfigur, »sollen wir nach Rang vorgehen und die Angelegenheit ... hm, sagen wir, auf etwas krummen Wegen anpacken?« Er lachte leise. »Wir könnten einen lästigen, aber entgegenkommenderweise leichtsinnigen jungen Burschen bestrafen, und dabei könnte uns ganz zufällig ein äußerst köstlicher Leckerbissen in den Schoß fallen.«

Unter der Maske verzogen sich seine schmalen Lippen zu einem Lächeln, als seine Freunde begeistert zustimmten, und er beugte sich vor. Die verschiedenen Bemerkungen steigerten sich zu Beifallsrufen, als er die Diamantfigur auf eine der umrandeten Flächen ihrer rudimentären Karte setzte. Zwei Worte waren sauber auf diese Fläche geschrieben: Glendenning Abbey.

1

In Short Shrift herrschte geschäftiges Treiben. Die einzige Straße war voller Menschen, die meisten zu Fuß, aber auch ein paar Reiter wagten sich vorsichtig durch die übermütige Menge. Nicht weniger übermütig war der Wind, der durch die Kastanienbäume fuhr, die Röcke der Ladys bauschte, mutwillig an Perücken und Häubchen zerrte und die vielen Zelte und Wagenplanen flattern ließ, die den drei Acre großen Rasenfleck, genannt Dorfanger, in einen Wirbel der Betriebsamkeit verwandelt hatten.

Short Shrift als Marktflecken zu bezeichnen, war für die Einwohner eine Frage des Stolzes, während die Bewohner der umliegenden Dörfer bei diesem Thema unweigerlich verächtlich lachten. Short Shrift, im schönen Hügelland westlich von Basingstoke gelegen, konnte nur mit dreizehn reetgedeckten, weißgetünchten Cottages aufwarten. Als Erwiderung auf die höhnische Bemerkung, es habe nicht einmal eine richtige Straße, wiesen seine Bewohner darauf hin, daß der Weg sich »richtig hübsch« durch den Ort schlängle, und bevor die bösen Zungen weitere Beleidigungen von sich geben konnten, erklärten sie, Short Shrift sei dazu ausersehen, daß es wachse. Und zwar schnell. Wie sollte es das etwa nicht? Schon jetzt hatte es ein »Gasthaus«, das (gelegentlich) Haltestelle der Portsmouth-Linienkutsche von Oxford nach Southampton war – oder der »Postkutsche«, wie alberne Fremde aus London sie neuerdings nannten.

Im Hof der Spotted Cat stieg an diesem sonnigen Mainachmittag ein Reiter von seinem Pferd und sah sich nach einem Stallknecht um. An einem normalen Tag wären mehrere Stallburschen herbeigerannt, um die prächtige braune Stute dieses schneidigen jungen Aristokraten am Zügel zu nehmen, aber dieser Tag war beileibe kein normaler. Das schäbige alte Gasthaus war überfüllt, und der Wirt und seine Frau konnten kaum schnell genug sein, um die Kunden, die sich um den Bierhahn drängten, in den Kaffeeraum strömten und bis in den staubigen Flur und die noch staubigere Vorhalle standen, zu bedienen.

Daher wurde der Reiter vernachlässigt und hätte mit einiger Berechtigung verärgert sein können. Horatio Clement Laindon, Viscount Glendenning, war jedoch ein liebenswürdiger junger Mann, wie die Lachfältchen in den Winkeln seiner grünen Augen bezeugten. Er war nur durchschnittlich groß, aber seine schlanke Figur und die breiten Schultern wiesen auf sportliche Betätigung hin, und obwohl er nicht eigentlich hübsch genannt werden konnte, waren seine Gesichtszüge doch genügend attraktiv, um die meisten Frauen dazu zu bewegen, ihn mit Interesse zu betrachten.

Eine Frau betrachtete ihn jetzt mit glänzenden dunkelbraunen Augen, die unter schmalen Brauen lagen. Ein purpurroter Schal war um das nachtschwarze Haar der jungen Zigeunerin geschlungen. Die ausgeschnittene schneeweiße Bluse, die in einen langen dunkelblauen Rock gesteckt war, bedeckte einen wohlgerundeten Busen. Sandalen waren um schön geformten Fesseln befestigt; die kleinen Füße waren schmal und gewölbt.

Lord Horatio, der weder die Blicke noch die Reize des Mädchens bemerkte, spähte in den überfüllten Stall. »He!« rief er, doch ohne nennenswertes Ergebnis.

»Schau ihn bloß an, Florian«, murmelte das Zigeunermädchen und schürzte verächtlich die roten Lippen. »Völlig durcheinander, bloß weil nicht sechs Knechte und ein Stallbursche angerannt kommen und vor ihm auf die Knie fallen. Ganz hilflos ist er. Jämmerlich, meinst du nicht?«

Leise antwortete der Zigeunerjunge: »Der Gentleman vielleicht schon. Aber die Braune! Fällt sie dir nicht auf? Ein seltener Fang, Amy.«
Seine Lordschaft führte die Stute zum Stall. Das Mädchen beobachtete die geschmeidigen Bewegungen des Tieres und flüsterte: »Ja! Oh, ja!« Sie blickte in das feingeschnittene junge Gesicht ihres Gefährten und sah das Leuchten in den schönen Augen, die ebenso dunkel waren wie ihre. »Glaubst du, wir könnten?« zischelte sie und zerrte ihn am Arm.
»O Gott! Davon darfst du nicht mal träumen!« rief er, plötzlich entsetzt.
»Aber bei einem solchen Haufen von Leuten wär's doch eine todsichere Sache.«
»Und wir sicher tot! Du bist nicht ganz richtig im Kopf, Mädchen!«
»Ich bin zwar ein Mädchen, doch ich würd dir helfen, das weißt du. Aber ...« Nachdenklich runzelte sie die Stirn. »Wahrscheinlich hast du recht, und wir würden alle beide an der Feldglocke baumeln. Na gut. Wir können später noch mal über die Braune nachdenken. Geh du jetzt hin, und hilf dem armen adligen Kerl. Wahrscheinlich zahlt er gut. Er hat einen hübschen Mund. Ich wette, daß er großzügig ist, und vielleicht kriegst du sogar soviel, wie eine Strähne von der Perücke da wert ist, die er auf seinem adligen Haupt hat.«
Florian sah sie überrascht an. Ihr Tonfall war zynisch, aber die Worte waren schmeichelhafter als üblich. »Da kommt er«, fügte sie ungeduldig hinzu. »Geh schon, du Holzklotz! Greif Milord Garnstrumpf und Zopf ein bißchen unter die Arme!«
Er grinste. »Du und deine Rotwelschreime. Ich finde, er sieht nicht wie ein hochnäsiger Tropf aus. Tatsächlich ...« Er brach ab und riß die Augen weit auf. »Oh! Das ist ja Lord Glendenning!«

»Du kennst ihn? Wenn ich je einen Trottel gesehen hab, den man übers Ohr hauen kann, dann ihn. Mach schon!«

»Ich nicht«, erklärte er und wich zurück. »Er ist kein Trottel, Amy. Außerdem ist er ein Freund von Mr. Cranford. Ich werd ihm nicht die Taschen erleichtern, und du solltest das auch nicht tun.«

Seine Lordschaft wandte sich in ihre Richtung. Florian tauchte in der Menschenmenge unter, und Amy Consett glitt in den Schatten der offenen Stalltür.

Glendenning dachte, daß sich in Short Shrift äußerst merkwürdige Dinge taten. Wenn er bisher gelegentlich hier angehalten hatte, wäre es schon viel gewesen, wenn er mehr als ein Dutzend Leute gesehen hätte. Doch an diesem Nachmittag wimmelte es in diesem Ort geradezu von Menschen. Und ein höchst ungewöhnlicher Menschenhaufen war das. Der Bauer, an den er sich sehr höflich gewandt hatte, war geradezu über ihn hergefallen, noch bevor er mehr von sich geben konnte als: »Würden Sie mir bitte sagen ...« Der Mann hatte etwas Weiches in der Hand geschwenkt, das aussah wie Schafwolle, und ihn eifrig unterbrochen: »Ha, was mein'n Sie, wie lang das is, Master?« Seine erstaunte Antwort, wie, zum Teufel, er wissen solle, wie lang das Zeug sei, hatte ein empörtes Schnauben zur Folge gehabt, und das offensichtlich geistesgestörte Individuum war weitergeeilt, um seine Wolle einem stämmigen Burschen in Gamaschen vor die Nase zu halten. Glendennings zweiter Versuch war noch seltsamer verlaufen. Er hatte sein betörendstes Lächeln aufgesetzt, um eine kecke junge Miss dazu zu verleiten, daß sie mit ihm sprach, doch bevor er ein Wort sagen konnte, hatte sie mit einem Staubwedel vor seinem Gesicht herumgefuchtelt und mit schriller und alarmierend reizbarer Stimme gefragt, wieviel er dafür geben wolle. Er hatte sich hastig zurückgezogen und erklärte nun niesend seiner Stute Flame, wenn es etwas gäbe, für das er absolut keine Verwendung hätte, dann sei das ein Staubwedel.

»Und schon gar keinen, der verdammt voller ... Staub ist«, japste er und wischte sich nach einem erneuten Niesanfall die Tränen aus den Augen.
Als unterstützte sie seine Worte, wieherte Flame und tänzelte zur Seite. Ein Schrei veranlaßte Glendenning, sein Taschentuch zu senken. Entsetzt sah er ein Zigeunermädchen, das auf dem Boden lag, fast unter Flames Hufen. »O Gott!« Er ließ sich auf ein Knie sinken und stützte das Mädchen, das kurz vor einer Ohnmacht schien. »Ich bitte Sie um Verzeihung ... Miss ...« Seine bestürzte Entschuldigung verebbte, als ihr Kopf gegen seine Schulter sank. Der purpurrote Schal hatte sich gelöst und gab eine schwarze Haarwolke frei, die sich bis zur Taille des Mädchens lockte. Horatio blickte in ein schmales Gesicht mit hohen Backenknochen, einer feingeschnittenen Nase, deren Spitze ein klein wenig nach oben gebogen war, einen vollen Mund und ein energisches kleines Kinn. Dichte, gebogene schwarze Wimpern flatterten, und die Augen, die verwirrt zu ihm aufblinzelten, waren länglich und sehr dunkel. Der Ausschnitt ihrer Bluse hatte auf der einen Seite die weißen Schultern ein wenig enthüllt und ließ keinen Zweifel daran, daß sie einen bemerkenswert schönen Busen hatte. Etwas verwirrt dachte Seine Lordschaft, daß selbst Katrina Falcon diese Schönheit nicht in den Schatten stellen würde.
»Sie ... haben mir ... weh getan ...«, stammelte sie heiser. Einige mitleidige und empörte Bemerkungen wurden laut. Glendenning wandte die Augen von der Schönheit in seinen Armen ab. Eine kleine Menschentraube hatte sich gebildet, und mißbilligende Blicke richteten sich auf ihn. »Nein, aber ... ich ... äh ... Das heißt ... war es mein Pferd, Mistress?« stotterte er.
Der dunkle Kopf nickte. Die leuchtenden Augen schlossen sich. Sie seufzte, und ihr Kopf sank wieder nach hinten.
»Höchst unschicklich!« erklärte eine Hausfrau mit stren-

gem Gesicht, die ein einfaches graues Kleid trug und einen weißen Sonnenschirm umklammerte, als wäre er eine Flinte mit Bajonett.

»Das sind diese adligen Kerle, Ma'am«, jammerte ein schäbiges und abgezehrtes Individuum. »Die scheren sich nix drum, wenn ihre Gäule auf einfachen Leuten rumtrampeln.«

»Sie sollten vorsichtiger sein, junger Mann«, bellte ein großer Gentleman mit einer ehrfurchtgebietenden französischen Perücke. »Sie können doch nicht einfach junge Frauen über den Haufen reiten.«

Glendenning, rot bis an die Haarwurzeln, stöhnte und erkundigte sich, ob die »junge Frau« aufstehen könne oder ob er den Bader holen solle. Wieder blickten die großen Augen ihn mitleiderregend an. »Ich ... versuche es«, sagte sie mit schwacher Stimme.

Er mußte sie praktisch hochheben, während sie sich an ihm festklammerte. Ein Duft umgab sie, ein süßer, sauberer, natürlicher Duft.

Glendennings angenehme Gedanken wurden durch einen johlenden Ruf unterbrochen. »Paß auf die Zigeunerinnen auf, Bursche! Behalt deine Wertsachen im Auge!«

Unsanft wurde Seine Lordschaft zurück in die Realität gerissen, und instinktiv suchte sein Blick Flame. Ohne sich von den Kindern stören zu lassen, die sie bewundernd streichelten, wartete die Stute geduldig und nahm gerade ein Bonbon, das ein kleines Mädchen ihr hinhielt.

Eine laute, diensteifrige Stimme ertönte. »Platz da! Im Namen des Gesetzes!« Die Menge geriet in Bewegung und teilte sich. Ein Mann in dunklem Anzug, mit einem schwarzen Dreispitz auf der Stützperücke und einem düsteren Gesichtsausdruck, bahnte sich seinen Weg.

Glendenning spürte, wie sich die schlaffe Gestalt in seinen Armen straffte. Mit einer geschmeidigen Drehung machte sie sich frei.

Der Polizist war mit einem Satz bei ihr und packte sie am Handgelenk. »O nein, Sie verschwinden nicht!«
»Lassen Sie mich los, Sie ekliger alter Kerl!« Flehend wandte Amy sich an Seine Lordschaft. »Ich hab nix getan, stimmt's nicht, Sir? Sagen Sie ihm, daß ich nix getan hab, Euer Hoheit!«
»Das hat sie wirklich nicht«, bestätigte Glendenning. »Tatsächlich bin ich derjenige, der sich an die Nase fassen muß. Ich ...«
»Ich weiß nichts von Ihrer Nase, Sir«, dröhnte der Polizist. »Aber gegen diese junge Frau ist eine Anzeige erhoben worden.« Über die Schulter rief er: »Ist sie das, Kamerad?«
Ein stämmiger, rotgesichtiger junger Mann mit einem zu engen Rock und einer Perücke, die Seine Lordschaft zusammenzucken ließ, ragte hinter dem Gesetzeshüter auf und nickte. »Das ist sie. Meine Uhr hat sie gestohlen, jawohl!«
»Oooh! Nie hab ich so was getan!« widersprach Amy erzürnt. »Hat Ihre Ma Ihnen nicht beigebracht, daß Sie keine Lügengeschichten erzählen soll'n, junger Mann?«
»Ich für meinen Teil bin nicht im mindesten überrascht«, verkündete die Lady in Grau.
Der große Gentleman, der Glendenning wegen seiner Unvorsichtigkeit gescholten hatte, bellte nun, daß so etwas zu erwarten gewesen sei. »Immerhin ist sie eine Zigeunerin«, betonte er.
»Ich sehe, daß Sie sich hier an diesen Gent klammern«, sagte der Polizist und packte Amys Handgelenk noch fester. »Schauen Sie besser in Ihren Taschen nach, Sir. Sie haben Glück, wenn Ihr Portemonnaie noch da ist.«
»Ooh! Was Sie für schmutzige Gedanken haben!« Amy brach in Tränen aus. »Ich hab gar nix getan! Sie können mich vom Kopf bis zu den Zehen durchsuchen, und die billige Uhr von dem Geizkragen da werden Sie nicht finden, und auch nicht das Portemonnaie von dem Gent.«

»He! Ich bin kein Geizkragen!« protestierte der rotgesichtige junge Mann.

»Sind Sie doch«, beharrte Amy unter Tränen. »Sie haben mir versprochen, daß ich Ihre Uhr krieg, wenn ich Ihnen einen Kuß gebe, und dann haben Sie sie mir nicht gegeben.«

Der junge Mann, der versuchte, nicht auf den spitzen Schrei der Lady in Grau und das Gelächter manch anderer zu achten, wurde noch röter im Gesicht und erklärte empört, er könne nichts hergeben, was man ihm schon gestohlen habe. »Und außerdem habe ich keinen Kuß von Ihnen bekommen!«

Glendenning, der während seines ereignisreichen Lebens schon ein paarmal mit Zigeunern zusammengetroffen war, hatte für alle Fälle in den tiefen Taschen seiner Reitjacke herumgetastet. Sein Portemonnaie war noch da, wenn auch in der falschen Tasche. Doch er hatte etwas Neues hinzubekommen. Sein Gesicht blieb lobenswert ausdruckslos, als er den Umstehenden vollkommen ehrlich versicherte, ihm sei nichts gestohlen worden.

»Na, ich wette, das liegt nicht daran, daß sie's nicht versucht hat«, sagte der Polizist und zerrte an Amys Arm. »Sie kommen jetzt mit mir, junge Frau, und ...«

»Nein!« jammerte sie und blickte Seine Lordschaft flehend an. »O Sir! Lassen Sie nicht zu, daß er mich mitnimmt und ruiniert. Ich hab nix getan!«

»Wahrhaftig!« ließ sich der große Gentleman vernehmen. »Er wird Sie nicht ruinieren, ich meine, er ist ein Beamter des Gesetzes, Mädchen! Wo sind Sie bloß auf so was gekommen?«

»Bei einem Gesicht, wie sie eins hat, sollten Sie wissen, wo sie auf so was gekommen ist«, erklärte die Lady in Grau, ganz tugendhafte Anklage. »Bei Männern, jawohl! Männer!« Sie schwenkte zur Bekräftigung ihren Sonnenschirm, so daß mehrere der Schaulustigen sich ducken mußten.

»Ein hübsches Gesicht, und sie vergessen alle moralischen Werte, die ihre armen Mütter ihnen je in ihre lüsternen Köpfe einzupflanzen versucht haben! Männer! Tiere sind das eher, alle miteinander!«

Einen Augenblick herrschte ehrfürchtiges Schweigen, da keiner es riskierte, einer so grimmigen Kämpferin zu widersprechen, bis schließlich jemand, der tapferer als die übrigen (und gut versteckt) war, ein lautes »Haha!« ausstieß.

Und nun lachte der große Gentleman laut auf. Die Lady in Grau wandte sich grimmig zu ihm um. Die Menge konzentrierte sich jetzt auf diese Auseinandersetzung, und Seine Lordschaft, der sich selten mit seiner Adelswürde brüstete, zog den Polizisten beiseite.

Mit kühler Autorität erklärte er: »Ich bin Lord Glendenning, Wachtmeister. Und ich denke, Sie wissen sehr gut, daß Sie diese Lady nicht ohne den Beweis für ein Vergehen festnehmen können.«

»Lady!« schnaubte der rotgesichtige junge Mann. »Sie ist nicht mehr eine Lady als ...«

»Vorsichtig, Bursche!« fauchte Seine Lordschaft. »Sie verleumden die Dame.«

Das angebliche Opfer blinzelte ihn an. »Was heißt das?«

»Das heißt, daß sie durchsucht wird«, erklärte der Polizist und fügte respektvoll hinzu: »Nicht wahr, Eure Lordschaft?«

»Nicht von Ihnen, Sie schmutziger alter ...«, begann Amy.

Hastig mischte Glendenning sich ein. »Wir werden eine respektable Lady finden, Miss, äh ...?«

»Lewis«, log Amy und lächelte ihn an. »Alice Lewis, Euer Ehren.«

Eine ängstliche kleine Frau, die Blumensträußchen verkaufte, wurde dienstverpflichtet. Sie ging mit »Miss Alice Lewis« in ein nahe gelegenes Zelt und tauchte ein paar Minuten später wieder auf, um schüchtern mitzuteilen, die

junge Lady sei »unschuldig wie an dem Tag, an dem sie geboren worden ist«.
Knurrend zog der Polizist ab.
Der rotgesichtige junge Mann erklärte verdrossen, Seine Lordschaft habe wahrscheinlich gute Gründe, für das diebische Zigeunermädchen einzutreten.
»Das reicht jetzt«, erwiderte der Viscount. »Ich bezweifle nicht, daß Ihre Uhr noch dort liegt, wo Sie sie fallen gelassen haben, als Sie diese Lady ausnutzen wollten. Wenn Sie sie jedoch nicht finden, dann kaufen Sie sich eine neue.« Er klopfte dem Opfer auf die Schulter. »Gehen Sie jetzt, und suchen Sie nach Ihrer Uhr.«
Die Miene des jungen Mannes hellte sich auf, als ihm ein goldener Sovereign in die Hand gedrückt wurde, und mit einem anzüglichen Grinsen machte er sich davon.
Amy blickte den Viscount an und trat etwas näher.
Lord Horatio sah ihr lächelnd in die dunklen Augen, dann tauschte er einen Shilling gegen ein Sträußchen und reichte es ihr.
»Sie haben das Sechsfache gezahlt«, erklärte sie ihm und schnupperte an den Veilchen.
»Ja, aber die Lady hat uns auch einen Gefallen getan.« Er ließ noch einen Shilling auf den Teller der Blumenfrau gleiten, wehrte ihre hocherfreuten Dankesworte ab und führte Amy fort von dem immer noch anhaltenden Streit zwischen der Lady in Grau und dem großen Gentleman.
»Sie gehen sehr leichtfertig mit Ihrem Wohl und Wehe um, Milor'«, tadelte Amy.
Ihre Nase war noch immer in den Veilchen vergraben, und über dem Blumenstrauß blinzelten ihre großen Augen ihn schelmisch an. Man sollte sie sofort zu diesem Burschen bringen, der Margaret Burr geheiratet hatte, dachte er. Wie hieß er noch? Ach ja, Gainsborough. Ein Maler, der sehr gut mit Farben umgehen konnte. Wahrscheinlich wäre er entzückt über ein Modell wie dieses bezaubernd hübsche

Zigeunermädchen. Lord Horatio spürte, wie ihn etwas in die Seite stupste, und Flame schnaubte unbehaglich. Als er den träumerischen Blick von Amy abwandte, sah er einen zusammengerollten Sonnenschirm und wich hastig zurück, als zwei harte graue Augen ihn anfunkelten.
»Schändlich!« schnaubte die Lady in Grau, als sie vorbeimarschierte. Und hinter ihr erklang noch die allumfassende Anklage: »Männer!«
So an seine Verpflichtungen gemahnt, hüstelte Glendenning. »Machen Sie sich keine Gedanken darüber, wie leichtfertig ich mit meinem Portemonnaie bin, Miss Lewis. Sie *haben* die Uhr dieses armen Kerls gestohlen, denn sie ist in meiner Tasche!«
Sie lächelte die Veilchen an. »Wirklich, Sir? Und wo hat ein feiner Aristokrat wie Sie gelernt, daß Wohl und Wehe Portemonnaie bedeutet?«
Er dachte an Enoch Tummet und grinste. »Ich habe schon einmal mit Rotwelschreimen zu tun gehabt. Der Diener eines Freundes von mir ...« Stirnrunzelnd brach er ab.
»Warum schauen Sie so finster, Euer Gnaden? Ist er kein Freund? Oder ist der Diener kein Diener?« Amy lachte perlend. »Ehrlich, ich hab noch nie gehört, daß so ein nobler Diener was von Rotwelschreimen weiß. Nur einfache Leute wie ich reden so.«
Der Viscount führte sie etwas zur Seite, vorbei an einem kräftigen Landarbeiter, der eine Sichel über der Schulter trug. »Der Diener *ist* ein Diener, ich schwör's Ihnen«, erklärte er. »Und er *ist* ein einfacher ... ich meine, er ist noch nicht lange ein Kammerdiener.«
»Was war er dann vorher?« Amy sah sehnsüchtig auf einen Stand mit klebrig glitzernden kandierten Äpfeln. »Vielleicht ein Bischof?«
Glendenning lachte leise. »Er war ein Wachmann. Das heißt, eigentlich eine Art Gerichtsvollzieher.«
»Sie meinen jemanden, der in Häusern aufpaßt, wenn die

Leute keinen Zaster mehr haben, damit man nichts wegnimmt, bevor alles verkauft ist und man die Schulden damit bezahlt? Sapperlot! Und wie wird so jemand ein Kammerdiener? Das ist ja wirklich großartig.« Ihr Blick war wieder auf die Äpfel gerichtet. »Warum mögen Sie ihn nicht?«

Seine Lordschaft drängte sich durch die Menge am Stand und kaufte zwei kandierte Äpfel. Einen gab er Amy. Sie nahm ihn voller Freude, und er sah zu, wie sie ihn sofort mit ihrer rosa Zunge ableckte.

»Ich mag ihn schon«, antwortete er auf ihre Frage und betrachtete mißtrauisch seinen Apfel. »Nur arbeitet er im Moment nicht bei meinem Freund, sondern bei ... äh ... einem anderen Gentleman. Aber das hat nichts zu tun mit ...«

»Oh«, unterbrach sie ihn, während sie eifrig an ihrem Apfel schleckte. »Dann ist es dieser andere Gent, den Sie nicht mögen. Wollen Sie Ihren Apfel nicht essen?«

Es war viele Jahre her, seit Lord Horatio das letztemal einen kandierten Apfel gegessen hatte, und er näherte sich ihm mit Vorsicht, fand ihn aber köstlich. Nach einer Minute sah er auf und stellte fest, daß Amy über ihn lachte.

»Seien Sie nicht so zimperlich, Mann«, riet sie ihm. »Vergessen Sie einmal, daß Sie ein feiner Pinkel sind, und schlekken Sie ordentlich. So ...«

Zimperlich! dachte er. Aber er befolgte ihre Anweisungen und »schleckte ordentlich«.

»So ist's recht«, ermutigte ihn Amy. »Machen Sie sich richtig drüber her, Euer Gnaden. Ich weiß, daß Sie das können.«

Seiner Lordschaft begann es zu dämmern, daß im Tonfall ihrer Stimme und in ihren funkelnden Augen eine Spur von Spott lag. »Und Sie haben mich schön vom Thema abgelenkt, wie?« fragte er. »Aber jetzt will ich wissen, wie es kommt, daß die Uhr ihres küßlustigen Freundes den Weg in meine Tasche gefunden hat.«

Amys Wimpern senkten sich wie zwei winzige Fächer, und demütig erklärte sie: »Ich bin kein schlechtes Mädchen, Euer Gnaden. Doch manchmal, wenn ich sehr hungrig bin, flüstert mir der Teufel was in meine Lauscher.«
»Ohren«, korrigierte er. Aber während er sie in ihrem ganzen, nun so sittsam wirkenden Zauber betrachtete, erfüllte ihn allein der Gedanke, sie könnte hungrig sein, mit Entsetzen, und es fiel ihm schwer, streng hinzuzufügen: »Und die Uhren anderer Leute zu stehlen, ist nicht der richtige Weg, um Ihren Appetit zu stillen, Miss Lewis. Man hätte Sie möglicherweise deportiert, wenn wir es nicht geschafft hätten, Sie aus der Klemme zu befreien. Es wäre besser, wenn Sie eine Stelle annehmen würden – in einem Laden vielleicht.«
Sie seufzte, und ihr Haar schwang hin und her, als sie den Kopf schüttelte. »Dafür hab ich nicht das richtige Mundwerk, Milor'. Und der junge Mann da mit dem roten Gesicht war ein grober Kerl. Genau die Art, vor der sich ein Mädchen in acht nehmen muß. Er hat eine Lektion verdient, und ich hab ihm eine gegeben.«
»Ich verstehe. Und da ich festgestellt habe, daß mein Portemonnaie nun an einer anderen Stelle ist, nehme ich an, Sie waren der Meinung, daß auch ich eine Lektion verdiene.«
Aus dem Augenwinkel warf sie ihm einen Blick zu. »Aber Sie haben sie noch, oder nicht? Sie waren nett zu mir, Euer Ehren. Ich vergeß niemand, der nett zu mir war. Eines Tages werde ich mich revanchieren ...« Ein abwesender Ausdruck trat in ihre Augen, und mit leiserer Stimme fügte sie hinzu: »Eines Tages ...«
Neugierig fragte Glendenning: »Was ist los? Woran denken Sie?«
»Daß wir uns wiedersehen werden, Milor'. Bald, glaube ich ... Vielleicht bei Neumond.«
Er bemühte sich, ein Grinsen zu unterdrücken, aber seine Mundwinkel zuckten.

Amy sah es und wurde zornig. »Sie glauben wohl, das ist lustig, wie? Ein armes, gewöhnliches Zigeunermädchen geht nicht zu Bällen und Gesellschaften oder in die vornehme Oper, wo es jemanden so Hochnäsigen wie Eure Lordschaft treffen könnte, wie? Und auf jeden Fall bin ich nicht gut genug für Sie, daß Sie sich wünschen würden, mich noch mal zu sehen, und deswegen stecken Sie Ihre Nase so in die Luft!«

Ein großer Landarbeiter, der eine Heugabel mit langen Zinken über der Schulter trug, blieb stehen und blickte mißtrauisch von dem eleganten jungen Mann zu dem Zigeunermädchen.

Glendenning schritt schneller aus und erwiderte kurz angebunden: »Natürlich nicht. Und ich stecke meine Nase nicht in die Luft.«

»Doch, tun Sie schon, und eine ganz schön lange Nase haben Sie, wenn Sie's wissen wollen. Ich wundere mich, daß nicht eine Amsel dahergeflogen kommt und sich auf sie setzt!«

Glendenning, dessen Nase von wohlmeinenden Freunden als charaktervoll beschrieben wurde, grinste. »Sie wären also nicht überrascht, wenn das passierte.«

»Nein, gar nicht«, antwortete sie böse, und mit einem Blick auf seine Augenbrauen, die deutlich rotbraun waren, fügte sie hinzu: »Außerdem sieht es mir so aus, als wenn Sie unter der Perücke da ein Rotkopf wären. Rote Haare bedeuten einen reizbaren Charakter. Immer. Sie brauchen also gar nicht zu glauben, daß ich mir für das für Sie ausdenke oder so.«

»Nein, wirklich nicht. Obwohl ich sehr geschmeichelt wäre, wenn Sie das täten. Und es ist sehr freundlich von Ihnen, daß Sie sich für meinen geringen Beistand, den ich Ihnen vielleicht geleistet habe, revanchieren wollen. Vor allem, da mein Haar wirklich rot ist.«

Er hatte mit lammfrommer Demut gesprochen, und seine

grünen Augen blickten ganz ernst. Sehr hübsche Augen, dachte sie. Und er war wirklich ein gutaussehender Mann. Aber wieder war das verräterische Zucken um seinen Mund zu sehen, und so entgegnete sie: »Sie brauchen gar nicht zu versuchen, sich bei mir lieb Kind zu machen, Lord Hochnase.«

»Es ist nicht hochnäsig zu wissen, daß Stehlen schlecht ist, Alice, und ...«

»Ich heiße nicht Alice.«

»Oh! Aber Sie haben gesagt ...«

»Zerbrechen Sie sich nicht den Kopf drüber.« Ein Zwinkern hellte ihren zornigen Ausdruck auf. Schelmisch erklärte sie: »Und wenn Sie glauben, daß Stehlen schlecht ist, dann sollten Sie Ihre hübsche Braune besser erschießen, weil sie Ihren ganzen Apfel auffrißt!«

Lord Horatio riß gerade noch rechtzeitig den Kopf herum, um zu sehen, wie der Apfel zwischen Flames Kinnbacken verschwand.

Gelächter ertönte, als er der unbußfertigen Stute mit der Faust drohte und ihr sagte, sie sei eine Spitzbübin. Und klarer, süßer und reiner als alles übrige klang Amys silberhelles Lachen, als sie seinen Arm nahm und ihn bat, seine Braune nicht zu schlagen.

»Ich sollte es eigentlich tun«, erklärte er empört. »Verflixt, man könnte meinen ...«

»Tio! Hallo, Tio!«

Er erkannte die klangvolle Stimme, und seine Miene hellte sich auf, als er sich umdrehte. »Katrina!«

Miss Katrina Falcons Großmutter mütterlicherseits war Sproß einer Verbindung zwischen einem chinesischen Mandarin und einer russischen Prinzessin gewesen. Miss Falcons Abstammung wurde allerdings nur durch ihre Augen enthüllt, die zwar groß und von einem prachtvollen Mitternachtsblau, aber auch ein wenig orientalisch schräg geschnitten waren. Doch dieser Zug bewirkte höchstens eine zusätzliche Aura von Geheimnis um diese außergewöhnlich schöne, großgewachsene Lady, denn Katrina war mit einem reinen, wenn auch ein wenig ins Olivfarbene spielenden Teint gesegnet, ihr Gesicht war fein geschnitten, ihre Figur schlank und anmutig. Sie war von sanfter und liebevoller Natur und hätte mit ihren dreiundzwanzig Jahren längst eine glänzende Partie gemacht, wären da nicht zwei Hindernisse gewesen. Das eine war ihr gemischtes Blut, das viele Angehörige der feinen Gesellschaft mit Entsetzen erfüllte. Das andere war ihr Bruder, ein hochgefährlicher Duellant, der Londons Society verabscheute und verächtlich erklärte, den Mann, der seiner schönen Schwester würdig sei, habe er noch nicht kennengelernt. Katrina hatte ein ansehnliches Erbe und wurde trotz ihrer unglücklichen Abstammung sowohl von Mitgiftjägern als auch von vielen Gentlemen, die sie ehrlich bewunderten, sehr hofiert. Mr. August Falcon schickte sie alle fort – und oft mit einem Mangel an Takt, der bereits zu mehreren Duellen geführt hatte.

Lord Horatio, der diese Tatsachen kannte und dem auch bewußt war, daß der gefährliche Bruder der Lady in der Nähe stand, küßte dennoch unerschrocken ihre ausgestreckte Hand. Er schätzte ihre Schönheit und bewunderte ihr liebenswürdiges Naturell, aber sie rührte nicht an sein Herz. Er mochte sie jedoch gern und war vollkommen ehrlich, als er ausrief: »Was für ein Glück, Sie hier zu treffen! Ich hatte gedacht, Sie wären nach Rossiters Hochzeit nach Sussex gegangen.«

»Das sind wir auch«, erwiderte sie fröhlich. »Aber ich wußte, daß heute der Besenmarkt ist, und ...«

»Und sie konnte nicht widerstehen.« August Falcon kam auf sie zugeschlendert. Er war sechs Jahre älter als seine Schwester und ebenso attraktiv wie sie schön; beide waren einander so ähnlich, daß kein Zweifel an ihrer Verwandtschaft bestehen konnte. Seine Augen waren nicht so groß wie ihre, aber von dem gleichen tiefdunklen Blau, das fast schwarz schien. Ihr Ausdruck war jedoch sehr unterschiedlich; Augusts Augen waren hart und kalt und spiegelten einen tiefen Zynismus, der sich in der kompromißlosen Linie der schmalen Lippen wiederholte. Er reichte Glendenning träge die Hand und murmelte: »Ein Besenmarkt, Gott behüte uns! Und ich habe mich so lange piesacken lassen, bis ich zugestimmt habe, mich unter eine derart jämmerliche Ansammlung von Bauernburschen zu mischen.«

»Ich habe dich nicht gepiesackt«, widersprach Katrina lachend.

»Was, zum Teufel, ist ein Besenmarkt?« fragte Glendenning.

»An diesem Tag bringen die Leute, die eine Stelle suchen, irgendein Werkzeug ihres Gewerbes mit und hoffen, daß ein künftiger Herr sie einstellt«, erklärte Katrina. »Aber wenn Sie das nicht gewußt haben, warum sind Sie dann hier, Tio? Ich dachte, Sie wollten in der Stadt bleiben.«

Sie entfernten sich ein wenig aus der Menschenmenge und traten in den kühlen Schatten eines Zeltes. »Wollte ich auch, aber ... nun ja, nach unserer kleinen Kontroverse mit der Liga der Juwelenmänner schien es dort ziemlich langweilig«, entgegnete Glendenning. »Deswegen habe ich mich entschlossen, kurz zu Hause aufzutauchen und nachzusehen, wie es Mama geht.«

»Bitte erlösen Sie uns aus unserer unerträglichen Spannung«, näselte Falcon. »Wie geht es der lieben Lady Bowers-Malden?«

Glendenning grinste. »Es hat überhaupt keinen Zweck, daß Sie versuchen, sich abscheulich zu benehmen, Falcon. Ich weiß verflixt gut, daß Sie meine Mutter mögen. Und ich habe keine Ahnung, wie es ihr geht, weil ich noch nicht dort bin, wie Sie sehen.«

»Ja, ich sehe«, erwiderte Falcon mit einem gelangweilten

Blick, »daß Eure Lordschaft einen ungewöhnlichen Umweg machen. Eton hat Ihnen nichts beigebracht, lieber Junge. Wenn man aus der Metropole aufbricht, ist es nicht nötig, durch Basingstoke zu reiten, um nach Windsor zu gelangen. Nicht daß mich das etwas anginge«, fügte er mit zuckersüßer Stimme hinzu.

Es hat keinen Zweck, August Falcon Sand in die Augen streuen zu wollen, dachte Glendenning. »Nun, es ist nicht nötig«, bestätigte er ohne Groll. »Aber wenn Sie es unbedingt wissen müssen, ich hab mich entschieden, zuerst bei den Cranfords hereinzuschauen.«

»Woraus man entnehmen kann, daß Sie von keiner dringenden Mission nach Glendenning Abbey geführt werden.«

Lord Horatio straffte die Schultern, und seine grünen Augen blickten forschend in Falcons Gesicht. »Warum sollte das der Fall sein?«

»Genau«, erwiderte Falcon dunkel. »Um diese entzückende Geschichte zusammenzufassen, Sie haben also noch einen Umweg gemacht, um einen Markt zu besuchen, von dem Sie nicht wußten, daß er stattfindet, wie?«

»Aber August, du sollst ihn nicht so necken«, schalt Katrina. »Wahrscheinlich hat er einfach beschlossen, hier zu Mittag zu essen, nicht wahr, Tio?«

»Genauso ist es.« Dankbar lächelte Glendenning sie an. »Obwohl ich nicht in die Nähe dieses verflixten Ortes gekommen wäre, wenn ich gewußt hätte, daß es hier zugeht wie im Tollhaus, das sage ich Ihnen.«

»Sie überraschen mich«, meinte Falcon. »Ich hätte geraten, daß Sie dieses hübsche Ding, mit dem Sie da eben geflirtet haben, äh ... in Ihre Dienste genommen haben.«

»Jupiter!« Schuldbewußt fuhr Glendenning herum. »Ich habe ganz vergessen ...« Er brach ab. Miss Alice Lewis war nirgends zu sehen. Ihr purpurrotes Tuch sollte eigentlich leicht zu finden sein, aber obwohl er die drängelnde Menschenmenge eingehend musterte, konnte er keine Spur von ihr entdecken. Verdammt! dachte er.

Falcon, der ihn beobachtete, lachte leise. »Sie hat Sie regelrecht verhext und sich dann davongemacht, wie? Armer Tölpel! Sehen Sie lieber nach, ob Ihr Portemonnaie noch da ist.«

»Absolut nicht«, verwahrte sich Seine Lordschaft. »Aber ich wünschte, Sie hätten sie kennengelernt, Katrina. Sie ist eine höchst bezaubernde kleine ...« Mitten im Satz brach er ab. Er hatte eine Hand in die Tasche gleiten lassen, nur um sich zu vergewissern. Sein Portemonnaie und die Uhr des rotgesichtigen Mannes waren fort.

Falcon ließ sein seltenes Lachen hören. »Eine bezaubernde kleine Taschendiebin, wie? Sie können sich glücklich schätzen, daß sie sich nicht mit Ihrem Pferd davongemacht hat, was sie sicher nur zu gerne getan hätte.« Er klopfte Flame auf die glänzende Schulter. »Ein verflucht feines Tier haben Sie da. Haben Sie sie bei Tattersall gekauft?«

»Nein. Mein Bruder hat sie mir geschenkt.«

Falcon zog die dichten Brauen hoch. »Ach, wirklich? Ich habe Templeby letzte Woche gesehen.« Und beiläufig fügte er hinzu: »Im Cocoa Tree.«

Seine Lordschaft zuckte mit den Schultern. »Michael ist zweiundzwanzig. Alt genug, um sich in der Stadt aufzuhalten.«

»Wie wahr. Und so ein großzügiger Junge. Diese prachtvolle Stute für Sie, eine Diamantkette für seine Schwester, ein Diadem für Lady Bowers-Malden. Fowles hat mir erzählt, daß er gerade eine Glückssträhne im Spiel hat.«

Glendenning erinnerte sich an Piers Cranfords versteckte Warnung und verspürte erneut einen unbehaglichen Stich, aber mit seinem freundlichen Lächeln erwiderte er: »Ich kann nicht zulassen, daß mein kleiner Bruder mich in den Schatten stellt. Kommen Sie. Ich muß einen Pferdeknecht finden, der sich um Flame kümmert, und dann werde ich ein großartiges Mittagessen in der Spotted Cat spendieren.«

»Wie reizend«, sagte Katrina erfreut, stets optimistisch.

»Vorausgesetzt, Glendenning kann sich sein Portemonnaie zurückholen«, murmelte ihr Bruder.

»Oh, beim Zeus!« stöhnte Lord Horatio.

Katrina lachte. »Armer Tio. Machen Sie sich keine Gedanken, wir werden statt dessen Sie zum Essen einladen. Es wird uns ein Vergnügen sein, nicht wahr, Lieber?«

»Eine unübertroffene Freude«, knurrte August Falcon.

2

Glendenning Abbey war ein riesiges Gebäude. Der ursprüngliche Bau aus dem 15. Jahrhundert hatte aus einem Langhaus bestanden, das nun der hintere Flügel war. Aufeinanderfolgende Besitzer hatten zu beiden Seiten zusätzliche Flügel erbauen lassen, und der Herrensitz bildete heute ein Quadrat, bei dem die Südseite offenblieb, so daß ein riesiger Eingangshof entstanden war. Erbaut aus hellgrauen Steinquadern und überall zwei Stockwerke hoch, erhob sich die Abbey würdevoll, wenn auch nicht gerade einladend warm wirkend, zwischen sanften Hügeln und saftiggrünen Wiesen. Sie hatte eine bewegte Geschichte und wurde weithin bewundert. Doch sie war kein komfortables Haus. Um vom Ostflügel, wo die Schlafzimmer lagen, in den Westflügel zu gelangen, der den Küchentrakt und die verschiedenen Frühstückszimmer und Speisesäle beherbergte, mußte man einige Zeit veranschlagen, es sei denn, man ging hinaus und überquerte den Hof. Michael Templeby, der Sohn der zweiten Ehefrau des Earls, behauptete, dieses eher respektlose Vorgehen kürze den Weg um sieben Minuten ab, doch in Anbetracht des englischen Wetters war diese Abkürzung den größten Teil des Jahren über nicht praktikabel.
Manchmal hatte Horatio Glendenning den Eindruck gehabt, die Größe dieses riesigen Gebäudes habe dazu beigetragen, daß er seinen Vater so schlecht kannte. »Tatsache ist, Ma'am«, hatte er einmal zu seiner Stiefmutter, die er abgöttisch liebte, gesagt, »daß ich den alten ... äh ... Papa bloß so selten finde. Und wenn ich ihn finde, dann stellt sich die Frage, ob ich ihn erkenne oder nicht!«

Die Gräfin, eine große, imposante Dame, war in ihr schallendes Lachen ausgebrochen und hatte dem Erben entgegnet, er spaße nur. »Dieses Gemäuer ist ein prachtvolles Erbe, Horatio, und du solltest stolz darauf sein.«
Glendenning hatte sein tiefes Bedauern, daß nicht einer seiner Vorfahren so weise gewesen war, einen vierten Flügel anzubauen und Hof und Herrensitz zuzumauern, so daß niemand mehr hineinkönnte, für sich behalten und mit eher hohler Stimme geantwortet, natürlich sei er stolz. Doch wenn er auf etwas stolz war, dann auf seinen Namen und seine Abstammung, aber die Abtei hatte er von Kindheit an als plump, zugig und düster empfunden und war ihr entflohen, sooft er es konnte, ohne seiner Stiefmutter Kummer zu bereiten.
Als er an diesem warmen Nachmittag in den Hof ritt, eilten Stallburschen und der Erste Pferdeknecht sogleich herbei. Er begrüßte die Diener seines Vaters ebenso herzlich wie sie ihn und betrat den Hauptflügel, um die Gräfin und seine Schwester zu suchen. Der Butler, ein kleiner, drahtiger Gentleman mit hellen Vogelaugen und einem nie versagenden Lächeln, machte diesen Plan zunichte, als er dem Viscount mitteilte, Miss Marguerite sei mit ihrer Mama ausgefahren. »Mr. Michael«, fügte er hinzu, »ist in London, wie Eure Lordschaft sicher wissen.«
»Ja.« Glendenning, der sich schon in die Richtung seiner Suite gewandt hatte, hielt inne und drehte sich noch einmal um. »Übrigens, Darrow, war mein Bruder in der letzten Zeit hier?«
Der Butler trat näher und erwiderte gedämpft: »Vergangene Woche, Mylord.«
»Heraus mit der Sprache«, forderte Glendenning ihn auf, da es diesem lebenslangen Freund gegenüber keine Förmlichkeit gab. »Ärger?«
»Ich ... würde nicht gerade Ärger sagen, Sir. Aber Master ... ich meine, Mr. Michael schien ... nicht ganz wie

sonst zu sein. Als ob er sich über irgend etwas Sorgen machte.«

Wahrscheinlich hat er sich zu tief in Spielschulden gestürzt, der junge Narr, dachte Lord Horatio. »Ich werde ein Wörtchen mit meiner Mutter reden«, sagte er. »Geben Sie mir bitte Bescheid, wenn die Gräfin nach Hause kommt.«

»Jawohl, Mylord. Aber ... äh ... der Earl erwartet Sie.«

»O Gott! Jetzt?«

»Er weiß, daß Sie gekommen sind, Sir. Er wünscht mit Ihnen zu sprechen, *bevor* Sie sich umziehen.«

»Verflucht! Ich habe eine Standpauke zu erwarten, stimmt's, Darrow?«

Der Butler verzog das Gesicht.

Mit einem resignierten Seufzer drehte sich der Viscount um und machte sich auf den langen Weg in das Arbeitszimmer seines Vaters.

An Gregory Clement Laindon, Earl of Bowers-Malden, war alles massig. Er war von großer Gestalt, die mit den Jahren nicht fleischig geworden war, sondern ganz aus kräftigen Muskeln bestand. Er besaß das Haupt eines Löwen und eine aggressive Persönlichkeit. Seine tiefe Stimme konnte sich zu einem Brüllen erheben, das die Fensterscheiben erzittern ließ und die Dienerschaft in Todesangst versetzte. Er hatte die gleiche Haar- und Gesichtsfarbe wie sein Sohn. Sein kräftiges Gesicht war nicht unattraktiv und verzog sich manchmal zu einem humorvollen und erstaunlich gewinnenden Lächeln.

Glendenning hatte dieses Lächeln selten gesehen, und als er so vor dem Schreibtisch seines Vaters stand und die lange und detaillierte Aufzählung seiner Fehler über sich ergehen ließ, wäre es ihm schwergefallen, sich daran zu erinnern, daß es ein solches Lächeln gab. Respektvoll schweigend, hörte er zu, während der Earl sich über seine Schuljahre ausließ, doch seine Nerven spannten sich an, als auf diese traurige Bestandsaufnahme ein grimmiger Verweis

auf den vor kurzem niedergeschlagenen tragischen Aufstand folgte.
»Und mir ist sehr wohl bekannt«, donnerte Bowers-Malden, »daß Sie auf der Seite dieser schottischen Wilden mit ihren nackten Knien gekämpft haben, also machen Sie sich nicht die Mühe, es zu leugnen!«
Die buschigen Augenbrauen bebten, aus den grünen Augen sprühten Funken, und Glendenning, dem klar wurde, daß ihm eine Antwort erlaubt war, verteidigte sich: »Mama ist Schottin, Sir, und ...«
»Bei Gott!« brüllte der Earl und fuhr von seinem Stuhl hoch, als wäre darunter ein Geschoß explodiert. »Wollen Sie damit sagen, daß meine Frau Sie beeinflußt hat, sich an einem Hochverrat zu beteiligen, weil sie eine geborene Comyn ist?«
»Nein, Sir! Ich wollte nur darauf hinweisen, daß nicht alle Schotten ...«
Der Earl setzte sich wieder. »Wenn ich Ihre Meinung über die Einwohner im Norden unseres Landes hören will, werde ich danach fragen, Glendenning. Nicht daß diese Meinung auch nur einen Pfifferling wert wäre, wie das Beispiel zeigt, das Sie Ihrem Bruder geben. Oh, ich kenne die Gerüchte, daß Sie bis über beide Ohren darin verstrickt waren, jakobitischen Flüchtlingen zu helfen. Und es wahrscheinlich immer noch tun, verdammt noch mal! Ihre Gründe, wenn Sie überhaupt welche haben, gehen über meinen Verstand!«
Unerschrocken nahm Horatio den Fehdehandschuh auf. »Ich finde es außerordentlich schwer, Sir, meine britischen Landsleute zu verurteilen, weil sie lieber dafür gekämpft haben, einen *Briten* auf dem Thron zu behalten, als die Knie vor einem Hannoveraner Fürst zu beugen, der kaum mehr den Wunsch verspürt, England zu regieren, als wir den Wunsch haben, uns jemanden aufdrängen zu lassen, der ...«

»Und weil Sie so schlecht informiert sind, Mylord«, schnaubte der Earl so drohend, wie er nur konnte, »geruhen Sie also anzunehmen, daß der ganze Rest von uns dieselben idiotischen Vorstellungen hat wie Sie, nicht wahr?«

Er war wieder aufgesprungen, seine Augen blitzten, und das markante Kinn war nach vorn gereckt. So wie es vielen anderen vor ihm ergangen war, konnte Lord Horatio sich gerade noch zurückhalten, angesichts dieses furchterregenden Zorns einen Schritt zurückzuweichen, und obwohl es ihm gelang, diesen Impuls zu überwinden, war er einen Augenblick wie betäubt und stand bleich und schweigend da.

Erzürnt polterte der Earl weiter. »Nun, ich danke Gott, daß die meisten englischen Gentlemen soviel Verstand haben, einen deutschen Fürsten mit einem berechtigten, wenn auch entfernten Anspruch auf den Thron vorzuziehen. König George ist nicht die Art von Mann, die ich ausgewählt hätte, das räume ich ein, aber er folgt den Regeln unseres Parlamentarismus, und das ist ein ganzes Stück mehr, als wir von einem jungen Schotten mit Spatzenhirn, der der Philosophie vom Gottesgnadentum anhängt, erwarten könnten. Gottesgnadentum, in der Tat! Sehr viel Göttliches haben uns die Stuarts bisher beschert! Fast anderthalb Jahrhunderte lang waren sie eine wahrhafte Plage, ein riesiger Mühlstein um den Hals dieser Nation. Ich frage mich, Mylord, nein, es versetzt mich in tiefes Staunen, warum es noch nicht in Ihr Hirn gedrungen ist, daß Ihre verehrten Schotten, die sich mehrmals von den Stuarts haben in Bann schlagen lassen, es versäumt haben, aus ihren Fehlern zu lernen. Sie wurden getäuscht, benutzt, ausgebeutet und sind immer noch dieser verlorenen Sache gefolgt. Und was hat ihnen ihre tapfere, aber unkluge Treue eingebracht? Unglück, Hunger, Tod und Verfolgung bis auf den heutigen Tag.« Der Earl setzte sich wieder, immer noch laut grollend: »*Stuarts?* Pah, sage ich nur, Sir! Unsinn!«

Etwas mitgenommen, aber noch nicht besiegt, fand Horatio seine Sprache wieder und trat erneut auf den Plan. »Eben wegen dieser brutalen Verfolgung und Tragödie, Vater, tun viele Gentlemen, was sie können, um schottischen Flüchtlingen zu helfen! Es gibt keinen Grund ...«

»Solch verrückter Leichtsinn bringt nichts ein außer noch mehr Tod und noch mehr Leid. Ein Mann muß für das kämpfen, woran er glaubt, Glendenning, wenn er es wert sein soll, ein Mann genannt zu werden. Aber wenn er eine Niederlage erleidet, muß er sie tapfer ertragen und seine Strafe akzeptieren, ohne zu erwarten, daß andere ihm seine Last abnehmen und seine Risiken teilen. Sicherlich wissen Sie, daß die Todesstrafe darauf steht, einem Flüchtling zu helfen und ihm Unterkunft zu gewähren. Man sollte meinen, das Schicksal Ihres Busenfreundes de Villars hätte Ihren Eifer für das Spiel etwas abgekühlt. Man hat mir erzählt, daß dieser tollkühne Verrückte nur um Haaresbreite vor einem Trupp Dragoner und mit einer Musketenkugel im Rücken von dieser Küste entfliehen konnte.« Bowers-Malden unterbrach seine Tirade, um neugierig zu fragen: »Nebenbei, hat er eigentlich überlebt?«

»Ja, Sir. Und er hat die Witwe Parrish geheiratet. Wie ich gehört habe, wird sie ihm bald *un petit paquet* präsentieren.« Um diese kurze »Tauwetterperiode« auszunützen, fügte Glendenning rasch hinzu: »Und ich glaube wirklich nicht, daß Michael die geringsten Sympathien für die Sache der Jakobiten hegt, Papa.«

»Ihnen ist das auf jeden Fall nicht zu verdanken!« dröhnte der Earl und blickte ebenso grimmig drein wie zuvor. »Der junge Narr vergöttert Sie und macht jede Dummheit nach, auf die Sie sich einlassen. Als wäre es noch nicht schlimm genug, daß Sie sich in das Stuart-Fiasko stürzen mußten, haben Sie sich auch noch bei der Geschichte mit Rossiter gründlich zum Narren gemacht, wie ich gehört habe. Welcher Teufel hat Sie geritten, als Sie sich auf einen solchen Sumpf eingelassen haben?«

Glendenning runzelte die Stirn. »Gideon Rossiter ist ein sehr guter Freund von mir, Sir. Er kam kaum von seiner Verwundung erholt aus Flandern nach Hause und wurde über jedes erträgliche Maß hinaus schlecht behandelt.«

»Unglücklicherweise. Doch das hatte sein Vater zu verschulden, der mit seinen finanziellen Kapriolen halb London ruiniert hat.«

»Verzeihen Sie, Sir, aber Sir Mark war das Opfer eines tückischen Komplotts.« Glendenning sehnte sich danach, dem Earl einige Details dieses Komplotts zu erzählen und ihm auch die Ansicht von mehreren seiner Freunde mitzuteilen, daß es sich dabei nur um einen Teil einer weit komplexeren Verschwörung handle, aber er hatte geschworen, nicht über die Sache zu sprechen. Daher endete er etwas lahm: »Es war mir eine Ehre, seinem Sohn zu helfen, soweit es mir möglich war.«

»Und ist es Ihnen auch eine Ehre, jeden Spielsalon und die Hälfte aller anrüchigen Etablissements in der Stadt zu frequentieren?« Der Earl setzte sich über seinen Sohn hinweg, der diese Übertreibung empört zurückwies, und ereiferte sich weiter: »Sie sind der Älteste, Glendenning. Mir ist klar, daß Templeby nur Ihr Stiefbruder ist, aber ich würde doch erwarten, daß Sie ihm ein besseres Beispiel geben, als ihm anschauliche Lektionen in ... in Hochverrat, Spielsucht, Schürzenjägerei und allgemeiner Verantwortungslosigkeit zu erteilen.«

Glendenning, der nun wütend war, widersprach hitzig: »Meine politischen Überzeugungen stimmen nicht mit den Ihren überein, Sir, das ist mir bewußt. Aber ich glaube, mein Privatleben ist noch nicht so tief gesunken. Außerdem ist mein Bruder seit mehr als einem Jahr volljährig, und ...«

»Und Sie sind seit mehr als zehn Jahren volljährig! Ich habe nicht den Wunsch zu sehen, daß Templeby in zehn Jahren ebenso dasteht wie *Sie!* Es würde seiner Mutter das Herz brechen.« Mit einer ungeduldigen Handbewegung fegte Bowers-Malden erneut den empörten Versuch seines Sohnes, etwas zu sagen, beiseite. »Einen Mann erkennt man an dem Umgang, den er pflegt. Sehen Sie sich nur die Männer an, mit denen Sie befreundet sind. Sie haben die ganze Skala durchgemacht, Glendenning. Von de Villars, der ein flüchtiger Hochverräter ist, zu den Rossiters, und dann auch noch ... *August Falcon*«, stieß der Earl triumphierend aus, nachdem er in seinem Gedächtnis nach dem schlimmsten Beispiel gesucht hatte. »Pfui! Der Bursche wird geächtet, weil er ein Halbblut ist, womit ich wohlgemerkt nicht einverstanden bin. Sein Vater – Gott steh ihm bei, dem armen Mann! – sagt, August habe mehr Verstand *im* Kopf als Haar *auf* dem Kopf, und nach den Worten mancher Ladys kann er außerordentlich charmant sein. Und setzt er seinen Verstand dafür ein, andere versöhnlich zu stimmen? Oder bemüht er seinen Charme, um ein paar Freunde zu gewinnen? Nein! Er hat die Zunge einer Natter; er ist ständig in irgendwelche gesetzeswidrige Zusammentreffen im Morgengrauen verwickelt, und was sein Temperament betrifft – Gott! Der Mann ist ein Pulverfaß!«
August Falcon gehörte eigentlich nicht zu den engsten Freunden des Viscounts, aber vor kurzem hatten sie zusammen ein fast ausweglos scheinendes Abenteuer durchgestanden, und so fühlte er sich verpflichtet, ihn zu verteidigen. Er wies darauf hin, daß es sicher nicht zur Besänftigung von Falcons Gemütsart beitrage, wenn die meisten Londoner Gentlemen sich hinter seinem Rücken über ihn lustig machten und ihn den Mandarin nannten. »Sogar seine schöne Schwester ...«
»Ah, das ist etwas ganz anderes«, unterbrach der Earl, der Katrina Falcon für eine außerordentliche Schönheit hielt.

»Und es ist ganz gut, daß wir nun zum Thema Ladys kommen. Sie hätten in den vergangenen zehn Jahren längst heiraten sollen, anstatt Ihren Kopf in einer idiotischen Auseinandersetzung nach der anderen zu riskieren. Wenn nur die Hälfte von dem, was ich gehört habe, wahr ist, haben Sie verdammtes Glück, noch am Leben zu sein. Aber früher oder später hört bei jedem Mann die Glückssträhne auf.« Es war dem Earl gelungen, sich selbst Angst einzujagen, und mit etwas zitternder Stimme fügte er hinzu: »Und ich will nicht, daß deine Wildheit dich in den Tod treibt, Horatio.«
Der Earl hatte ihn beim Vornamen genannt! Erstaunt blickte Glendenning seinen Vater an.
Der Earl hustete und fuhr ärgerlich fort: »Nun, so gern ich den jungen Michael auch habe, er ist nicht blutsverwandt und kann daher nicht erben.«
»Oh!«
»Es ist höchste Zeit«, und mit diesen Worten kehrte der Earl zu seiner vorherigen Lautstärke zurück, »daß Sie aufhören, sich in der Stadt herumzutreiben und Ihr Leben mit nutzlosen Studien und Staffeleien und Zeichenbrettern zu vergeuden.«
Glendenning preßte die Lippen zusammen. »Sir, Architektur ist eine faszinierende Kunst und kann nicht in ein oder zwei Jahren erlernt werden, selbst wenn ...«
»Ein oder zwei Jahre! Sie beschäftigen sich damit, seit Sie in Eton waren, und was hat es Ihnen eingebracht? Weil ein paar von Ihren schwachköpfigen Freunden mit mehr Geld als Verstand Sie damit betraut haben, ihnen Häuser zu entwerfen, wollen Sie jetzt wohl ein Ladenschild hinaushängen und sich ins Geschäft stürzen! O Gott!«
Architektur war die Leidenschaft des Viscounts gewesen, solange er denken konnte, und er war stolz auf die Aufträge, die man ihm gegeben hatte, und den Beifall, der seinen Leistungen zuteil geworden war. Es gab ihm einen Stich,

und hitzig entgegnete er: »Sie sind unfair, Papa! Ich habe Mr. Patrington nicht gekannt, bevor er selbst mich ausgesucht hat! Und auch Sir Giles Alkborough habe ich nicht gekannt! Und Lady Nola hat gesagt, das Landhaus, das ich für Mr. Dunsby entworfen habe, sei ...«

»Ja, ja, gut, ich gebe zu, das war ein hübsches kleines Häuschen, aber es bleibt immer noch die Tatsache, daß Sie ein Peer des Königreichs sind und wichtigere Dinge zu tun haben.«

»Etwa meinen Sitz im Oberhaus einzunehmen?«

»Nun, Sie sind ein Lord, oder nicht? Und ein Lord in Ihrem Alter sollte längst eine Lady und Kinder haben. Es gibt genügend, unter denen Sie wählen können, Horatio. Sollte nicht länger als einen Tag oder so dauern, wenn Sie einmal ernsthaft darüber nachdenken. Es muß keine Frau mit einem großen Vermögen sein, obwohl ein junger Bursche mit Ihrer Erziehung, Ihrer Abstammung und Ihren Erwartungen ein Narr wäre, nicht nach Höherem zu trachten. Trotzdem sind gute Familie und Erziehung wichtiger als alles andere. Ich war nicht gerade entzückt, als Sie Interesse für die Cranford-Tochter gezeigt haben, aber sie ist ein nettes Mädchen mit gutem Benehmen. Hätten Sie nicht zugelassen, daß sie Ihnen durch die Finger schlüpft, so hätte sie Ihnen wohl Ehre gemacht.«

Glendenning, der Dimity Cranford schon als Schulmädchen geliebt hatte und nach ihrer Heirat mit Sir Anthony Farrar am Boden zerstört gewesen war, ballte die Fäuste und erwiderte mit gezwungener Stimme: »Vielleicht wollen Sie eine Frau für mich auswählen, Sir.«

»Den Teufel werde ich! Obwohl es mein gutes Recht wäre, das zu tun, und zwar schon längst. Es liegt mir nicht, Ratschläge zu geben. Wenn Sie keine passende Braut finden können, wird Lady Nola eine für Sie wählen. Sie sind kein schlecht aussehender junger Kerl, und angesichts Ihrer Aussichten wette ich, daß die Hälfte aller Mädchen in

London sich nur so darauf stürzen würde, wenn Sie eine Andeutung fallenließen. Denken Sie nur daran, daß Schönheit nicht dauert, und auch nicht Liebe auf den ersten Blick – das ist nichts als ein Haufen Unsinn. Eine Lady mit Sinn für Humor dagegen ist unbezahlbar, denn das wird Ihnen über die Unwirtlichkeiten des Lebens hinweghelfen und Sie stärken, wenn Sie neunzig sind.« Er räusperte sich und wartete auf irgendeine Bemerkung. Als jedoch keine kam, erklärte er: »Nun gut, das ist alles, was ich zu sagen habe, also fort mir dir, und zieh dich um. Ich vermute, deine Mama wartet darauf, dich zu sehen.«

Er beantwortete die höfliche Verbeugung seines Sohnes mit einem Nicken und sah ihm nach, wie er zur Tür ging, den Kopf so hoch erhoben, als führte er einen Trupp Dragoner Whitehall hinunter. Ein leises Lächeln spielte um den Mund des Earls. Glendenning kochte vor Zorn. Doch wie dem auch sei, er war ein gutaussehender junger Schlingel. Und er hatte sich selbst in seiner Jugend weiß Gott die Hörner abgestoßen. Kein Mensch würde sich einen Sohn wünschen, der sich wie eine zimperliche Miss benahm. Trotzdem gab es einen Zeitpunkt, um Einhalt zu gebieten, beim Zeus!

»Vergiß nicht«, rief er, als Glendenning die Tür öffnete, »ich freue mich darauf, eine Lady kennenzulernen, die eine würdevolle Gräfin sein wird, wenn deine Mama und ich tot sind. Und halt dich fern von Hitzköpfen wie August Falcon! Mit ihm wird es ein schlimmes Ende nehmen, du wirst schon sehen!«

Nur gut, dachte der Viscount, als er wütend auf seine eigenen Zimmer zumarschierte, daß es dem Earl nicht lag, »Ratschläge zu geben«.

Whittlesey, der ruhige und eher mürrische Zauberer, der Michael Templebys Diener war, hatte man heute Lord Glendenning zugeteilt. Nachdem Glendenning seine Reitjacke, die ledernen Reithosen und die hohen Stiefel ausgezogen hatte, wusch er sich und wurde in einen dunkelgrünen Samtrock mit Silberstickerei, eine Weste aus grünsilbernem Brokat und hellgrüne Satinhosen gekleidet. Eine prächtige Smaragdnadel schmückte die schneeweißen Brüsseler Spitzen seines Halstuchs. Seine adrette Flügelperücke wurde ausgetauscht gegen eine kunstvollere Perücke im französischen Stil, wie sie seine Stiefschwester bewunderte, und die Schuhe mit den hohen roten Absätzen ließen ihn größer erscheinen. Trotz dieser Reverenz an die Mode wußte Whittlesey, daß er Schminke oder Schönheitspflästerchen gar nicht vorzuschlagen brauchte, und hatte über die Bemerkung hinaus, er hoffe, daß es Seiner Lordschaft wohl ergehe, wenig zu sagen.

Glendenning hatte es sich nie ganz erklären können, warum Michael diesen großen und eher düsteren Mann mittleren Alters als seinen persönlichen Diener gewählt hatte, aber jedenfalls verstand Whittlesey sein Handwerk. Als er sich mit berechtigter Zufriedenheit in dem Drehspiegel betrachtete, ertappte er den Diener dabei, daß er ihn beobachtete. Glendenning hielt den Blick dieser rätselhaften hellblauen Augen fest und fragte: »Geht es meinem Bruder gut?«

»Soweit ich weiß, bestens, Euer Lordschaft.«

»Warum sind Sie nicht mit ihm in der Stadt?«

»Weil er es nicht gewünscht hat, Sir.«

»Haben Sie ihn vielleicht verärgert?«

Für einen sehr kurzen Moment ließ ein Lächeln den ernsten Mund heiterer erscheinen. »Ich hoffe nicht, Mylord.«

»Was dann? Es heißt, niemand kenne einen Mann so gut wie sein Diener.«

»Ein kluger Diener verrät seinen Herrn nicht, Sir.«

Glendenning drehte sich um und sah ihm direkt ins Gesicht. »Dann sind Sie also der Ansicht, es würde einen Verrat bedeuten, wenn Sie sagten, was Sie wissen?«

Einige Sekunden sah Whittlesey ihm in die Augen. Dann

senkte er den Blick. »Wenn ein Gentleman ohne seinen Diener verreist, Mylord, so meiner Erfahrung nach in der Regel deshalb, weil er nicht wünscht, daß seine ... äh ... Aktivitäten allgemein bekannt werden.«
»Wie scharfsinnig«, erwiderte Glendenning trocken. Er ging auf die Tür zu, und als Whittlesey sie ihm aufhielt, packte er ihn fest an seinem knochigen Handgelenk. »Wenn irgend etwas vorfallen sollte, das Ihrer Meinung nach die Gräfin beunruhigen würde und über das Sie nicht gern mit meinem Vater sprechen wollen, dann kommen Sie sofort zu mir. Verstehen Sie?«
Der Kopf mit der bescheidenen, aber tadellos sitzenden Perücke neigte sich. »Ich verstehe, Mylord.«
Glendenning trat hinaus auf den Korridor und machte sich auf den Weg zur Vorderseite des Ostflügels, wo die Gemächer seiner Stiefmutter lagen. Es war klar, daß hinter Falcons Bemerkungen mehr als Spott steckte und daß Piers Cranfords vorsichtige Worte tatsächlich eine Warnung ausgedrückt hatten. Michael saß irgendwie in der Klemme. Glendenning runzelte die Stirn. Gebe Gott, daß der verrückte Junge nicht wirklich seinem Beispiel gefolgt war und sich mit Jakobiten eingelassen hatte.
Er erreichte Lady Nolas reizend eingerichtete Zimmer und wurde mit liebevoller Wärme begrüßt. Als er sich wieder aus ihrer Umarmung löste, hielt er sie ein wenig von sich weg und lächelte sie voller Zuneigung an.
Die Gräfin war eine hochgewachsene Lady, deren warmes Herz hinter einem majestätischen und eher furchtgebietenden Aussehen verborgen lag. Sie war eine geborene Comyn, und ihre strengen schottischen Eltern hatten sie zur Erziehung in ein Pensionat für junge Ladys in Harrogate geschickt und sie dann, als sie kaum siebzehn war, mit John Templeby verheiratet, einem reichen, aber sehr zurückgezogen lebenden Engländer, der fünfunddreißig Jahre älter war als sie. Sie hatte ihm einen Sohn geschenkt –

Michael –, den er verachtet hatte, weil der kleine Junge kränklich war, und eine Tochter – Marguerite –, für die er keinerlei Interesse zeigte. Mr. Templeby war auf dem Eis ausgerutscht und tödlich verunglückt, als Michael fünf und Marguerite drei Jahre alt war. Nola, die den Ruf hatte, freimütig zu sein, war nicht genügend heuchlerisch veranlagt, um große Trauer zur Schau zu stellen, und hatte es unangenehm gefunden, von Leuten umgeben zu sein, die das von ihr erwarteten. Eine Einladung, ihre beste Freundin Adelaide, damals Gräfin Bowers-Malden, zu besuchen, bot eine willkommene Abwechslung, und der Aufenthalt bei ihr hatte der jungen Witwe eine neue Welt eröffnet. Als sie ankam, war der junge Erbe, Viscount Glendenning, in Eton, aber sowohl Lady Adelaide als auch der Earl waren bald vernarrt in die schüchternen Templeby-Kinder, die ihr Vater verachtet hatte, und die Witwe wurde als geehrter Gast gefeiert. Unter solcher Behandlung war sie ebenso aufgeblüht wie ihre Kinder, und der dreizehnjährige Lord Horatio, der in den großen Ferien nach Hause kam, war begeistert gewesen von der großen Lady und noch begeisterter darüber, daß er vor den bewundernden kleinen Templebys den weltgewandten und erfahrenen »Collegeman« spielen konnte. Ein paar Monate später fiel Lady Adelaide einer Lungenentzündung zum Opfer. Mrs. Templeby war der leidgeprüften Familie eine Säule an Kraft gewesen und gegen Ende des darauffolgenden Jahres die zweite Gräfin Bowers-Malden geworden.

Glendenning, dem immer schon bewußt gewesen war, daß er seinen autokratischen Vater nicht zufriedenstellte, hatte sich bald angewöhnt, mit seinen Jugendsorgen zu seiner Stiefmutter zu gehen, und bei ihr stets Wärme und Verständnis gefunden. Trotz aller Differenzen respektierte er seinen Vater und hätte nur zu gern seine Liebe und Billigung erlangt, aber obwohl Lady Nola sich sehr bemühte, die beiden einander näherzubringen, wirkten die Unge-

duld des Earls und Horatios Stolz zusammen, um diese Aufgabe äußerst schwer zu machen.
Als er nun ihr Gesicht musterte, berührte er sacht mit dem Finger die dunklen Schatten unter ihren etwas hervorstehenden blauen Augen und fragte: »Was ist das, Mama? Warst du indisponiert und hast mir nichts davon gesagt?«
»Aber keineswegs, mein Lieber. Sehe ich wirklich abgespannt aus? Das überrascht mich kaum. Wir hatten so eine lustige Gesellschaft hier, Tio. Colonel und Mrs. Lathrop, Rudolph Bracksby, deinen Onkel Herbert und Tante Hortense ...«
»Und Cousin Ormond und seine reizende Monica«, unterbrach Glendenning mit einer Grimasse. »Gott, was für eine Versammlung! Wenn der Ehrenwerte Herbert hier war, vermute ich, daß Papa die ganze Nacht aufgewesen ist. Kein Wunder, daß er so gereizt war. Hohe Einsätze, meine Liebe?«
»Nicht zu schlimm, denn Rudi ist so eine Seele von Mensch, weißt du, er hat es geschafft, daß dein Onkel sich damit zufriedengegeben hat, Loo zu spielen. Aber Bowers-Malden hat natürlich verloren. Und Cousine Monica war ... Aber ich darf nicht so lieblos sein, denn zweifellos kann sie nichts dafür, daß sie ... Ach du liebe Güte«, seufzte sie, als Glendenning in Lachen ausbrach. »Ich darf überhaupt nicht über die Sache sprechen, oder aber ich bin verloren. Wie attraktiv du mit dieser französischen Perücke aussiehst. Marguerite wird dich unwiderstehlich finden. Nun komm, und setz dich. Du mußt mir erzählen, was du so getrieben hast. Ist der Rossiter-Skandal in London immer noch Gesprächsstoff? Und ist es wahr, daß der arme Lennox Albritton in die Klauen dieser Estelle Porchester geraten ist?«
Leise lachend, folgte Glendenning ihr zu dem kleinen Sofa neben dem Kaminfeuer, das in jedem Monat des Jahres außer August und September bei ihr brannte. Er erzählte ihr von seinem Besuch bei Piers und Peregrine Cranford

und bestätigte, daß Estelle Porchester, ihre alte Feindin, Colonel Lennox Albritton geheiratet hatte. »Was die Rossiters angeht, Gideon und seine Braut sind nun in den Flitterwochen, und Sir Mark wetzt eifrig hin und her wie ein hechelnder Hund. Die Werften werden schon wieder aufgebaut, und mit den veruntreuten Geldmitteln, die man zurückerlangen konnte, hat Sir Mark die meisten Anleger ausbezahlt.«

Lady Nola schüttelte bedauernd den Kopf. »Der arme Rossiter. Er hat bei diesem Schwindel mit der Handelsgesellschaft so viel verloren, und dann dieser schreckliche Brand auf den Werften und der Zusammenbruch seiner Banken. Ich bin so froh, daß er nun wieder auf die Füße kommt. Aber besteht irgendeine Hoffnung, daß er je imstande sein wird, seinen schönen Landsitz zurückzukaufen? Promontory Point war seit Jahrhunderten im Besitz ihrer Familie.«

»Ja, und dieser Verlust betrübt ihn – betrübt sie ganz sicher alle. Vielleicht werden sie das Anwesen eines Tages zurückerlangen können. Du weißt ja, Bracksby hat es gekauft, und er hat Sir Mark gesagt, er könne es wiederhaben, wenn seine Finanzmittel es zuließen.«

»Dann hat Rudi es gekauft, um es für die Familie zu bewahren? Wie freundlich von ihm.« Die Gräfin lächelte und meinte augenzwinkernd: »Du wirst mich für eine richtige Klatschbase halten, Tio, aber ich hatte schon den Verdacht, daß Bracksby eine zärtliche Neigung zu Collingtons Tochter gefaßt hat.«

Glendenning sah sie ungläubig an. »Naomi Lutonville? Nein, wirklich? Davon habe ich nie etwas gehört. Auf jeden Fall ist Rudi zu spät dran. Naomi ist nicht länger Lady Lutonville, sondern Mrs. Gideon Rossiter.«

»Richtig. Ich fand es sehr seltsam, daß der Earl nicht zur Hochzeit seiner Tochter erschienen ist. Ein seltsamer Mann, obwohl er so gut aussieht.«

Glendenning preßte die Lippen zusammen und fragte sich, was seine Stiefmutter wohl sagen würde, wenn sie wüßte, daß der Earl of Collington ein Mitglied der schändlichen Gruppe gewesen und vielleicht immer noch war, die er und seine Freunde als die Liga der Juwelenmänner bezeichneten. Er gab jedoch nur eine unverbindliche Antwort und wechselte das Gesprächsthema, indem er nach Michael fragte.
Normalerweise begann das Gesicht der Gräfin zu leuchten, wenn sie von ihrem vergötterten Sohn sprach. Heute jedoch bemerkte sie nur vage, Templeby halte sich in der Stadt auf, und erkundigte sich dann nach dem neuesten Hofklatsch.
Er tat ihr den Gefallen und erzählte ihr, was er wußte, was jedoch eher dürftig und prosaisch war. Trotzdem schien sie fasziniert zu sein und stellte so viele Fragen, daß er ihr schließlich die Hand tätschelte und sagte: »Mama, gibt es etwas, worüber du gerne mit mir reden möchtest?«
Fragend sah sie ihn an und meinte dann mit einem leichten Lachen: »Nanu, Tio! Hat dir irgendein Klatsch Unsinn in den Kopf gesetzt? Welchen unbesonnenen Flirt muß ich heftig ableugnen?«
Er hielt ihre Hand fester. »Ich hoffe, es ist Unsinn. Vielleicht glaubst du, du dürftest etwas Vertrauliches nicht verraten, aber wenn Michael ...«
»Tio!« Mit einem Freudenschrei kam ein schlankes Mädchen mit ungepudertem blondem Haar und sanften braunen Augen ins Zimmer gerannt. Der Viscount sprang auf, um seine Stiefschwester zu umarmen und herumzuwirbeln. Marguerite vergötterte ihren »großen Bruder« und sagte bestimmt, Mama sei nun schon an der Reihe gewesen, jetzt müsse Tio ihr seine volle Aufmerksamkeit widmen.
Er liebte sie innig, wünschte aber, sie wäre nicht genau in diesem Moment gekommen. Doch als er zur Gräfin blickte, sah er, daß sie ihre Tochter voll Zuneigung betrachtete.

Lady Nola war von Natur aus sehr offen. Wenn irgend etwas tatsächlich nicht in Ordnung wäre, hätte sie es ihm nicht verbergen können. Erleichtert schenkte Tio seiner Stiefschwester die »volle Aufmerksamkeit«, die sie wünschte, und entschloß sich, morgen in die Stadt zurückzukehren.

Der dunstige Nachmittag war warm, und das anmutige Gartenhaus hinter dem Anwesen der Falcons bot eine angenehm schattige Oase. Mehrere lange Holzbänke, die dazu einladen sollten, hier behaglich die eine oder andere Mußestunde zu verbringen, standen in dem kleinen, an einer Seite offenen Haus. Doch das Mädchen, das augenblicklich in dem Gartenhäuschen weilte, saß weder auf einer Bank, noch war es müßig. Sie hockte auf dem Boden, einen Gehstock neben sich, und ihre weiten hellrosa Röcke bauschten sich um sie. Sie war klein und feingliedrig, hatte hellbraune Locken, blaue Augen und einen ziemlich breiten Mund, und sie summte fröhlich vor sich hin, während sie einen großen häßlichen schwarzen Hund bürstete. Zugegebenermaßen konnte man Gwendolyn Rossiter nicht als Schönheit bezeichnen, aber sie war auch nicht so wenig anziehend, daß sie den finsteren Blick verdient hätte, der das Gesicht des Mannes, der sie beobachtete, verdüsterte.

Als offenkundig wurde, daß sie ihn vor lauter Summen und Bürsten nicht näher kommen gehört hatte, lehnte sich August Falcon mit der Schulter gegen einen Stützpfosten und meinte mit seiner gelangweilt schleppenden Stimme: »Arme Miss Gwendolyn. Sie müssen Ihren Besuch bei uns sehr fade finden, wenn das die einzige Quelle der Unterhaltung ist, die meine Schwester Ihnen bieten kann.«

Gwendolyn Rossiter sah sich um, doch das Lächeln, das ihr Gesicht erhellte, erntete bei Falcon lediglich einen weiteren sarkastischen Blick. »Seien Sie nicht albern«, sagte sie vergnügt. »Katrina schreibt gerade meiner neuen Schwägerin. Und ich finde es nicht im mindesten fade, den armen Apollo zu bürsten. Trotzdem werde ich Ihnen diese Aufgabe gerne abtreten.« Sie hielt Falcon die Bürste entgegen, doch er beachtete sie nicht.

Er trug eine phantastisch geschnittene Reitjacke, und seine Moleskinbreeches steckten in Stiefeln, die glänzten wie Glas. Sein schwarzes Haar war ungepudert und mit einem Band zusammengehalten, das seine Neigung, sich zu lokken, jedoch nicht ganz bändigen konnte. Diese niederträchtige Kreatur versucht nicht einmal, elegant zu sein, dachte sie, aber er ist der eleganteste Mann, den ich kenne. Und so empörend attraktiv. Was für ein Jammer, daß er als Mensch ein so fürchterlicher Fehlschlag ist. Sie winkte ihm mit der Bürste und drängte: »Es ist Ihre Pflicht, wissen Sie, denn er ist Ihr Hund.«

»Er *war* mein Hund«, korrigierte Falcon und ignorierte weiterhin die Bürste. »Und er war außerdem ein hervorragender Wachhund, bevor Sie ihn ruiniert haben.«

Gwendolyn kicherte. Sie widmete sich wieder Bürste und Hund und erklärte: »Er war eine Bedrohung für alles auf vier oder zwei Beinen, bevor ich ihm beigebracht habe, wie man spielt.«

»Weshalb er nun jeden Halsabschneider, Dieb oder Vandalen willkommen heißt, solange er nur mit einem Stöckchen ausgerüstet ist und das Wort ›apportieren!‹ auf den Lippen hat! Ich hoffe, Sie werden zufrieden sein, wenn man meinen Vater und meine Schwester ermordet in ihren Betten auffindet!«

Bei diesen Worten brach sie in Gelächter aus. »Was sind Sie nur für ein Griesgram! Ich schwöre, es ist erstaunlich, daß Sie von Mrs. Natascha Falcon abstammen. Ich habe heute morgen ihr Porträt betrachtet, und ...«

»Ich weiß. Ich habe Sie gesehen.«

Verärgert, was selten vorkam, schwieg Gwendolyn und blickte Falcon ruhig an.
Er besaß die Anmut, ein wenig zu erröten, und erklärte achselzuckend: »Nein, ich habe Ihnen nicht nachspioniert, um sicherzugehen, daß Sie nicht das Haus in Brand setzen.«
»Ich würde ganz bestimmt niemals etwas tun, das Katrina oder Ihre Tante in Gefahr bringen könnte«, rief sie empört. »Oder meinen Papa.«
Sie sah ihn mit weit geöffneten Augen an. »Natürlich nicht. Ich habe Mr. Falcon sehr gern.«
Um seine Mundwinkel zuckte es. »Ja. Da ich nun den Flammen übergeben worden bin, teilen Sie mir doch bitte Ihre unschätzbare Meinung über meine Großmama mit.«
Apollo, der selig ausgestreckt dalag, wurde aufgerüttelt, als die Bürste ihn unerwartet heftig am Hals attackierte, aber Gwendolyns Stimme klang ruhig, als sie sagte: »Ich finde sie außerordentlich schön.«
»Sie war auserlesen; die schönste Lady, die ich je gesehen habe oder sehen werde.«
»Da Sie ihr so tief zugetan sind, nehme ich an, Sie wissen eine Menge über ihre Herkunft, die faszinierend sein muß.«
Kalt erwiderte Falcon: »Ich war neun Jahre alt, als sie gestorben ist, Ma'am.«
»Aber sicherlich hat Ihre Mama ...«
»Meine Mama«, unterbrach er sie, und seine Augen blickten zusehends grimmig, »war nicht stolz auf ihr Erbe von Großmama Natascha und hatte wenig über die Sache zu sagen. Haben Sie noch mehr Fragen über meine Familie, Miss Rossiter? Ich bin sicher, daß es Sie brennend interessiert, wie Großmama gestorben ist oder wie es kam, daß sich ein Jahr später die Kutsche meiner Mutter überschlagen hat. Sie dürfen es nicht versäumen, sich bei meinem Vater zu erkundigen. Ich bin sicher, er könnte Sie mit mehr ... äh ... Klatschgeschichten versorgen.«

»Nun, ich werde ihn fragen«, erwiderte sie doch tatsächlich, entschlossen, nicht vor Schreck zu erstarren. »Aber wenn es Sie nicht zu sehr schmerzt, erzählen Sie mir vielleicht, was Sie über China denken?«
Er blinzelte und wiederholte verblüfft: »China?«
»Ja. Da Sie Ihre Großmutter so verehren, sind Sie doch sicher dorthin gereist? Bestimmt haben Sie den Wunsch, etwas von ihrer Kultur zu entdecken, die Ihnen doch am Herzen liegen muß, und ...« Sie brach ab, denn er war die Treppe heraufgekommen und beugte sich nun über sie. Sein Gesicht war sehr bleich, ein Nerv pochte an seiner Schläfe, und der Ausdruck seiner Augen ließ sie instinktiv zurückweichen.
»Miss Rossiter«, stieß er aus, »Sie sind Gast in meinem Haus, und so kann ich Ihnen nicht die Ohrfeige geben, die Sie verdienen. Es macht Ihnen Spaß, mein gemischtes Blut als Anlaß zu nehmen, mich zu verspotten. Aber ich warne Sie, wagen Sie es nicht, zu ...«
»Ah, hier sind Sie also, Lord Hochnase. Guten Tag, Mistress Gwendolyn. Er speit Feuer und Rauch über Sie, nicht wahr?«
Falcon schloß die Augen und stöhnte.
»Hallo, Jamie!« rief Gwendolyn, nicht traurig über diese Unterbrechung. »Er kann nichts dagegen tun, wissen Sie.«
Leutnant James Morris war ein gutmütiger junger Gentleman, der zusammen mit Gideon Rossiter im österreichischen Erbfolgekrieg gekämpft hatte. Während sie sich von ihren Verwundungen erholten, waren sie Freunde geworden, und im Frühjahr hatte man sie auf demselben Schiff nach England geschickt. Morris, noch immer nicht zurück im aktiven Dienst, trug Zivilkleidung, und mit seinem runden Jungengesicht und seinem unschuldigen Gesichtsausdruck sah er für einen Veteran mehrerer verzweifelter Schlachten viel zu jung aus. Er verbeugte sich vor Gwendolyn, dann betupfte er sich mit einem Taschentuch die Stirn.

»Verflixt schwül heute nachmittag, nicht wahr, Ma'am? Ihr Diener, Falcon.«
»Gott bewahre! Sind Sie gekommen, um über das Wetter zu palavern?« erkundigte sich Falcon. »Ich war sicher, Sie müßten einen guten Grund haben, um uns zu besuchen. Oder sind Sie vielleicht bereit ... äh ... gewisse Dinge zu arrangieren?«
Gwendolyn hatte gerade versucht, Apollo dazu zu bringen, sich umzudrehen, aber bei diesen Worten erklärte sie erzürnt: »Wollen Sie etwa schon wieder über Duelle reden? Gott, man sollte meinen, Sie hätten in den Niederlanden genügend Kämpfe gehabt, Jamie. Ganz zu schweigen von den schrecklichen Geschichten, die sich ereignet haben, nachdem Sie und Gideon nach Hause gekommen sind!«
»Und nicht die geringste davon war, daß man mich fälschlich für einen Straßenräuber gehalten und erbarmungslos niedergeschossen hat«, knurrte Falcon.
»Nicht erbarmungslos, alter Knabe. Ich habe Sie damals noch nicht gekannt«, entgegnete Morris sanft.
Gwendolyn unterdrückte ein Lächeln.
»Ich muß schon ein eigenartiger Kerl sein, daß ich etwas dagegen habe, wenn irgendein Vollidiot mir ein Loch in den Arm schießt«, murmelte Falcon.
»Nein, seien Sie ehrlich«, meinte Gwendolyn, »Sie wissen sehr gut, daß es ein argloser Irrtum war. Als Jamie und mein Bruder auf diesen Überfall gestoßen sind und Sie mit einer Pistole in der Hand auf sie zugeritten kamen, konnten sie ja nicht wissen, daß Sie Naomis Kutsche eskortierten und nicht einer der Wegelagerer waren.«
»Miss Rossiter, ich beabsichtige nicht, diese Angelegenheit mit einer Frau zu diskutieren.«
»Ich verstehe auch, warum. Es gab keinen Grund für Sie, gegen meinen Bruder zu kämpfen ...«
»Ihr Bruder und ich haben ein vollkommen respektables Duell ausgefochten, das Sie höchst unschicklich unterbro-

chen haben, indem Sie auf meinem Degen herumgetrampelt sind.«
»Das habe ich nicht getan! Ich bin nur auf Ihren Degen getreten, als Sie ihn fallen ließen, um Sie davon abzuhalten, den armen Gideon niederzumetzeln!«
»Ich hatte keineswegs die Absicht, Gideon umzubringen. Ich töte nur selten die Gentlemen, gegen die ich kämpfe. Obwohl Ihr Freund« – er funkelte Morris an – »mich dazu treiben könnte!«
»Er ist ebenfalls Ihr Freund, wie sehr Sie auch so tun, als ob Sie ihn nicht mögen würden.« Falcon verdrehte die Augen gen Himmel und flüsterte eine lästerliche Bemerkung, die Gwendolyn jedoch ignorierte, als sie fortfuhr: »Zumindest ist er Ihr Kamerad, denn als Gideon in Schwierigkeiten war, haben Sie ihm beide geholfen. Und Gentlemen, die zusammen kämpfen, sollten nicht hinterher *gegeneinander* kämpfen.«
»Außerdem sollte Ihnen, da Sie in ein Duell pro Woche verwickelt sind, bekannt sein«, warf Morris ein, »daß unsere Sekundanten die Details arrangieren.« Er sah, daß Gwendolyn sich ihm zuwandte, und fuhr hastig fort: »Wenn Sie es unbedingt wissen müssen, ich bin gekommen, weil ...«
»Weil Sie um meine Schwester herumschleichen wollen«, unterbrach Falcon. »Verdammt, ich habe Sie bereits gewarnt. Sie sind nicht der Mann für Katrina.«
»So sehe ich das nicht«, entgegnete Morris hartnäckig. »Ich mag nicht der reichste ihrer Verehrer sein, aber ganz mittellos bin ich nicht. Und meine Familie ist auch nicht verachtenswert, glaube ich. Miss Katrina ist volljährig. Außerdem sind nicht Sie das Familienoberhaupt, sondern Neville Falcon.« Er blickte sich um und erklärte grinsend: »Noch mehr Besuch, um Ihre Stimmung niederzudrücken, armer Kerl. Du kommst gerade recht, Tio!«
Glendenning trat in Reitkleidung aus dem Haus und schritt

auf sie zu. Er winkte fröhlich, und Falcons Gesichtsausdruck hellte sich ein bißchen auf.
Nachdem der Viscount den Männern die Hände geschüttelt hatte, kniete er sich hin und küßte Gwendolyns Finger. Sie musterte sein Gesicht und fragte scharfsinnig: »Soll ich gehen, Tio?«
»Was, und uns Ihrer reizenden Anwesenheit berauben?«
»Ich vermute, Sie wollen Männergespräche führen. Aber wenn Sie über Duelle zu diskutieren beabsichtigen, werde ich hier sitzen bleiben und auf jedes Wort hören, das Sie sagen.«
»Ein Topf, auf den man ein Auge hält, kocht nie über«, meinte Morris feierlich.
»O Gott!« rief Falcon. »Sehen Sie nur, was Sie angerichtet haben. Jetzt fängt er wieder mit seinen Sprüchen an!«
»Wenn Sie es unbedingt wissen wollen, Ma'am, ich bin gekommen, um über meinen Bruder zu sprechen«, erklärte Glendenning lachend.
Gwendolyn hob die Hände. »Dann helfen Sie mir bitte auf. Ich nehme an, Katrina wartet auf mich.« Glendenning half ihr auf die Beine, und Morris reichte ihr mit einer Verbeugung den Stock. Sie dankte ihm anmutig und hielt Falcon die Bürste hin. »Hier. Sie können weitermachen.«
»Was für ein liebes Ding sie ist«, murmelte Glendenning, der ihr nachsah, wie sie davonhinkte.
»Ein sonniges Wesen«, stimmte Morris zu. »So ein Jammer, daß sie ...« Errötend brach er ab.
»Verkrüppelt ist? Warum verschlucken Sie das Wort? Sie tut es nicht«, bemerkte Falcon spöttisch.
»Oh, bürsten Sie Ihren Hund«, erwiderte Morris verärgert.
»Ich habe nicht die geringste Absicht, das zu tun.« Falcon warf ihm die Bürste zu. »Tun Sie es. Sie sind derjenige mit dem angeblich goldenen Herzen.«
»Beim Zeus, Falcon!« rief Morris. »Das ist das erstemal, daß Sie mir etwas Nettes sagen!«

»Ich habe Fieber«, brummte Falcon und befühlte sich ängstlich die Stirn. »Ich sollte mich besser ins Bett legen.«
Morris grinste und warf ihm die Bürste wieder zurück. »Nehmen Sie die mit. Sie wissen verdammt gut, daß dieses Untier mir den Arm abreißen würde, wenn ich es anzufassen wagte.«
»O ja.« Falcon fing die Bürste auf und sah zu Glendenning, der sich auf eine der Bänke gesetzt hatte und sie mit leiser Belustigung beobachtete. »Was sollen wir tun, mächtiger Peer? Mehrere Tage lang waren wir Ihres hohen Adels und Ihrer Weisheit beraubt.«
»Hätten Sie beides denn gebraucht?«
»Ich habe es irgendwie geschafft zu überleben«, erwiderte Falcon, der nun Apollo, welcher begonnen hatte, Morris zu beäugen und die Zähne zu zeigen, weiterstriegelte.
Nachdenklich meinte Morris: »Mein Großonkel hat es geschafft zu überleben, bis er neunundneunzig war. Der dümmste alte Trottel, den ich je gekannt habe.«
»Glendenning, sagen Sie uns bitte, ob die Arrangements getroffen worden sind, und nehmen Sie ihn dann mit sich von hier fort. Er ist wieder hinter Katrina her, und das lasse ich nicht zu. Ich ... äh ... ich nehme an, Sie sind gekommen, um uns mitzuteilen, daß Sie und Rossiter das Datum festgesetzt haben?«
»Ja, richtig. Aber ich habe Miss Rossiter gegenüber gerade bemerkt, ich sei gekommen, um über meinen Bruder zu reden, also halte ich mein Wort und bringe das zuerst hinter mich, wenn Sie nichts dagegen haben. Irgendwie gelingt es mir nicht, Templeby zu erwischen. Crenshore hat mir gesagt, er habe ihn zusammen mit Piers Cranford gesehen, also bin ich nach Muse Manor geritten. Michael war schon wieder aufgebrochen, doch Cranford hat dieselbe Andeutung gemacht wie Sie, Falcon.«
Falcon warf Morris einen raschen und ein wenig schuldbewußten Blick zu.

»›Wein bringt selbst den weisen Mann zum Singen‹«, murmelte Morris düster.
Zähneknirschend preßte Falcon die Hände auf die Ohren. »Sagen Sie mir Bescheid, wenn er fertig ist.«
»Du hast es also auch gewußt, Jamie?« fragte der Viscount.
»Ich habe gehört, daß er sich zum Narren macht.« Morris zuckte mit den Schultern. »Er ist kein Dummkopf, und ich hätte es dich schon wissen lassen, wenn ich erfahren hätte, daß er sich allzu tief hineingestürzt hat. Obwohl ich dir sagen muß, daß ich nicht aus demselben Holz geschnitzt bin wie Lord Hochnase. Ich tratsche nicht gern.«
»Idiot«, konterte Falcon lakonisch. »Was ist mit dem Duell, Glendenning?«
»Nun, ich habe einen Brief von Rossiter bekommen. Er schreibt, daß er und seine Braut am 24. dieses Monats zurück in England sein werden und daß wir unser Zusammentreffen auf Montag, den 27., legen können, wenn es uns paßt. Hat einer von Ihnen beiden Einwände?«
»Mir paßt es sehr gut«, sagte Morris.
Falcon nickte. »Wie ist es mit Cranford?«
»Piers ist einverstanden«, antwortete der Viscount. »Er wird am Sonntag eintreffen und bei mir übernachten. Ich muß aber noch bei Kadenworthy vorbeischauen.«
Morris, dessen Gedanken abgeschweift waren, fragte: »Ich nehme an, man hat nichts mehr von unserem Freund, dem Squire, und seinen fröhlichen Helfershelfern gehört?«
Glendenning runzelte die Stirn. »Die Liga der Juwelenmänner? Nein. Und ich erwarte auch nicht, etwas zu hören.«
»Warum nicht?« entgegnete Falcon, der Apollo gerade gegen den Strich bürstete. »Wir haben ihre Pläne durchkreuzt. Ich würde sagen, daß sie eher nicht geneigt sind, zu vergeben und zu vergessen.«
»Richtig«, meinte Glendenning zögernd. »Wenn sie so verschlagen sind, wie Rossiter argwöhnt, dann werden sie

wieder irgendeinen niederträchtigen Plan ausbrüten. Aber ich glaube, noch nicht jetzt.«
»Es sei denn, wir haben den Brunnen zugedeckt, nachdem das Kind hineingefallen ist«, brummte Morris.
Beide sahen zu ihm. »Zum Teufel«, fuhr Falcon ihn an, »wenn Sie etwas zu sagen haben, dann machen Sie keinen Umweg von Land's End bis John O'Groats, um es endlich auszuspucken!«
»Ganz egal, was ich von mir gebe, Sie werden sich darüber lustig machen. Aber ... diese Geschichte mit Albertson kommt mir nicht ganz geheuer vor.«
»Admiral William Albertson sitzt in Newgate wegen Regierungsbetrugs, weil er Aufträge für militärischen Nachschub an Gesellschaften gegeben hat, die er selbst kontrolliert. Was im Namen aller Götter und kleinen Fische hat das mit einer Verschwörung gegen Sir Mark Rossiter zu tun? Zögern Sie nicht, uns mit Ihrer Logik zu verblüffen, mächtiger Weiser. Wir warten mit angehaltenem Atem«, erwiderte Falcon spöttisch.
Morris errötete, fuhr aber beharrlich fort: »Der Admiral ist einer von Englands größten Helden. Bis zuletzt hat er die gegen ihn vorgebrachten Anklagen abgestritten, aber er hat alles verloren. Genauso, wie es Sir Mark Rossiter beinahe ergangen wäre.«
Falcon wandte sich an Glendenning. »Sehen Sie, wie durcheinander sein Hirn ist? Man könnte daraus folgern, daß wir nun jedesmal mißtrauisch sein müßten, wenn irgendein Halunke vor Gericht gezerrt wird. Ebensogut könnten wir den Fall von jemandem untersuchen, der seine Frau schlägt oder beim Kartenspiel betrügt!«
»Und da ist noch etwas«, erklärte Morris triumphierend, ohne auf Falcons Stöhnen zu achten. »Sehen Sie sich diese scheußliche Sache mit Merriam an. Hat sich erschossen, nachdem man ihn beschuldigt hat, im Cocoa Tree beim Spiel betrogen zu haben. Haus und Besitz konfisziert und

wegen Schulden verkauft. Irgend etwas ist daran faul, wenn Sie mich fragen.«

»Was jedoch Gott sei Dank nicht in unserer Absicht liegt«, höhnte Falcon. »Nein, um des Himmels willen, ziehen Sie nicht so ein nachdenkliches Gesicht, Tio, als würden Sie diesen Unsinn ernst nehmen!«

»Ich weiß nicht viel über Albertson«, erwiderte Glendenning, »aber ich räume ein, daß Lord Merriam der letzte war, den ich für unehrenhaft gehalten hätte. Vielleicht ist der Verdacht nicht so weit hergeholt, wie Sie glauben.« Er stand auf. »Wenn ich Michael gefunden und bei Kadenworthy vorbeigesehen habe, könnte man sich einmal näher mit der Geschichte befassen. Wo steckt Kade übrigens? Ist er in der Stadt?«

Falcon erhob sich ebenfalls und meinte: »Meine Schwester hat gehört, er sei in Epsom, um sich diese neuen Frühjahrsrennen anzusehen, die dort abgehalten werden. Sein Landsitz ist ganz in der Nähe. Verdammt hübsches Anwesen.«

Glendenning fluchte. »Natürlich muß er ausgerechnet auf dem Land sein! Jetzt kann ich die ganze Strecke dorthin reiten! Na, dann mache ich mich wohl besser auf den Weg. *Adieu, mes amis.*«

»Ich würde selbst hinreiten, alter Knabe, aber das wäre nicht korrekt«, erklärte Morris. »Willst du, daß wir in der Zwischenzeit ein bißchen herumsuchen? Nach Templeby, meine ich.«

»Ich wäre sehr dankbar dafür«, rief Glendenning über die Schulter. »Wenn du ihn vor mir findest, hab ein wenig ein Auge auf ihn, ja?«

Morris winkte, und der Viscount eilte zu den Ställen.

Tief in Gedanken versunken, gingen Falcon und Morris auf das Haus zu, begleitet von Apollo, der hin und wieder Morris' Fersen anknurrte.

»Luzifer!« brummte Falcon.

»Ich wünschte bei Gott, ich wüßte, wer er ist.«

»Wie? Oh, das ist ein anderer Name für den Teufel. Ich dachte, das wüßten Sie.«
»Nicht der, Sie Idiot! Ich meine, ich wüßte gern, wer dieser verdammte Squire ist.«
»Warum sollte das für Sie von Interesse sein? Sie hassen England. Was kümmert es Sie, wenn ein Wahnsinniger es bedroht?«
»Ich glaube, man kann eine Nation absurd finden, ohne sie zu hassen. Und falls das Ihrem Gedächtnis entfallen ist, Morris, ich bin bereits in die häßliche Sache hineingezogen worden.«
Morris runzelte die Stirn und blickte schweigend zu Boden, während sie weitergingen.
Dieses untypische Verhalten nervte Falcon. »Ich höre rostige Räder, die sich knirschend drehen«, murmelte er. »Sie versuchen wohl zu denken. Machen Sie mir die Ehre, mir Ihre brillanten Schlußfolgerungen mitzuteilen.«
»In Ordnung«, sagte Morris und sah auf. »Ich glaube, wir sollten uns bemühen, herauszufinden, wer die Mitglieder dieser Liga der Juwelenmänner sind. Und was sie im Schilde führen.«
Falcon blieb stehen und klatschte in die Hände. »Bravo! Und ... verzeihen Sie, ich habe nur eine einfache Frage. Haben Sie die leiseste Ahnung, wo wir mit diesem meisterhaften Plan beginnen sollen?«
»Aber natürlich«, erwiderte Morris würdevoll. »In Windsor. Wirklich, armer Kerl, Sie müssen sich anstrengen und Gebrauch von diesem Kürbis machen, der auf Ihrem Hals sitzt – wenigstens hin und wieder!«

3

Surrey war grün, gepflegt und schön wie immer. Am Spätnachmittag erreichte der Viscount Mimosa Lodge und wurde von Lord Kadenworthys Tante höflich empfangen. Ihr Neffe, sagte sie, sei bei den Rennen und komme wahrscheinlich erst nach Hause, wenn es dunkel sei – wenn überhaupt. »Hector«, seufzte die ältere Lady mit dem sanften' Gesicht, »ist oft so vertieft in all die Gespräche über Pferde und Jockeys und Gewicht und Verwalter, daß es manchmal bis in die frühen Morgenstunden dauert, bis sie fertig sind, und dann bleibt er bei den Leuten über Nacht, bei denen er sich gerade befindet. Diese neue Sache mit den hier abgehaltenen Rennen hat beim Publikum richtig eingeschlagen. Wenn Sie ihn suchen wollen, werden Sie es selbst feststellen.«

Glendenning hatte eine Schwäche für sanfte alte Ladys, und nachdem er dankbar Tee mit reichhaltigen Beilagen angenommen hatte, bei dem seine Gastgeberin umgekehrt ebenso dankbar dafür zu sein schien, daß er ihr Gesellschaft leistete, machte er sich auf die Suche nach Kadenworthy und sah mit eigenen Augen, wie es war. Zum zweitenmal innerhalb von zwei Tagen ritt er mit Flame durch eine laute Menschenmenge, doch diesmal war sie anders beschaffen. Elegante und vornehme Zuschauer drängten sich Schulter an Schulter mit schneidigen jungen Stutzern und Männern von Welt und wurden selbst wiederum von niedrigerem Volk geschubst. Eine Menschenmenge, in der auch Taschendiebe unterwegs waren und mit ihren scharfen Augen erspähten, wer eine leichte Beute war, und nicht

wenige Männer trugen eine kleine Pistole im Gürtel oder in der Tasche. Vor Sonnenuntergang sollte noch ein Rennen stattfinden, und die Atmosphäre hallte wider von angebotenen und angenommenen Wetten.
Glendenning entdeckte Kadenworthy, der auf einem Rappen saß, doch seine Versuche, zu ihm zu gelangen, waren vergebens, und er mußte absteigen. Plötzlich kam Unruhe in seiner Nähe auf, und er wurde Teil einer wogenden Menge, die die Hälse reckte. Ein dunkelhaariger Jugendlicher wehrte sich gegen den Griff eines Mannes, der einen einfachen, aber gutgeschnittenen grünen Anzug trug. Glendennings Blick fiel auf ein gleichgültig lächelndes rosigweißes Gesicht mit zusammengekniffenen grauen Augen. Der Mann sprach mit einer sanften, aber merkwürdig volltönenden Stimme.
»Du bist ein diebischer Zigeuner, und so wird man dich auch behandeln. Jetzt leg sie da hin. Sofort.«
Die Stimme war nicht laut, und der Mann ließ keine Anzeichen unkontrollierter Wut oder Gewalt sehen, aber der Jugendliche schrie verzweifelt: »Ich hab es *nicht* geklaut, Sir! Ich schwör's! Au! Nicht ... bitte! Sie brechen mir den Arm!«
Während er versuchte, sich loszureißen, drehte er den Kopf, so daß Glendenning die verzerrten Gesichtszüge erkennen konnte. Gütiger Himmel! dachte er und rief: »Was ist hier los?«
Die Schaulustigen wichen vor der Autorität in seiner Stimme zurück. Wie üblich ertönten bei Flames Anblick sofort bewundernde Ausrufe. Jemand sagte: »Ich wette, der reitet auch mit«, und ein anderer bemerkte: »Stimmt wohl. Nun, ich setz mein Geld auf die Stute, und der junge Gent sieht auch so aus, als würd er den Unterschied zwischen Mähne und Sprunggelenk kennen!«
Der Mann, der den Zigeuner festhielt, blickte auf. Sein Lächeln veränderte sich nicht, aber in den tiefliegenden

Augen blitzte es einen Moment lang – nur einen Moment – fast überrascht auf. »Nichts, womit ich nicht fertig werden könnte, Sir«, antwortete er.
Einer der Umstehenden erklärte hilfsbereit: »Der Zigeuner hat versucht, ein paar Rosinenbrötchen zu kaufen, und der Gent sagt, das Portemonnaie gehört nicht dem Jungen.«
»Ich wünschte, ich könnte den Tag erleben, an dem ein Zigeuner ein solches Portemonnaie besitzt«, bemerkte der Mann in Grün lächelnd.
Glendenning sah ein vertrautes Portemonnaie aus Silbermaschen mit einem Verschluß aus Bernstein. Er unterdrückte sein Erstaunen und erklärte: »Es gehört ihm auch nicht, sondern mir. Ich habe ihn geschickt, damit er mir etwas zu essen kauft. Vielleicht wollen Sie so gut sein und meinen Diener loslassen, Sir.«
Amüsiertes Gemurmel war zu hören. Unter Glendennings kühlem Blick wandte der Grüngekleidete die Augen ab, ließ den Jungen aber nicht los. Immer noch lächelnd, murmelte er: »Wenn er Ihr Diener ist, Sir, werden Sie wohl auch seinen Namen wissen. Kurz bevor Sie gekommen sind, habe ich ihn äh ... überredet, ihn mir zu sagen.«
Er warf Glendenning einen schadenfrohen, hinterhältigen Seitenblick zu. Der Bursche genoß es, seine hilflose Beute zu schikanieren. Glendenning spürte eine Welle des Abscheus. Diesen Mann umgab eine Aura von Dingen, die in modernden Bäumen zu finden waren: fahles, feuchtes Kriechgetier. Mit verächtlich geschürzten Lippen erklärte Seine Lordschaft schneidend: »Natürlich weiß ich seinen Namen. Er heißt Florian.« Die Umstehenden lachten leise. Das permanent lächelnde Gesicht des grüngekleideten Mannes schien ein wenig finsterer zu werden. Der Viscount trat einen Schritt näher. »Sie wissen nun seinen Namen, Sir, aber ich werde weder nach dem Ihren fragen, den ich gar nicht erfahren will, noch werde ich Ihnen den meinen nennen. Ich möchte Sie jedoch warnen, daß Ihre verschla-

genen Augen mit meiner Faust Bekanntschaft schließen werden, wenn Sie diesen Arm noch einmal verdrehen. Lassen – Sie – ihn – los!«
Einen Moment lang dachte Glendenning, er müsse seine Drohung wahr machen. Doch dann wurde der Junge freigegeben, und der Mann wich zurück: »Sie nehmen aber schnell Anstoß, Sir«, meinte er, die Stimme so leise und das Lächeln so sanft wie zuvor. »Sie werden doch zugestehen, daß es verdächtig ausgesehen hat. Wenn der Junge erklärt hätte ...«
Florian rieb sich den schmerzenden rechten Arm. »Wo ist nun dieser Bäcker?« fragte Glendenning. »Komm mit, Junge. Ich bin halb am Verhungern!«
Sie verschmolzen mit der belustigten Menschenmenge. Glendenning spürte, daß die zusammengekniffenen Augen sie mit ihrem Blick verfolgten. Ruhig sagte er: »Das war ein übler Kunde. Da siehst du, was du davon hast, mir mein Portemonnaie zu klauen, kleiner Halunke. Ich dachte, du hättest dich gebessert, nachdem Mr. Peregrine Cranford dich in seine Dienste genommen hat. Fein, wie du ihm sein Vertrauen vergiltst!«
»Ich habe Ihr Portemonnaie nicht gestohlen, Mylord. Das war ...« Florian biß sich auf die Zunge.
»Du hast es vielleicht gefunden?«
»Ja, Mylord.«
»In den Taschen dieser hübschen kleinen Diebin, wie? Nun, ich habe die Absicht, sie zu finden, und du wirst mich hinbringen, wo auch immer sie ...«
»Tio! Das ist ja wundervoll!« Ein schlanker junger Offizier, gekleidet in eine scharlachrote Uniform, packte den Viscount an der Schulter. »Reitest du bei dem Rennen mit? Ich wollte mein Geld schon auf Hector Kadenworthy setzen, bis ich deine Stute gesehen habe. Was für eine Schönheit!«
Glendenning schüttelte ihm die Hand und sagte lächelnd: »Lassen Sie Ihr Wettgeld, wo es ist, Major, Sir. Ich reite heute nicht.«

Hilary Broadbent lachte und puffte ihn in die Seite. »Ganz gut, daß du mir ein wenig Respekt zeigst. Wie geht es dir, du Verrückter? Und wie geht es deinem Bruder, diesem Taugenichts? Ich habe gehört, daß du ihn suchst.«
Glendenning bemühte sich, die plötzliche Furcht, die an seinen Nerven zerrte, nicht zu zeigen, und erwiderte leichthin: »Ach ja? Bist du mir auf den Fersen, Hilary?«
»Nein, verdammt noch mal!« Rasch wieder ernüchtert, fügte Broadbent hinzu: »Ich hoffe, ich werde nie dazu gezwungen sein. Komisch, aber ich genieße es nicht, meine Freunde in den Tower zu schleppen, und es würde mir gar nicht gefallen, deine häßliche Visage auf einer Lanzenspitze zu sehen.«
Der Viscount blickte ihm fest in die Augen und fragte: »Eine Warnung, Major?«
»Es wäre nicht das erstemal, da ich dich gewarnt habe, Tio. Und wenn mein Argwohn richtig ist, hast du meinen Worten wenig Beachtung geschenkt.« Er grinste unvermittelt. »Aber ich will bei einem Mann, der eine so hübsche Schwester hat, nicht in alten Geschichten herumstöbern. Erzähl mir, was Templeby angestellt hat. Frauen, Karten oder die Gäule? Er ist, wie du ja weißt, in dem Alter, in dem man sich die Hörner abstößt.«
»Du weißt es, und ich weiß es. Aber mein verehrter Herr Papa ...«
Broadbent lachte. »Was, hat der Earl dich hinter ihm her ...« Sein Blick war abgeschweift, seine freundliche Miene verfinsterte sich, und in verändertem Tonfall sagte er: »Verdammt! Was tut *der* Kerl denn hier?«
Der Viscount sah auf das Meer von Gesichtern. »Deinem Ausdruck nach zu urteilen, hast du nicht gerade einen Busenfreund entdeckt.«
»Eher eine Kobra. Obwohl ich zu feige wäre, ihm das offen zu sagen!« Broadbent, ein Mann, der gewöhnlich nicht dazu neigte, andere herabzusetzen, senkte die Stimme und

zischte mit bitterer Eindringlichkeit: »Das ist Burton Farrier. Nein, dreh dich nicht um, er sieht gerade in unsere Richtung.«

»Wer, zum Teufel, ist Burton Farrier? Nie von dem Burschen gehört.«

»Sei dankbar, daß dir das Schicksal so gnädig war. Er gehört zum Abwehrdienst. Sieht aus wie ein milder Geistlicher und ist der gefährlichste Mann, den ich kenne. Er hegt einen fast geisteskranken Haß gegen alle Jakobiten, und ich glaube, es wäre ihm ein Vergnügen, jedem, der Sympathien für sie hat, eigenhändig das Herz aus der Brust zu schneiden.«

Broadbent runzelte die Stirn und knurrte: »Bis zu einem gewissen Grad vielleicht gerechtfertigt. Sein Bruder ist bei Prestonpans gefallen.« Er blickte wieder zur Seite. »Er ist ein gnadenloser Jäger, und wenn er sich einmal in einen Fall verbissen hat, bleibt er dran wie eine Dogge. Terrier Farrier wird er genannt.«

»Reizend. Ist es sein Lebenswerk, alle Jakobiten umzubringen?«

»O nein. Das ist nur sein privates Hobby. Normalerweise werden ihm ganz besondere Fälle zugeteilt, und soweit ich weiß, erfreut er sich äußerster Hochschätzung, weil er bisher noch nie versagt hat. Da – jetzt kannst du ihn dir ansehen. Und merk ihn dir gut. Dem solltest du besser aus dem Weg gehen, Tio.«

Der Viscount schaute in die Richtung, in die sein Freund deutete, und erblickte einen gutgebauten Mann, nur durchschnittlich groß, gekleidet in einen grünen Anzug und mit einem wohlwollenden Lächeln auf den Lippen, das jedoch niemand Besonderem galt.

Und er hörte erneut Broadbents Worte: »Dem solltest du besser aus dem Weg gehen, Tio ...«

Der Wald war dicht und die Sonne beinahe untergegangen, so daß es schwer war, in dem Dämmerlicht etwas zu sehen, doch der Viscount ritt vorsichtig, aber entschlossen weiter. Florian hatte sich aus dem Staub gemacht, während Glendenning sich mit Hilary Broadbent unterhalten hatte, aber er hatte gerade noch gesehen, wie er unter diesen Bäumen verschwunden war. Er hatte sein Portemonnaie zurückbekommen, aus dem überraschend wenig fehlte, aber während Lord Kadenworthy mit seinen Formalitäten für das Rennen beschäftigt war, wollte er das diebische Zigeunermädchen suchen. Und er wollte herausfinden, warum Florian bei diesem Mädchen war und nicht bei den Cranford-Zwillingen, die ihn so gütig vor dem Verhungern gerettet und ihm eine ehrliche Arbeit gegeben hatten.

Ein kleines Stück vor ihm raschelte es im Gebüsch. »Florian! Ich will mit dir reden!«

Eine schmale Gestalt zeichnete sich einen Moment lang vor einem vereinzelten rosaroten Lichtstrahl ab, bevor sie in einem tunnelartigen Spalt zwischen den Bäumen verschwand.

Glendenning sprengte dem Schatten nach. Erst im letzten Moment erhaschte er einen flüchtigen Blick auf etwas Dünnes und straff Gespanntes über Flames Ohren.

Ein mächtiger Aufprall schnitt ihm den Atem ab und schleuderte ihn aus dem Sattel. Schreck durchzuckte ihn, ein Gefühl von Wut und Schmerz, das schließlich verebbte ...

»Wie der Wind ist er geritten, sag ich dir, und dem Jungen dicht hinterher!« Die Männerstimme klang scharf und verdrossen. »Eine Minute noch, und er hätt ihn erwischt. Was dann? Ha, daran hast du nicht gedacht, wie?«

Irgendein fehlgeleiteter Steinmetz meißelte ein Loch in Glendennings Kopf, aber er wollte herausfinden, was er tun sollte, und versuchte sich zu bewegen. Irgendein anderer Narr fing an, ihm einen heißen Pfahl durch den Knöchel zu bohren. Er kämpfte gegen ein Stöhnen an und verlor das Interesse am Geschehen ...

Glühende Hitze quälte ihn, und er hörte die Stimme einer Frau. Mitten, dachte er. Und wenn es wirklich die hübsche Dimity Cranford war, lag er immer noch mit der Verwundung durch die Musketenkugel darnieder, die ihm dieser verdammte Soldat verpaßt hatte ... Er fragte sich, ob man Bowers-Malden mitgeteilt hatte, daß er sterben würde ... Und er konnte sich den Kummer und die Scham vorstellen, die sein Vater empfand, wenn er entdeckte, daß sein Erbe eine lebenswichtige jakobitische Geheimbotschaft bei sich gehabt hatte, als man ihn niederschoß ...

Etwas erfrischend Kühles berührte sein Gesicht, und die Stimmen wurden deutlicher. Der Mann sprach nun wieder. Er klang sehr streitsüchtig. »... man hätte ihm den Hals umdrehen sollen, so wie ich gesagt hab. Ein feiner adliger Pinkel, oder? Mistkerle. Denen sollte man allen den Hals umdrehen. Oder sie aufknüpfen!«

»Du redest Unsinn, Onkel Ab. Du willst wohl unbedingt an der Feldglocke hängen?« Die Stimme klang melodisch, wenn auch nicht gebildet, sondern eher derb. Es war also doch nicht Mitten. Verwirrt hörte Glendenning zu, als sie sagte: »Er kann ja nichts dafür, daß er adlig ist, der arme Kerl. Was ist jetzt mit seiner Stute?«

»Flame!« rief Glendenning und setzte sich auf, doch die Welt um ihn barst in Stücke und verschwand ...

Lange Zeit danach hörte er Glocken. Keine Kirchen- oder Schiffsglocken, es klang eher wie die kleine Handglocke, die seine Mama auf dem Tischchen in ihrem Wohnzimmer stehen hatte. Nur ein Glöckchen, und sein unregelmäßiges Geläute wurde von einem Zischen begleitet. Vielleicht eine zahme Schlange mit einem Glöckchen um den Hals, sinnierte er in seinem Dämmerzustand.

»Warum ziehen Sie solche Falten?« fragte die Frau leise, und eine kühle Hand strich ihm über die Stirn.
Wenn er es wagte, die Augen zu öffnen, würde der Hammer in seinem Kopf wahrscheinlich direkt die Schädelknochen durchstoßen. Also blieb er lieber still liegen. Die Haut ihrer Hand fühlte sich eher rauh an, aber die Berührung war zart und tröstlich. »Ich hab nur überlegt ...«, begann er und runzelte wieder die Stirn, doch seine Stimme klang so weit weg ...
»Ja? Was hast du überlegt, armer Kerl?«
»Haben Sie.« Wie läppisch, ihr zu sagen, wie sie ihn anreden sollte.
»So ein Unsinn! Na schön, was *haben Sie* überlegt?«
»Ich habe mich gefragt ... ob Schlangen ... einen Hals haben ...«, brachte er heraus.
»Lieber Himmel«, ertönte die Männerstimme, streitsüchtig wie schon zuvor. »Der is nicht mehr richtig im Kopf, wie ich gesagt hab. Den sollte man doch besser aus seinem Elend erlösen.«
Der Viscount war schwach wie eine Katze, und sein Kopf hämmerte höllisch, aber er würde, verdammt noch mal, nicht hier liegenbleiben und zulassen, daß dieser Schurke ihm den Garaus machte. Mit einer mächtigen Anstrengung riskierte er es, die Augen zu öffnen. Durch einen roten Nebel sah er eine höchst strubblige Stützperücke, unter der sich nach und nach ein grimmiges gebräuntes Gesicht materialisierte, das vor allem aus buschigen Augenbrauen, funkelnden Augen und einem nach vorne gereckten Kinn zu bestehen schien.
»Sie hinterhältiger, verdammter ... Pferdedieb«, keuchte Glendenning. »Was haben Sie ... was haben Sie mit meiner ... Stute gemacht?«
Der Aufschrei, der daraufhin ertönte, hallte betäubend in seinem Kopf wider, und er fiel zurück. Wie aus weiter Ferne hörte er den zum Mord aufgelegten Dieb: »Hab ich's dir

nicht gesagt? Mit einem Fuß im Grab, aber schon dazu bereit, mich aufknüpfen zu lassen! Ich würde ihm am liebsten den Hals umdrehen. Oh, du mußt mir erlauben, diesem Mistkerl den Hals umzudrehen, Amy.«

Amy? Glendenning blinzelte, und ein zweites Gesicht erschien, ein Gesicht, das selbst durch die Nebelschleier hindurch so auserlesen schön war, daß es ihn blendete. Mit schwacher Stimme stieß er aus: »Sie heißen also ... wirklich nicht Alice ...«

Die weichen Lippen öffneten sich. »Ich habe doch gesagt, daß ich nicht so heiße. Ich bin Amy Consett, und das ist mein Onkel Absalom Consett. Und wie heißen Sie?«

»Sie wissen ... wer ich bin.«

»Ich hab's vergessen. Helfen Sie mir auf die Sprünge.«

»Wenn Sie nicht zulassen ... daß er ... mich umbringt.«

»In Ordnung. Sagen Sie es mir.«

Er dachte darüber nach, aber er war so müde, daß er einschlief.

Als er aufwachte, waren die Nebel verflogen. Das Glöckchen läutete nicht mehr, aber er hörte ein anderes Geräusch, eine Art schwaches Rasseln, das sich hin und wieder vernehmen ließ. Nach und nach nahm er seine Umgebung in sich auf. Er befand sich auf einem primitiven, aber recht bequemen Bett. Die Matratze bestand anscheinend aus Stroh und Farn, das von einem Leintuch zusammengehalten wurde und in einem Holzrahmen steckte. Zwei grob gewobene Decken lagen über ihm, während sein Kopf von einem hier völlig unpassenden Satinkissen gestützt wurde. Zuerst hatte er angenommen, daß er in einer Höhle lag, aber nun sah er, daß der Raum aus Steinblöcken errichtet war und Sonnenlicht durch eine Öffnung hoch oben an einer Wand fiel.

Neugierig sah er sich um. Hölzerne Packkisten waren unter dem Fenster aufgestapelt; daneben erblickte er auf einer hochkant gestellten Kiste einen angeschlagenen Wasser-

krug mit Schüssel, einen zerbrochenen Spiegel, eine Haarbürste und einen Kamm. Dann entdeckte er ein Bild, das nicht weit weg von ihm hing. Es zeigte eine Gänsehirtin, die bei Sonnenuntergang ihre Schar über ein Feld trieb, und wirkte ebenfalls ziemlich fehl am Platz, denn es war ein prachtvolles Kunstwerk in einem geschnitzten Rahmen. Zweifellos gestohlen, dachte er.
Vorsichtig bewegte er den Kopf, wurde aber nicht sofort mit dem grausam stechenden Schmerz bestraft, der ihn zuvor gequält hatte, als er aufgewacht war. Er entdeckte einen einfachen Tisch, an dem Amy, das Zigeunermädchen, auf einem dreibeinigen Stuhl saß. Ihr Kopf war über ein gebogenes, glänzendes Holzstück gebeugt, an dem sie mit höchster Konzentration arbeitete. Während er sie beobachtete, wandte sie sich einer kleinen Schachtel zu, die auf dem Tisch stand, und begann in ihrem Inhalt zu kramen. Das war das Rasseln, das er gehört hatte. Offensichtlich hatte sie gefunden, was sie suchte, denn sie nahm einen winzigen Gegenstand heraus und beugte sich erneut über ihre Arbeit.
Sie hatte eine bezaubernde Art, ihr Haar zurückzuwerfen, wenn es nach vorne fiel. Glendenning bemerkte, wie ordentlich der größte Teil der dunklen Masse über ihrem Rücken hing, aber eine seidige Strähne glitt ihr, als könnte sie es nicht ertragen, zurückgestrichen zu werden, immer wieder verstohlen über die weiße Schulter, bis sie ihr schließlich triumphierend vor dem Gesicht hing, nur um erneut zurückgeworfen zu werden. Er wartete darauf, daß die Locke ein weiteres Mal zu rutschen begann, als Amy ihn ansah.
Ihr Gesicht hellte sich auf. »Was, sind Sie endlich wach? Und wissen Sie diesmal, wer Sie sind?«
»Ja, aber ...«
»Aha!« Sie erhob sich und trat auf das Bett zu. »Das klingt eher nach einer Männerstimme und nicht mehr nach

einem Gespenst. Dann sagen Sie es schon. Aber wohlgemerkt, alle Namen!«

Leicht erzürnt erwiderte er: »Horatio Clement Laindon, Viscount Glendenning. Und ich entschuldige mich, daß ich eine Last war, weil ich mir den Schädel eingeschlagen habe, als Sie mein Pferd gestohlen haben.«

»Sie haben sich auch vorher schon mal den Kopf eingeschlagen, wie, Melord? Jetzt werden Sie auf jeder Seite Ihres Rotschopfs eine Narbe haben.«

Instinktiv griff er nach oben und berührte einen Verband. Natürlich, sie hatten ihm die Perücke abgenommen. »Ich muß ja ein schöner Anblick sein«, meinte er trübsinnig.

Sie kicherte. »Na, Ihre Haare sind auf jeden Fall nicht so rot, wie ich gedacht hab. Kastanienbraun sagt man dazu wohl.« Sie kam noch näher und berührte sanft sein Haar. »Sie fangen schon an, sich zu locken, aber ich nehm an, Sie werden wieder alles abschneiden, was dämlich ist. Ihre Strähnen und Stricke ist nicht so hübsch wie Ihr eigenes Haar.«

Wie schon zuvor fiel ihm auf, daß sie eine seltsame Art hatte, manchmal ganz korrekt zu sprechen und dann wieder in eine derbere Version zu verfallen. »Strähnen und Stricke – Perücke?« fragte er lächelnd. Und als sie nickte, fuhr er fort: »Warum benutzen Sie Rotwelschreime? Manchmal sprechen Sie ganz richtig, und Sie haben eine hübsche Stimme.«

»Na, so was von großzügig, wie Seine Lordschaft ist!« Sie knickste spöttisch. »Wahrhaftig, ich weiß kaum, was ich tun soll, so geschmeichelt fühl ich mich!« Er sah sie ruhig an und preßte die Lippen zusammen, und sie lachte und fragte dann: »Wo haben Sie sich die andere Narbe geholt? Noch nicht so lange her, wie?«

Seine Erinnerung kehrte zurück zu einer wilden, stürmischen Nacht vor fast zwei Jahren. Ein verzweifelter Ritt, Soldaten, die ihn von allen Seiten bedrängten, und er hatte die todbringende jakobitische Geheimbotschaft in der Tasche gehabt. Mistress Amy Consett hielt ihn offensichtlich für einen feigen Tunichtgut. Er fragte sich, was sie denken würde, wenn sie wüßte, daß er (zu Recht) verdächtigt wurde, für Bonnie Prince Charlie gekämpft zu haben. »Oh, nur ein Duell«, log er.

Sie schürzte die Lippen. »Ihr adligen Burschen mit euren Duellen! Was für eine dumme Art, das Leben wegzuwerfen, das der liebe Gott euch gegeben hat. Doch das ist nicht mein Bier.«

»Apropos . . .«

»Aha. Sie haben Durst, wie?«

»Ja, schrecklichen Durst.«

Eilig lief sie zum Tisch und kam mit einem angeschlagenen Becher voll Wasser wieder, den sie ihm an die ausgetrockneten Lippen hielt.

»Nicht zu schnell, Vorsicht! So, das ist genug.«

Er dankte ihr und legte sich mit einem Seufzer zurück.

»Sie fragen sich wohl, wo Sie sind, Melord, wie?«

»Ja. Und wie lange ich schon hier bin, und . . .«

»Eins nach dem anderen, Kamerad. Eins nach dem anderen. Sie waren hier – mal überlegen –, heute ist der vierte Tag. Sie haben einen ganz hübschen Schlag abbekommen und waren die meiste Zeit nicht bei sich.«

Glendenning erstarrte, dann sagte er mit erzwungener Fröhlichkeit: »O Gott! Ich hoffe, ich habe nicht alle Einzelheiten meiner finsteren Vergangenheit ausgeplaudert.«

Mit einer geschmeidigen, anmutigen Bewegung setzte sie sich auf den Boden und stützte sich mit den Händen ab. Ein verstohlenes Lächeln zog ihre roten Lippen nach oben. »Ein paar komische Freunde haben Sie, wenn Sie das meinen. Von Juwelenmännern haben Sie was gebrabbelt. Und von entführten Ladys, und das alles vermischt mit dummen Jungen und Mama und jemandem, der Mitten heißt.« Sie beobachtete sein ausdrucksloses Gesicht und

lachte leise: »Diese Mitten wollte Sie nicht haben, was, mein adliges Bübchen?«
Verdammt, dachte er und erwiderte kalt: »Und diese Tatsache gefällt Ihnen, Mistress Amy?«
Sie zuckte die weichen weißen Schultern. »Es ist gar nicht schlecht, wenn verzogene, reiche kleine Jungen herausfinden, daß sie nicht alles haben können, was sie wollen. Und wenn's nur einmal in ihrem nutzlosen, verhätschelten Leben ist.«
Sein Kopf schmerzte wieder grausam. Blinzelnd fragte er: »Haben Sie deswegen mein Portemonnaie gestohlen, nachdem ich gelogen hatte, um Ihnen zu helfen? Wollten Sie, daß ich umkomme, als man mich aus dem Sattel geworfen hat?«
Offensichtlich hegte sie einen tiefen Haß gegen den Adel, und er war überrascht, als er sah, wie eine tiefe Röte ihren hübschen Hals hinauf bis in die Wangen kroch.
Schlanke Fesseln blitzten kurz auf, als sie aufsprang und sich über das Bett beugte, ein kleines, aber mörderisch aussehendes Messer in der schmalen Hand. »Wenn ich das gewollt hätte, Gorgio-Bübchen«, stieß sie aus, »dann wären Sie schon vor drei Tagen tot gewesen!«
Glendenning stieß den Kopf zur Seite, als dieses rasiermesserscharfe Ding unter seinem Kinn aufblitzte. Die schnelle Bewegung ließ einen stechenden Schmerz sein linkes Bein hinaufschießen, und er keuchte.
Sofort verschwand das Messer, und mit ihm Amys Zorn. »Ach, was bin ich bloß für ein scheußliches Mädchen!« sagte sie reuig. »Jetzt habe ich Ihnen weh getan. Ist es Ihr Kopf? Oder Ihr armer Fuß?«
»Mein ... Bein.«
Sie schlug die Bettdecke zurück.
Mit einem schockierten Aufschrei packte er die Decke und hielt sie fest. »He!«
»Oh, seien Sie doch nicht albern. Wer, glauben Sie, hat Sie gepflegt, seit Sie gestürzt sind? Ich habe Ihre Beine schon

öfter gesehen, Melord. Und ganz schön haarig sind sie, wenn Sie's wissen wollen.«
Nun war Glendenning an der Reihe zu erröten. Er ließ die Decke los und legte sich schwer atmend zurück. Das Nachthemd, das er anhatte, war riesig. Zumindest war er anständig bedeckt. Amys Hände waren mit seinem Fuß beschäftigt, und er stöhnte, als sie vorsichtig den Verband löste.
»O weh«, murmelte sie. »Ich muß noch einmal einen Umschlag machen.«
Er spähte nach unten. »Ist der Knochen gebrochen?«
»Soweit ich es sagen kann, nein. Aber Sie sind auf ein paar herumliegenden Ästen gelandet, und einer davon hat sich durch Ihren Stiefel gebohrt. Ich habe versucht, die Wunde zu säubern, doch sie hat sich entzündet, und ...«
»Und wir hätten ihm den Fuß abmachen sollen. Wie ich's dir gesagt hab!«
»Den Teufel hätten Sie tun sollen«, widersprach Glendenning und blickte den kleinen, aber unerwartet stämmigen Mann mittleren Alters, der mit einer flachen Holzschüssel und einem dampfenden Wasserkessel hereingekommen war, wütend an.
»Angst haben Sie, wie?« höhnte dieser. »Kein Wunder. Alle aristokratischen Gents sind Feiglinge. Gelb wie frischgeschlüpfte Küken, und genauso schwächlich. Hier ist die Medizin, die du haben wolltest, Mädchen. Keine Ahnung, warum ich dir nachgegeben hab. Er is es nicht wert. Hat nicht genug Verstand, um zu wissen, daß er mit dieser schönen Stute nicht durch den Wald galoppieren kann, wenn's dunkel ist, so scharf is er drauf, einen unschuldigen Kerl zu schnappen. Es war die Hand der Vorsehung, die seiner aristokratischen Birne den Ast in den Weg gehängt hat.«
»Ich werde Ihnen zeigen, wie schwächlich ich bin, wenn ich aufstehen kann«, versprach Glendenning grimmig. »Und es war kein Ast, der mich vom Pferd geworfen hat, sondern das Seil, daß Sie gespannt haben. Wenn Sie ...«

»Was?« Amy hatte gerade irgendein Pulver in eine kleine Schüssel geschüttet, aber nun fuhr sie mit einem entsetzten Blick herum. »Absalom Consett – das hast du doch nicht getan? Oh, wie dumm ich bin! Als hättest du wissen können, daß er gerade auf dem Weg kommt.«
»Genau«, sagte ihr Onkel grinsend. »Hör nicht auf diesen hübschen Dandy, meine Kleine. Bloß Ärger machen, das will er. Nach allem, was wir für ihn getan haben Aber das paßt zu ihm.«
»Sie haben gewußt, daß ich genau diesen Weg entlangreiten würde, weil es der einzige Weg durchs Unterholz ist. Wahrscheinlich haben Sie diesen Strick immer bereit, falls irgendwelche Soldaten oder Polizisten Ihrem Lager, oder was immer das hier ist, zu nahe kommen sollten.«
»So eine blühende Phantasie«, höhnte Absalom, der zu ihm ans Bett trat, um einen Blick auf den verletzten Knöchel zu werfen, dabei aber das Mädchen aus dem Augenwinkel ansah. »Ist es nicht fein, was die alles auf ihren Schulen lernen, Amy?«
»Man wird es leicht nachprüfen können«, beharrte Glendenning. »Gehen Sie hin zu der Stelle, Mistress Consett. Wahrscheinlich finden Sie noch das Seil, das um einen der Baumstämme gebunden ist, während der Rest irgendwo bei den Wurzeln oder in den Ästen versteckt ist. Es sei denn, Sie wollen es nicht wissen.«
Sie zögerte und sah beunruhigt drein. Dann erklärte sie verächtlich: »Meinen Sie, daß ich eher Ihnen glaub als ihm? Oder daß ich mich drum scheren würd, wenn es stimmt, was Sie sagen? Wenn Sie einfache Leute hetzen, dann verdienen Sie, was Sie kriegen!«
Absalom lachte leise. »Wenn Ihnen das keinen Dämpfer aufsetzt, vollmundiger Viscount, dann weiß ich nicht ...«
Amy wirbelte herum wie eine Tigerin und rief schrill: »Laß ihn! Und geh weg von mir, sonst könnte ich ... ich könnte dir ins Gesicht schlagen, wenn du nicht mein einziger

Onkel wärst!« Sie schnaubte und fügte hinzu: »Und das bist du gar nicht.«
Der kräftige Mann sah aus, als hätte er einen vernichtenden Schlag bekommen. »Aber ... aber, Amy«, stammelte er. »Geh doch nicht auf mich los! Du hättest dasselbe getan, um Florian zu schützen. Das weißt du doch.«
»Ich weiß, daß ich so etwas nicht getan hätte! Ich bin nicht ganz aus Stein. Lord Glendenning mag ein Peer sein, aber er ist kein schlechter Mensch. Und was wär wohl dabei herausgekommen, wenn er sich den Hals gebrochen hätte? Nein!« Mit einer abwehrenden Handbewegung schnitt sie seine Entgegnung ab. »Ich will nicht mit dir reden! Ich will dich nicht sehen! Geh und laß mich in Ruhe!«
Flehend streckte Absalom die Hand aus. »Aber ... Amy, Mädchen. Noch nie hast du mich so angefaucht. Laß doch diesen Gorgio nicht ...«
Sie sprang auf und stampfte mit dem Fuß auf den Boden. Gebieterisch streckte sie den Arm aus und zeigte auf die mit dem Bettlaken zugehängte Tür, durch die er gekommen war. »Geh!« befahl sie. »Jetzt sofort!«
Er ließ die Hand wieder sinken, und nach einem haßerfüllten Blick auf den Viscount verschwand er mit hängendem Kopf.
Als das Tuch hinter ihm herunterfiel, sank Amy plötzlich in die Knie und vergrub das Gesicht in den Händen.
Erschrocken stützte sich Glendenning auf den Ellbogen. »Bitte weinen Sie nicht. Bitte ... Ich habe nicht die Absicht, ihn anzuzeigen, ich verspreche es Ihnen. Aber ich freue mich, daß Sie nicht an der Sache beteiligt waren, Mistress Amy.«
Sie hob das tränenüberströmte Gesicht und starrte ihn eine Minute lang schweigend an. Dann murmelte sie: »Ach, wirklich?« Sie schniefte und trocknete sich die Tränen mit dem Rocksaum ab. »Warum? Ich bin bloß ein einfaches Zigeunermädchen.«

Entzückt über den Anblick einer wohlgerundeten Wade, erwiderte er: »Sie sind ein sehr schönes Mädchen, und ...«
»Und Sie können Ihre schmutzigen Augen von meinen Beinen lassen«, unterbrach sie ihn empört und strich ihren Rock wieder zurecht. »Männer! Absalom hat recht, ihr seid alle gleich!«
»Ja, aber Absalom ist auch ein Mann«, entgegnete er grinsend. »Und Sie können nicht erwarten, daß ein Mann nicht bewundernd auf ein so ...«
»Oh, halten Sie den Mund!« Mit einem finsteren Blick nahm sie den Kessel, den ihr »Onkel« hereingebracht hatte.
»Aber ich möchte gerne ...«
»Ich kann mir denken, was Sie gerne möchten, Lordschaft! Aber Sie werden es *nicht* mögen, wenn ich Ihnen diesen Umschlag auf den Knöchel mache. Das kann ich Ihnen versprechen!«
Sie goß das dampfende Wasser auf das Pulver in der Schüssel. Glendenning, der sie ängstlich beobachtete, meinte: »Es ist sehr freundlich, daß Sie mir so helfen.«
»Halten Sie den Mund!«
»Das nun wieder ist sehr unfreundlich, Amy. Und Ihr Mund ist viel zu hübsch, um solche Grobheiten zu sagen. Ich wünschte ...«
»Ich auch«, unterbrach sie ihn, während sie heftig in der Schüssel rührte. »Anstatt daß Sie sich Gedanken über meine Beine machen und darüber, wie ich rede, wäre es mir lieber, Sie würden sich ruhig hinlegen und Ihren Mut zusammennehmen. Wenn Sie welchen haben. Sie werden ihn brauchen.«
Lord Horatio seufzte und tat, wie ihm geheißen wurde.
Und sie hatte vollkommen recht.

Katrina Falcon, die sich gegen die dicken Polster der großen Kutsche lehnte, lachte und sagte: »Du weißt ganz gut, warum Gwendolyn und ich mitgekommen sind, mein Lieber.«
Gwendolyn Rossiter, die neben ihr saß, nickte. »Hätten wir Sie nicht begleitet, hätte es schon eine wilde Auseinandersetzung gegeben, bevor Sie in Windsor angekommen wären, ganz zu schweigen davon, was vor Ihrer Rückkehr passiert wäre.«
Falcon, der neben James Morris saß, blickte von seiner schönen Schwester auf das muntere Gesicht des Leutnants und fragte sich, ob Trina jemals so töricht sein würde, diesen dummen Kerl in Erwägung zu ziehen. »Morris und ich haben ein Abkommen geschlossen«, sagte er. »Egal, wie lästig er auf dieser Fahrt auch sein mag, ich werde ihn nicht erwürgen.«
Katrina schrie empört auf, aber Morris, der durch das Fenster auf den gewaltigen Umriß von Windsor Castle starrte, schien die Bemerkung nicht gehört zu haben.
»Gibt es einen besonderen Grund für Ihre Fahrt?« fragte Gwendolyn. »Oder besuchen wir nur die Glendenning Abbey?«
»Das glaube ich nicht«, sagte Katrina. »Sonst hätten wir doch schon längst abbiegen müssen, nicht wahr, August?«
»O ja, wenn wir zu Bowers-Malden wollten. Doch das wollen wir nicht.« Er zögerte. Die Ladys kannten nicht die ganze Geschichte, aber vielleicht sollte man einige Einzelheiten in ihr Gedächtnis zurückrufen. »Ihr wißt noch, daß Rossiter und Morris zwei dieser juwelenbesetzten Figuren in die Hände bekommen haben?«
»Wie könnten wir das vergessen?« fragte Katrina. »Die arme Naomi ist entführt worden, und das geforderte Lösegeld waren diese beiden Juwelenmännchen. Ich bin ja so froh, daß Gideon sie gerettet hat.«
»Nicht dank meines Bruders Newby«, seufzte Gwendolyn.

»Als er meinte, sie seien sehr wertvoll, und sie zu einem ...«
Sie blickte auf, und ihre Augen weiteten sich.
Aufgeregt fuhr Katrina fort: »... zu einem Antiquar gebracht hat, der ein Experte für Jade ist, damit er ihren Wert schätzen sollte! Und dieser Antiquar wohnt in Windsor! August, geht es wieder um diesen schrecklichen Verein? Um diese Leute, die ihr die Liga der Juwelenmänner nennt? Sind wir deshalb hierhergefahren? Ich dachte, diese fürchterliche Geschichte sei nun ausgestanden.«
»Sie ist nicht ausgestanden, nicht wahr?« fragte Gwendolyn, deren Augen aufgeregt glänzten. »Ihr glaubt, daß sie wieder ihre Ränke schmieden, und deswegen wollt ihr nachfragen, was der Fachmann für Jade euch sagen kann.«
»O nein!« rief Katrina erschrocken. »Allein der Gedanke an diese üblen Kreaturen versetzt mich in Angst.«
»Dann denk nicht an sie, meine Liebe, denn wir haben keinen Grund zu der Vermutung, daß sie weitere üble Dinge aushecken. Morris war neugierig, diesen Kerl kennenzulernen, das ist alles. Nur eine von seinen dummen Launen, aber da ihr gesagt habt, ihr würdet gerne eine Ausfahrt machen, habe ich ihm nachgegeben.«
Katrina lehnte sich wieder zurück, ein wenig beruhigt.
»Wahrhaftig, Sie sind zu großzügig«, bemerkte Gwendolyn und warf Falcon einen forschenden Blick zu. »Was sagen Sie dazu, Jamie?«
Morris starrte sie ausdruckslos an, dann schrak er zusammen. »Oh, Verzeihung. Ich war gerade in Gedanken. Wahrscheinlich verdammt unbequem.«
»Für Sie vermutlich richtig schmerzhaft«, stimmte Falcon zu.
Verwirrt fragte Morris: »Für mich? Ich hab keinen.«
»Jeder hat zumindest einen, armer Trottel. Sogar Sie.«
»Wissen Sie Falcon, dafür, daß Sie eine so gute Erziehung hatten, sind Sie manchmal ziemlich blöd«, sagte Morris.

»Wenn das so wäre, gäbe es in England nicht genügend Platz für die Leute!«
Falcon rollte die Augen gen Himmel. »Ich werde ihn nicht erwürgen«, flüsterte er. »Ich werde ihn nicht erwürgen ... Ich *hoffe*, daß ich ihn nicht ...«
Lachend warf Katrina ein: »Ich glaube, mein Bruder hat Ihre Gedanken gemeint, Leutnant.«
»Na, da haben wir's ja«, erwiderte Morris. »Das zeigt, daß er nicht aufpaßt. Ich hab von Landsitzen gesprochen, die so eine richtige Burg sind. Sehen Sie bloß, wie riesig dieses Monstrum ist. Und ich wette, in dem ganzen Ding gibt es nicht einen bequemen Stuhl.«
Gwendolyn beugte sich vor, um den massiven Block der Burg zu betrachten. »Armes Ding. Wahrscheinlich läßt man es verfallen. Man sollte es renovieren.«
»Man sollte es lieber abreißen«, widersprach der praktisch denkende Falcon. »Niemand, der bei Verstand ist, würde dort leben wollen. Was für einen Nutzen hat es?«
Morris' Miene hellte sich auf. »Ich habe eine Idee! Man könnte im Sommer dort Eis aufbewahren. Sehen Sie sich diese Mauern an. Mindestens zwei Meter dick.«
»Ich habe gehört«, murmelte Gwendolyn, die sich auf eine vielversprechende Gedankenverbindung stürzte, »daß es in China eine Mauer gibt, die fast tausend Meilen lang ist.«
»Eher fünfzehnhundert«, korrigierte Falcon sie.
»Aha ...«, meinte sie und wandte sich vom Fenster ab, um ihn anzulächeln.
Sein Gesicht glühte, und er schaute zur Seite. Katrina begegnete Gwendolyns fröhlichem Blick und zwinkerte.
Nachdenklich sagte Morris: »Warum sollte irgend jemand den Wunsch haben ...«
»Zerbrechen Sie sich darüber nicht den Kopf«, knurrte Falcon. »Gott sei Dank, wir kommen in die Stadt. Haben Sie meinem Kutscher die Adresse genannt, Morris?«

Morris bejahte und sagte, er hoffe nur, daß Mr. Ellis daheim sei.
Ruckartig blieb die Kutsche vor einem kleinen, eher baufällig aussehenden Haus stehen, an dem bemerkenswert nur die hellblaue Tür war.
»Dürfen wir mitkommen?« fragte Katrina.
»Nein«, antwortete ihr Bruder. »Er wird freier sprechen, wenn Morris und ich allein hineingehen. Der Kutscher kann mit euch inzwischen eine Rundfahrt durch diese faszinierende Metropole machen.«
Katrina war enttäuscht, und Gwendolyn äußerte die Meinung, die Gentlemen seien Spielverderber, aber Falcon blieb hart.
Als die beiden Männer die Stufen zur Eingangstür hinaufstiegen, erinnerte er Morris: »Denken Sie daran, wir wissen nichts. Ich will keineswegs irgendeine Meinung, die er sich gebildet hat, beeinflussen.«
»Na gut, aber warum sollten die Ladys uns nicht begleiten? Der alte Knabe wäre wahrscheinlich entzückt von ihnen, so hübsche Geschöpfe, wie sie sind.«
»Nun, da Sie sie so bewundern, hätten Sie selbst auf den Gedanken kommen können, daß es Miss Rossiter sehr schwer gefallen wäre, diese Stufen hinaufzusteigen.«
»Beim Zeus! Sie haben recht! Prima von Ihnen, Falcon. Wer hätte gedacht, daß Sie Rücksicht auf andere nehmen könnten?«
Zum Glück ging die Tür auf, bevor Falcon Gelegenheit hatte zu antworten.
Die knochige Lady, die auf die winzige Veranda trat, trug Schal und Mütze und hatte eine große Stofftasche in der Hand. Sie sei die Haushälterin, teilte sie ihnen mit, und gehe zum Einkaufen. Mr. Ellis sei im Arbeitszimmer. »Gerade durch nach hinten. Am besten, Sie klopfen laut, sonst hört er Sie nicht, weil er so in seine Bücher vertieft ist.«
Sie war angenehm erregt, als Morris ihren Arm nahm und

ihr die Treppe hinunterhalf, und lächelnd und errötend ging sie davon, begierig, ihren Freundinnen dieses Erlebnis mitzuteilen.
Die Kutsche war gerade erst angefahren, und Katrina beugte sich aus dem Fenster und rief leise: »Treuloser!«
Morris errötete, grinste und eilte wieder die Stufen hinauf.
Gwendolyn sah in die funkelnden Augen ihrer Freundin und sagte: »Er verehrt den Boden, auf dem du gehst, Trina. Empfindest du irgendeine Zuneigung für ihn?«
»Ich gebe zu, anfangs habe ich gedacht, das könnte ich nie. Aber wie kann man anders, als ihn zu mögen? Er ist ein so freundlicher Kerl, und er muß der liebenswürdigste Mann der Welt sein. Ich hoffe nur ...« Katrina brach ab, und ihr Lächeln schwand.
»Was? Ihr albernes Duell?«
»Ja. Ich weiß, daß der Leutnant meinen Bruder zum Wahnsinn treibt, aber wenn August ihn wirklich schwer verletzt ... Oh, es wäre schrecklich!«
»Mach dir keine Sorgen. August hat nicht vor, ihn zu verletzen.« Katrina sah sie neugierig an, und Gwendolyn kicherte. »Du solltest von allen Menschen doch am besten wissen, daß August Jamie keineswegs so verabscheut, wie er tut.«
»Das ist wahr«, entgegnete Katrina langsam, »aber August kann manchmal mörderisch sein, und Jamie – ich meine Leutnant Morris – reizt ihn hin und wieder absichtlich.«
»Ja. Genau wie ich.«
»Das habe ich bemerkt. Darf ich fragen, warum du das tust?«
Gwendolyn zögerte. »Nun, es geht mich ja nichts an, und ich weiß, daß ich nicht das Recht dazu habe, doch ich finde es so traurig, daß er mit seinem albernen Stolz euch beiden das ... das Leben verdirbt.«
Katrinas Lächeln war gequält. »Er hat seine Gründe.«
»Ja, aber wenn ich seinen Vater sehe, der so munter und

fröhlich ist, verstehe ich kaum, wie sie so unterschiedlich sein können.«
»Papa ist kein Halbblut.«
»Und ihr auch nicht. So ein Unsinn!«
»Ich wünschte, August könnte glauben, daß es Unsinn ist.«
Gwendolyn, die sich umsah, meinte: »Was für ein Glück, daß sie den Gentleman zu Hause angetroffen haben. Ich frage mich, was er ihnen sagen kann oder ob er sich überhaupt noch an die Figuren erinnert, die Newby ihm gezeigt hat.«
Mr. Ellis, ein hagerer Herr mit einer unordentlichen Perücke und einem verstaubten Kneifer, der tief unten auf seiner Nase saß, erinnerte sich sehr wohl an die Sammlung der Juwelenmänner. Ja, er habe zwei der Figuren in der Hand gehabt. Er bot seinen unerwarteten Besuchern zwei Stühle in seinem vollgestellten Arbeitszimmer an, und während er auf ihre Visitenkarten blickte, erklärte er: »Sie wurden mir vor ein paar Wochen gebracht, damit ich ihren Wert schätzte, und zwar von einem jungen Mann namens ... Hm, wie hieß er noch? Ah! Mr. Newby.«
»Mr. Newby«, wiederholte Morris mit einem Seitenblick auf Falcon.
»Ja.« Die klugen braunen Augen des Antiquars sahen von der rätselhaften Eleganz des äußerst attraktiven Mr. Falcon, der ganz sicher orientalische Vorfahren hatte, zu dem runden, gutmütigen und leicht durchschaubaren Gesicht des Leutnants. »War das nicht sein richtiger Name? Wissen Sie, er schien so nervös. Jedesmal, wenn meine Haushälterin die Eingangstür aufgemacht hat, schrak er zusammen.« Er blinzelte über seine Brillengläser hinweg und fügte ängstlich hinzu: »Ich erinnere mich jetzt, daß ein oder zwei Tage später zwei andere Gentlemen Erkundigungen bezüglich der Figuren eingezogen haben. Sie waren nicht ... gestohlen?«
»Nein, nein«, versicherte Morris allzu munter. »Keines-

wegs! Das waren Freunde von uns, keine Leute von der Polizei.«

Ellis schaute noch erschrockener drein. Falcon warf Morris einen wütenden Blick zu und erklärte gewandt: »Die juwelenbesetzten Figuren wurden in der Tat gestohlen, und wir versuchen dabei zu helfen, sie wiederzuerlangen. Doch weder mein Freund noch ich haben die Stücke wirklich gesehen, und wir hoffen, daß Sie uns eine genauere Beschreibung von ihnen geben könnten als Mr. Newby.«

Der alte Herr sah verwirrt aus, und so fügte Morris hinzu: »Er ist farbenblind, verstehen Sie.«

»Wahrhaftig! Das hätte ich nie erraten. Die anderen Gentlemen waren so freundlich, mich zu einem feinen Essen einzuladen.« Mr. Ellis warf einen sehnsüchtigen Blick auf seine beiden Besucher.

»Es wäre uns ein Vergnügen, das ebenfalls zu tun, Sir«, sagte Falcon sofort, »aber in der Kutsche warten zwei Ladys auf uns. Doch wir werden Ihnen natürlich ein Honorar für, sagen wir, eine Konsultation von einer halben Stunde zahlen. Könnten Sie die Figuren vielleicht für uns aufzeichnen?«

Ellis' Miene hellte sich auf, und er begann an seiner Schreibtischschublade zu zerren. Mit einem Ruck öffnete sie sich, und zerknüllte Rechnungen, Stifte, gedruckte Traktätchen, Taschentücher, eine lange Tonpfeife und ein Lorgnon regneten auf den Boden nieder.

»O weh!« rief Morris mitleidig. »Erlauben Sie, Sir.« Er half Mr. Ellis, die Gegenstände wieder aufzuheben, und hatte über jeden einzelnen eine Bemerkung zu machen. Man könne nie genug Stifte haben, das Lorgnon habe einen höchst kunstvollen Stiel, wie schade, daß das Glas zerbrochen sei und so weiter, bis er schließlich ausrief: »Beim Zeus, das ist aber eine schöne Tonpfeife! Mein Vater raucht eine ganz ähnliche.« Diese Worte lösten eine Diskussion aus, die sich von Tonpfeifen zu den Vorteilen des Rauchens gegenüber dem Schnupftabak bewegte, und die beiden

Männer debattierten vertieft und lachten fröhlich über ihre Versuche, die herausgefallenen Gegenstände zurück in die Schublade zu stopfen.
Fasziniert beobachtete Falcon sie. Als er sich schließlich wieder im Griff hatte, sagte er ein wenig scharf, sie sollten nicht vergessen, daß die Ladys warteten.
»O Gott, Sie haben recht«, stimmte Morris zu.
Mr. Ellis wühlte jetzt in mehreren anderen Schubladen, bis er schließlich aus einer ein zerknittertes Blatt Papier zog. »Da haben wir's ja!« rief er erfreut. Er strich das Blatt mit fragwürdigem Erfolg glatt, steckte eine Feder in das Tintenfaß und sagte, sie sollten keine Zeit vergeuden, woraufhin Falcon mit den Zähnen knirschte.
»Die Figuren«, erklärte Mr. Ellis, »waren ungefähr sieben Zentimeter hoch und etwa zwei bis drei Zentimeter dick ... so.« Er zeichnete zwei identische Umrisse auf, die an oben abgerundete Miniaturgrabsteine erinnerten. »Eine«, fuhr er fort, während er emsig zeichnete, »war aus Lapislazuli, die andere aus rosa Jade.«
Morris, der ihm über die Schulter spähte, ergänzte: »Und sie hatten Gesichter.«
Mr. Ellis schaute zu ihm auf. »Ah, Sie haben sie also gesehen, Sir?«
»Äh ... ich meine, Rossiter hat gesagt, sie hätten Gesichter«, stammelte Morris und setzte sich wieder, wobei er sich unangenehm bewußt war, daß Falcon ihn voller Abscheu anstarrte. »Sein Bruder, wissen Sie.«
»Ach? Ich dachte, sein Name sei Newby.«
»Sie sind Halbbrüder«, warf Falcon rasch ein. »Können Sie sich zufällig erinnern, wie die Gesichter ausgesehen haben, Mr. Ellis?«
»Wie? O ja, ja, das kann ich. Sie waren nur in den Stein eingeritzt und ziemlich primitiv. Etwa so.«
»Ich nehme an, Sie wissen nicht mehr, wo die Edelsteine angebracht waren«, sagte Morris.

Mr. Ellis runzelte die Stirn. »Ich fürchte, hier haben Sie mich, Leutnant. Ich glaube, sie waren ziemlich zufällig verteilt. Ich erinnere mich aber, daß die Figur aus Lapislazuli mit sechs Saphiren besetzt war, die Jadefigur dagegen mit fünf Rubinen. Alle Steine sahen auserlesen aus. Wenn Sie wollen, rate ich, wie sie angebracht waren, doch das ist nur eine sehr annähernde Anordnung.«
Auf ihr Drängen hin tat er das und reichte ihnen die Zeichnung. »Ich war genügend interessiert, um ein wenig über diese Figuren nachzuforschen, denn ich hatte nie zuvor von der Existenz einer solchen Sammlung gehört, aber ich konnte nirgendwo eine Erwähnung finden.«
»Haben Sie an ihrer Gestaltung irgendeinen Hinweis darauf erkannt, wo sie gemacht wurden? War irgend etwas ausgefallen oder seltsam?« fragte Falcon.
Ellis schürzte die Lippen und überlegte. »Abgesehen von der Tatsache, daß sie sehr alt waren, würde ich zu sagen wagen, daß sie in China oder von einem chinesischen Künstler hergestellt wurden. Ich hatte die Ehre, ein Stück aus der Schang-Dynastie zu sehen, das mich irgendwie an sie ...«
Falcon unterbrach ihn abrupt. »Sind Sie sicher, Sir?«
»Nein. Nein, keineswegs. Sie könnten auch das Werk eines griechischen oder italienischen Künstlers sein. Dennoch neige ich eher zu der Vermutung ...«
»Sonst ist Ihnen nichts aufgefallen? Nichts, das Ihnen einzigartig vorgekommen ist oder das Ihnen einen Hinweis gegeben hätte, was die Figuren darstellen?«
Nachdenklich meinte Ellis: »Wenn man einen vollständigen Satz sehen könnte, würde man vielleicht mehr herausfinden. Die Tatsache, daß es einen ganzen Satz gibt, könnte darauf hindeuten, daß sie eine bestimmte Funktion haben, wie beim Schach oder bei irgendeinem orientalischen Geschicklichkeitsspiel. Sie könnten aber auch Teil einer Gruppe mythischer oder religiöser Figuren sein. Haben Sie ein besonderes Interesse am Orient, Mr. Falcon?«

»Keineswegs.« Falcon, dem Morris' Grinsen nur zu unangenehm bewußt war, klang sehr kühl, aber der Antiquar schien nicht zu bemerken, daß sich einer seiner beiden Besucher hinter einem Wall aus Eis verschanzt hatte, und murmelte enttäuscht, er habe sich immer danach gesehnt, den Orient zu besuchen, und liebe nichts mehr, als mit jemandem, der sein Interesse teile, über dieses Thema zu debattieren.

Falcon erhob sich. »Vielen Dank für die Zeit, die Sie uns gewidmet haben. Guten Tag, Sir.« Er stolzierte hinaus und überließ das Zahlen Morris, der dem Antiquar weit mehr gab als das bescheidene Honorar, das dieser forderte.

Als die Tür sich hinter ihnen schloß, hielt Falcon Morris fest. »Sie können dieses dämliche Grinsen abstellen. Und ich sehe keinen Grund, Ellis' haltlose Vermutungen vor den Ladys zu erwähnen.«

Morris' Grinsen wurde zu einem Kichern. »Sie wissen sehr gut, daß Miss Gwendolyn äußerst interessiert wäre. Sie würde Ihnen wahrscheinlich zusetzen, sich mit chinesischer Mythologie zu ...«

»Wenn Sie nichts sagen, wird sie mir nicht zusetzen können, nicht wahr?« zischte Falcon.

»Der Fluß ist nur still, wenn es im Winter friert«, erwiderte Morris ernst, aber mit lachenden Augen.

»Ja, und Sie werden *unter* dem Eis stecken, wenn Sie mit ihr darüber schwatzen, verdammt!«

»Wollen Sie mich mit ihren Drohungen dazu bringen, daß ich meine Ehre beschmutze, indem ich die Ladys belüge?«

»Ich würde Sie am liebsten ...«

Hinter ihnen ging knarzend die Tür auf. »Ah, da sind Sie ja noch!« sagte Mr. Ellis. »Mir ist etwas eingefallen, Gentlemen. Nur eine Kleinigkeit. Wahrscheinlich ganz dumm, aber ... Ach du meine Güte! Geht es Ihnen nicht gut, Mr. Falcon?«

»Wahrscheinlich seine Leber«, antwortete Morris schlagfertig. »Achten Sie nicht darauf.«

»Was für ein Jammer! Und so ein junger Mann. Sie sehen ziemlich rot aus. Ich hoffe, es ist nicht der taumelnde Veitstanz. Ich habe gehört, daß es in Brighthelmstone ein paar Fälle geben soll!« Er wich einen Schritt zurück und riet: »Versuchen Sie es mit Rhabarber, Sir. Oder wenn Sie die untere Rinde von einem Erlenzweig ...«
Falcon unterbrach diese gutgemeinten Ratschläge und versicherte, es gehe ihm ausgezeichnet, vielen Dank, und während er so tat, als bemerke er Morris nicht, der sich abgewandt hatte und sich die Augen wischte, fragte er: »Was ist das für eine Kleinigkeit, die Ihnen eingefallen ist?«
»Wie? Oh! Nun, wahrscheinlich ist es ganz dumm von mir. Aber ... die Figuren waren so ähnlich, wissen Sie. In der Größe, meine ich. Und trotzdem war das Gewicht unterschiedlich. Wohlgemerkt, kein großer Unterschied. Aber ...«
»Ich glaube, Sie haben gesagt, auf der Lapislazulifigur seien sechs Saphire gewesen«, meinte Falcon, »während auf der Jadefigur nur fünf Rubine waren.«
»Ganz genau, ganz genau. Aber das würde nicht ausreichend erklären ... Doch es ist nur ein unwichtiger Punkt. Guten Tag.«
Morris dankte ihm, und er sah seinen beiden Besuchern nach, die zu einer luxuriösen Kutsche schritten, deren Schlag der Diener bereits aufgerissen hatte.
»He, Kutscher!« rief Morris. »Bitte halten Sie bei einem Gemüseladen an. Wir brauchen Rhabarber und ...«
Mit einem erstickten Knurren packte Falcon ihn am Arm und schob ihn in die Kutsche.

4

Sind Sie sicher, daß Sie wohlauf sind, Sir?« Florian stützte Glendenning und sah ihm ängstlich in das bleiche, verbissene Gesicht.

Der Viscount klammerte sich an den Zigeunerjungen, bis das Zimmer aufhörte, sich um ihn zu drehen. »Es geht mir prima, danke«, stieß er atemlos aus.

»Das tut es eben nicht, Sir. Himmel, wenn Amy zurückkommt, wird sie mir die Ohren langziehen, weil ich Sie rasiert und Ihnen geholfen habe, so bald schon aufzustehen und sich anzuziehen.«

»Nun, jetzt ist es geschehen, sie kann uns also nicht mehr zurückhalten. Wenn du mir den Stock gibst, den du mitgebracht hast, versuche ich bis zum Tisch zu gehen.«

Der Stock, den Florian ihm gab, war aus Eichenholz, und der Griff war kunstvoll zu einem Drachenkopf geschnitzt. Es war eine schöne Arbeit, und Glendenning fragte sich grimmig, ob der Stock jemandem gehört hatte, den er kannte.

Er fühlte sich an diesem Morgen weit kräftiger, obwohl er es nicht geschafft hatte, den verbundenen Fuß in den Reitstiefel zu stecken. Doch er lehnte Florians Unterstützung ab, und mit Hilfe des Stocks und eigensinniger Entschlossenheit gelang es ihm, bis zum Tisch und wieder zurück zu humpeln. Danach war er sehr froh, sich auf den Stuhl sinken lassen zu können, den Florian ihm heranzog, aber er war auch überglücklich und keuchte: »Brillant! Was sagst du dazu, kleiner Halunke?«

»Ich sage, daß Sie mehr Schneid als Verstand haben, Mylord«, erwiderte Florian grinsend. »Aber Sie sind jetzt wohlauf genug, daß ich mich auf den Weg machen kann, wenn Sie versprechen, nicht ...«

»Kommt nicht in Frage!« Glendenning angelte mit dem Griff des Stockes nach dem Arm des Jungen und zog ihn zu sich zurück. »Du wirst dich hinsetzen und mir Gesellschaft leisten. Und als erstes kannst du mir erklären, warum du hier bist und was du über Miss Consett weißt.«

Florian zögerte, dann hockte er sich auf den Tisch und sagte widerstrebend: »Ich war bei der Sippe, Mylord. Genau wie Amy.«

Der Junge hatte auf Glendenning immer ein wenig fremdländisch gewirkt. Seine Gesichtszüge waren feingeschnitten, so wie auch Amys, aber seine Haut spielte mehr ins Olivfarbene als ihre. Seine dunklen Augen waren groß und intelligent, und obwohl er keinen kultivierten Akzent hatte, sprach er deutlich und grammatikalisch korrekt. Neugierig fragte Glendenning: »Was meinst du damit, du warst bei der Sippe? Bist du kein Zigeuner?«

Er zuckte mit den schmalen Schultern. »Ich weiß es nicht. Amy sagt, man habe mich zur Sippe gebracht, als ich ungefähr fünf Jahre alt war.«

»Dann bist du nicht mit ihr verwandt?«

»Nein, Sir. Aber sie war so gut zu mir, als wäre ich ihr Bruder. Die größeren Jungs haben sich über mich lustig gemacht, weil ich klein war und Angst hatte und die ganze Zeit geweint habe. Amy war damals ungefähr sieben und fürchtete sich vor nichts, und sie hat sich auf meine Seite gestellt, wenn sie mich geschlagen haben. Nachdem Absalom sie adoptiert hatte, hat sie mir immer geholfen, wenn sie konnte, aber ich war dauernd in Schwierigkeiten, weil ich nicht stehlen wollte. Ich habe mich sehr elend gefühlt, und ich hatte ihre Art zu leben satt. Ich wußte, daß Amy bei Absalom in Sicherheit war, und so bin ich davongelaufen. Ich habe auf dem Karren gelebt, und wenn ich einen Korb losgeworden bin, habe ich mir etwas zu essen gekauft.«

Er sprach ganz ruhig, aber das Bild, das seine Worte entstehen ließen, entsetzte Glendenning. »Und dann hat Mr. Cranford dich gerettet. Hm. Erinnerst du dich an nichts aus deiner Kindheit, bevor man dich geraubt hat?«

Der Junge überlegte und erwiderte langsam: »Ich erinnere mich an ein riesiges Bett und an einen Hund und ein weißes Pony. Und an einen großen, sehr freundlichen Mann, der mir abends Geschichten erzählt hat. Aber ... Ich glaube nicht, daß er Englisch mit mir gesprochen hat, Sir.«

»Weißt du, welche Sprache es war?«

Florian schüttelte den Kopf. »Doch ich konnte Englisch lesen. Zuerst nicht viel, und da hat Absalom mir geholfen. Er ist so ein prachtvoller Mann. Als ich davongelaufen war, hat er mir seinen Esel und seinen Karren geliehen, aber die Sippe hat gesagt, ich habe ihn gestohlen. Jetzt habe ich ein eigenes Pferd, und ich habe Onkel Abs Eselskarren zurückgebracht.« Seine Augen blitzten. »Als ob ich von *ihm* etwas stehlen würde!«

»Nein, natürlich nicht. Er scheint für dich und auch für Amy ein sehr guter Freund gewesen zu sein. Du hast gesagt, bei ihm sei sie in Sicherheit. Was meinst du damit? Hat jemand sie bedroht?«

»Sie fing an, erwachsen zu werden«, erwiderte Florian einfach. »Und sie ist hübsch. Absalom hat sie adoptiert, damit sie nicht in ein Freudenhaus verkauft wurde, aber die *chals* ... äh ... die jungen Männer der Sippe haben dauernd miteinander darum gekämpft, wer sie als seine Frau erstehen würde. Sie wollte keinen von ihnen, und sie hat ihr kleines Messer, aber Absalom war oft fort, und sie haben ihr keine Ruhe gelassen. Sie hat viel Ärger verursacht, und nach dem Gesetz der Sippe hätte man sie früher oder später gezwungen, einen von ihnen zum Mann zu nehmen. Also hat Absalom sie aus der Sippe herausgekauft, und sie sind hierhergekommen, um hier zu leben.«

»Sie *leben* hier?« Glendenning blickte auf das kahle Zimmer, die wenigen wackligen Möbelstücke und das einzige Fenster hoch oben in der kalten Steinmauer. »Gütiger Himmel!«

Der Junge lächelte freudlos. »Für solche wie uns ist das ein prima Plätzchen, Sir. Es ist trocken, und es ist noch ein zweiter Raum da, den wir als Küche benutzen und in dem Absalom schläft, wenn er hier ist.«

»Es ist eine verdammte Ruine! Ich wette, das war der Keller eines alten Hauses.«

»Ja. Sein Hauptteil war auf dem Hügel. Es ist schon vor langer Zeit abgebrannt und dann verlassen worden. Niemand kommt hierher, weil es heißt, daß es spukt. Aber dieser Keller hier ist teilweise unter dem Erdboden und daher versteckt, und wir haben einen Kamin gebaut, so daß es im Winter nicht zu kalt ist.«

»Und warum bist du jetzt hier? Haben die Cranfords dich weggeschickt?«

»Ich hoffe nicht, Milord. Amy kann schreiben.« Er nannte diese Fähigkeit in einem Tonfall, als würde sie einen donnernden Salutschuß verdienen, und Glendenning, dem bewußt war, war für eine Mühe das gekostet haben mußte, erwiderte ernst, das finde er großartig. Der Junge strahlte und fuhr fort: »Sie hat mir einen Brief geschickt, in dem sie mir mitteilte, daß Absalom krank sei und sie es nicht mehr allein schaffe. Also mußte ich kommen. Jetzt geht es ihm besser, er wird wieder losziehen, und ich muß zurück.« Seine weißen Zähne blitzten, als er lächelte. »Mr. Peregrine Cranford kommt nicht lange ohne mich aus, wissen Sie.«

Glendenning sah ihn an. »Was meinst du, wohin wird Absalom losziehen?«

»Er wird sich um seine Arbeit kümmern«, knurrte Absalom, der mit einem bauchigen Sack durch die Tür kam. »Und Sie brauchen nicht zu denken, daß Sie ...«

»Was ist denn hier los?« Amy folgte ihm stirnrunzelnd. »Sie sollten noch nicht so bald aufstehen, Lordschaft. Florian, ich hab dir klipp und klar gesagt ...«

»Sehen Sie?« rief Florian lachend. »Wiedersehn, Milord. Wiedersehn, Ab. Ich mach mich auf den Weg!« Er nahm Amy bei den Schultern, gab ihr einen raschen Kuß, und fort war er.

»Warte, du rücksichtsloser Bengel!« Absalom drückte Amy den Sack in die Hand und eilte Florian nach.

Amy musterte den Viscount besorgt. »Wie geht es Ihnen heute morgen? Sie müssen vollkommen verrückt sein, um …« Sie stammelte, glättete ihr vom Wind zerzaustes Haar und wurde rot. »Warum starren Sie mich so an?«

Nachdem sie gestern die entzündete Verletzung über seinem rechten Knöchel verbunden hatte, war er erschöpft gewesen und hatte den größten Teil des restlichen Tages geschlafen. Mit dem Instinkt, den er als gejagter Flüchtling entwickelt hatte, war er irgendwann in der Nacht durch ein leises Geräusch geweckt worden. Mondlicht war durch das Fenster geflutet, und in diesem sanften Schein hatte er gesehen, daß Amy sich hereinschlich, bekleidet mit einem langen weißen Nachthemd, das mit kleinen Blümchen und Schmetterlingen bestickt war. Ihr Haar hing wie ein glänzender Mantel um ihre Schultern, und sie hatte ihn argwöhnisch beobachtet, offensichtlich bereit, sofort zu fliehen, wenn er wach wäre. Da er Angst hatte, sie zu verscheuchen, hatte er sich schlafend gestellt, während sie leise näher kam. Er hatte ihre kühlen Finger auf seiner Wange gespürt, und dann hatte sie vorsichtig die Decke fester um ihn gezogen. Als er die Augen geöffnet hatte, war sie fort gewesen.

In seinem halb benommenen Zustand war es ihm erschienen, als wäre sie von einem Leuchten umgeben, und er hatte sie schön wie einen Engel gefunden. Im hellen Tageslicht kam er zu dem Schluß, daß Krankheit und Mondlicht seinen Verstand getrübt hatten. Amy war in der Tat schön, aber sie hatte wenig Vergeistigtes an sich. Sie hatte eine kecke, herausfordernde Art, einen anzuschauen, ihre

Rocklänge hätte Lady Nola ganz sicher vulgär gefunden, da man ihre Fesseln sehen konnte (sehr wohlgeformte Fesseln, das mußte man zugeben), und welcher Engel hatte ein Messer im Strumpfband und zückte es ohne die geringsten Skrupel oder eine Spur von Schicklichkeit? Und was war er für ein undankbarer Tropf, sie zu kritisieren, obwohl sie ihn gepflegt hatte!

»Entschuldigen Sie, wenn ich Sie angestarrt habe«, erwiderte er demütig. »Sie sind sehr schön, Amy. Und Sie waren mehr als freundlich zu mir.«

Sie lächelte und begann den Sack zu leeren. »Vergessen Sie nicht, daß wir Ihr Portemonnaie geklaut haben. Sehen Sie sich das an! Zwei schöne Hühner zum Mittagessen!«

Ohne jedes Interesse blickte er auf die Hühner. Es waren fleischige, bereits gerupfte Vögel. »Ich habe mein Portemonnaie zurückbekommen«, betonte er. »Sie haben sehr wenig ausgegeben.«

Sie nahm einen Laib Brot heraus. »Sie haben es aber eilig gehabt, das Geld nachzuzählen, wie? Ganz richtig. Man kann nie sagen, was diebische Zigeuner alles tun!«

»Werden Sie nicht böse. Meinetwegen haben Sie doch sicher mehr Lebensmittel gekauft. Sie müssen mich etwas zu Ihren Ausgaben beisteuern lassen.«

»Himmel!« rief sie und verzog verächtlich den Mund. »Denken Sie denn nie an etwas anderes? Ich will Ihr dummes Geld nicht!« Sie sah, wie er belustigt die dunklen Augenbrauen hochzog, und bevor er die naheliegende Bemerkung loswerden konnte, fügte sie hinzu: »Ich weiß, was Sie denken, aber ich habe Sie nicht gekannt, als ich mir Ihr Portemonnaie ... äh ... ausgeliehen habe. Außerdem war das Geschäft. Ich nehm kein Geld von Leuten, die ich kenne.«

»Sie meinen von Freunden, was ganz richtig ist. Trotzdem müssen Sie vernünftig sein. Sie können es sich nicht leisten, zusätzliches ...«

»Zusätzliches was? Ich hab nix ... äh ... nichts gekauft.«

Er grinste. »Danke. ›Nichts‹ ist besser als ›nix‹.«
»Genau. Sie können sich Ihr Essen also ruhig schmecken lassen, weil Sie nichts hätten, wenn ich nicht diese Gackervögel geklaut hätte.«
»Was? Das haben Sie doch nicht getan?« Bestürzt ergriff er ihr Handgelenk. »Wissen Sie, daß man Sie für das Stehlen von zwei Hühnern deportieren könnte?«
Lachend hüpfte sie zur Seite und erwiderte frech: »Zuerst müssen sie mich kriegen. Man kann nichts deportieren, was man nicht erwischen kann, wie, mein edler Lord?«
»Machen Sie so weiter, dann *wird* man Sie bald erwischen! Sicher begreifen Sie doch, daß es – ganz abgesehen von Strafe oder davon, ob man Sie erwischt oder nicht – unrecht ist, was Sie getan haben. Sie haben etwas genommen, das jemand anderem gehört. Jemandem, der es vielleicht dringender braucht als Sie.«
Ihr Lächeln wich einem stürmischen Gesichtsausdruck. »Ha, wie kann der Aristokrat predigen«, höhnte sie und warf die Hühner zurück in den Sack. »Sie können es nicht dringender brauchen als ich, weil sie sie gehabt haben und ich nicht!« Sie nahm den Sack und sah ihn mit glühenden Blicken an. »Und schauen Sie nicht so herablassend. Himmel, man könnte meinen, ich hätte jemanden ermordet!«
Armes Mädchen, wie konnte er sie bei *der* Erziehung tadeln? »Ich vermute«, begann er, »daß man Sie nie gelehrt hat ...«
»Oh, dann vermuten Sie gleich noch einmal! Und denken Sie bloß nicht, daß ich nur eine unwissende Zigeunerdirne bin!«
»Als würde ich das tun. Sagen Sie nicht solche Dinge. Ich ...«
»Sie meinen, man hat mir nie was beigebracht«, fiel sie ihm grimmig ins Wort. »Sie glauben, ich kann überhaupt nichts – und weiß nichts! Ich *kann* aber viele Sachen! Lauter Sachen, die *Sie* nicht können! Wie ... wie zum Beispiel

etwas zu essen finden, wenn nichts da ist, und ein Feuer zum Brennen bringen, wenn das Holz naß ist, und wie man ein Hemd wendet, so daß es doppelt so lange hält, und wieviel man denen zahlt, die für einen Laib Brot den fünffachen Preis verlangen.«

Armes kleines Geschöpf, dachte er. Was für ein schreckliches Leben sie geführt hat. Sanft fragte er: »Wieviel würden Sie denn bezahlen, Amy?«

Sofort trat ein belustigter Ausdruck in die vor Zorn blitzenden Augen. Ein Grübchen zeigte sich auf der Wange, und schelmisch antwortete sie: »Natürlich nichts! Ich würde das Brot klauen.« Ihre Belustigung schwand. »Und Sie schauen mich von oben herab an! Na, ich möchte eure feinen Ladys sehen, wenn sie ohne ein Dach über dem Kopf leben müßten oder wenn niemand da wäre, der sie von vorne und hinten bedient und ihnen die Füße küßt ...« Sie bemerkte Glendennings verstecktes Grinsen und biß sich auf die Lippe. Bevor er etwas sagen konnte, fuhr sie stolz fort: »Und ich kann auch schreiben! Ich hab einen Brief geschrieben! *Und* ihn abgeschickt! Und ich kann lesen! Schauen Sie!« Mit raschelnden Röcken lief sie zu den aufgestapelten Kisten, wo ihr Kamm, ihre Bürste und ihr kleiner Spiegel lagen. Sie öffnete eine vorsintflutliche Klappe an einer der Kisten, so daß man ein paar Bücher sah, die ordentlich von einem Ziegelstein gestützt wurden. Sie zog eine sehr mitgenommene Bibel voller Eselsohren heraus, eilte zurück zu Glendenning und hielt sie ihm unter die Nase. »Machen Sie sie auf. Na los! Machen Sie sie irgendwo auf, und ich les Ihnen was vor.«

»Amy, mein liebes Kind, ich hatte nicht die Absicht ...«

Mit einem ungeduldigen Ausruf öffnete sie die Bibel, machte die Augen zu und legte den Finger irgendwo auf die Seite. »So! Jetzt können Sie nicht sagen, daß ich eine Stelle rausgesucht habe, die ich auswendig gelernt habe.« Sie beugte sich über das Buch und begann langsam und mit einer mühsamen Sorgfalt zu lesen, die er unsagbar rührend fand.

»Laß den, der stiehlt, nicht länger stiehlen ... stehlen, sondern laß ihn ... ihn lieber ... arbeiten!« Verspätet dämmerte ihr die Bedeutung der Worte. Mit einem Aufstöhnen hörte sie zu lesen auf.

Glendenning bemühte sich, seine Heiterkeit zurückzuhalten.

Amy legte die Bibel auf den Tisch, bedeckte das Gesicht mit beiden Händen und beobachtete ihn zwischen den Fingern hindurch.

Er konnte sich nicht mehr beherrschen und lachte schallend. »Hat man je gesehen ... wie jemandem solche Gerechtigkeit ... widerfahren ist!«

Sie versuchte, ein ernstes Gesicht zu bewahren, aber seine Heiterkeit war ansteckend, und bald mischte sich ihr helles Lachen mit seinem tieferen. Wie es dazu kam, hätte sie nicht sagen können, aber plötzlich saß sie auf seinem Schoß, und er hatte den Arm um ihre Taille gelegt.

»Nun, Miss Consett«, sagte er. »Jetzt haben Sie aber Ihre Strafe, wie?«

Sie lächelte ihm in das fröhliche Gesicht. »Diese Runde haben Sie gewonnen, das stimmt.«

»Vielleicht. Aber obwohl Sie sich in der eigenen Falle gefangen haben, ist es Ihnen doch gelungen zu beweisen, was Sie zeigen wollten, Ma'am. Sie können lesen. Ihr Onkel verdient eine Medaille dafür, daß er Sie so gut unterrichtet hat.«

Forschend blickten ihre Augen in die seinen. Mit plötzlich verzweifelter Eindringlichkeit fragte sie: »Sie machen sich nicht lustig über mich, Lordschaft? Habe ich richtig gelesen?«

»Allerdings.«

»Ach, aber ich hab Fehler gemacht, nicht wahr?« Sie seufzte und sagte traurig: »›Stehlen‹ hab ich zuerst falsch gelesen.«

»Stimmt, aber Sie haben sich ja gleich verbessert.«

Sie sprang auf und rief leidenschaftlich: »Wenn ich doch bloß besser lesen tät!«
»›Könnte‹, meine Hübsche, nicht ›tät‹.«
»Da, sehen Sie! Aber es ist so gemein schwer. Es gibt so *viel* zu lernen!«
»Für uns alle, Kind. Sehen Sie nur mich an. Sie haben ganz recht. Ich kann vielleicht lesen, und ...«
»Und Sie können sich fein ausdrücken. Und es würd mich nicht wundern, wenn Sie auch fremde Sprachen können wie ... wie Französisch oder Lateinisch.«
»Sehr wenig Latein, fürchte ich. Und wäre ich so wie Sie gezwungen gewesen, mit den Härten des Lebens fertig zu werden, hätten Französisch und Latein mir viel genützt!«
»Sie sind nur nett. Sie wissen, daß ich ignerant bin.«
Fasziniert von ihren so rasch wechselnden Stimmungen und der Vitalität, die sie ausstrahlte, widersprach er: »Sie sind nicht ignorant! Sie haben eine rasche Auffassung, das ist ganz offensichtlich, und würden schnell lernen, wenn ...«
»Ja, wenn Sie mir helfen würden. O Sir! Würden Sie das tun? Bitte? Wenn ich in der Lage wäre, besser zu reden, könnte ich meine Waren in bessere Haushalte verkaufen. Vielleicht könnte ich irgendwo eine Marktbude aufmachen.«
»Was meinen Sie, Mistress Amy?« fragte er neugierig. »Nähen Sie vielleicht? Mir ist Ihr hübsches Nacht...« Zu spät brach er ab.
»Oh!« Sie blickte ihn entsetzt an. »Sie *waren* wach! Und Sie haben mich heimlich in meinem Nachthemd angesehen!« Eine blutrote Welle glitt über ihren weißen Hals, und während sie sich eine gebräunte Hand auf die Wange preßte, schalt sie: »Oh, Sie sind ein niederträchtiger junger Mann, glaube ich!«
Absalom kam wieder herein und erklärte scharf: »Hab ich's dir nicht gesagt, Mädchen? Diese adligen Kerle sind alle gleich. Einfache Leute wie dich und mich treten sie unter ihre Stiefel, und sie bilden sich ein, sie könnten jede Frau

ins Bett zerren, ob sie anständig ist oder nicht, solange sie bloß keine von ihren eignen ist.«

»Unsinn«, widersprach Glendenning, dessen Kopf erneut zu hämmern begann. »Zuerst einmal bezweifle ich, daß irgend jemand Sie schon einmal unter seinen Stiefel getreten hat – oder, Gott steh ihm bei, Sie hätten ihn ganz schön gezwickt. Und zweitens habe ich nie in meinem Leben von irgendeinem wohlerzogenen Gentleman gehört, daß er ... äh ... eine Frau ins Bett gezerrt hätte, die nicht wollte. Und drittens sollten Sie vor Ihrer Nichte keine solchen Ausdrücke benutzen.«

»Ich werde gleich ein paar Ausdrücke benutzen«, stieß Absalom aus, »wie: Hauen Sie ab, aber schnell!« Kampflustig trat er auf den Viscount zu. »Glauben Sie, ich hätt nicht gesehn, daß Sie meiner Amy schöne Augen machen? Gehen Sie zurück in Ihre Schlösser und zu Ihren Hunderten von Dienern, die drauf warten, vor Ihnen zu kriechen, wenn Sie bloß mit den Fingern schnipsen! Ihre verdammte Lordschaft ist hier nicht erwünscht!«

»Aber Onkel Absalom ...«, begann Amy.

Glendenning klammerte sich an den Tischrand und zog sich auf die Beine. »Wenn Sie andeuten wollen, daß ich Miss Consett ausnutzen würde ...«

»Ich deute es nicht an, Kamerad«, schnaubte Absalom. »Ich *sage* es. Geradeheraus. Gehen Sie zurück, woher ...«

»Er kann noch nirgendwo hingehen«, schaltete sich Amy ein. »Schau nur, wie krank er aussieht. Kommen Sie, Milord.« Sie reichte Glendenning den Stock, nahm seinen anderen Arm und half ihm zurück zum Bett. »Es hat keinen Zweck, herumzuknurren, mein lieber Ab. Es geht ihm noch nicht wirklich besser, und wenn du weiter mit ihm streitest, bekommt er wahrscheinlich wieder Fieber und muß noch länger hierbleiben.«

Glendenning protestierte, er wolle sich nicht hinlegen, aber Amy ignorierte seine Einwände, und innerlich fühlte er sich erleichtert, als er sich auf das Bett legte. Schläfrig hörte er zu, wie Absalom erklärte, sie hätten gestern schon aufbrechen sollen, und er wolle nichts davon hören, sein kleines Mädchen mit dem niederträchtigen Aristokraten allein zu lassen. Flüchtig fiel dem niederträchtigen Aristokraten noch ein, daß er weder mit Hector Kadenworthy über das Duell gesprochen noch seinen schwer faßbaren Bruder ausfindig gemacht hatte. Während er darüber nachdachte, schlief er ein.

Lord Hector Kadenworthy, der schon in jungen Jahren großen Reichtum geerbt hatte, war in seinen dreiunddreißig Lebensjahren zumeist von Speichelleckern umgeben gewesen und fand seine Mitmenschen mit wenigen Ausnahmen sterbenslangweilig. Denen, die er liebte, zeigte er einen lebhaften Sinn für Humor, Warmherzigkeit und nie versagende Großzügigkeit, doch es waren wenige, die er liebte, und man hielt ihn allgemein eher für einen scharfzüngigen Mann von kaltem Betragen.
Als er an diesem regnerischen Nachmittag am Schreibtisch seines Arbeitszimmers saß und ein paar prachtvolle Pistolen mit Zylinderlauf inspizierte, ohne auf den Mann zu achten, der ihn wartend beobachtete und lächelte, kamen diese beiden Eigenschaften voll zum Tragen.
Als erinnerte er sich plötzlich an die Gegenwart dieses geduldigen Individuums, hob Kadenworthy die harten braunen Augen und fragte schleppend: »Verzeihung, Mr. ... äh ... Farrier, aber ich verstehe nicht, warum der Diebstahl der Smaragde meiner Mutter von Bedeutung für das Gardekavallerieregiment sein sollte.«
Burton Farrier lehnte sich auf seinem Stuhl zurück und legte die Fingerspitzen beider Hände aneinander. »Die Kadenworthy-Smaragde sind berühmt, Mylord«, erklärte er mit seiner leisen, säuselnden Stimme. »Daß irgendeine

unserer Adelsfamilien Opfer eines so waghalsigen ... Raubes wurde, ist natürlich von Interesse für meine Vorgesetzten.«
Kadenworthy legte eine der Pistolen zurück in ihren Behälter, nahm die andere, um sie bewundernd zu betrachten, und schien seinen Besucher erneut zu vergessen.
Farrier beobachtete ihn aus ausdruckslosen Augen und mit unerschütterlichem Lächeln.
Nach einer langen Pause meinte Kadenworthy träge: »Sie wissen gar nicht, wie sehr es mich erleichtert zu erfahren, daß meine Regierung ihre besten Männer dafür einsetzt, Missetäter aufzuspüren. In Anbetracht der Zahl von Wegelagerern auf unseren Straßen muß Ihr Leben sehr beschäftigt sein. Wie viele dieser Schurken haben Sie zur Rechenschaft gezogen?«
»O weh, Sir. Ich habe Ihnen einen falschen Eindruck vermittelt. Meine Arbeit endet, wenn die vermißten Juwelen ... nun, sagen wir, gefunden werden.«
Kadenworthy betrachtete den silberbeschlagenen Pistolenlauf und drehte die Waffe, bis sie genau zwischen Mr. Farriers Augen zielte. »Wollen Sie sagen, Sie wissen, daß man unsere Juwelen gefunden hat?«
Ohne über die tödliche Mündung, die auf ihn zielte, zu erschrecken, antwortete Farrier: »Wir wissen, daß *einige* Juwelen wieder aufgetaucht sind, Mylord.«
Kadenworthy senkte die Pistole. »Ich habe keine Ahnung, was für verschlagene Tricks Sie herbeiführen, Farrier, aber daß Sie Ihre Zeit damit verbringen, Ihren Landsleuten behilflich zu sein, halte ich für ebenso fragwürdig wie Ihr verdammtes Grinsen. Wollen Sie andeuten, die wiedergefundenen Juwelen seien nicht die Kadenworthy-Smaragde?«
Mr. Farrier seufzte und blickte traurig. »Unglücklicherweise, Mylord, glaubt man, daß die Juwelen, die Ihre Beauftragten aus dem Hehlernest geholt haben, womöglich sehr geschickte Kopien Ihres Eigentums sind.« Wieder war da

dieses Lächeln. »Weil ich Experte in solchen Dingen bin, hat man mich beauftragt, ihre Echtheit zu überprüfen.«
Seine Lordschaft legte die Pistole zurück in den samtbeschlagenen Behälter, schloß ihn und erhob sich. Einen Augenblick blieb er so stehen und sah Farrier an, der aufgesprungen war.
»Es sei denn, natürlich«, säuselte Farrier, »Sie hätten aus irgendeinem Grund etwas dagegen?«
»Ich glaube, ich hätte absolut das Recht, etwas dagegen einzuwenden.«
»Oh, absolut. Aber normalerweise sind die Menschen sehr erpicht darauf, sich über den Wert ihrer Besitztümer zu vergewissern. Der letzte Landsitz, den ich aufgesucht habe, Ward Marching ... Ich glaube, Sie sind mit Sir Peter Ward bekannt?«
Nicht das geringste Zucken glitt über das Gesicht Seiner Lordschaft. »Sir Peter ist ein Freund von mir«, erwiderte er kühl. »Soll ich daraus schließen, daß er ebenfalls bestohlen wurde?«
»Glücklicherweise wurde der Versuch vereitelt. Wir hatten Grund zu dem Verdacht, der Raubversuch stünde im Zusammenhang mit der Tatsache, daß vor ein oder zwei Jahren ein entkommener Jakobit in der Nachbarschaft von Ward Marching gesehen wurde ...«
Kadenworthy stand ganz still da und entgegnete nichts, zog aber gelangweilt fragend eine Augenbraue hoch.
»Eine Weile dachte man sogar«, fuhr Farrier fort, »der Verräter sei ins Haus eingedrungen. Ach, wie vergeßlich ich nur bin! Ich erzähle Ihnen, was Sie bereits wissen, denn Sie waren an diesem Abend ja unter den Gästen, nicht wahr? Sie und ... Trevelyan de Villars.«
Wie wohlwollend er lächelte. Wie sanft seine Stimme klang. Doch die Nerven Seiner Lordschaft waren zum Zerreißen gespannt, und er hob den adrett gepuderten Kopf eine Spur höher. Durch sein Lorgnon warf er einen festen Blick auf seinen Besucher. »Und noch ein paar hundert weitere

Leute. Verdammt, Farrier, man könnte fast meinen, Sie hätten die Nase in meinen Terminkalender gesteckt. Wenn Sie von meiner Anwesenheit beim Mittsommernachtsball auf Ward Marching wissen, dann muß Ihnen auch bekannt sein, daß Mr. Trevelyan de Villars und ich uns im Jahr zuvor duelliert haben und er mich dabei fast umgebracht hat.«

»Ich habe gehört, daß er mit dem Degen ein tödlicher Gegner ist. Dem Himmel sei Dank, daß Sie diese Begegnung überlebt haben, Mylord. Und darf ich bemerken, daß man Sie nur dafür bewundern kann, daß Sie ihn später mit solcher Großmut behandelt haben? Ein außerordentliches Beispiel von ... äh ... Zurückhaltung.«

»Wenn Sie damit andeuten wollen, daß meine ›Zurückhaltung‹ so weit ging, de Villars bei seiner Flucht nach Frankreich zu helfen ...«

Scheinbar entsetzt, hob Farrier beide Arme. »Du meine Güte! Als könnte ich so etwas denken! Es ist bekannt, daß de Villars zahllosen Jakobiten dabei geholfen hat, sich der Gerechtigkeit zu entziehen. Er ist ein schändlicher Verräter seines Königs und Vaterlandes. Ich wäre in der Tat ein Narr zu argwöhnen, daß ein königstreuer Gentleman wie Sie, ein Peer, freiwillig dieselbe Luft mit solchem ... solchem Pack atmen würde, geschweige denn, ihm zu helfen.«

Mit einem schwachen Lächeln murmelte Kadenworthy: »Ich habe von Ihnen gehört, Farrier. Es scheint, daß die Gerüchte nicht übertrieben haben.«

Farrier verbeugte sich. »Sie sind zu freundlich, Sir.«

»O nein«, widersprach Seine Lordschaft mit vernichtendem Ton. Er schritt an Farrier vorbei und riß die Tür auf. »Hier entlang!« rief er über die Schulter.

Für einen kurzen Moment verschwand Farriers Lächeln, doch als er Hector Kadenworthy in die Halle folgte, war es wieder da. So schmeichlerisch wie immer.

»Du bist verdammt barsch heute«, bemerkte August Falcon, der in einem tiefen Sessel in Kadenworthys großem Salon saß.
»Der Regen hält anscheinend unwillkommene Besucher nicht ab«, knurrte Seine Lordschaft, trat zur Kredenz und griff nach einer Karaffe. »Kaum bin ich eine lästige Landplage los, kommst du daher. Ich nehme an, du bist wegen deines verfluchten Duelles hier. Ich habe keine Skrupel, dir zu sagen, Falcon, daß es ein großer Tag für England sein wird, wenn du einmal aufhörst, die Bevölkerung zu schwächen.«
Ein spöttisches Lächeln erhellte August Falcons hageres Gesicht. »Weil du dich viel um die Bevölkerung scherst.«
»Ich schere mich darum, wenn ich ständig dazu überredet werde, dir zu sekundieren. Madeira oder Sherry?«
»Madeira, bitte. Mach dich darauf gefaßt, vielleicht fordere ich Glendenning als nächsten. Ich habe angenommen, daß du eingewilligt hast, aber er hätte die Höflichkeit besitzen können, es mir mitzuteilen.«
Kadenworthy brachte seinem Gast ein Glas Madeira, dann setzte er sich auf ein schwarz-goldenes Brokatsofa. »Worin einwilligen?«
Falcon, der mit einem Ruck das Glas von seinen Lippen nahm, verschüttete ein paar Tropfen Wein auf seinem blauen Samtrock und fluchte herzhaft. Mit dem Taschentuch betupfte er den Fleck und fragte: »War Glendenning denn noch nicht hier?«
»Er war letzte Woche da und hat mit meiner Tante Tee getrunken. Er sagte, er wolle mich sprechen, aber ich war an dem Tag beim Rennen. Wir hatten ziemlich viele Zuschauer da. Ich vermute, Tio hat beschlossen, zu einem gelegeneren Zeitpunkt zu kommen.«
»Zu einem gelegeneren Zeitpunkt?« sprudelte Falcon heraus. »Gütiger Himmel, Mann! Das Duell soll am Montag morgen stattfinden!«

»Zur Hölle! Meinst du, am nächsten? Na, das ist ja verflucht kurzfristig! Haben die anderen alle zugestimmt?«
»Ja. Und wenn du mir jetzt erklärst, daß du absagen mußt, werde ich Morris wahrscheinlich kurzerhand erschießen, damit die Sache vorbei ist. Das ist schon das zweitemal, daß wir dieses verdammte Duell arrangieren, und jedesmal hat der Trottel einen Vorwand, zu uns zu kommen und um Katrina herumzuscharwenzeln.«
Kadenworthy beobachtete, wie sich das attraktive Gesicht wütend verfinsterte, grinste und goß noch Öl ins Feuer, indem er bemerkte, daß er Morris recht gern möge. »Verflucht, ich kann mich nicht einmal erinnern, wieso ihr kämpft.«
»Nun, ich werde das nicht vergessen, das darfst du mir glauben. Es ist passiert, als unsere Kutsche überfallen wurde und ich diese dreckigen Wegelagerer verfolgt habe.«
»Ach ja. Und als du zurückkamst, hat der arme Morris dich versehentlich für einen Straßenräuber gehalten.«
»*Der arme Morris?* Zum Teufel! Du würdest ihn nicht für so arm halten, wenn er irrtümlich *dich* niedergeschossen hätte! So ein Idiot! Wenn ich denke ...«
»Bitte nicht! Ich habe nicht den leisesten Wunsch, daß du hier drin in die Luft gehst. Mein Haus ist heute schon genügend verseucht worden. Oh, nun spei nicht gleich Feuer, ich sekundiere dir schon. Du hast mein Wort. Ich komme am Samstag und bleibe in meinem Club.«
Falcon dankte ihm barsch, nahm noch einen Schluck aus seinem Glas und fragte: »Wer war der andere, der dein Haus verpestet hat? Oder ist diese Frage zu anmaßend?«
Kadenworthy blickte finster und antwortete knapp: »Burton Farrier.«
»Donner und Doria! Was für einen Verrat hast du im Schilde geführt, daß dieses Schwein dich aufsucht? Ich hätte nicht gedacht, daß du auf der Seite unseres königlich-schottischen Einfaltspinsels gewesen wärst.«

»Charles Stuart war schlecht beraten, aber er ist kein Einfaltspinsel. Und Farrier ist auch keiner, verflucht! Er war voller hinterlistiger Andeutungen über meine Bekanntschaft mit Treve de Villars.«
Falcon strich nachdenklich mit dem Weinglas über seine Nasenspitze. »Du bist ein hartherziger Mensch, Kade, und ich empfinde keine besondere Liebe für dich, aber wenn du eine sichere Überfahrt nach Frankreich brauchst ...«
»*Merci beaucoup, mon cher ami,* doch meine einzige Berührung mit den Jakobiten war sehr kurz. Trotzdem war sie riskant genug. Und dieser Idiot de Villars steckte bis an die Halskrause mit drin.«
»Darum hat also das Gardekavallerieregiment den Terrier losgeschickt, um dich auszuschnüffeln, wie? Hat er dich offen beschuldigt, oder hat er dich schwitzen lassen?«
»Er tat so, als würde er die Echtheit der Familiensmaragde bezweifeln. Nachdem ich ihm erlaubt habe, sie zu inspizieren, ist er wieder verschwunden. Ich habe ihm ordentlich heimgeleuchtet, das kann ich dir sagen.«
»Schmeichel dir nicht damit, daß er es bemerkt hat. Dem Tölpel werden schon einige heimgeleuchtet haben, nehme ich an. Wenn er wirklich einen Beweis gehabt hätte, Kade, wärst du jetzt auf dem Weg in den Tower. Er hat eine ganze Menge prachtvoller Gentlemen in den Tod geschickt.«
Sie blickten einander an.
Kadenworthy unterdrückte ein Schaudern und murmelte: »Ich habe förmlich danach gelechzt, ihm mit der Faust in sein Grinsen zu schlagen. Beim Anblick dieses Kerls bekomme ich eine Gänsehaut.«
»Ja, das kann ich dir nachfühlen. Trotzdem ...« Falcon runzelte die Stirn. »Ich frage mich, wohinter er wirklich her war.«

Gräfin Bowers-Malden stand am Fenster ihres Privatsalons und starrte auf einen Regentropfen, der das Glas hinunterperlte. »Ich hätte es erraten sollen«, sagte sie mit einem leisen Zittern ihrer gewöhnlich so volltönenden Stimme, »als du uns allen so großartige Geschenke gemacht hast. Dieses schöne Diadem für mich, das Necessaire für deinen Vater ...«

Der junge Mann, der in dem Sessel neben dem Kamin saß, fuhr sich mit der schmalen Hand über die Augen und unterbrach sie müde. »Die Schuld liegt ganz bei mir, Mama. Ich war ein blinder Narr, nicht zu begreifen, daß sie mich nur gewinnen ließen, um mich zu ... zu noch höheren Einsätzen zu verleiten. Aber es waren alles vornehme Gentlemen, und ich hätte mir nicht träumen lassen ...« Seine Worte verebbten.

Die Gräfin drehte sich um und blickte auf ihren großen, noch schuljungenhaften Sohn, den sie so liebte. Michael war überwältigt von Verzweiflung. Es zerriß ihr das Herz, und sie trat auf ihn zu und strich ihm zärtlich über das dichte hellbraune Haar. »Mach dir nicht solche Sorgen, Liebster. Wir werden einen Weg finden, um sie zu bezahlen. Wenn Papa wüßte ...«

»Nein! Ich bitte dich! Wenn er es wüßte, würde er bestimmt Tio die Schuld geben. Er gibt Tio für alles die Schuld! Und er würde mich mit diesem schrecklich verächtlichen Blick fixieren.« Die haselnußfarbenen Augen, gewöhnlich so sorglos, blickten verzweifelt. Er umklammerte ihre Hand. »Ich weiß, ich verdiene es, daß Sie es ihm erzählen, Madam. Aber ... ich könnte es nicht ertragen.«

Sie setzte sich auf den Stuhl neben ihm und erwiderte tröstend: »Dann dürfen wir das natürlich nicht ins Auge fassen. Hast du es deinem Bruder gesagt?«

Er senkte erneut den Kopf. »Ich konnte ihn nicht finden. Ich wünschte bei Gott, ich hätte es. Tio würde mir eine ordentliche Standpauke halten, kein Zweifel, aber er würde

mir trotzdem helfen. Dann hätte ich Sie nicht mit dieser Geschichte plagen müssen.«
»*Hast* du mich denn schon mit allem geplagt, Liebling?« Rasch warf er ihr einen Blick zu. »Ich glaube, du hast mir nur einen Teil gesagt, nicht wahr?« fuhr sie fort. »Man hat dich eingeladen, mit drei Gentlemen Karten zu spielen, und an zwei Spielabenden hast du zweitausend Pfund gewonnen, die du – großzügig, wie du bist – sofort für einige sehr teure Geschenke ausgegeben hast. Am nächsten Abend hast du in Mrs. Alvelleys Haus gespielt und wieder gewonnen, bis du dreitausend Pfund hattest.«
Bitter ergänzte er: »Und zwei Abende später hatte ich zehntausend verloren. Bei Gott, Mama, ich weiß nicht, wie es passiert ist. Tio hat mich gewarnt, nie viel zu trinken, wenn ich spiele, und ich dachte, ich sei vorsichtig gewesen, aber ...« Er zuckte mit den Schultern. »Die Witwe ist eine schöne Lady, und ... und ...«
»Und hat dir zweifellos geschmeichelt und dich ermutigt«, warf die Gräfin empört ein. »Solche Frauen sollte man hinten an den Karren anbinden und auspeitschen, und zu Großmamas Zeiten hätte man das auch getan! Aber das gehört jetzt nicht hierher. Du hast das Diadem und die Kette für deine Schwester zurückgegeben, und zusammen mit dem, was ich auftreiben konnte, haben wir sechstausend zurückgezahlt. Irgendwie müssen wir auch noch den Rest besorgen, obwohl eine Woche nur sehr wenig Zeit ist. Ich habe dir alles Geld gegeben, das ich hatte. Um mehr zu bekommen, müßte ich Papa fragen, und es würde sicher seinen Verdacht erregen, wenn ich ihn um eine solche Summe bäte.« Sie rang die Hände. »Ich könnte meine Freunde oder manche unserer Verwandten fragen – sie sind weiß Gott vermögend genug. Aber früher oder später würde Papa sicher davon hören.«
Er wurde tiefrot und sagte: »Und wie großartig von mir, daß ich die Geschenke zurücknehmen muß, die ich euch ge-

bracht habe. Ich bin wirklich ein erbärmlicher Schuft. Und jetzt – Gott verzeih mir! – muß ich auch noch fragen, ob ... ob wir vielleicht Ihren Schmuck beleihen könnten?«
Sie sah, wie er die Hände zusammenpreßte, und wußte sehr gut, was diese Bitte ihn kostete. Sie liebte ihn zärtlich, aber sie holte tief Atem und erwiderte mit ruhiger Endgültigkeit: »Ich will ehrlich sein, Michael. Ich wage es nicht. Ich habe dir nie davon erzählt, weil Bowers-Maldens erste Frau meine beste Freundin war, und ich spreche nicht gerne schlecht über die arme Adelaide. Gregory war außer sich vor Freude, als sie ihm ein paar Monate nach Tios Geburt sagte, daß sie wieder in anderen Umständen sei, aber sie war keine kräftige Frau. Dieses Kind und das nächste, das folgte, waren Fehlgeburten, und der Arzt eröffnete ihr, sie würde keine Kinder mehr bekommen. Gregory hatte sich danach gesehnt, noch einen Sohn zu haben, und Adelaide war verzweifelt. Sie suchte Trost im Spiel. Es wurde zu einer Besessenheit, und sie verlor nicht nur viel Geld, sondern auch einige auserlesene Diamanten, die Gregorys Großmama gehört hatten. Das war zu der Zeit, als ich hier war. Ich habe ihn nie so wütend gesehen. Er war immer ein leidenschaftlicher Gegner des Glücksspiels in jeder Form. Er liebte Adelaide, aber er hatte das Gefühl, daß sie sein Vertrauen verraten hatte. Ich glaube, das war der letzte Schlag, der ihre Gesundheit zerrüttet hat. Als sie starb, macht er sich bitterliche Vorwürfe, weil er sie so ausgescholten hatte.«
Michaels empfindsames Herz war gerührt. »Guter Himmel!« murmelte er. »Was für eine tragische Geschichte.«
»Ja. Du verstehst also, daß ich ihn nicht noch einmal einen solchen Alptraum durchmachen lassen würde. Ich *könnte* es nicht. Und meine einzig wirklich wertvollen Juwelen sind die, die ich von ihm bekommen habe. Oh, wenn nur Tio zurückkäme!«
Er blickte hastig auf. »Zurückkäme? War er hier?«

»Ja, und er hat nach dir gefragt. Der liebe Kerl hat gespürt, daß ich besorgt war. Es ist mir schwergefallen, ihm nichts zu erzählen, aber ich hatte es dir versprochen, und so habe ich ihn davon überzeugt, daß alles in Ordnung sei. Aber wenn diese widerwärtige Witwe vorhat, dich wegen deiner Schulden zu verfolgen, mußt du zu ihm gehen, mein Lieber. Er kann dir zweifellos die viertausend leihen, und dann ...« Sie brach ab, erschrocken über seinen angstvollen Gesichtsausdruck.

»Es sind nicht viertausend, Mama.« Er stand auf und sah ihr offen ins Gesicht. »Ich hatte nicht den Mut, Ihnen das Ganze zu gestehen. Als ich die zehntausend verloren hatte, war ich völlig von Sinnen, glaube ich. Mrs. Alvelley war ganz Freundlichkeit und Verständnis. Sie überzeugte mich, daß mein Glück sich wieder wenden müsse, und erklärte sich einverstanden, meine Wechselbürgschaft zu übernehmen. Ich gewann, und ich gewann noch einmal. Ich war überglücklich, und jeder sagte, das sei meine Glückssträhne. O Gott! Ich muß verrückt gewesen sein, aber es sah so aus, als könnte ich nicht verlieren, und am Ende ... am Ende habe ich alles auf eine Karte gesetzt.«

Sie fragte mit heiserer Stimme: »Wie... wieviel ist es, Michael?«

Er drehte sich ruckartig um und ging zum Kamin. Mit dem Rücken zu ihr, hielt er sich am Sims fest und legte den Kopf auf die Hände.

»Michael?«

Er drehte sich um, das Gesicht totenbleich. »Zweiundzwanzig...tausend«, krächzte er. »Zweiundzwanzig*tausend!*«

Lady Nola saß ganz still da. Nach einer Weile flüsterte sie mit versagender Stimme: »Was für eine erbarmungslose Vettel, einen jungen Burschen so zu umgarnen.«

»Wenn der junge Bursche so dämlich ist wie ich, verdient er es. Auf alle Fälle zeigt es sich nun, daß Mrs. Alvelley nur sozusagen ein Aushängeschild ist. Ihr ... Etablissement gehört nicht ihr, sondern einem Major Trethaway. Er ist eine ziemlich bekannte Gestalt in der Stadt, aber ich glaube nicht, daß Sie ihm je begegnet sind. Er gab mir einen Monat Zeit, um die Schuld zu begleichen. Ich habe alles verkauft, was nur ging, und zusammen mit dem Geld von Ihnen konnte ich ihm elftausend geben. Doch er verlangt pro Tag einen sehr hohen Zinssatz, und das hat einen großen Teil davon verschlungen. Und nun sagt er, er habe schwere Rückschläge erlitten und müsse sofort die ganze Summe haben, sonst würde er mich ... in den Schuldturm werfen lassen.«

Die arme Gräfin schloß einen Moment lang die Augen, dann stammelte sie: »Aber was ... hätte er ... davon? Er wäre doch sicher ... besser beraten, ein wenig ... zu warten, bis wir das Geld ... aufbringen können?«

»Ich habe ihn *angefleht*, Mama!« Michael schlug sich mit der Faust in die Handfläche, fuhr heftig herum und begann rastlos auf und ab zu gehen. »Wenn du gesehen hättest, wie ich mich erniedrigt habe vor dem dreckigen ...« Er brach ab und strich sich mit der Hand durch die zerzausten Locken, dann fuhr er mit rauher Stimme fort: »Er sagt, mein Vater würde eher zahlen als der Schande ins Gesicht zu sehen, daß ein Mitglied seiner Familie ins Gefängnis geworfen würde.«

Mit einem erstickten Schluchzen vergrub Lady Nola das Gesicht in den Händen.

Michael lief zu ihr und fiel vor ihr auf die Knie. In seinen Augen standen Tränen, als er stöhnte: »Meine arme liebe Mama! Es tut mit so leid! Es tut mir so *leid!* Wenn nur Marguerite noch diese alte Brosche von Großmama Comyn hätte, könnten wir aus der Sache herauskommen, aber ...«

Lady Nola hob ruckartig den Kopf. »Was für eine Brosche? Meinst du etwa diese scheußliche große mit den Amethysten und den ganzen seltsamen Eingravierungen?«

»Ja. Ich glaube, die Brosche ist sehr alt, und Trethaway

interessiert sich für alten Schmuck. Er fragte mich, ob ich irgend etwas in dieser Art habe. Ich beschrieb ihm die Brosche, und er sagte, er kenne das Stück, es sei in verschiedenen Katalogen aufgeführt und von beträchtlichem Wert. Ich dachte, ich sei gerettet! Aber als ich Marguerite danach gefragt habe, erzählte sie mir, sie habe die Brosche vor Jahren verloren, es dir aber nie einzugestehen gewagt, weil sie Angst hatte, du würdest böse sein.«

Die Gräfin preßte die Hände zusammen. »Dem Himmel sei Dank! Deine Schwester hat die Brosche nicht verloren, mein Lieber. Ich habe sie an mich genommen, als ich sie eines Tages an einer ihrer Puppen gefunden habe, die sie im Regen liegengelassen hatte.«

»Mama!« Sein abgehärmtes Gesicht begann zu strahlen, und er rief: »Wollen Sie damit sagen, Sie *haben* die Brosche?«

»Ja, mein Lieber! Ja! Ich habe sie gut verwahrt, und seither habe ich das häßliche Ding ganz vergessen.« Sie erhob sich mit leuchtenden Augen.

Begeistert riß er sie in seine Arme und wirbelte sie herum. »Halleluja!« rief er überglücklich. »O Mama! Sie sind wundervoll!« Er gab ihr einen Kuß, und sie lachte und weinte zugleich. Schließlich hielt er sie auf Armeslänge von sich und erklärte ernst: »Ich war ein schwacher Narr und habe Ihnen große Sorge bereitet. Ich schwöre Ihnen, daß ich das nie wieder tun werde. Ich bringe Ihre Brosche zu Trethaway, aber mit Tios Hilfe werde ich sie wieder für Sie auslösen. Ich gebe Ihnen mein Wort!«

Sie küßte ihn liebevoll. »Ich zweifle nicht daran. Aber zuerst müssen wir dankbar sein. Schließlich spielen die meisten Gentlemen, und es hätte noch viel schlimmer sein können. Gott sei Dank, wir haben einen Ausweg gefunden!«

»Amen«, erwiderte Michael inbrünstig.

5

Ich sag dir, das werd ich nicht tun! Und basta! Ich hab sie verkauft. Und das war mein gutes Recht! Wir brauchen jeden Heller, das weißt du. Wie kommt es bloß, Amy, daß dir dieser verfluchte Kerl aus dem Adelsgeschmeiß das Hirn durcheinandergebracht hat? Glaubst du vielleicht, der würde einen zweiten Blick an dich verschwenden, wenn er nicht für ein paar Tage auf der Schnauze liegen würd? Ha!«

»Als ob ich mich da drum scheren würde. Aber ich will nicht einen Mann beklauen, der ... der mich von der Feldglocke gerettet hat, oder vor der Deportation. Du tust, was ich sag, Onkel Ab, oder ... oder ich geh Wolken schauen!«

Die verärgerten Stimmen störten Glendennings Vormittagsschlaf. »Feldglocke« war natürlich der Rotwelschausdruck für Galgen, aber er fragte sich schläfrig, was »Wolken schauen« bedeutete. Kurz darauf bekam er die Antwort.

In ungläubigem Ton fragte Absalom: »Du würdest wirklich *abhauen,* Mädchen? Ist das der Dank, nach all den Jahren, in denen ich dich beschützt habe? Du würdest wirklich fortgehen und mich allein lassen?«

Erneut herrschte einen Augenblick Schweigen, dann erwiderte das Mädchen mit bebender Stimme, aber trotzig: »Ich bin dankbar, Onkel Ab. Ich werd's immer sein. Doch ... da ist auch noch ... ich meine ... ich habe meinen Stolz.«

»Ich hab dich vor den *chals* gerettet. Die ganzen Kämpfe und Streitereien! Und ich hab dich aus der Sippe herausgekauft. Aber kümmer dich nicht um mich. Denk überhaupt nicht dran, wie dein Leben heut aussehen tät, wenn ich dich nicht hierhergebracht hätte. Du schuldest mir nichts.

Nicht so viel wie ihm, weil er jung ist und gut aussieht und fein aristokratisch daherredet.«

»Oh ... Onkel Ab ...«

Glendenning hob den Kopf und blinzelte. Das Laken war zurückgeschlagen, so daß er in die Küche sehen konnte. Die Morgensonne flutete durch die offene Außentür und ließ das Tuch, das Amy um ihr glänzendes Haar gebunden hatte, feuerrot aufleuchten. Sie stand neben dem Tisch, hielt ein Netz voll Zwiebeln an die Brust gepreßt und blickte bestürzt in Absaloms wildes Gesicht.

»Was willst du tun«, fauchte Absalom, »wenn er hinter dir her ist, kaum daß ich aus der Tür draußen bin? Und das wird er, verlaß dich drauf.«

»Du hast gerade gesagt, er würde keinen zweiten Blick an mich verschwenden.«

»Wird er auch nicht. Wenigstens keinen anständigen Blick. Das höchste, was du von so einem wie ihm je bekommen wirst, ist eine Guinee – sofern er grade in großzügiger Laune ist. Wenn du glaubst, daß er dich als seine Mätresse nehmen würde, dann bildest du dir zuviel ein, Mädchen.«

»Und das zeigt, daß Sie keine Ahnung haben«, schaltete sich Glendenning ein und stützte sich auf den Ellbogen. »Es wäre mir ein Vergnügen, Amy unter meine Protektion zu nehmen.«

Sie wirbelte zu ihm herum, den Mund weit aufgerissen. »Oh!« rief sie. »Das meinen Sie doch nicht wirklich. Sie sind nur krank und ...«

»Es geht mir viel besser.« Lächelnd setzte er sich auf und streckte die Arme aus. »Kommen Sie, meine Hübsche. Ich werde gut für Sie sorgen und stolz auf Sie sein, denn Sie sind das hübscheste ...«

Ein seltsamer Laut kam von ihren vollen Lippen. Sie lief auf ihn zu, holte mit dem Arm aus und schlug ihm das Zwiebelnetz ins Gesicht, so daß er zurück auf das Kissen fiel.

Wie aus weiter Ferne hörte er Absaloms schallendes Gelächter und dazwischen Amys ausführliche und ganz und gar nicht schmeichelhafte Beurteilung der Laindonschen Vorfahren.

Benommen keuchte er: »Aber ... ich dachte, Sie wollten ...«

»Ich wollte Ihre ausgehaltene Kokotte sein?« rief sie schrill und beugte sich mit flammendem Gesicht über ihn. »Was glauben Sie denn, Euer Ehren? Daß es auf der Welt nur zwei Sorten von Frauen gibt? Die hochnäsigen Ladys, die man nicht anrühren darf, bis sie schön brav verheiratet sind, und die Gassengören, so wie mich, die nur von dem Tag träumen, an dem sie die hohe Ehre haben, von einem Lüstling wie Ihnen verunehrt zu werden?«

Vorsichtig befühlte er sein Kinn und murmelte: »Das Wort ›verunehren‹ gibt es nicht. Und außerdem bin ich ... kein Lüstling, und ich hätte mich darum gekümmert, daß Sie gut versorgt sind und ein Leben im Luxus führen, solange Sie ...«

»Solange ich Ihnen gefalle. Und wenn ich nicht mehr so jung und hübsch bin, dann gibt's einen Kuß und einen Fußtritt, wie?«

»Ich habe Ihnen mit den besten Absichten ein Angebot gemacht«, erwiderte er verärgert. »Ich glaube, Sie könnten es schlechter treffen, als unter meiner Protektion zu leben, und wenn Sie mir den Kiefer gebrochen haben, mein liebes Mädchen ...«

»Ich bin nicht Ihr liebes Mädchen!« tobte sie und knirschte mit den weißen Zähnen. »Ich hab die Bibel gelesen, *Edelmann*! Zeigen Sie mir die Stelle, wo es heißt, daß es Gott recht ist, wenn eine Frau sich ohne Ehering an einen Wüstling verkauft.«

»Himmel!« rief der Viscount und starrte sie an. »Erwarten Sie, daß ich Sie *heirate?*«

Absalom hatte nachdenklich zugehört. »Schau mal, Mädchen«, meinte er jetzt, »es ist was dran an dem, was er sagt. Du kannst wirklich nicht erwarten, daß ...«

Halb schluchzend vor Verletztheit und Wut, fauchte sie: »Natürlich nicht! Glaubst du vielleicht, ich will eine hochnäsige Madam Gräfin sein, selbst wenn's möglich wäre?« Grimmig fuhr sie sich mit der Hand über das Gesicht. »Aber das heißt noch lange nicht, daß ich ein leichtes Mädchen bin! Eher lasse ich mich totschlagen, als daß ich so was Nichtsnutziges wie einen Viscount heirate. Außerdem gibt's noch andere Männer! Bessere Männer als ihn, die froh sein würden, mich zu heiraten!«

Absalom schürzte die Lippen und betrachtete Glendenning forschend. »Ich weiß nicht, Amy. Du könntest es schlechter treffen. Ich werd nicht immer dasein, um dich zu beschützen. Und der Viscount würde dich wahrscheinlich in einer feinen Wohnung in London unterbringen – wie, Milord?«

»Nicht wenn ich mit Zwiebelnetzen verprügelt werde«, knurrte Glendenning, rappelte sich mühsam auf und griff nach dem Stock.

»Halt besser den Mund und verschwinde!« Amy hob drohend ihr streng riechendes Netz. »Heute hast du's nicht geschafft, mich zu verkaufen!«

»Jetzt schlag doch nicht auf mich ein, Mädchen! Ich hab ja bloß gedacht ...«

»Ich weiß, was du gedacht hast. Was ihr alle denkt. Daß eine Frau für nix anderes gut ist, als ein Fußabstreifer und eine Bettgespielin für einen Mann zu sein. Das könnt ihr euch sagen lassen – alle beide –, daß ich eher als alte Jungfer sterbe, als daß ich mich an irgendeinen Kerl verkauf, der mich haben will, ohne daß er mich genügend liebt, um mir seinen Namen zu geben. Da muß man schon vornehmer geboren sein als ich, um so tief zu sinken. Pfui, Onkel Ab, daß du so schlecht von mir denken kannst! Jetzt verschwinde, bevor ich was mache, das mir später leid tut.«

»Aber ... Mädchen! Ich kann dich nicht mit dem Kerl allein ...«

»Mit was? Dieser Jammergestalt von einem Gentleman?« Sie warf einen verächtlichen Blick auf den Viscount, der wütend die Lippen zusammenpreßte. »Mach dir wegen dem keine Sorgen. Wenn er mir unverschämt kommt, werd ich ihm mit meinem Hüte-dich-Besser die Rippen kitzeln. Außerdem geht's ihm gut genug, daß er dahin zurückgeht, wo er herkommt. Und froh bin ich, wenn ich den los hab.«
Absalom blickte von dem hitzigen, rebellischen Mädchen auf den blassen, böse schweigenden Mann. Kopfschüttelnd verließ er sie.
Amy wandte sich Glendenning zu. »Na?« fragte sie streitlustig. »Wenn Sie was zu sagen haben, dann raus damit!«
Er stützte sich auf den Stock, aber nicht so schwer, daß es ihm nicht möglich gewesen wäre, sich höflich zu verbeugen. Seine grünen Augen blickten eisig, als er erwiderte: »Sie haben alles gesagt, was nötig war, und dazu eine ganze Menge, was nicht nötig war, Ma'am. Seien Sie versichert, daß Sie keine Veranlassung haben werden, auf Ihr ›Hüte-dich-Besser‹, was vermutlich Messer heißt, zurückgreifen zu müssen.« Ein plötzlicher Gedankenblitz ermöglichte ihm die befriedigende Retourkutsche: »Obwohl ich einen besseren Rotwelschreim wüßte: ›Bleib-mir-vom-Leib‹, soll heißen ›Weib‹.«
»Ach, meinen Sie? Nun, Sie irren sich. ›Weib‹ heißt ›Seele und Leib‹. Und ich greife zurück, auf was *ich* will und wann *ich* will. Also passen Sie auf, Lordschaft.«
»Ich werde Sie zum frühestmöglichen Zeitpunkt von meiner unerwünschten Gegenwart befreien.«
»Gut!« Mit zurückgeworfenem Kopf und hochgereckter Nase rauschte sie mitsamt ihren Zwiebeln hinaus und zerrte das Laken zu.
So allein gelassen, setzte sich Lord Horatio und mühte sich mit seinen Stiefeln ab. Er mußte mit dem Taschenmesser die Naht des rechten Stiefels aufschneiden, bevor er ihn sich ohne unerträgliche Schmerzen überziehen konnte,

und sah sich gezwungen, sich erst ein wenig auszuruhen, als dieser unangenehme Kampf gewonnen war. Während er so auf dem Bett saß, überdachte er noch einmal das Geschehene. Er konnte sich nicht erinnern, jemals so wütend gewesen zu sein. Dieses lausige kleine Zigeunermädchen, diese Gassengöre ohne jede Herkunft und Erziehung, ohne auch nur eine winzige Spur von den vornehmen Manieren einer Lady, dieses *Miststück* hatte es gewagt, seine Ehre in Zweifel zu ziehen. Er nahm wieder den Stock und humpelte zu der vorsintflutlichen Kommode. Sie hatte sein Portemonnaie gestohlen, sie war schuld daran, daß er sich beinahe den Hals gebrochen hatte (Gott, dieser verfluchte Knöchel war vielleicht eine Plage!), offensichtlich hatte sie Flame verkauft, und sie hatte es *gewagt*, ihn »etwas Nichtsnutziges« zu nennen. Unglaublich!
Er war nun bei den Kisten angelangt und verlagerte mit einem erleichterten Seufzer sein volles Gewicht auf den linken Fuß, während er herumstöberte. Seine Sachen waren in einer der unteren Schachteln. Seine Perücke, ordentlich gekämmt, war über eine runde weiße Teekanne drapiert, deren Schnabel abgebrochen war. Die freche Mistress Consett hatte eine Karotte in das dreieckige Loch gesteckt, vermutlich als Nase, und zwei sittsam gesenkte Augen und einen züchtigen Mund aufgemalt. Er hatte einen lebhaften Sinn für Humor, und zu einem anderen Zeitpunkt hätte er gelacht, aber heute war er nicht in der Laune dazu. Zähneknirschend packte er die Perücke, dann hielt er inne, als er sich im Spiegel sah. Sie hatte gesagt, sein Haar sei hübscher als die Perücke. Bald würde es die Hand eines Barbiers brauche, wenn ... Himmel, mit seinem farblosen Gesicht und den Schatten unter den Augen, die wahrhaftig wie blaue Flecken wirkten, sah er aus wie ein Gespenst.
»Es gibt auch noch andere Männer ... bessere Männer als ihn ...!«

Kein Wunder, daß sie so dachte, wenn sie von seinem momentanen Äußeren ausgegangen war. Doch seine angeborene Ehrlichkeit zwang ihn, zuzugeben, daß es nicht so war. Sie hatte ihn nach seinem Verhalten beurteilt, das zugegebenermaßen nicht ... Aber die meisten Gentlemen hatten Mätressen, und was machte es überhaupt aus, was das Mädchen von ihm hielt? Ungeduldig mit sich selbst, setzte er sich mit einer heftigen Bewegung die Perücke auf, ohne an seine Kopfverletzung zu denken. Der folgende Schmerz ließ ihm alles vor den Augen verschwimmen. Er klammerte sich an die Kiste und wartete, bis es vorüber war, stoßweise atmend, die Knie weich wie Pudding. Er war schweißnaß, als der Raum aufhörte, sich um ihn zu drehen, aber es gelang ihm, die Perücke geradezuziehen. So. Jetzt sah er eher wie ein Gentleman aus.

»Diese Jammergestalt von einem Gentleman ...«

Verflucht, dieser Zankteufel hatte eine böse Zunge! Nun, er würde bald fort sein, und sie konnte so »etwas Unnützes« wie einen Viscount vergessen und sich einen *chal* aus der Zigeunersippe suchen, der eine ehrbare Frau aus ihr machte und sie hoffentlich regelmäßig prügelte. Er nahm zwei Guineen aus seinem Portemonnaie und legte sie unter die beleidigende Karotte. Nicht daß er sich verpflichtet fühlen müßte, weiß Gott nicht. Sie hatten ihm Flame gestohlen, und Flame war Michaels Geschenk. Michael! Er hätte den Jungen schon längst finden müssen. Und das Duell sollte stattfinden. O Gott, Falcon würde Feuer speien!

Er nahm den Stock, humpelte zur Tür und schob das Laken zur Seite. Die »Küche« war klein, sehr sauber und hatte etwas äußerst Behagliches an sich. Die Tür nach draußen stand weit offen und ließ den Sonnenschein herein. Ein Tisch in der Mitte des Raums bekam eine freundliche Note durch einen bunten Feldblumenstrauß, dem ein henkelloser Becher als Vase diente. Auf dem runden, solide gearbeiteten Tisch stand außerdem eine Mehlbüchse, und daneben lagen Karotten, eine Zwiebel, ein Küchenmesser und ein Kochlöffel. Von der Köchin war keine Spur zu sehen.

Glendenning ging weiter hinein und blickte sich neugierig um. In einem aus Ziegeln erbauten Kamin brannte ein Feuer, und darüber hing eine furchterregend aussehende Donnerbüchse. Aus einem großen Kessel stieg Dampf auf, und auf der anderen Seite des Herdes hing ein zugedeckter Eisentopf, in dem gerade etwas zu kochen und so köstlich zu riechen begann, daß Glendenning bemerkte, wie hungrig er war. An einer Wand hatte man vom Boden bis zur Decke Regale angebracht, die ebenso neu aussahen wie der Kamin und mit allem möglichen vollgestellt waren. Sein neugieriger Blick entdeckte Absaloms Rasierutensilien, einen Hammer und eine Säge, Schachteln mit Nägeln, Kerzen, Töpfe und Pfannen, eine ungleichartige Sammlung von gesprungenem und angeschlagenem Geschirr, eine Glasbüchse mit Salz und weitere geschlossene Büchsen und Behälter in verschiedenen Formen und Größen. Netze mit Zwiebeln, Knoblauch und Kartoffeln hingen von Haken an der Decke, und mehrere hübsch gerahmte Bilder ländlicher Szenerien ließen die Wände weniger kahl erscheinen. Sein Stiefel berührte ein schmales, ordentlich gemachtes Bett auf dem Boden, und er verspürte ein Schuldgefühl, da Amy ihm offensichtlich ihr Bett abgetreten und hier geschlafen hatte.

Nun gut, dachte er trotzig, heute nacht kann sie in ihrem eigenen Bett schlafen.

Mit soviel Würde, wie er nur aufbringen konnte – falls er Ihrer Majestät, der Zigeunerbaronin begegnen sollte –, ging er weiter zur Eingangstür.

Draußen führten niedere Stufen im Hügel zu einer kleinen Lichtung hinauf, die von Bäumen und Büschen umschlossen war. Die Luft war kühl, und die blasse Sonne war ihm auch keine Hilfe bei der Richtungsbestimmung, da sie direkt über ihm stand. Doch egal, in welche Richtung er ging, er war ja schließlich nicht in der Wildnis Afrikas, wo Löwen und Kannibalen auf der Lauer lagen, und so sollte es ihm doch bald möglich sein, ein Gefährt zu mieten und zurück in die Stadt zu fahren. Sein Knöchel setzte ihm gehässig zu, als er sich mühsam die Stufen hinaufschleppte, aber er hatte schon Schlimmeres erlebt, und mit Hilfe des Stocks konnte er gehen. Er nahm seine emsig tickende Taschenuhr heraus, die wie durch ein Wunder aufgezogen, aber nicht »entlehnt« worden war und vermutlich die richtige Tageszeit anzeigte. Viertel nach zwölf. Er steckte die Uhr wieder ein und machte sich entschlossen auf den Weg. Spätestens um zwei Uhr würde er den Weg nach Hause gefunden haben.

Kurz nach ein Uhr war er endlich auf einem Weg durch das dichte Gehölz, aber eine halbe Stunde später endete dieser plötzlich.

Um drei Uhr saß er mit dem Rücken gegen einen Baumstamm gelehnt und schloß die Augen, zermürbt von dem stechenden Schmerz, der von seinem Kopf bis zu seinem Knöchel auszustrahlen schien. Er war vollkommen erschöpft, aber wenn er sich nur ein wenig ausruhte, würde er sich bestimmt besser fühlen und könnte weitergehen ...

Es war halb sechs Uhr, als er erwachte. Erschrocken rappelte er sich auf. Der Schlaf hatte seinen Kopfschmerz gelindert, aber sein Knöchel pochte und fühlte sich in seinem zerschnittenen Stiefel geschwollen an. Der gesunde Verstand sagte ihm, daß es besser gewesen wäre, er hätte seinen Stolz hinuntergeschluckt und wäre geblieben, bis er kräftiger war, anstatt sich beleidigt davonzumachen. Aber wie konnte ein Gentleman bei einem Mädchen bleiben, das ihn für einen Wüstling hielt? Er tat einen Schritt, fluchte und umklammerte den Baumstamm, dann versuchte er es noch einmal, und seine Gedanken wandten sich Danielle zu. Sie war die Witwe eines Colonels, ein gesittetes Geschöpf, das alle Kultiviertheit besaß, die eine erfahrene Gouvernante und eine reizende Familie einer Frau mitgeben konnten. Nach dem Tod ihres Mannes hätte sie eine ganze Reihe sehr gut gestellter Gentlemen heiraten können, doch statt dessen hatte sie es vorgezogen, seine *chère amie* zu werden. Sie hatte zwar keinen vernünftigen Gedanken in ihrem hübschen Kopf, und sie hatte ihn wegen eines reichen Bürgerlichen, der alt genug war, ihr Großvater zu sein, verlassen, aber sie hatte ihn weder angeschrien noch ihm ein Zwiebelnetz ins Gesicht geschlagen. Und vor allem anderen, sie hatte ihn keinen *Wüstling* genannt. Das Mädchen war einfach zu beschränkt, um zu erkennen, daß er ihm eine Ehre erwiesen hätte. Welcher andere Gentleman mit Adelstitel würde ein Zigeunermädchen zu seiner auserwählten Mätresse machen?

Er hielt inne und starrte voller Gewissensbisse auf einen Baumstamm. Gentleman mit Adelstitel, in der Tat! Seit wann findest du es nötig, mit deinem Titel herumzuprotzen? dachte er. Und der Titel würde ihm viel nützen, wenn die Obrigkeit je beweisen konnte, was sie offensichtlich bereits argwöhnte: daß er für den schneidigen Bonnie Prince Charlie gekämpft hatte! Die »gewöhnlichen Zigeuner« hätten dann das letzte Lachen, wenn sie zusahen, wie man ihm die Glieder abschlug, ihn aufschlitzte, aufhing und köpfte. Schon viele »bessere Männer« als er waren einer so gräßlichen Strafe unterzogen worden.

Fröstelnd stolperte er weiter. Nahmen diese verfluchten Bäume denn kein Ende? Schon vor Stunden hätte er aus dem Wald herauskommen müssen. Man könnte meinen, er befinde sich im New Forest! Es sei denn ... bewegte er sich vielleicht im Kreis? Er blickte auf und stellte verwirrt fest, daß der Himmel voller Wolken war. Seltsam. Er hatte gedacht, es sei sonnig gewesen. Und es wurde auch ziemlich kühl.

Nach einer langen Anstrengung, die ihn wohl nicht sehr

weit gebracht hatte, wie er befürchtete, war er außer Atem, und als er sich vorsichtig auf einen dicken Baumstumpf sinken ließ, sah er erneut auf die Uhr. Halb sieben? Das *konnte* nicht sein! Aber es war so. Und er mußte sich eingestehen, daß er nach sechs Stunden schmerzvoller Mühe nichts anderes erreicht hatte, als daß er erschöpft, ausgekühlt und durstig war. Er würde zurückgehen müssen. Amy würde ihm vielleicht verzeihen, wenn er sich sehr demütig zeigte. Sicherlich würde sie ihn zumindest bleiben lassen, während sie sich darum kümmerte, daß seine Freunde kamen und ihn holten. Ja, er würde zurückgehen. Aber sein Knöchel pochte derart, und sein Kopf fühlte sich schlimmer an denn je, so daß er sich hier noch ein oder zwei Minuten lang ausruhen würde. Länger nicht, denn in der Dunkelheit wäre er niemals in der Lage, den Weg zurückzufinden ... Hände zerrten an ihm. Benommen dachte er, sie sei gekommen. Sie hatte ihn gefunden, Gott segne ...

»Wach auf, Kamerad! Was machst du da?«

Eine Männerstimme. Ein Londoner. Glendenning blinzelte durch das Dämmerlicht. Vier waren es, die mehr oder weniger belustigt auf ihn herabsahen, ohne daß eine Spur von Mitleid auf ihren Räubergesichtern zu erkennen gewesen wäre. Er setzte sich auf. Beim Zeus! Es war beinahe dunkel. Er brachte es fertig, mit fester und sicherer Stimme zu sprechen. »Sie haben mich also endlich gefunden. Hat mein Vater ...«

»He!« rief der große Kerl, der unter einer zu kleinen Wolljacke ein auffälliges und schmuddeliges Wams trug. »Hört ihr das feine Geschwätz? Da haben wir einen Gent erwischt, Burschen!«

Alle lachten, aber ein anderer mit einem hageren Gesicht und verschlagenen schwarzen Augen gebot mit erhobener Hand Ruhe. »Sind Sie in Schwierigkeiten, Sir?« erkundigte er sich respektvoll.

Glendenning besaß Menschenkenntnis, und er erkannte Roheit, wenn er sie vor Augen hatte. Sie waren zu viert, und er war allein und kampfuntauglich, aber es wäre fatal gewesen, irgendein Anzeichen von Schwäche zu zeigen. Kühl antwortete er: »Ich wurde vom Pferd geworfen und habe versucht, aus diesem verfluchten Wald herauszufinden, aber ...«

»Das haste schon ein oder zwei Tage probiert, was, Hoheit?« höhnte ein Jugendlicher mit rosigen Wangen grinsend. »Jemand hat dir wohl 'n bißchen geholfen, was? Schau mal, Sep.«

Glendenning blickte nach unten. Durch seinen aufgeschlitzten rechten Stiefel konnte man einen Verband sehen. »Ich habe mir das Bein verletzt, und ...«

Der Höfliche, der offensichtlich Sep hieß, unterbrach ihn. »Dann müssen wir Ihnen helfen, Sir.« Mit einer ruckartigen Kopfbewegung befahl er: »Schaut mal nach, Männer.«

»Nein!« entgegnete Glendenning scharf. »Wenn Sie mich nur ...« Sie schnitten ihm das Wort ab, indem sie ihn packten und ihm den rechten Stiefel herunterzogen. Ihm verschwamm alles vor den Augen, und er hörte nur noch ein gedämpftes Echo ihrer Stimmen. Das Brennen von Kognak in seiner Kehle brachte ihn wieder zu Bewußtsein, und hustend blinzelte er zu ihnen auf. Sie mußten beschlossen haben zu bleiben, denn sie hatten ein kleines Feuer angefacht. Im Licht der Flammen sahen sie noch schmutziger und ungekämmter als zuvor aus, und es wurde unangenehm deutlich, daß sie nicht die Gewohnheit besaßen zu baden.

Mit einem schmierigen Grinsen sagte der Mann namens Sep: »Wie schön, daß eine gütige Seele Ihnen den Knöchel so fein verbunden hat, Sir. Aber es ist ein häßlicher Schnitt. Sagen Sie uns, welche Richtung, dann tragen wir Sie zurück zu Ihren Freunden.«

Glendenning verwünschte ihn im stillen. Laut sagte er:

»Bringen Sie mich nur in ein Gasthaus, und ich werde Sie ... großzügig entlohnen.«
»Ein Gasthaus!« höhnte der in dem schmuddeligen Wams, Greasy Waistcoat. »So ein Jammer, daß man so was hier meilenweit nicht findet.«
Sep, der anscheinend der Anführer war, lächelte und stimmte zu, daß dies leider so sei. »Am besten ist es, wir bringen Sie zurück zu den Leuten, die Ihnen geholfen haben, Sir. In welcher Richtung liegt das?«
»Ich habe nicht die leiseste Ahnung«, antwortete Glendenning wahrheitsgetreu.
»Vielleicht können wir deiner Erinnerung nachhelfen«, bot ein mageres Individuum mit strähnigem grauem Haar an. »Hoch mit ihm, Männer.«
Sie rissen Glendenning auf die Füße. Er klammerte sich an einen Baum, und ihr Grinsen brachte ihm noch mehr zu Bewußtsein, daß er in verteufelt großen Schwierigkeiten war. »Was zur Hölle«, fragte er zornig, »wollt ihr von mir? Wenn es mein Portemonnaie ist, dann nehmt es, und Schluß! Aber es wird euch schlecht ergehen, wenn ihr ...«
»Wenn was?« unterbrach der grauhaarige Raufbold. »Wenn wir dir die adlige Kehle durchschneiden? Dafür können se uns auch nicht höher hängen als dafür, daß wir dich verprügeln, adliges Bürschchen.«
»Billy Brave!« In gespieltem Entsetzen schlug Sep die Hände über dem Kopf zusammen. »Wie kannst du so was *Unfreundliches* sagen!«
Allgemeines Gelächter folgte dieser witzigen Bemerkung. Greasy Waistcoat hielt Glendenning das Gesicht dicht vor die Nase und fragte: »Wo sind deine Freunde? Du mußt doch 'ne Ahnung haben, woher du gekommen bist.«
Der Viscount brachte es fertig, sich sehr gerade zu halten und den Kopf stolz hochzuwerfen, aber der Gedanke, Rohlinge könnten entdecken, daß hier im Wald ein junges und schönes Mädchen im Moment allein lebte, ließ ihn vor

Angst ganz schwach werden. »Ich habe euch gesagt, daß ich es nicht weiß.« Eine Bemerkung von Florian fiel ihm ein, und er fügte hinzu: »Aber ich würde schauen, daß ich bald aus diesem Wald herauskomme. Es heißt, daß es hier spukt.« Diese Worte gaben ihnen nun doch zu denken. Greasy Waistcoat krümmte sicherheitshalber zwei Finger der rechten Hand, der Jugendliche mit den rosigen Wangen zückte eine Sattelpistole, Billy Brave zerrte nervös an seinem grauen Haar, und sogar Sep verstummte. Es war bekannt, daß Hexen und Zauberer dichte Wälder bei Neumond heimsuchten, und heute abend war es in der Tat sehr dunkel. Außerdem hatte man mehrere Räuber an den Galgen gehängt, der an der Wegkreuzung auf einem Hügel ganz in der Nähe stand, und so war es nur zu wahrscheinlich, daß ein oder zwei Gespenster hier ihr Unwesen trieben.
Billy Brave sah sich unbehaglich um. »Das hab ich auch gehört«, brummte er. »Dies hier ist ein übler Ort, Sep. Der Gent da bringt uns nix Gutes. Verschwinden wir lieber.«
Der Junge faßte wieder Mut. »Mit meinem Ballermann hier verscheuch ich jeden Geist. Hab keine Angst, Billy Brave.«
»Halt die Schnauze«, knurrte Septimus, der seine vornehme Redeweise vergaß. »Irgend jemand hat ihm geholfen, das ist doch klar, oder? Also wer? Vielleicht genau der Kerl, den wir suchen.« Er packte den Viscount am Arm und fügte hinzu: »Wir können uns nicht die ganze Nacht um die Ohren schlagen, und du siehst auch nicht grad aus, als wärst du in der besten Verfassung. 'nen Bader brauchst du, und wir holen einen, wenn wir dich irgendwo sicher untergebracht haben. Was soll schlimm dran sein, wenn du uns sagst, wer dir den Fuß verbunden hat?«
Wenn er nur sicher wüßte, wo er war, könnte er ihnen die entgegengesetzte Richtung angeben. Aber so bestand die teuflische Gefahr, daß er sie womöglich direkt zu Amy schickte. »Ich kann sehr gut hierbleiben«, erklärte er hochmütig. »Holen Sie nur ...«

Greasy Waistcoat fluchte und trat mit roher Gewalt zu. Glendenning fiel schwer zu Boden. Sein Kopf stieß gegen einen Baumstumpf …

Unbestimmbare Zeit später hörte er sie reden und eine Menge Lärm machen, als sie versuchten, einen primitiven Regenschutz zu bauen.

»Und wenn sie es sind, dann sind sie wahrscheinlich ganz in der Nähe.« Das war Seps Stimme. »Dieser windelweiche Gent kann mit seinem Bein nicht weit gekommen sein.«

»Nein. Und wir kommen heut abend auch nicht mehr weit.« Diese streitsüchtige Bemerkung stammte wohl von Greasy Waistcoat. »Stütz es mit dem Ast da ab, Billy. So. Ist schon verflucht dunkel, Sep. Selbst wenn der feine Pinkel den Weg weiß, jetzt findet er ihn nie.«

»Er kennt ihn! Also warten wir, bis es wieder hell ist, dann kriegen wir ihn schon dazu, daß er ihn uns zeigt. Mit dem Loch, das der im Fuß hat, wird's wohl nicht schwer sein, ihm klarzumachen, daß es besser ist zu tun, was wir sagen.«

»Was?« jammerte Billy Brave. »Soll'n wir vielleicht die *ganze Nacht* hierbleiben? Warum binden wir ihn nicht einfach an 'nem Baum fest und stopfen ihm 'nen Knebel ins Maul? Und für uns suchen wir ein Wirtshaus und kommen morgen wieder.«

Verächtlich entgegnete der Junge: »Weil er sich losmachen könnt', oder jemand anders findet ihn, bevor wir wieder das sind. Außerdem sagt der Squire …«

Von einer Sekunde auf die andere vergaß Glendenning sein Elend. Er saß ganz steif da und horchte angestrengt. Der *Squire?* Redeten diese primitiven Halunken von einem einfachen Gutsherrn, oder war es möglich, daß sie den mordgierigen Anführer der Liga der Juwelenmänner meinten? Nein, das war lächerlich. Wahrscheinlich hatte sie irgendein Gutsherr aus der Gegend nach Wilderern ausgeschickt. Offensichtlich dachten sie, jemand, den sie suchten, hätte ihm geholfen. Es stand außer Frage, daß Amy und Absalom irgendeine Verbindung zu der Sache hatten. Es sei denn ... Amy *hatte* zugegeben, daß sie diese verdammten Hühner gestohlen hatte. Wurde sie deshalb verfolgt? Unmöglich war es nicht, aber wenn man es recht bedachte, war es eher unwahrscheinlich, daß ein Gutsherr vier Männer losschickte, um den Dieb von zwei Hühnern aufzuspüren. Was auch immer der Fall war, es bestand kein Zweifel, was geschehen würde, wenn Schurken dieser Sorte sie in die schmutzigen Hände bekamen. Er biß die Zähne zusammen und faßte einen grimmigen Entschluß. Er mochte ein »Wüstling« und eine »Jammergestalt von einem Gentleman« sein, aber, beim Zeus, er würde eher sterben, als diese Kerle zu ihr ...

»Was flüsterst du da rum?« fragte Sep.

Billy Braves Stimme zitterte. »Ich ... ich hab gedacht ... ich hab was gehört.«

»So ein verdammter ...«, begann der Junge verächtlich.

»Halt den Schnabel«, fauchte Greasy Waistcoat. »Da is es wieder!«

In der Tat, ein leises Stöhnen, das Glendenning die Haare im Nacken sträuben ließ. Ein Stöhnen, das zu einem gräßlichen Heulen anschwoll und schließlich in einem unmißverständlichen Wiehern endete!

Sep lachte bebend.

In einer Mischung aus Erleichterung und Verachtung sagte der Junge: »Nur ein blöder Esel!«

Greasy Waistcoats Stimme klang schrill, als er ihre ein wenig verlegenen Ausrufe unterbrach. »Hört doch! Zum Teufel mit euch! Das ist kein blöder Esel!«

Alle verstummten und spitzten die Ohren. Ein leises Kichern war zu vernehmen, das allmählich lauter wurde, bis es zu einem wahnsinnigen Gelächter anschwoll, das schließlich verebbte, bis wieder Stille einkehrte, die jedoch zu vibrieren schien.

»Oh!« wimmerte Billy Brave. »O Himmel!«

»Was zur ... Hölle ... war *das?*« fragte der Junge mit dünner Stimme.

»Es heißt, daß der Gottseibeiuns gern andere Gestalten annimmt«, stammelte Greasy Waistcoat. »Zuerst erscheint er als Tier, und dann ...«

»Sei still!« befahl Sep grimmig. »Wahrscheinlich war's nichts Schlimmeres als irgendein streunender Esel, der eine Eule geweckt hat. Auf jeden Fall, jetzt ist es vorbei, also ...«

Aber es war nicht vorbei. Seps barsche Worte wurden rüde unterbrochen. Das Kichern war diesmal näher, und Glendenning gefror das Blut in den Adern, denn dieses Kichern hatte ein Echo, das keiner irdischen Stimme glich.

»*Schau!*« Billys Stimme war ganz schrill vor Angst. »Heiliger Christus! *Schau!*«

Mit großer Mühe gelang es Glendenning, den schmerzenden Kopf zu drehen. Er schnappte nach Luft und erstarrte. Ein schauriges Leuchten flackerte durch den Wald. Als es näher kam, erkannte er ein langes weißes Gewand und einen unnormal langen Arm, der drohend fuchtelte, während unter dem anderen Arm ... ein menschlicher Kopf steckte. Ein gespenstisch leuchtender, blutverschmierter Kopf mit einem klaffenden Mund und dunklen Augenhöhlen. Und immer wieder erklang dieses schauerliche, kollernde Lachen.

Der Junge, zu Tode geängstigt, schluchzte erstickt auf.

Sep, der aus härterem Holz war, zog eine Pistole mit langem Lauf aus der Tasche. Ein Feuerblitz zerriß die Dunkelheit, gefolgt von einem ohrenbetäubenden Echo und einem kurzen, seltsam melodischen Geräusch.

Die Erscheinung blieb stehen. Der Kopf war fort, aber nun streckte das Gespenst zwei lange, handlose Arme aus. Ein durchdringendes Wutgeheul erklang, und der Nachtmahr wogte auf die vor Schrecken starre kleine Gruppe zu.

Ein gellender Schrei ertönte, und gleich darauf ein zweiter.

Vier dreiste Diebe kämpften mit Zähnen und Klauen verzweifelt darum, der erste zu sein, der durch das einzige Schlupfloch in dem dichten Unterholz entfliehen konnte.
Kraftlos vor Entsetzen versuchte der Viscount sich hochzuziehen, aber die Erscheinung war nun fast bei ihm angelangt. Schreckliche Geschichten von kopflosen Königinnen im blutigen Tower kamen ihm in den Sinn, Geschichten von rächenden Geistern und Phantomen, mit denen ältere Jungs auf der Schule schadenfroh die jüngeren erschreckt hatten; Geschichten von abscheulichen Teufeln und Hexen, die so oft mit wispernder Stimme in Londoner Kaffeestuben und Landgasthöfen erzählt wurden. Die Geräusche der wilden Flucht und die angstvollen Schreie entfernten sich und verebbten. Er war ganz allein, und seine Knochen fühlten sich an wie Pudding. Er konnte sich nur schützend einen Arm über den Kopf halten und sich an den Baumstamm drücken, während er in hilfloser Angst darauf wartete, daß diese unirdisch leuchtenden langen Arme ihn berührten.
Stille.
Er spähte durch die zitternden Finger. Lieber Gott, wie gräßlich dieses Ding war! Es schwebte über ihm und fuchtelte mit den handlosen Armen, und ein schwacher, unbestimmter Geruch strömte von ihm aus.
Ein hohes, nasales Heulen, dann sagte die Stimme: »Deine Sünden haben dich eingeholt, böser Mensch! Bereust du deinen gemeinen Plan, ein unschuldiges junges Mädchen zu entehren?«
Glendenning war schwindlig und übel, aber er keuchte: »Ja ... ja ...«
»Und schwörst du feierlich, nie mehr wieder mit den dreckigen Fingern nach ihm zu grabschen?«
Nicht gerade eine kultivierte Ausdrucksweise, aber mit einer so furchterregenden Erscheinung stritt man nicht. Mit klappernden Zähnen stotterte er: »N-nein ... n-nie wieder!«

Langsam sanken die Arme herab. Wenn das Ding doch nur verschwinden würde! Bitte, lieber Gott, mach, daß es verschwindet, und ich will ... nie mehr ...
Bei allen Heiligen! Es schrumpfte, es schrumpfte immer mehr, wurde kleiner und kleiner! Glendenning hielt es nicht mehr aus. Er würde in Ohnmacht fallen ... wie ein Mädchen ... Der Geruch war nun deutlicher, vielleicht weil er die Augen geschlossen hatte. *Frischgebackenes Brot!*
Er riß die Augen auf.
Der Geist war zu einem leuchtenden Häufchen am Boden zusammengesunken, das nun aufgehoben wurde.
»Amy!« krächzte er.
Sie blickte auf ihn herab. »Können Sie aufstehen?«
»Nein«, antwortete er, und seine abergläubische Furcht wich einem Gefühl der Erniedrigung. »Wissen Sie, daß ich Ihretwegen fast einen Herzanfall bekommen hätte?«
Er bekam plötzlich Angst. »Haben die Kerle Sie verletzt? Dieser Schuß ...«
»Hat mir den Kopf zerschmettert. Aber zum Glück den, den ich unterm Arm gehabt hab.« Sie beugte sich zu ihm und nahm seine Hand. »Kommen Sie.«
Mit ihrer Hilfe rappelte er sich auf. Benommen, doch hartnäckig keuchte er: »Aber Sie ... Sie haben *geleuchtet!* Wie um alles in der Welt ...«
»Wollen Sie hier warten und närrisch daherplappern, bis sie zurückkommen? Oder wollen Sie lieber noch ein bißchen länger leben? *Los!*« Dann wurde ihre Stimme sanfter. »O Mann, Sie können nicht, stimmt's? Armer Lord. Mit Ihrem Davonrennen haben Sie sich was Schönes eingebrockt.«
»Ich bin ... nicht ... davongerannt.«
»Na, gerannt auf jeden Fall nicht«, stimmte sie mit einem spöttischen Lachen zu, das er höchst gefühllos fand. »Bloß gut, daß ich Lot mitgebracht hab. Sie können auf ihm reiten. Die Kutsche des Bürgermeisters ist es nicht grad, Euer Ehren, aber es wird reichen müssen.«

Er wollte noch so viel sagen, so viel fragen, doch er konnte nur an dem Baumstamm lehnen, an dem sie ihn abgestellt hatte, nachdem sie ihm mit ihren kräftigen Händen aufgeholfen hatte. Und als sie zurückkam, blieb ihm nichts anderes übrig, als sich an dem Esel hochzuziehen, bis sein schmerzender Körper auf dem Rücken des Tieres hing, und sich höchst unheroisch zurück in den sicheren Unterschlupf tragen zu lassen.

»Ich hab nur gesagt«, wiederholte Enoch Tummet, befestigte das schwarze Band, mit dem er das dichte Haar seines Herrn zusammengefaßt hatte, und betrachtete es beifällig, »daß es mir komisch vorgekommen ist. Ganz komisch.« Kritisch sah er in das hochmütige, attraktive Gesicht im Spiegel und wollte eine Strähne, die über der dunklen Augenbraue zu straff nach hinten gezogen war, etwas lokkern.
»Hol Sie der Teufel!« schnaubte August Falcon und wehrte seine Hand ab. »Lassen Sie das!«
Tummets muntere braune Augen in dem kantigen, zerfurchten Gesicht zwinkerten. »So seh'n Sie aber menschlicher aus, Kamerad«, entgegnete er respektlos. »Den Frauen gefällt's nicht, wenn ein Gent ausschaut wie ein gefrorener Kabeljau.«
»Erstens – zum hundertstenmal«, zischte Falcon mit glitzernden dunkelblauen Augen und gefährlich leiser Stimme, »nennen – Sie – mich – nicht – *Kamerad!* Und zweitens, da ich anscheinend immer noch lebe und atme, bin ich vermutlich menschlich genug – nicht unbedingt ein wünschenswerter Zug. Drittens habe ich keine Ursache zu glauben, daß ich den Ladys in irgendeiner Weise mißfalle oder daß sie mich für ›gefroren‹ halten.«
»Recht ha'm Sie, Maestro«, stimmte Tummet zu. »War

nicht ganz bei Trost. An Ihnen is nix gefroren.« Er wandte sich ab und murmelte: »Eher is er ein verfluchter Vulkan!«
Falcon, der ausgezeichnet hörte, brummte: »Ich bete nur, daß eines Tages irgend jemand mir erklären wird, wie ich zu dem Glück gekommen bin, Sie als meinen Diener zu erben.«
»Ganz einfach, Kame ... Sir. Captain Rossiter, mein Maestro, ist übers Meer geschippert, weil er seine Hochzeitsreise macht. Und ich mag keine Boote.«
»Schiffe.«
»Sag ich doch. Und dann ist der Pa von Ihrem Diener krank geworden, so daß er fort ist. Und juppheida, ich bin da.«
Falcon schauderte. »Ich glaube, ich verliere noch den Verstand. Kein Wunder. Sie und Morris zusammen ...«
»Oh, da fällt's mir ein. Er wartet unten, Kamerad. Sir Kamerad!«
Falcon warf ihm einen eisigen Blick zu, und Tummet zeigte sein breites, liebenswürdiges Grinsen.
»Kann ich zu hoffen wagen, daß Ihr rechtmäßiger Herr mit ihm zurückgekommen ist?« fragte Falcon.
»Hoffnung schadet ja nie was, wie?« Aber dann sah Tummet die gefährlich zusammengepreßten Lippen und fügte hastig hinzu: »Der Leutnant ist allein.«
Falcon stand auf und steckte sich einen Saphirring an den schmalen Finger. »Er sollte nicht hier sein, da wir verabredet haben, uns morgen früh zu schlagen! Verdammt, der Mann hat so viel Erziehung wie ...« Er warf einen zornigen Blick auf seinen unkonventionellen Diener.
»So wie ich, Maestro? Lieber Himmel, ich hab keine Erziehung, das weiß ich schon. Aber Sie brauchen mich nicht bedauern. Wenn ich die seh, die Erziehung haben, dann sind sie immer grad dabei, ihre ganzen Piepen – das heißt Geld, Kamerad – zu verlieren, oder sie schießen sich gegenseitig zusammen, weil einer schief geschaut hat, oder es

geht ihnen schlecht, weil sie sich langweilen. Na, da gucken Sie doch mal mich an. Ich lebe lustig und froh wie die Maus im Haferstroh. Ich kann ...«

Falcons Lachen, das selten zu hören war, schnitt ihm das Wort ab. »Ich zweifle nicht daran, was Sie alles können, Sie verflixter Galgenvogel. Holen Sie mein Colichemarde heraus, und sehen Sie nach, ob die Schneide scharf ist. Morris ist wahrscheinlich gekommen, um mir mitzuteilen, daß Lord Kadenworthy zugestimmt hat und unser Zusammentreffen morgen stattfinden wird wie ausgemacht.«

Tummet schürzte die Lippen. »Der Leutnant hätt seine Sekundanten schicken sollen, daß sie Ihnen das sagen, Maestro.«

Falcon ging murrend zur Treppe. James Morris kannte sehr wohl das korrekte Vorgehen bei einer *affaire d'honneur.* Es wäre erstaunlich, wenn diese Landplage aus einem anderen Grund hier wäre, als um Katrina anzuschmachten.

Sein Verdacht wurde bestätigt, als er in den Salon trat und seine schöne Schwester vorfand, die fröhlich mit dem Leutnant lachte und einen großen Strauß weißer und rosafarbener Rosen in der Hand hielt.

»Was, zum Teufel, suchen Sie hier, Morris?« fragte Falcon. »Man sollte meinen, ich hätte es deutlich genug zum Ausdruck gebracht, daß Sie in meinem Haus nicht willkommen sind.«

»Aber August«, sagte Katrina lächelnd, »wie kannst du so schimpfen, wenn Leutnant Morris mir so schöne Blumen gebracht hat?«

»Wir haben einen ganzen Garten voller Blumen, und ich nehme an, unser Gärtner ist noch nicht zu alt und klapprig, um dir einen Strauß zu schneiden!«

Mit verträumtem Blick meinte Morris: »Miss Katrina sieht aus wie eine Braut, nicht wahr?«

»Sie wird eine Braut werden, wenn ein würdiger Gentleman um ihre Hand anhält!«

Morris seufzte. »Wieder abgeblitzt«, murmelte er traurig.
»Immer vorausgesetzt, daß ich etwas für den würdigen Gentleman übrig habe.« Katrinas Stimme klang ruhig, aber da sie ihrem autokratischen Bruder äußerst selten Widerstand entgegensetzte, hellte Morris' Miene sich auf.
Falcon war über diese Bemerkung seiner Schwester sowohl verärgert als auch beunruhigt. »Sie sollten mehr Verstand haben, Ma'am, als Morris allein zu empfangen, und ...«
»Außerdem«, warf Morris ein, der an einen früheren Gedanken anknüpfte, »ist das nicht Ihr Haus. Es gehört Ihrem Vater.«
»Der hier ist in seiner ganzen Pracht.« Mr. Neville Falcons elegante Perücke tauchte aus einem tiefen Sessel auf. Humorvoll lächelte er seinen Sohn an. »Katrina und Leutnant Morris haben daher eine schickliche Anstandsdame, lieber Junge, also reg dich nicht auf.«
August eilte sofort zu seinem Vater, um ihm die Hand zu schütteln und ihn höflich zu begrüßen. »Ich habe gedacht, Sie seien in Sussex, Papa. Was bringt Sie zurück in die Stadt?«
»Langeweile natürlich.« Ein wenig mühsam wand sich Mr. Falcon aus seinem Sessel hoch. »Ich weiß, du dachtest, ich sei für einen Monat oder so sicher verstaut, aber so viel ländliche Einsamkeit halte ich nicht aus, weshalb ich mich dir wieder aufdrängen muß. So ungezogen ich auch gewesen sein mag.«
August sah verärgert drein. Katrina lachte hell, und Morris war entgeistert. Dieser rundliche kleine Gentleman mit seinem fröhlichen Humor und den schelmisch zwinkernden Augen war der letzte, den er sich als Vater eines so launischen Individuums wie August oder einer so hinreißenden Schönheit wie Katrina vorgestellt hätte. Man konnte nur vermuten, daß seine Kinder nach der Familie ihrer Mutter geraten waren. Sicherlich hatte Mr. Falcon weder das gute Aussehen noch das hitzige Temperament seines

Erben. Wenn man seinen letzten Satz gehört hatte, konnte man tatsächlich meinen, Neville Falcon sei der Sohn und August der strenge Vater. Und was Mr. Falcons Kleidung betraf, die vermochte Morris nur anzustarren.

Neville Falcon trug eine Flügelperücke, doch die Schleife, die sie hinten zusammenhielt, war nicht das übliche schmale schwarze Band, sondern scharlachrot. Das Jabot auf seiner Brust war außergewöhnlich dick gerüscht, so daß der Gentleman in Morris' Augen wie eine Kropftaube aussah. Sein Rock war untadelig geschneidert, aber der purpurrote Samt vertrug sich schlecht mit der verschwenderischen scharlachroten Stickerei an den breiten Ärmelaufschlägen und den Einsatzstreifen auf der Vorderseite. Nicht weniger aufdringlich war die Weste aus Flohseide, die mit silbernen Blumen bestickt war. Und obwohl seine »Unaussprechlichen« nur aus harmlosem hellblauem Satin waren, trugen sie nichts dazu bei, seine Erscheinung zu verbessern.

Als Morris eingetreten war, hatte er zwar über diese Extravaganz der Kleidung gestaunt, aber wie immer hatte er vor allem Augen für Katrina gehabt, die in ihrem zartgrünen Musselinkleid wundervoll aussah. Als Morris ihren Vater nun in seiner vollen Pracht bewunderte, blinzelte er und blickte von ihm auf den Sohn, die Verkörperung guten Geschmacks, dessen einfach geschnittener blauer Rock sein beneidenswertes Aussehen noch betonte.

»Sir«, sagte August stirnrunzelnd, »ich fürchte, Ihre Bemerkung wird unserem Gast einen falschen Eindruck vermitteln.«

»O nein«, widersprach Morris. »Nicht im mindesten, Sir. Ich versichere es Ihnen. ›Niemals steckt die Natur das Herz einer Henne in einen Tiger‹!«

Mr. Falcon sah ihn verdutzt an. August schloß für eine Sekunde die Augen. Katrina, die ein Kichern unterdrückte, erklärte, sie müsse die Blumen ins Wasser stellen, und verließ mit einem Lächeln, das ihren Verehrer überwältigte, den Raum.

August wandte sich sofort an Morris. »Nun?« fragte er kurz angebunden.

Morris riß den Blick von Katrinas anmutigem Gang los. »Ross ist in der Stadt.«

»Niemals steckt die Natur ... das Herz einer Henne ...«, murmelte Mr. Falcon geistesabwesend.

»Dann können wir die Sache also in Angriff nehmen«, sagte August.

»Äh ... nun ...«, wandte Morris zögernd ein.

»Was zur Hölle meinen Sie? Und faseln Sie um Gottes willen keine ländlichen Aphorismen daher. Sagen Sie es. Ganz schlicht und einfach.«

»Ich kann nichts sagen, solange Sie mir Zungenbrecher wie ›Aphorismen‹ an den Kopf werfen.«

»In einen ... Tiger ...«, brummte Mr. Falcon, bemüht, den Sinn zu verstehen.

August trat drohend auf den Leutnant zu.

Morris grinste. »Ich habe einen von meinen Sekundanten gefunden. Dafür habe ich einen von Ihren verloren. Tio ist davongeflitzt.«

Aufgeschreckt von den Flüchen seines Sohnes, blinzelte Mr. Falcon Morris an, dann lachte er und schlug ihm auf die Schulter. »Sie halten mich also für einen Tiger, mein Junge? Aber, um ehrlich zu sein, muß ich zugeben, daß ich keiner bin. Trotzdem, ich hatte so meine hübschen Zeiten.« Er warf einen verstohlenen Seitenblick auf August und fügte hinzu: »Ich erzähle Ihnen mal ein paar lustige Geschichten.«

»Das verhüte Gott!« fauchte August.

Mr. Falcon kicherte, spazierte zur Kredenz und schenkte drei Gläser Madeira ein.

»Wollen Sie damit sagen, daß wir es wieder verschieben müssen?« fragte August. »Verdammt! Er hat mir sein Wort gegeben! Wohin ist der Trottel geflitzt?«

»Welcher Trottel?« erkundigte sich Mr. Falcon und brachte Morris ein Glas.
»Tio Glendenning.« Morris nahm das Glas mit einem gemurmelten Dank. »Ein prima Bursche, wissen Sie. Muß er auch sein, sonst hätte er nie zugesagt, als Sekundant für ... oh, Verzeihung. Aber er neigt dazu, wissen Sie. Zu verschwinden, meine ich. Dasselbe hat er vor ungefähr zwei Jahren getan. Jeder dachte, er hätte ...« Hastig brach er ab.
Mr. Falcon setzte sich auf einen goldfarbenen Samtstuhl, der einen schreienden Kontrast zu seiner Kleidung bildete. »Ich muß ein Wörtchen mit dem Bengel reden. Das ist einer der Gründe, warum ich in die Stadt gekommen bin.«
August, noch immer kochend vor Zorn, nahm das dritte Glas, musterte seinen Vater aus zusammengekniffenen Augen und fragte: »Ich hoffe, es hat nichts mit seinem Bruder zu tun, Sir?«
»Hoffen Sie?« Morris sah überrascht aus. »Ich hätte nicht gedacht, daß Sie Templeby mögen.«
»Sehr scharfsinnig, denn ich halte ihn für einen dämlichen Kindskopf«, erwiderte Falcon bissig.
Morris grinste. »Das waren wir mit zweiundzwanzig Jahren alle. Außer Ihnen natürlich. Sie haben die kurzen Hosen übergangslos mit der Weisheit eines Mannes im mittleren Alter vertauscht. Mr. Falcon, war er je ...«
»Ich denke nicht, daß Anfang Dreißig schon ein ›mittleres Alter‹ ist«, konterte August mit blitzenden Augen. »Nun wollen Sie bitte so gut sein und entweder gehen – was ich vorziehen würde – oder aber aufhören, Unsinn zu schwatzen. Papa, was ist mit Templeby?«
Mr. Falcon, der dieses Zwischenspiel amüsiert beobachtet hatte, wurde wieder ernst und antwortete: »Ich weiß nichts von Michael Templeby. Es geht um Burton Farrier.«
Die beiden jüngeren Männer wechselten nervöse Blicke.
»Ein Freund von Ihnen?« wollte Morris wissen.
»Verflucht, diese Frage nehme ich übel!« entgegnete

Mr. Falcon, der plötzlich einen unerwartet herrischen Hochmut an den Tag legte.
»Verzeihung, aber Sie sagten ...«
»Ich bin weder mit Mr. Farrier bekannt, noch habe ich den leisesten Wunsch, eine solche Bekanntschaft zu pflegen! Ich wollte Glendenning warnen.«
»Ihn warnen?« fragte August. »Schnüffelt der Terrier hinter Tios Ruf her, Sir?«
Mr. Falcon schwenkte den Wein in seinem Glas und betrachtete ihn nachdenklich. »Er schnüffelt hinter ziemlich vielen unserer besseren Familien her. Ich glaube, er sucht etwas.«
»Papa, wollen Sie damit sagen, daß Farrier hinter *jeder* hochgestellten Familie her ist? Oder nur hinter den Familien, die Verbindungen zu den Jakobiten haben?«
»O Gott!« rief Morris. »Glauben Sie, er weiß, daß Tio ...«
»Vorsicht!« zischte August mit einem Blick auf die offene Tür.
Mit gesenkter Stimme sagte Mr. Falcon: »Niemand *weiß* es, Leutnant Morris. Nicht mit Bestimmtheit. Aber zweifellos sind Gerüchte im Umlauf.«
August nickte. »Farrier war bei Hector Kadenworthy in Surrey. Schleimig, wie es besser nicht mehr geht. Kade war sehr vorsichtig, das kann ich Ihnen versichern.«
»Sehr klug«, meinte Mr. Falcon. »Äußerst ungesund, auf Schlangen zu treten.«
»Ist es das, Sir?« fragte Morris beunruhigt. »Glauben Sie, der elende Hund ist hinter Tio her?«
Langsam antwortete Mr. Falcon: »Ich hoffe es nicht. Ich mag den jungen Glendenning.«

6

Es war lächerlich, dachte Glendenning, daß er sich an diesem Morgen so glücklich fühlen sollte, beinahe als wäre er nach Hause gekommen. Er sah von dem kleinen gesprungenen Spiegel auf, senkte das Rasiermesser und blickte auf die Steinmauern und die primitiven Möbel. Das war Armut. Sicher gab es hier nichts, das ihn so fröhlich stimmte. Erleichterung war es, sagte er zu sich selbst, nackte und simple Dankbarkeit dafür, daß er am Leben war. Ein bißchen steif vielleicht, und sein Knöchel war eine Plage, aber wenn man die Ereignisse des Vortags bedachte, fühlte er sich bemerkenswert gut. Doch diese Diagnose befriedigte seine unbarmherzige Selbstbeobachtung nicht ganz, und er starrte ernüchtert auf sein eigenes Spiegelbild, ohne es wahrzunehmen. Vor seinem inneren Auge sah er statt dessen eine dunkle Waldlichtung und die flackernden Flammen eines Feuers, das vier grausame Gesichter beleuchtete. Wenn Amy nicht gekommen wäre …

»Frühstück! Beeilen Sie sich, Sie Langschläfer!«

Er lächelte leise, als dieser muntere Ruf ertönte. »Ich komme. Und ich erwarte ein paar Antworten, Mädchen, also stellen Sie sich darauf ein.«

Sie entgegnete nichts, aber er hörte ihr leises Lachen und lächelte erneut, während er sich fertig rasierte. Am gestrigen Abend hatte sie seine müden Versuche, sie zu befragen, zurückgewiesen, und er war fast eingeschlafen, noch bevor sein Kopf das unter den anderen Dingen so unpassende Satinkissen berührt hatte. Heute, das schwor er sich, würde der Tag der Abrechnung sein.

Er hatte seine Rasur beendet und griff nach seiner Perücke. Die Teekanne war fort und die Perücke respektlos über einen Kohlkopf gestülpt. »Ausgerechnet ...«, knurrte er, packte sie und inspizierte die Innenseite nach unerwünschten Besuchern. Sie immer noch in der Hand haltend, nahm er seinen Stock und humpelte in die Küche. »Wo ist meine Teekanne?« fragte er.
Amy, die geschäftig an der Feuerstelle zugange war, wirbelte herum. Die Tür stand weit offen, ließ das Sonnenlicht in den Raum fluten und enthüllte das üppige Grün der Wiesen und Bäume draußen. Die Vögel jubilierten, und es roch köstlich nach gebratenem Speck und Kaffee. Doch nicht diese wundervollen Dinge ließen Mylord Horatios Herz schneller schlagen, sondern das Funkeln in einem Paar schelmischer dunkler Augen, die Rundung roter Lippen und das Grübchen, das auf der blütenzarten Wange erschien und wieder verschwand. Heute war ihre weiße Bluse in einen weiten dunkeln Rock gesteckt, auf dem hier und da rosarote Rosenknospen aufgestickt waren. Ihr dichtes Haar war mit rosaroten Bändern zu zwei dicken Zöpfen geflochten, und sie sah sehr jung und sehr hübsch aus.
Amy, die seinem Blick begegnete, dachte, daß sein kastanienbraunes Haar sich ganz reizend lockte und daß die Lachfältchen am Rand seiner grünen Augen ihre Entsprechung in der Form seines humorvollen Mundes fanden. »*Ihre* Teekanne?« neckte sie ihn.
Er hatte die Teekanne völlig vergessen und murmelte: »Amy, wissen Sie, wie wunderschön Sie sind?«
Ihre Wangen wurden ebenso rosa wie die Haarbänder, und sie wandte sich rasch ab.
Jetzt benehme ich mich wieder wie ein Lüstling! dachte er. »Sie wissen ganz gut, was ich meine«, sagte er dann. »Meine Perücke ist nicht gewohnt, auf einem Kohlkopf zu sitzen.«
»Oh, ich weiß nicht ...«, erwiderte sie herausfordernd, quiekte und hüpfte auf die andere Seite des Tisches, als er

lachte und sich mit einem Satz auf sie stürzen wollte. »Benehmen Sie sich«, warnte sie, »oder Lot bekommt Ihr Frühstück. Er wartet schon, sehen Sie.«
Tatsächlich stand der kleine Esel an der Tür und schaute mit großen Augen hoffnungsvoll herein.
»Er verdient ganz sicher eine Belohnung«, entgegnete Glendenning, humpelte zum Regal und stibitzte eine Karotte. »Darf ich?«
Sie nickte. »Und dann setzen Sie sich hin, und lassen Sie diese dumme Perücke weg. Ich mag Ihre Locken, oder was davon noch da ist.«
»Warum nennen Sie ihn Lot?« fragte er, während er den Esel mit der Karotte fütterte.
»Weil Lots Frau sich in eine Salzsäule verwandelt hat, und das tut er auch manchmal.«
»Sie meinen, er ist widerspenstig?«
»Sapperlot!« rief sie und sah ihn ehrfürchtig an. »Das ist vielleicht ein Zungenbrecher. Was heißt das?«
»Es heißt, daß man störrisch ist und sich weigert, noch einen Schritt zu machen.«
»Genau, das ist Lot.« Sie klatschte in die Hände und sagte ausgelassen: »Warten Sie bloß, bis ich das Onkel Ab an den Kopf werf. Widderspens ... wie heißt es noch?«
»Ich bringe Ihnen bei, es richtig auszusprechen, nachdem Sie mir verraten haben, was mit meiner Teekanne passiert ist.«
Sie legte die Spiegeleier zu dem Schinken und dem Toast auf einen großen Teller und trug ihn zu ihm. »Sie haben doch gesehn, was die mit ihr gemacht haben. Jetzt essen Sie.«
»Nein!« rief er entsetzt aus, als er etwas verspätet begriff. »War meine Teekanne also der zweite Kopf, den Sie hatten? Und die Kerle haben sie Ihnen unter dem Arm weggeschossen? Mein Gott! Sie hätten Sie umbringen können!«
Er war ganz blaß geworden. Gerührt zuckte sie die Schul-

tern. »Das war bloß ein Zufallstreffer, das ist alles. Nichts, wo man sich groß drüber aufregen müßte.«

»Ich würde allerdings sagen, daß man sich groß drüber … äh … daß man sich sehr darüber aufregen muß«, widersprach er. »Sie haben die Kanne unter dem Arm gehalten. Ein paar Zentimeter weiter in die eine oder andere Richtung …«

Der Gedanke, daß ihre tapfere Rettungsaktion so leicht mit ihrem eigenen Tod hätte enden können, ließ ihm den kalten Schweiß ausbrechen. Er ergriff ihre Hand und drückte sie an seine Lippen. »Wie kann ich Ihnen je danken? Wenn ich denke, daß Sie um meinetwillen ein solches Risiko eingegangen sind. Amy, hatten Sie nicht schreckliche Angst?«

Sie riß sich von ihm los und stand eine Weile ganz still da, den Blick auf ihre Hand gerichtet. »Nee«, sagte sie dann und schürzte die Lippen. »Ich bin keine elfenzarte feine Lady, die im Salon in Ohnmacht fällt, wenn sie sicher ist, daß ein Gent bereit ist, sie aufzufangen!«

»Ganz sicher nicht!« Aus irgendeinem seltsamen Grund war der Blick, den er auf diese Zustimmung hin erntete, entschieden unfreundlich, und hastig verbesserte er sich. »Ich meine, Sie sind unglaublich tapfer. Ich wundere mich nur, daß Sie nicht verletzt worden sind.«

»Ich bin's, ein ganz kleines bißchen.« Sie blickte ihn mit sanften Augen an. »Nein, jetzt seien Sie bloß nicht so außer sich. Nur ein ganz kleiner Schnitt.«

Er sprang auf. »O Gott! Warum haben Sie mir das nicht gesagt? Am Arm?«

»Nein.« Sie goß ihm Ale in den Becher und fuhr barsch fort: »Und Sie können sich genausogut wieder hinsetzen, weil es keine Stelle ist, um die Sie sich zu kümmern haben. Also vergeuden Sie nicht Ihre Luft mit dummem Geschwätz. Warum essen Sie nicht? Wenn es Ihnen nicht gut genug ist, was ich gemacht habe, gebe ich es Lot.«

Er setzte sich und erwiderte eisig: »Ich habe auf Sie gewartet, Ma'am.«
Unter den Wimpern hervor blickte sie auf sein stolzes, abgewandtes Gesicht. Ein leises Lächeln spielte um ihre Lippen, und nach einer Minute sagte sie: »Ich kann's mir nicht erlauben, den ganzen Tag im Bett zu schnarchen, Kamerad. Ich hab schon vor Stunden was gegessen.«
»Ich verstehe.« Er nahm eine Scheibe Toast und funkelte sie an.
Amy eilte geschäftig hin und her und sang dabei leise. Als sie erneut zu ihm blickte, war er dabei, sie mit strengem Gesicht zu beobachten; sein Frühstück war unberührt. »Was ist los damit?« fragte sie.
»Ich habe keinen Hunger, danke.«
»Hochnäsig«, höhnte sie, die Hände in die Hüften gestemmt. »Und wieso ist der feine Herr jetzt so kratzbürstig?«
Er hatte beschlossen, kalt und gleichgültig zu sein, aber ihr Anblick, wie sie so vor ihm stand wie der junge Morgen selbst, mit den schwingenden Zöpfen, die wundervollen Augen voller Schalk, machte Gleichgültigkeit unmöglich. Ärgerlich erwiderte er: »Warum müssen Sie immer das Schlechteste von mir denken? Ich war besorgt, als ich gehört habe, daß Sie sich am ... äh ... verletzt haben. Ist es ein Verbrechen, daß ich mir Sorgen um Sie mache? Ich habe nach Ihrer Verletzung gefragt, aber nicht, weil ich vorhatte ... das heißt, ich habe überhaupt nicht daran gedacht, Ihren ...« Ihm wurde klar, daß er sich hoffnungslos verhedderte, und als er sah, daß der Schalk in ihren Augen immer ausgelassener funkelte, sagte er ärgerlich: »Beim Zeus, Madam, Sie sind in meiner Gegenwart vollkommen sicher, das verspreche ich! Ich bin noch nie so tief gesunken, ein ... ein hilfloses Mädchen zu mißbrauchen!«
»Ja, und jetzt können Sie es nicht tun, oder, vornehmer Lord?« konterte sie triumphierend. »Der Geist hat Sie

heute nacht dazu gebracht, einen Schwur zu tun, so gebibbert haben Sie.«

Auf diese Weise an seinen feigen Schrecken erinnert, wurde er rot, aber als er das Grübchen auf ihrer Wange sah, entgegnete er mit einem widerstrebenden Grinsen: »Sie kleines Biest! Ich habe die ganze Zeit gewußt, daß Sie es waren!«

»Schwindel! Oho, wenn Sie bloß Ihr Gesicht gesehen hätten. Ich hab schon gedacht, jetzt fallen Sie gleich in Ohnmacht.«

»Sie machen jetzt einen Witz daraus, Amy, aber in Wahrheit haben Sie Ihr Leben riskiert, um mir zu helfen. Ich verspreche Ihnen, daß ich alles tun werde, um das zurückzuzahlen und ...«

Sofort war ihre Belustigung verschwunden, und stürmisch erklärte sie: »Oh, halten Sie den Mund! Können Sie an nichts anderes denken, als mich zu bezahlen?«

»Verdammt!« Erneut sprang er auf und packte ihr Handgelenk, ohne auf den Schmerz zu achten, der ihm sofort durchs Bein fuhr. »Das habe ich nicht gemeint. Immer verdrehen Sie mir das Wort im Mund und ...«

»Ach, tue ich das!« schrie sie mit schriller Stimme, als sie sich heftig wehrte und ihn kratzte. »Lassen Sie mich los! Lassen Sie mich, Sie dreckiger ...«

Er ließ sie sofort los und wich zurück.

Sie hatte sich wie ein wildes Tier zum Sprung geduckt, und das kleine Messer glitzerte drohend.

Angespannte Stille herrschte. Dann sagte er sanft: »Mein armes Kind. Wie schrecklich Ihr Leben war.«

»Ich bin nicht Ihr Kind«, keuchte sie. »Und viel wissen *Sie* ... vom Leben.« Trotz der verächtlichen Worte musterten ihre Augen ihn auf seltsam verzweifelte Art. Plötzlich warf sie das Messer von sich, schlug sich beide Hände vors Gesicht und brach in Tränen aus.

»O bitte nicht«, flehte er entsetzt. »Amy, bitte weinen Sie

nicht.« Behutsam berührte er ihr seidiges Haar, und ihr Schluchzen schien noch qualvoller zu werden. »O Gott«, stöhnte er, »ich sollte besser fortgehen, wenn ich Sie so unglücklich mache.«

»Ja ... das tun Sie«, schluchzte sie und fuhr sich mit dem Handrücken über die Augen.

»Warum? Was habe ich getan?«

Sie schniefte. »Sie ... Sie wollen das Frühstück nicht essen, das ich Ihnen gemacht habe.«

Er lachte, humpelte zu der Stelle, wo das Messer lag, hob es auf und reichte es ihr mit einer Verbeugung.

»Hier, Madame. Jetzt sind Sie sicher. Amy, bitte wollen Sie sich nicht zu mir setzen und mit mir reden?«

Sie zögerte, dann lächelte sie durch ihre Tränen und beugte sich hinunter, um das Messer zurück ins Strumpfband zu stecken. »Na gut«, meinte sie, zog sich den zweiten Stuhl heran und setzte sich. »Aber ich hab nicht den ganzen Tag Zeit.« Sie trocknete sich die Augen mit dem Saum ihres Petticoats. »Sie wollen Ihre Fragen stellen, wie? Dann fangen Sie schon damit an, bloß ... wieso verziehen Sie denn jetzt schon wieder das Gesicht?«

Es war nicht der richtige Augenblick, entschied der Viscount, ihr zu erklären, daß eine Lady nicht vor einem (relativ) fremden Gentleman ihre Röcke hochheben sollte.

»Entschuldigen Sie«, sagte er bescheiden. »Ich vermute, ich bin einfach sehr hungrig.«

»Na, dann *essen* Sie schon!«

Gehorsam machte er sich über den herzhaften Toast, den schmackhaften und knusprigen Speck und die Eier her, die genau so gebraten waren, wie er es mochte. »Zuerst«, begann er und strich sich Pflaumenmus auf eine Scheibe Toast, »warum haben Sie sich die Mühe gemacht, mir zu folgen, und woher wußten Sie, wo ich war?«

»Ich bin Ihnen nach, weil ...« Amy konzentrierte sich darauf, die Butterschale zurechtzurücken. »Oh, weil Sie mit

Onkel Abs Lieblingsstock losgezogen sind. Ich hab schon aufgegeben gehabt und war auf dem Heimweg, als diese dämlichen Raufbrüder angefangen haben, Äste runterzureißen und Krach für zehn zu machen, als sie sich diesen Unterschlupf bauen wollten, der außerdem beim ersten Windhauch zusammengekracht wär. Sie müssen irgendwie im Kreis gelaufen sein, Lordschaft, weil Sie ganz in der Nähe waren. Also bin ich schnell heimgerannt und hab unseren Geist gemacht.«

Glendenning betrachtete sie über eine Gabel voller Speck hinweg. »Wie haben Sie das bloß fertiggebracht? Noch nie habe ich so etwas Unheimliches gesehen.« Plötzlich kam ihm ein Gedanke, und er fragte: »Was meinen Sie mit *unserem* Geist? Haben Sie ihn schon vorher einmal verwendet?«

Sie nickte, und ihr ausdrucksvolles Gesicht blickte traurig. »Wenn die *chals* hinter mir her sind. Das hält sie von hier weg.« Sie grinste. »Er hält die meisten Leute weg, um die Wahrheit zu sagen.«

»Das möchte ich annehmen. Aber ...«

Sie hob die Hand. »Eins nach dem anderen, Melor'. Das bin nicht ich, die den Geist so gruslig macht. Onkel Ab macht das. ›Phossy‹ oder so nennt er das Zeug, und wenn er es auf ein altes Bettuch oder so streicht – na, Sie haben ja gesehn, wie das leuchtet.« Sie umklammerte ihre Knie und kicherte schadenfroh. »Haben Sie gehört, wie meine Stimme gehallt hat, als ich zuerst gestöhnt und gelacht hab? Das kommt, weil ich mir eine kaputte alte Büchse vor den Mund gehalten hab. Ich konnte sie bloß nicht mehr verwenden, nachdem ich rausgekommen bin, weil ich meine Hände dann gebraucht habe, um die Stöcke zu halten, die meine Arme länger machen.«

Er kicherte, als er sich an das unheimliche Echo ihres Gelächters erinnerte und vor sich sah, wie diese langen Arme herumgefuchtelt hatten. »Sie waren wirklich eine

großartige Erscheinung. Aber woher hat Absalom dieses ›Phossy‹? Was ist das?«
»Ich weiß es nicht, Lordschaft. Ab ist ein kluger Kopf, wirklich.« Sie sah zur Tür und beugte sich zu ihm, als sie flüsterte: »Versprechen Sie, daß Sie nix verraten, aber ... er ist ein Zauberer. Ein bißchen.«
Wie groß und feierlich ihre Augen nun blickten, was für ein süßer und frischer Duft sie umgab. Und wie, fragte er sich, konnte man »ein bißchen« Zauberer sein?
»Er macht es«, vertraute sie ihm an, »aber er läßt mich nie sehen und verrät mir nie, wie. Er sagt, es sei ein altes Geheimnis, das er von einem anderen Zauberer gelernt habe, gegen ein Bild, das er für ihn gemalt hat. Und er hat einen furchtbaren Eid geschworen, es niemals jemandem zu sagen.«
Glendenning hatte nie besonders an Zauberer geglaubt. Über Hexen wußte ja jeder Bescheid, aber über Zauberer hörte man sehr wenig. Vielleicht war ihr Club etwas exklusiver. Dennoch mußte ein Zauberer, selbst wenn er nur »ein bißchen« Zauberer war, ein durchtriebener Kunde sein, den man besser vorsichtig behandelte. Geistesabwesend schob er das letzte Stückchen Speck auf dem Teller herum. Dreimal fiel es ihm von der Gabel.
»Oh, du meine Güte!« rief Amy. »Nimm's einfach, Kamerad, los!« Sie beugte sich vor, nahm das tückische Stück mit den Fingern und steckte es ihm in den Mund. »So!« Sie lachte ihn an, ihre Fingerspitzen lagen für einen Augenblick auf seinen Lippen, und während sie sich so über den Tisch beugte, rutschte der Ausschnitt ihrer Bluse ein wenig nach unten. Bezaubert starrte er auf die üppige weiße Rundung ihrer Brüste, dann holte er zischend Luft und sah weg. »Was für ein Bild?« krächzte er.
Sie lehnte sich zurück und schaute ihm ruhig ins Gesicht. Nach einer Weile sagte sie mit ihrer verachtungsvollsten Stimme: »Sie haben Stielaugen im Kopf, was?«

Er war sich dieser Tatsache nur zu bewußt und begegnete ihrem Blick für einen reuigen Moment, bevor er murmelte, er verstehe nicht, was sie meine.
Mit einem verächtlichen Schnauben glitt sie vom Stuhl.
»Nein!« rief er. »Jetzt sind Sie wieder böse, und ich benehme mich ... ich versuche mich ordentlich zu benehmen. Bitte, gehen Sie nicht.«
Mit ihrem anmutigen, wiegenden Schritt begab sie sich ins Schlafzimmer und rief über die Schulter: »Sie sind eben nur ein Mann, armer Kerl. Und ich bin nur eine Zigeunerin.«
Ihre Wort warfen einen Schatten über diesen schönen Morgen. Glendenning starrte trübsinnig auf den leeren Teller und spürte noch einmal die Berührung ihrer weichen Finger auf seinen Lippen. »Und ich bin nur eine Zigeunerin.« Die schönste Zigeunerin, die je erschaffen worden war, aber ... Seufzend erkannte er, daß es nicht klug wäre, noch sehr viel länger hierzubleiben.
»Wachen Sie auf, Sir Lordschaft!«
Amy stand auf der Schwelle, das Bild, das im Schlafzimmer gehangen hatte, in den Händen. »Haben Sie denn nie mal einen Blick aus Ihren Glubschern auf das hier geworfen?«
Ungläubig stammelte er: »Warum, ja ... aber ... Jupiter! Wollen Sie sagen, Absalom hat das gemalt?«
»Mit dem Messer hat er es nicht geschnitzt, Kamerad. Aber er hat eins. Ein großes!«
Sein Gesicht war heiß. Ohne auf den verächtlichen Ton und die Andeutung in ihren Worten zu achten, nahm er den Stock und humpelte zu ihr, um das Gemälde genauer zu betrachten.
Die Gänsehirtin schien fast lebendig, beinahe konnte man die Gänse beleidigt schnattern hören, als sie durch die Bäume, die in das glühende Licht des Sonnenuntergangs getaucht waren, nach Hause getrieben wurden. »Natürlich habe ich es gesehen«, murmelte er, »aber ich habe gedacht ...«

»Sie haben wahrscheinlich gedacht, daß wir es geklaut haben.« Sie riß das Bild wieder herum und marschierte zurück ins Schlafzimmer.

Er folgte ihr. »Amy, ich wünschte, Sie würden versuchen, nicht die ganze Zeit böse auf mich zu sein.«

»Dann schauen Sie mich nicht so dämlich an«, entgegnete sie unfreundlich. »In der einen Minute ganz zuckersüß, und in der nächsten schon wieder hochnäsig und voller Spott.«

Er ließ den Stock fallen, um ihr das Bild abzunehmen und es aufzuhängen. Als er sich wieder umdrehte, packte er sie bei den Schultern. »Wann habe ich Sie spöttisch behandelt, Miss Consett?«

Wütend zeigte sie die Zähne, und er spürte etwas Scharfes an den Rippen.

Nun wirklich erzürnt, sagte er: »Na los, dann stechen Sie zu! Aber wenn Sie mich nicht umbringen, werden Sie mich wieder pflegen müssen. Also passen Sie auf, daß Sie mich richtig treffen.«

»Ich hasse Sie, jawohl!« Und mit erstickter Stimme fügte sie hinzu: »Mit ... mit Ihrem albernen Rotschopf und Ihren bösen Augen.«

»Ich habe Sie niemals böse behandelt. Seien Sie ehrlich, und geben Sie es zu.«

»Grasgrün sind sie«, wich sie aus und blinzelte sich Tränen aus den Augen. »Und das bedeutet, daß sie böse sind. Ganz bestimmt *denken* Sie böse Gedanken. Immer sagen Sie, daß wir klauen ...«

Mitleidig hob er ihr Kinn. »Stehlen«, verbesserte er sie lächelnd. »Und wenn ich mir ein Urteil über Sie bilde, Kind, dann gehe ich doch nur davon aus, was Sie mir selbst erzählt haben.«

Sie riß sich los und wischte sich mit dem Petticoat die Tränen ab. »Immer bringen Sie mich dazu, daß ich flenne. Und ich weine sonst nie! *Nie!*«

»Ich bin ganz sicher, daß Sie das nicht tun, denn Sie sind die mutigste Lady, die ich je kennengelernt habe, und ...«

»Und jetzt fangen Sie schon wieder an. Nein! Nein!«

Ihre Augen blickten flehend. Und er wußte genau, was sie meinte und daß er wirklich von ihr fortgehen mußte. Solange noch Zeit war. Doch obwohl ihm das klar war, hörte er sich nach einem Augenblick atemloser Stille selbst wiederum flehen: »Können wir nicht wenigstens Freunde sein? Ein Waffenstillstand, Amy? Nur für eine kleine Weile?«

Sie wandte den Kopf ab, um seinem sehnsüchtigen Blick auszuweichen, und starrte auf den Vorhang an der Tür.

Sacht zog Glendenning an einem ihrer dicken Zöpfe. »Sie haben mein Wort, und ich achte meine Ehre hoch. Haben Sie keine Angst vor mir. Sie sind ebenso sicher, als stünde Absalom neben mir. Sie waren so gut zu mir, und ich will mehr von Ihnen wissen, von Ihnen beiden. Ich möchte Ihnen helfen.«

»Helfen?« Sie löste seine Finger von ihrem Zopf und ging zurück in die Küche. »Wie?«

Er hob seinen Stock auf und humpelte ihr nach. »Sie haben mich gebeten, daß ich Ihnen helfe, Ihre Sprache zu verbessern.«

»Oh! Ich hab gedacht, Sie wollten wieder mal Ihr Gold anbieten.«

»Nein. Ich verspreche es. Jetzt erzählen Sie mir, warum Sie hier in Armut leben, wenn Absalom so großartig malt? Er könnte ...«

»Deportiert werden«, unterbrach sie ihn, während sie mehrere kleine Schachteln zum Tisch trug.

»Warum? Sie haben gesagt ... Aber dann ... hat er das Bild gestohlen?«

»Nein, das hat er nicht! Dieses Bild *ist* von ihm. Bloß ... es ist von ihm *abgemalt.*« Wieder war ihr Grübchen zu sehen.

»Absalom *kopiert* große Meisterwerke?«

Sie nickte. »Er macht es nicht gern, weil es gefährlich ist

und viel Zeit braucht, aber manchmal ... Wenn er krank ist, oder ich. Wenn seine Zähne ihn plagen – seine Zähne mögen ihn wieder mal nicht, sagt er –, na ja, dann können wir's uns eben nicht aussuchen.«

»Aber der Mann hat riesengroßes Talent. Warum riskiert er, verhaftet und eingesperrt zu werden? Warum malt er nicht einfach seine eigenen Bilder?«

Sie holte das lange, gebogene Holzstück aus dem Regal, an dem sie gearbeitet hatte, als er zu ihnen gekommen war. Rasch rückte er ihr den Stuhl zurecht, und sie warf ihm einen fragenden Blick zu, als sie sich setzte.

»Wer würde sie kaufen? Ein Bild, gemalt von einem unbekannten Zigeuner? Sapperlot! Ganz schön naiv, werter Viscount! Der arme Onkel Ab müßte Glück haben, wenn er einen Sixpence dafür kriegt! Und Farbe ist teuer.« Und zynisch fügte sie hinzu: »Natürlich bloß dann, wenn wir sie nicht klauen.«

»Jetzt seien Sie ein braves Mädchen, Miss Consett, oder ich bringe Ihnen nicht bei, daß Sie ›bekommen‹ sagen sollen, nicht ›kriegen‹. Und Sie müssen vergessen, daß Ausdrücke wie ›Sapperlot‹ oder ›klauen‹ je Ihre damenhaften Ohren besudelt haben.«

Eifrig hob sie einen ihrer Zöpfe hoch und fragte: »*Sind* sie damenhaft, Melor'?«

Mit dem Finger strich er sachte über die zarte Rundung ihres so dem Blick preisgegebenen Ohrs und murmelte: »Sie sind vollkommen.«

Amy erschauerte.

Er riß sich zusammen und sprach energisch weiter. »Aber sagen Sie mir, wer kauft Absaloms nachgemalte Bilder? Wird er dafür gut bezahlt?«

»Einmal hat er für ein Bild eine Guinee bekommen«, antwortete sie und wandte ihre Aufmerksamkeit dem Holzstück zu. »Doch ich weiß nicht, wer das gekauft hat. Ein Mann mit einem komischen Helm war drauf. Kein so

hübsches Bild wie das im Schlafzimmer. Das hat mir so gut gefallen, daß ich es letztes Jahr von Onkel Ab zu Weihnachten gekriegt ... äh ... bekommen hab.«
»Ein Mann mit einem komischen Helm«, forschte er weiter.
»Es war wohl nicht ... könnte das vielleicht ein *goldener* Helm gewesen sein?«
»Ja, stimmt.« Sie wühlte in einer der Schachteln.
»Beim Zeus«, flüsterte er, »man kann nur hoffen, daß Mr. Rembrandt ihn nicht mit einem Fluch belegt.«
»Was haben Sie gesagt?«
»Oh, nichts Wichtiges. Was machen Sie denn da?«
Sie richtete sich auf, so daß er ihre Arbeit sehen konnte. Vor ihr lag die Kopflehne eines Stuhlrahmens, schön geschnitzt und mit einem kunstvollen Einlegemuster aus Blattgold, Email und farbigen Steinen. »Die Leute wollten noch einen zusätzlichen Stuhl«, erklärte sie und wählte aus einer der kleinen Schachteln ein Stück Perlmutt aus. »Ab hat ihn geschnitzt, und ich mache die Oberseite, damit der Stuhl zu den anderen paßt. Sie ist fast fertig.«
»So etwas, wie geschickt Sie sind. Bekommen Sie viele solche Arbeiten?«
»Nein. Aber manchmal befestige ich die Deckel für Necessaires – solche Sachen. Hängt davon ab, was mein Onkel für mich findet. Er geht zu vielen Läden, wo adlige Pinkel ... äh ... in denen feine Leute einkaufen. Das bringt nicht sehr viel ein, aber ...« Sie zwinkerte ihn an. »Jedes kleine bißchen hilft weiter, nicht?«
»Ja. Absalom hat Ihnen das beigebracht, vermute ich?«
»Richtig. Er macht die Schnitzarbeiten. So wie den Stock da. Sie müßten manche von den Sachen sehen, die er hergestellt hat. Ein Goldschmied hat zu ihm gesagt, daß er ein richtiges Händchen dafür habe.« Sie legte das Perlmuttplättchen prüfend an eine Stelle und probierte dann ein anderes aus.
Glendenning sah interessiert zu. »Ich gebe zu, daß er sich

gut um Sie zu kümmern scheint. Aber ein rechtes Zuhause ist das nicht für Sie.«

»Ich bin in Sicherheit«, entgegnete sie sofort zornig. »Er hat mich vor den *chals* in Sicherheit gebracht. Das hätten Sie gestern abend sehen sollen!«

»Das waren keine jungen Zigeuner«, widersprach er. »Es waren Leute aus London. Sie sagten irgend etwas von einem Squire, der sie angeheuert habe.« Er betrachtete sie aus zusammengekniffenen Augen. »Gibt es irgendeinen Grund, warum ein Squire nach Ihnen sucht?«

Sie warf den Kopf zurück, und ihre Augen glitzerten. »Warum nicht? Absalom ist in den Landsitz des Squires eingebrochen und hat seinen Butler gestohlen, und dann hat er den armen Kerl an den König von Liliput verkauft. Und seitdem hat dieser Einfaltspinsel von Squire seine Eingangstür nicht mehr aufmachen können, also ...«

Glendenning brach in lautes Gelächter aus.

»O Amy! Was sind Sie für ein köstliches rätselhaftes Wesen! Aber wie sollen Sie je eine Lady werden, wenn Sie solche Ausdrücke gebrauchen?«

»Sie könnten überrascht sein«, erwiderte sie zwinkernd.

»Sie überraschen mich ständig. Wie haben Sie es fertig gebracht, *Gullivers Reisen* zu lesen?«

»Eine feine Lady in einer Kutsche hat damit nach ihrem Mann geworfen, und das Buch ist aus dem Fenster geflogen. So hab ich's gekrie ... äh ... habe ich es bekommen, weil ich's mir gleich geschnappt hab.«

»›Ich es mir genommen habe‹, Mistress Consett.«

Sie seufzte. »Ich kann nicht alles auf einmal richtig sagen.«

»Sie haben ein rasches Aufnahmevermögen. Ich habe keinen Zweifel, daß Sie es bald ganz großartig machen.«

Ihre Miene hellte sich auf, und sie erklärte: »Das sagt auch Onkel Ab. Außerdem hat er einmal eine Gräfin reden gehört, und sie hat irgend etwas ganz Schreckliches geflucht. Also bin ich doch in der richtigen Richtung, nicht wahr?«

Er lächelte. »Vielleicht. Aber ich würde Sie lieber wie eine Dame sprechen hören.«
»In Ordnung. Ich werde es versuchen.« Sie strahlte ihn an. »Aber trotzdem, wie viele Damen haben Sie je so zum Lachen gebracht?«
Eine gute Frage.

Gräfin Bowers-Malden hielt die Visitenkarte auf Armeslänge von sich und fragte ohne Wärme in der Stimme: »Sie gehören zum Stab von General Underhill, Mr. Farrier?«
Burton Farrier, der in dem luxuriös eingerichteten roten Salon von Glendenning Abbey vor ihr stand, verbeugte sich.
Geringschätzig betrachtete sie seinen unauffälligen grauen Anzug. »Aber Sie tragen keine Uniform.«
Er verbeugt sich abermals, und die Meinung der Gräfin, daß ihr sein anhaltendes Lächeln nicht gefalle, verfestigte sich.
»Es gibt einige Angelegenheiten, Ma'am«, erklärte er mit einer entschuldigenden Geste. »Angelegenheiten etwas ... hm, heikler Art, wie man sagen könnte, die man besser in Zivilkleidung erledigt.«
»Sie meinen, Sie sind ein Spion«, bemerkte sie kühl.
Entsetzt hob er beide Arme. »Wahrhaftig, Mylady, nein! Nichts so Vulgäres.«
»Was möchten Sie von meinem Sohn?«
»Ich bin in einer Angelegenheit gekommen, mit der ich keine Lady zu belästigen brauche. Deshalb habe ich gebeten, mit Mr. Templeby sprechen zu dürfen.«
»Mr. Templeby ist in London.«
»Ah. Und Lord Bowers-Malden ist in Irland, wie man mir gesagt hat. Vielleicht ... Lord Glendenning?«
Lady Nola fragte sich, ob man dieses Lächeln gewaltsam aus

seinem Gesicht entfernen könnte. »Der Viscount besucht Freunde«, erwiderte sie.
»Zusammen mit seinem Bruder?«
»Meines Wissens nicht. Und ich verstehe auch nicht, was es Sie angeht, wo Lord Horatio sich aufhält, Mr. Farrier.«
Eine abermalige Verbeugung, die Miene jedoch verdüsterte sich. »Wenn ich betroffen bin, Madam, so nur deshalb, weil ich aufgrund der anscheinend dringenden Ereignisse, die Ihren Gatten und Ihre Söhne von Ihrer Seite gerufen haben, gezwungen bin . . .«
»Ich erinnere mich nicht«, unterbrach sie ihn eisig, »daß ich die Abwesenheit der Männer dieses Hauses irgendwelchen ›dringenden Ereignissen‹ zugeschrieben habe.«
»O weh. Wie kann ich nur so Anstoß erregen. Ich entschuldige mich demütigst. Es schien nur seltsam, wissen Sie, daß *alle* Ihre Gentlemen Sie hier allein lassen, Mylady. Aber vielleicht habe ich auch ein übertriebenes Beschützergefühl, wenn es um das schöne Geschlecht geht.«
Plötzlich hatte sie das starke Empfinden, daß Gefahr drohte. »Ich habe wenig Zeit, Mr. Farrier. Sie überwinden besser Ihre Beschützergefühle und sagen mir, weshalb Sie gekommen sind. Bitte, nehmen Sie Platz.«
Er dankte ihr und setzte sich, während er sie mit einem ausgesprochen gütigen Lächeln beobachtete. »Es geht, Ma'am«, erklärte er mit seiner leisen Stimme, »um einen Juwelendieb, einen sehr gerissenen Burschen, der mit einem Mitglied der Dienerschaft in einem feinen Haus zusammenarbeitet, ein Stück von großem Wert entwendet, es kopiert und dann die Kopie anstelle des Originals zurückbringt.«
»Tatsächlich? Uns ist nichts gestohlen worden, Sir. Aber ich danke Ihnen für die Warnung.«
»Oh, Ma'am, wie können Sie das wissen? Sehen Sie, deshalb hat man mich zu Ihnen geschickt. Ich bin Experte und kann auf Anhieb jede Fälschung erkennen. Der General war sehr darauf bedacht, daß Ihre Wertgegenstände als

echt bestätigt werden, denn Sie haben einige Stücke, die er sehr schätzt.«

»Ich nehme an, das *könnte* erklären, warum ein General im Dienste Seiner Majestät sich genötigt fühlt, die Aktivitäten eines gewöhnlichen Diebes zu untersuchen.«

Farrier lachte leise und klatschte in die weißen Hände. »Ach, Sie sind zu klug für mich, Mylady. Ich sehe, das Gerücht hat sich verbreitet. Wie erstaunlich, daß die Nachricht von der Liste Sie so schnell erreicht hat.« Er beugte sich vor. »Aber *Sie* haben nichts zu befürchten, Madam. Eine Familie, die so königstreu ist wie die Laindons, ist nicht verdächtig, ich versichere es Ihnen.«

Lady Nola hatte das Gefühl, ein kalter Windhauch habe sie berührt. Tio! dachte sie. Sie befürchtete, daß sie erbleicht war, versuchte aber, ruhig zu klingen, als sie erwiderte: »Liste? Was für eine Liste, Sir? Und wie sollen wir davon betroffen sein?«

»Sie sind *nicht* betroffen, Mylady! Daran kann kein Zweifel bestehen. Aber ich will Ihnen die Sache erklären und hoffe inständigst, daß Sie nicht zu verärgert sind, weil ich die Wahrheit ein wenig verdreht habe, wie man so sagt. Die Ausübung meiner Pflicht hat es von mir verlangt, nicht ich selbst habe es gewünscht.« Er sah sie seelenvoll an, und als von ihr keine andere Reaktion kam als ihr fester Blick, fuhr er fort: »Es ist eine Liste ans Licht gekommen, Mylady, die der Verräter Charles Stuart erstellt hat.«

Der Gräfin verschlug es den Atem, aber sie brachte es fertig, den Blick unverwandt auf dieser grinsenden Schlange ruhen zu lassen.

»Sie haben sicher von dem Schatz gehört«, berichtete Farrier weiter, »den die Jakobiten gespendet haben, um ihre verräterische Sache zu finanzieren?«

»Ich habe gehört, daß unkluge Unterstützer vieles gespendet haben«, räumte sie ein, »daß der Schatz aber zu spät kam, um dem Prinzen zu helfen. Und daß nichts darüber bekannt ist, was daraus geworden ist.«

»Sehr richtig. Oh, ich kann nicht umhin, eine derart gut informierte Lady zu bewundern! Auf alle Fälle ist eine Liste sämtlicher Spenden für die Jakobiten erstellt worden. Jede Gabe wurde mit einer Nummer versehen, und auf einem eigenen Blatt waren die Namen von allen angeführt, die etwas beigesteuert hatten. Neben jedem Namen standen die Nummern der zugehörigen Gegenstände auf der ersten Liste, so daß nach dem Krieg alles zurückerstattet werden könnte. Ah, ich sehe, Sie sind schockiert, Ma'am.«

»Das bin ich in der Tat«, erwiderte sie und bemühte sich, ihre Stimme unter Kontrolle zu halten, während sie sich fragte, ob der Name ihres geliebten Stiefsohnes, der sie manchmal zur Verzweiflung bringen konnte, auf dieser verfluchten Liste stand. »Ich bin schockiert bei dem Gedanken, daß treue Engländer eine solche Verrücktheit begehen.«

»Das ist genau der Punkt, Ma'am. Sie sind *nicht* treu! Aber man wird ihnen die Maske herunterreißen, denn die Liste ist nun in unseren Händen!«

Der Raum schien ihr vor den Augen zu verschwimmen. »Dann können Sie alle verhaften«, sagte sie.

Die Lady war sehr bleich geworden, und als Farrier das bemerkte, senkte er den Blick, um den Triumph in seinen Augen zu verbergen. Er spreizte die Hände und seufzte. »Wenn wir das nur könnten. Aber leider besitzen wir bloß die *erste* Liste, auf der die gespendeten Gegenstände verzeichnet sind. Die *Namen* – ach, wenn wir die nur hätten!«

»Sie werden entschuldigen, daß ich etwas begriffsstutzig bin«, erklärte die Gräfin, die nun wieder atmen konnte, »aber ich verstehe nicht, was all dies mit dem Treiben eines Diebes zu tun haben soll.«

»Oh, das war nur meine kleine List, Ma'am. Man möchte es vermeiden, Ladys unnötig zu beunruhigen. Und ich bin sicher, daß es in Ihrem Fall unnötig wäre.«

Eine schreckliche Ahnung begann sich am Rand von Lady Nolas Bewußtsein zu formen. »Wollen Sie sagen, Mr. Far-

rier, daß Sie glauben, *diese* Familie habe Gegenstände für die Sache von Charles Stuart gespendet?«
Er sprang auf und preßte sich die Hand aufs Herz. »Gott bewahre, Ma'am! Allein der Gedanke an die Bedrohung durch das Gefängnis, an die Konfiszierung des gesamten dem Earl gehörenden Besitzes, die Schrecken von Vernehmungen und Exekution wegen Hochverrats! Daß ein solcher Schrecken über eine so großartige Familie kommen könnte!« Er zog ein spitzenumhäkeltes Taschentuch heraus und wischte sich über die Stirn. »Wahrhaftig! Das macht mich geradezu krank!«
»Mr. Farrier«, sagte die Gräfin, erhob sich und blickte von ihrer gebieterischen Größe auf ihn herab, »Sie ermüden mich. Ich nehme an, Sie wollen sich vergewissern, daß sich bestimmte Wertgegenstände immer noch in unserem Besitz befinden und nicht in die Hände von Bonnie Prince Charlie übergegangen sind. Verlangen Sie ein vollständiges Bestandsverzeichnis, oder haben Sie ein spezielles Gebiet, das Sie interessiert? Alte Besitzurkunden? Lebendes Inventar? Silber? Geldkassetten? Antiquitäten?«
Erneut sah er bekümmert aus. »Sie sind verärgert. Wie sollte ich Sie tadeln? Ich bin untröstlich, Sie beleidigt zu haben. Aber ... der General, Ma'am. Ich habe leider keine Wahl und muß tun, wie mir geheißen wird. Verzeihen Sie, doch ... wenn ich nur Ihre Juwelen sehen dürfte?«
Trotz ihrer zitternden Knie ging die Gräfin mit majestätischem Schritt auf die Tür zu.
Farrier machte einen Satz, um sie ihr mit einer Verbeugung zu öffnen. Als er sie den Korridor entlang begleitete, fragte sie ihn: »Darf ich erfahren, ob der General an irgendeinem besonderen Stück interessiert ist?«
»Sie werden lachen, Madam«, antwortete er entschuldigend. »Sie werden mir in mein dummes Gesicht lachen. Aber ... ich glaube, Sie besitzen eine sehr alte Brosche?«

7

Glendenning griff nach dem Stock und starrte ihn dann an, während er ihn langsam in seinen Händen drehte. Sein Kopf machte ihm jetzt nur noch selten zu schaffen, und sein Knöchel war gut verheilt, so daß er ohne den Stock auskommen konnte. Es waren nun elf Tage, seit er in Amys Leben getreten war, und er mußte schuldbewußt zugeben, daß er längst hätte nach Hause gehen sollen.
Er bezweifelte, daß Lady Nola sich Sorgen machte, denn es war nicht ungewöhnlich, daß mehrere Monate zwischen seinen Besuchen lagen. Doch Michael kam normalerweise öfter in seiner Londoner Wohnung vorbei, oder aber sie begegneten einander irgendwo in der Metropole. Und Samuels, sein Erster Pferdeknecht, der auch sein Kammerdiener war, wenn er sich in der Stadt aufhielt, hatte sich zu einer regelrechten Glucke entwickelt, seit man ihn niedergeschossen hatte, als er mit der jakobitischen Geheimbotschaft unterwegs gewesen war. Bei dieser Erinnerung umklammerte Glendenning den Griff des Stocks unwillkürlich fester. Das war verdammt knapp gewesen. Ohne Dimity wäre er heute nicht mehr am Leben. Dimity – die nun Lady Anthony Farrar war ... Hastig verscheuchte er sie aus seinen Gedanken. Und dann war da noch Falcon, der vermutlich vor Wut kochte, weil das für sein Duell mit Morris festgesetzte Datum längst verstrichen war.
Seufzend lehnte er den Stock gegen die Holzkisten und humpelte in die Küche. Diese letzten drei Tage waren eine Oase des Friedens in seinem eher rastlosen Leben gewesen. Er hatte angefangen, Amy bei ihren Arbeiten zu helfen,

während er zugleich ihre Grammatik korrigierte. Sie war äußerst empfänglich für seine Belehrungen und lernte rasch nicht nur den richtigen Gebrauch, sondern auch die gebildete Aussprache. Jeder korrekt ausgesprochene Satz wurde ein kleiner Triumph für sie, und ihre Freude, wenn er sie lobte, war rührend.

Er hatte darauf bestanden, sie zu begleiten, als sie mit dem Eselskarren nach Epsom fuhr, um ihre fertiggestellte Stuhllehne abzuliefern. Danach hatten sie eingekauft, und er hatte wütend bemerkt, wie die Blicke der Männer ihr folgten. Sie war strahlend schön gewesen an diesem Tag und hatte auf ihre spontane Art vor Freude getanzt, als er ihr einen hellen Seidenschal und blaue Haarbänder gekauft hatte. Welch geringfügige Dinge, dachte er betrübt, dafür, daß er sie so oft in Zorn versetzt hatte.

Stets war sie voller Fragen nach dem Leben und der Mode in London und bei Hofe. Er hatte sein Bestes getan, um ihre Neugier zu befriedigen, war aber oft gescheitert, wenn er die Kleider und die Frisuren der Ladys zu beschreiben versuchte, so daß sie in schallendes Gelächter ausbrach und ihm sagte, er sei ein großer Dummkopf, der Hohlsäume und Steppstiche nicht voneinander unterscheiden könne. An den Abenden saß er faul da, plauderte mit ihr und beobachtete dabei ihre raschen, leichten Bewegungen, wenn sie beim Kochen oder beim Aufräumen der Zimmer hin und her eilte oder mit einer Arbeit für Absalom beschäftigt war. Manchmal, wenn er den altmodischen Liedern zuhörte, die sie sang, begegnete er ihrem Blick und lächelte sie an. Zuerst hatte sie sein Lächeln fröhlich erwidert, aber in letzter Zeit hatte er bemerkt, daß sie seinem Blick auswich und sich der dichte Vorhang ihrer Wimpern rasch senkte. Ebenso schien sie zu ihrer derben Sprechweise zurückzukehren und eine starke Abneigung gegen ihn zu hegen, ohne daß ein klarer Grund dafür zu sehen gewesen wäre. Da er argwöhnte, daß sie der zusätzlichen

Arbeit, die er ihr verursachte, überdrüssig, war, versuchte er ihr mehr zu helfen, doch seine Bemühungen schienen ihre schlechte Laune noch zu verschlimmern, und sie fauchte ihn an, er solle sich hinsetzen und aufhören, ihr im Weg zu sein. Glücklicherweise überwand sie diese seltsamen Ausbrüche aber immer rasch und war bald wieder so fröhlich und unbeschwert wie eh und je, machte ihn auf die Form einer Wolke, das Wunder einer blühenden Wildblume oder eine geduldig kriechende Raupe aufmerksam, so daß er über ihre Fähigkeit, Schönheit in den alltäglichsten Dingen zu entdecken, staunte und sie um ihre leidenschaftliche Lebensfreude beneidete.

So waren die goldenen Tage verstrichen, und zum erstenmal seit langer Zeit war er zufrieden gewesen. Wenn Absalom zurückkommt, hatte er seinem nagenden Gewissen gesagt, wenn Absalom zurückkommt, dann gehe ich. Aber Absalom war nicht zurückgekommen. Mehrere Male hatte er sich entschlossen, Abschied von ihr zu nehmen, aber dann erinnerte er sich wieder an den Ausdruck, der in den Augen der Männer in Epsom gelegen hatte, bis sein grimmiges Funkeln sie in ihre Schranken wies. Und er hatte an die Kerle gedacht, die versucht hatten, durch ihn auf ihre Spur zu kommen, und an die Zigeuner, die sie begehrten. Und so hatte er Angst, sie allein in der Hausruine im tiefen Wald zurückzulassen, denn ihre strahlende Schönheit wurde ihm zunehmend bewußt.

Jetzt sang sie gerade. Es war ein ziemlich trauriges Lied heute. Außergewöhnlich an ihrer Stimme war nur das Gefühl, das sie den Worten verlieh. Das Pathos dieser besonderen Melodie beunruhigte ihn, und er ging zu ihr hinaus. Sie hatte einen kleinen Tisch oberhalb der Stufen aufgestellt und war eifrig damit beschäftigt, verbogene Messer und Gabeln aufzudecken; die angeschlagenen und bunt zusammengewürfelten Teller ordnete sie ebenso sorgfältig an, wie ein hochherrschaftlicher Butler es tun mochte.

Als fühlte sie seine Anwesenheit, hörte sie auf zu singen und drehte sich um. Der neue Schal lag um ihre Schultern, die blauen Bänder waren mit in die Zöpfe eingeflochten, die über jedem Ohr zu einer dicken Schnecke gerollt waren, und ihre Augen leuchteten fröhlich. »Überraschung!« rief sie. »Wir werden hier draußen frühstücken, Tio.« Sie breitete die Arme aus, als wollte sie die sonnendurchfluteten Bäume und den blauen Himmel umfassen. »Oh, ist das nicht ein herrlicher Tag? Sehen Sie! Sehen Sie! Da ist Old Bill!« Sie zog ihn an der Hand mit an den Waldrand und deutete auf einen Ast, auf dem eine Saatkrähe mit in der Sonne leuchtendem schwarzem Gefieder saß. Nach einem kurzen Blick auf den Vogel schaute Glendenning wieder Amy an und dachte lächelnd, daß sie aussehe wie der junge Morgen selbst, voll strahlender Reinheit und jugendlichen Überschwangs.
»Schauen Sie zu«, befahl sie. »Und stehen Sie ganz still, ja?« Sie pfiff einen munteren Vogelruf, und die Krähe legte den Kopf schief und antwortete mit dem gleichen Ruf. Amy warf dem Viscount einen funkelnden Blick zu und holte ein Stückchen Brot vom Tisch, das sie in die Luft warf. Mit schwirrenden Flügeln kam der Vogel heruntergesaust, erwischte das Brotstück, bevor es zu Boden fiel, und schwirrte wieder auf seinen Ast.
»Da!« rief Amy stolz. »Ich habe ihm beigebracht, daß er für seinen Anteil singt. Ist er nicht ein verdammt kluger Vogel?«
»Ja«, stimmte er einfach zu, denn er wollte den Augenblick nicht dadurch verderben, daß er ihre Sprache korrigierte. »Und er hat Glück, daß so eine hübsche Lady ihm das Betteln beibringt.«
Sie blitzte ihn wütend an. »Setzen Sie sich, ich hole Ihr Frühstück«, brummte sie.
»Ich helfe Ihnen.« Er folgte ihr ins Haus, aber er humpelte immer noch, und sie trug bereits einen Teller mit kaltem Schweinebraten und ein Brett mit Brot, Butter und Pickles

heraus, bevor er eine Chance hatte, irgend etwas zu nehmen, und ihre raschen und energischen Bewegungen verrieten ihm, daß sie verärgert war.
Der Kaffeeduft im Freien war köstlich, aber sie knallte die Tasse so vor ihn auf den Tisch, daß er rasch die Hand zurückziehen mußte, um nicht verbrüht zu werden. Er sagte nichts und überlegte, was er wohl getan hatte, bestätigt in seiner Überzeugung, daß Frauen die unberechenbarsten aller Geschöpfe seien.
Während er Zucker in seinen Kaffee rührte, fragte er vorsichtig, ob sie sich nicht gut fühle.
»Doch, tu ich schon.«
»Warum sagen Sie ›tu ich‹, obwohl Sie wissen, daß das kein guter Stil ist?«
»Weil ich ignerant bin.«
»Sie sind nicht ignorant, aber ich glaube, ich habe Sie verärgert. Was habe ich getan?«
»Nichts«, antwortete sie mürrisch und griff nach dem Topf mit den Pickles.
Er nahm ihn und reichte ihn ihr, aber sie zog ihre Hand zurück und bedachte die gegenüberliegende Wand mit einem Blick, daß Horatio erstaunt war, daß der Stein nicht Feuer fing.
»Sie wissen doch, daß Sie sich nach einem Pickle sehnen«, sagte er und versuchte, sie zum Lachen zu bringen.
Blitzschnell packte sie den Topf, spießte ein Pickle auf und schwenkte es grimmig auf ihrer Gabel. »Und jetzt hab ich eins, oder?«
Ohne auf die musikalische Einladung zu warten, kam Old Bill heruntergesaust, schnappte sich das Pickle und ließ es dann in den Dreck fallen.
Mit einem zornigen Aufschrei warf Amy mit der Gabel nach dem Vogel. »Diebisches Rabenaas, hol dir woanders deinen ...« Aus dem Augenwinkel sah sie zu Horatio, errötete und beendete den Satz verlegen: »... dein Essen.«

Glendenning preßte die Lippen zusammen, um eine ernste Miene zu bewahren. Sie beachtete ihn nicht weiter, aber das Grübchen erschien auf ihrer Wange. Er holte ein neues Pickle aus dem Topf, ging damit zu ihr und ließ sich auf die Knie nieder.

»Hier bring ich ein Geschenk für die Lady hold,
die süß und lauter ist wie reines Gold.«

Amy lachte und errötete. »Stehen Sie auf, Sie alberner Kerl!«

»So lieb kann sie lächeln, so schön ist ihr Haar,
der Tag ist gleich doppelt so wunderbar.«

Er blickte auf eine glänzende Locke ihres Haares und dachte, daß es tatsächlich wunderschön war.
Amy spähte unter dichten Wimpern zu ihm auf und fragte sehr sanft: »Sind Sie nun fertig mit Ihren Dummheiten, Lordschaft Tio?«
»Wie? ... Äh ... nein.« Er fühlte sich seltsam durcheinander. »Lassen Sie mal sehen ...

Doch ach, nicht ich bin's,
der ihre Sehnsucht stillt,
es ist dieses saure Pickle,
das sie mit Freude erfüllt!«

Sie klatschte in die Hände, und ihr fröhliches Lachen klang durch die Waldlichtung.
Glendenning hielt ihr seine Gabe unter die Nase. »Da ich Sie jetzt mit Poesie entzückt habe, müssen Sie vergessen, daß ich Sie gekränkt habe. Und schauen Sie einem geschenkten Pickle nicht ins Maul.«
Immer noch lachend, akzeptierte sie sein »Geschenk«.

»Stehen Sie jetzt auf, Sie schaden noch Ihrem armen Knöchel.«
»Was? Kein Wort des Dankes? Keine Gelübde ewiger Dankbarkeit? Dann werde ich für meine Mühe einen Kuß fordern.«
Sie war plötzlich sehr still, als hätte sie aufgehört zu atmen. Glendenning nahm ihre Hand und küßte sie, ohne jedoch das Pickle zu berühren.
»Hm«, meinte er und kämpfte sich wieder auf die Füße. »Ihre zarten Finger sind ein wenig salzig, meine Liebe, aber ...« Er brach ab, weil sie mit einem Blick zu ihm aufschaute, den er noch nie zuvor an ihr gesehen hatte. Ein scheuer, fast ehrfürchtiger Blick. »Nanu ... Amy«, sagte er und berührte fragend ihre Wange. Sonst wich sie immer rasch aus, wenn er nur versuchte, ihre Hand zu halten, aber nun entzog sie sich nicht dieser einfachen Liebkosung.
Der Wind strich leise durch das Laub, in der warmen Luft lag der schwere Geruch von Geißblatt und Holzfeuer, und die Sonne ließ Funken im kastanienbraunen Haar des Mannes sprühen und malte den Schatten einer kurzen, widerspenstigen Locke auf der zarten Wange des Mädchens. Eine ganze Weile bewegte sich keiner von beiden.
Old Bill war der Schurke, der diese kurze Verzauberung zerstörte, als er die Gelegenheit ergriff, noch einmal von seinem Ast herunterzustoßen und sich ein Stück Brot zu holen.
Amy schrak zusammen und sah das Pickle an, als verstünde sie nicht, wie es in ihre Hand gekommen war. Glendenning humpelte zu seinem Stuhl, setzte sich wieder und starrte auf seinen Teller.
Atemlos und hastig fragte Amy: »Wollen Sie etwa sagen, Sie haben das gerade erfunden? Einfach so aus der Luft?«
»Es war des großen Barden würdig, nicht wahr?«
»Lassen Sie das! *Haben* Sie es erfunden?«
Es fiel ihm schwer, seine Gedanken zu sammeln. »Ich ... äh ...«

Sie lachte leise. »Wissen Sie es nicht mehr?«
»Natürlich.« Er faßte sich wieder und prahlte: »Es hatte die Sprachgewalt Chaucers und war brillant wie von Shakespeare selbst. Und denken Sie« – er verbeugte sich –, »dabei wurde es erdichtet von Ihrem demütigen Diener.«
»Demütig, ach ja!« Lächelnd legte sie mit der Gabel ein paar Scheiben kalten Schweinebraten auf seinen Teller. »Trotzdem, es war sehr hübsch, und hier ist Ihre Belohnung, kluger Lord.«
»Höchst erfreulich. Ich bin ausgehungert! Das sieht prima aus, Amy.«
»Ich habe es heute morgen von einer Bauersfrau gekauft.«
»Heute morgen!« Er sah stirnrunzelnd auf. »Ich wünschte, Sie wären nicht fortgegangen, ohne es mir zu sagen.«
»Ach ja?« Sie schnitt ein Stück Brot ab und reichte es ihm mit dem Messer. »Ich bin allein unterwegs gewesen, bevor Sie gekommen sind, und ich werd dasselbe tun, wenn Sie weg sind, also regen Sie sich nicht so auf.«
Was sie sagte, war natürlich richtig. Aber wenn er sich aufregte, so deswegen, weil er glaubte, daß seine Befürchtungen gerechtfertigt waren. Er würde ein Wörtchen mit Absalom reden. »Jupiter!« rief er, als sein Hunger erneut die Oberhand gewann. »Hat es je einen so guten Geruch gegeben wie frischgebackenes Brot?«
Amy grub die Zähne in eine knusprige Scheibe Butterbrot und antwortet etwas undeutlich: »Nie!«
Eine Weile aßen sie wortlos, eingetaucht in den Frieden dieses strahlenden Morgens. Aber schließlich fragte Glendenning: »Warum waren Sie vorhin so böse auf mich?«
Sie schwieg eine Minute, dann zuckte sie die weißen Schultern. »Gründe.«
»Welche Gründe?«
»Einfach ... Gründe.«
»Das ist keine *Begründung*, Amy, und eine typisch weibliche Ausflucht.«

»Na und? Ich bin ein Weib, oder nicht?«
»Das sind Sie nicht. Sie sind eine Frau. Und das ist noch so eine Sache. Warum fallen Sie immer in eine derbe Sprechweise zurück, wenn Sie böse mit mir sind?«
»Gründe.«
Er stöhnte verzweifelt, und sie kicherte und sagte zu ihm, er solle essen und nicht soviel reden. Doch einen Augenblick später murmelte sie: »Haben Sie für Ihre Mitten viele Gedichte gemacht?«
Ihm verschlug es den Atem, und er lachte gekünstelt. »Gütiger Himmel, nein! Sie brauchen sich nicht vorzustellen, daß London von meinen ... äh ... Meisterwerken übersät ist.«
Trotz seines leichten Tonfalls beobachtete er sie genau, woraufhin sie eine glänzende Haarschnecke glattstrich und murmelte: »Mich geht das nichts an, also brauchen Sie keine Lügenmärchen erzählen, Lordschaft.«
»Und ich habe nicht die Angewohnheit, Lügen zu erzählen«, entgegnete er verärgert.
»Nein? Dann muß ich das wohl alles geträumt haben.«
»Ich verstehe nicht, was Sie meinen, Ma'am.«
»Sie haben am ersten Tag davon geredet. Ich hab's Ihnen doch erzählt.«
»Sie haben gesagt, daß ich Mitten erwähnt habe, aber ...«
»Sie können's ja nicht wissen. Ich hab wohl das falsche Wort gebraucht, weil das ganz schön viel mehr war als ›erwähnen‹, Sir. Richtig phantasiert haben Sie von ihr. Und von einem Gedicht, das Sie ihr gegeben haben. Und einen Haufen Gebrabbel über irgendeinen Charlie.«
Gott beschütze uns! dachte er. In seinem Fieberwahn mußte er über die jakobitische Geheimbotschaft geredet haben. »Das war ein privates ... äh ... Gedicht, Amy. Und ich wäre froh, wenn Sie mit niemand anderem darüber sprechen würden.«
»Wären Sie das?« Sie stand auf und begann die Teller

zusammenzustellen. »Sie müssen sie sehr gemocht haben, wenn Sie ihr ein Gedicht geschrieben haben.«

Ärgerlich erwiderte er: »Ich habe ihr kein Gedicht geschrieben. Genaugenommen war es ...«

»Himmel, Sie regen sich aber auf. Warum? Weil sie Sie nicht haben wollte?« Sie lachte höhnisch. »Hat Ihnen auch nix genützt, Ihr Gedicht, wie?«

Er erhob sich und konterte mit seinem hochmütigsten Gesichtsausdruck: »Sie haben vollkommen recht. Die Lady wollte mich nicht. Und abgesehen davon, daß dies ein sehr ungeschliffener Satz war, war Ihre Bemerkung auch unfreundlich.«

»Als ob mich das was schert«, fauchte sie und stürmte mit ihren Tellern in die Küche.

Kochend vor Zorn, traf er seine Entscheidung. Er würde heute aufbrechen. Ganz offensichtlich hatte sie ... Er hörte einen Krach und eilte ins Haus.

Im Schlafzimmer kniete Amy auf dem Boden und schluchzte herzzerreißend. Eine der Holzkisten war heruntergefallen und lag neben ihr, der Inhalt auf dem Boden verstreut. Er eilte zu ihr, um ihr auf die Beine zu helfen, nahm sie in den Arm, strich ihr übers Haar und versuchte sie zu trösten. »Aber, aber, weinen Sie doch nicht so. O Gott, was bin ich für ein Rohling, daß ich Sie wieder aufgeregt habe!«

»Ja, das tun Sie dauernd!« bestätigte sie schluchzend. »Aber ... aber warum sollten Sie auch nicht? Alles, was Sie von mir denken, ist doch, daß ich eine dämliche, diebische Zigeunerin bin, die ... die herumläuft und ... und *bettelt!*«

»Natürlich denke ich keinen solchen Unsinn«, widersprach er und küßte sie zart auf die Stirn.

Sie klammerte sich an sein Halstuch und wimmerte: »Tun Sie doch! Sie ... Sie haben gesagt, ich habe Old Bill beigebracht, wie man *bettelt!*«

Das letzte Wort kam krächzend heraus, aber voll solchen Abscheus, daß er begriff, wie tief er sie in seiner Ungeschicklichkeit verletzt hatte. Reuig sagte er: »Liebes kleines Ding, ich will verflucht sein, wenn ich damit ausdrücken wollte ...«

Hastig legte sie ihm die Finger auf den Mund. Mit furchtsam aufgerissenen Augen blickte sie zu ihm auf. »O nein, Tio, ziehen Sie keinen Fluch auf sich! Tun Sie das nicht!«

Er nahm ihre Hand und preßte die weiche Handfläche an seine Lippen. »Wahrhaftig, ich verdiene es für meine Gedankenlosigkeit. Wie könnte ich etwas Schlechtes von Ihnen denken, da Sie mir doch wahrscheinlich das Leben gerettet haben? Wissen Sie nicht, welchen Respekt ich vor Ihrem Mut und vor Ihrer nie versagenden Findigkeit habe? Erinnern Sie sich doch nur, was wir für gute Kameraden gewesen sind. Ich habe Ihnen bei Ihrer Ausdrucksweise geholfen, und Sie haben mir so vieles beigebracht.«

Sie schniefte und murmelte wehmütig: »Was habe ich Ihnen denn beigebracht, Lordschaft?«

»Nun, zum Beispiel, wie man Kartoffeln schält, und ...«

»Oh.« Der dunkle Vorhang ihrer Wimpern senkte sich, und sie lachte zittrig. »Sie haben sie so geschält, daß nichts mehr übrig war.«

»Die erste vielleicht. Aber mit der zweiten ging es schon besser. Geben Sie es zu.«

»Es ging so viel besser, daß wir zu spät zu Abend gegessen haben, weil ich Ihren Daumen verbinden mußte.«

»Nun ja. Aber ich habe gelernt, wie man mit Bauersfrauen verhandelt, und ...«

»Und wie man Hühner klaut«, neckte sie ihn, und ihre dunklen Augen zwinkerten wieder.

Er lachte, dankbar, daß die Tränen versiegt waren. Er hatte immer noch den Arm um sie gelegt. In dem alten Keller war es warm und still, nur das Gezwitscher der Vögel und das Rascheln des Laubes war zu hören. Plötzlich wurde ihm bewußt, daß er in einem Schlafzimmer stand und ein schönes Mädchen im Arm hielt. Ihre roten Lippen waren leicht geöffnet und zeigten die Spitzen der ebenmäßigen weißen Zähne. Er ertrank beinahe in den großen, samtigen Augen, die zu ihm aufblickten. Ihr schöner Körper war so weich ... so einladend. Wie im Traum beugte er sich über ihrem Mund.

Es war ein sehr sanfter Kuß, und ihre Lippen antworteten mit süßer, verführerischer Unschuld. Wieder küßte er sie, fester diesmal, und als sie zurückweichen wollte, zog er sie näher an sich.

Amy bekam Angst. Sie kämpfte, um sich von ihm frei zu machen, aber in seinen grünen Augen stand Begehren, und er war viel stärker, als sie gedacht hatte. Sie riß ihren Kopf zur Seite, doch seine Lippen glitten über ihre Wange und ihren Hals hinunter. Zwischen seinen Küssen murmelte er heisere Versprechen und zärtliche Worte.

»Nein!« keuchte sie und wehrte sich. »Nein! Lassen Sie mich los!«

Er hörte sie kaum. Sie hatte seinen Kuß erwidert. Sie wollte ebensosehr von ihm geliebt werden, wie er sich danach sehnte, sie zu lieben. Er schob ihre Bluse zur Seite und begann ihre warmen, weichen Schultern zu küssen. »Ich werde dir nicht weh tun, meine Schöne. Hab keine Angst.«

»Ich habe keine Angst«, log sie schluchzend und versuchte ihn wegzustoßen, »weil ein Gentleman mir sein Wort gegeben hat!«

Diese peinliche Wahrheit hallte nur erstickt und fern in Glendennings Ohren wider. Sie hatte Angst, das war alles. Aber er begehrte sie. Oh, wie sehr er sie begehrte. Und er würde sich immer um sie kümmern. Es war nicht so, als wollte er sie verlassen, wenn sie sich ihm einmal hingegeben hatte. Er schlang den Arm noch fester um sie, und sein hungriger Mund suchte tiefer.

Amy schrie mit schriller Stimme: »Nein! Tio, bitte *nicht!* Ist das ... ist das alles, was Ihre Ehre wert ist?«

Es war, als hätte ein Schwert die Nebel durchteilt, so daß er wieder die nackte Realität sehen konnte. Sein Ehrenwort ... Er hatte sein Ehrenwort gegeben, sie zu beschützen. Er hatte geschworen, daß sie in seiner Obhut sicher sei. Herr im Himmel! Hatte er den Verstand verloren? Er war ein Gentleman, und er verletzte den Kodex, den man ihn seit seiner Kindheit zu respektieren gelehrt hatte. Den unveränderlichen, unangreifbaren Ehrenkodex, nach dem ein Mann beurteilt wurde und der festlegte, daß vor allem anderen das Wort eines Gentlemans nicht gebrochen werden durfte. Entsetzt und mit einer gewaltsamen Anstrengung schob er sie von sich und stolperte beiseite, bis er mit gesenktem Kopf und geballten Fäusten stehenblieb.

Zitternd beobachtete Amy ihn und sah, daß er ebenfalls zitterte. Sie trat zu ihm und berührte ganz sachte mit der Fingerspitze seinen Ärmelaufschlag.

Ohne sich dieser Geste bewußt zu sein, dachte er voller Selbstverachtung daran, was er beinahe getan hätte und wie er einen solchen Betrug vor sich zu rechtfertigen versucht hatte, als er schließlich bemerkte, daß sie mit trauriger Stimme etwas sagte.

»... der Kopf ist abgebrochen, und dabei hat Ab ihn für mich gemacht. Wenn ich nicht so wütend über Sie gewesen wäre, hätte ich die Kiste nicht umgeschmissen.«

Schwer atmend, kämpfte er um Selbstkontrolle. Sie bot ihm einen Ausweg aus einer unglückseligen Lage, zu der ein ehrenhafter Gentleman es nicht hätte kommen lassen. Noch nie in seinem Leben hatte er eine Frau gezwungen. Noch dazu ein Mädchen, das dem sozialen Rang nach so tief unter ihm stand und dem er soviel verdankte. Er konnte sich gut vorstellen, was Papa zu so einem schändlichen Betragen zu sagen hätte. Als er sich umdrehte, sah er, daß Amy wieder am Boden kniete und die beiden Hälften einer zerbrochenen Figur in der Hand hielt. So klein und verletzlich sah sie aus. Sie hatte ihm vertraut, und er, der geschworen hatte, sie zu beschützen, hätte fast ... Das Gesicht rot vor Scham, murmelte er: »Amy, ich weiß nicht ...«

»Schauen Sie nur«, unterbrach sie ihn und hielt ihm die beiden Stücke hin, damit er sie sehen konnte. »Es ist kaputt.«

Er blickte ihr fest in die Augen. »Ich verdiene es nicht, daß Sie mir so rasch verzeihen. Ich habe mich verabscheuungswürdig benommen.«

»Ich weiß«, stimmte sie zu. »Aber schließlich sind Sie nur ein Mann. Auch wenn Sie adlig sind.«

Jetzt wurde er scharlachrot. »Ich kann Sie nur um Verzeihung bitten.«

Sie erwiderte nichts, und eine Weile stand er stumm und elend da, den Kopf gesenkt.

Amy zupfte an seinem Rock. »Sie haben aufgehört. Die meisten hätten das nicht getan. Jetzt sehen Sie sich nur mein armes Reh an. Es war so hübsch.«

Er riß sich zusammen, schaute auf die beiden Stücke, die sie in der Hand hielt, und wunderte sich nicht, daß sie so bekümmert war. Das kleine Reh war höchst kunstvoll aus weißem Marmor gemeißelt. Der Kopf, selbst ein Kunstwerk für sich, war abgebrochen. »Gütiger Himmel!« murmelte er und griff nach den beiden Teilen der Figur. »Nehmen die Talente Ihres Onkels denn gar kein Ende?«

»Er macht alles mögliche. Er kann kaputte Töpfe reparieren und Statuen und so Kunstsachen wie das da machen. Als Sie hierhergekommen sind, hat er an einem Schwan für den Garten einer Lady gearbeitet, aber ich habe ihm gesagt, daß er aufhören soll, weil der Lärm Sie unruhig gemacht hat.«

Er erinnerte sich an die Geräusche, die ihn am ersten Tag so verwirrt hatten. Das Geläute einer kleinen Glocke, hatte er gedacht. Neugierig fragte er: »Aber wie kann er sich ein solches Geschenk für Sie leisten? Dieser Marmor muß doch sicher ... Jetzt sträuben Sie nicht schon wieder das Gefieder! Ich bezichtige ihn nicht, daß er ... klaut!«

Sie lachte zitternd, als sie dieses Wort aus seinem Mund

hörte. »Es ist übriggeblieben«, erklärte sie. »Manchmal lassen reiche Leute ihn das behalten, was er für ihre Sachen nicht mehr braucht. Und er bekommt hin und wieder etwas von Goldschmieden, wenn sie was haben, das repariert werden muß. Ich glaube, sie tun das deswegen, weil sie es selber nicht hinbringen ...« Gebieterisch hob sie die Hand. »Sagen Sie es nicht! – Weil sie es selbst nicht können.« Erleichtert sah sie sein Grinsen und fuhr fort: »Ab hat mir erzählt, daß ihre Kunden es manchmal eilig haben, so daß sie die Sachen nicht schnell genug fertigmachen können und deshalb ihn zu Hilfe holen.«

Glendenning drehte das kleine Reh in seinen Händen. Erfreut über seine offensichtliche Bewunderung, fragte Amy: »Wollen Sie Abs Skizzen sehen? Er zeichnet sich vorher immer auf, an was er gerade arbeitet. Ich bringe sie in die Küche, dort können Sie sie anschauen, während ich aufräume.«

Er war nur zu bereit, alles zu tun, was sie vorschlug, und so setzte er sich und sah sich Absaloms Zeichnungen an, und je mehr er erblickte, desto beeindruckter war er. Der Mann war ein Meister, ein außerordentlich begabter Künstler. »Kein Wunder, daß die Goldschmiede ihm Arbeit geben«, sagte er. »Aber sie nützen ihn aus. Mit solchen Fähigkeiten sollte es ihm zumindest möglich sein, ein wenig besser zu leben.«

Amy legte den restlichen kalten Schweinebraten in eine Steinschüssel und verschloß sie fest. »Sie finden sie also gut?«

»Gut! Sie sind absolut ...«

»He! Was machen Sie da?« fragte Absalom, der gerade zur Tür hereingestampft kam, ein Bild der Kampfeslust.

Glendenning hörte ihn kaum. Starr vor Staunen blickte er auf die Zeichnung einer kauernden, primitiven Figur. Sie war geformt wie ein kleiner Grabstein, aber mit den Umrissen eines Gesichts auf der Vorderseite, so daß sie nur aus einem Kopf zu bestehen schien, lediglich mit einer Andeutung von stämmigen Beinen. Die begleitenden Maße zeigten ein Höhe von siebeneinhalb Zentimetern an, und um das groteske »Gesicht« herum waren fünf kleine Kreise mit der Randnotiz: hier Rubine.

»Großer Gott!« flüsterte er.

»Oh! Was ist los?« rief Amy, erschrocken über seinen Gesichtsausdruck. »Was ist denn los?«

Er konnte ihr nicht sofort antworten und starrte noch eine Weile ungläubig auf die Skizze in seiner Hand. Die dargestellte Figur gehörte zu jenen, die – vermutlich als Erkennungszeichen – von einer Geheimgesellschaft benutzt wurden, die England bedrohte, wie er und einige seiner Freunde vermuteten. Die mächtige, fanatische und mörderische Gruppe, der sie den Namen Liga der Juwelenmänner gegeben hatten.

Die Wärme des Nachmittags wurde etwas gemildert durch den lebhaften Wind, einen zu Streichen aufgelegten Wind, der Gwendolyn Rossiters spitzenumsäumte Petticoats flattern ließ und an den Seiten ihres Buchs zerrte. August Falcon, der mit dem hechelnden Apollo auf den Fersen über den Rasen auf das Gartenhäuschen zuging, blieb stehen und beobachtete amüsiert, wie Gwendolyn versuchte, sowohl Petticoats als auch Buchseiten zu bändigen. Vertieft, wie sie war, bemerkte sie ihn nicht, und hätte sie gewußt, woran er dachte, wäre sie sehr erstaunt gewesen.

Sie war ein Ärgernis in seinem Leben, ein stachliger Plagegeist, dessen ständige Anwesenheit ihn verdroß. Aber es bestand kein Zweifel, daß Katrina ihre beste Freundin Naomi Lutenville – jetzt Mrs. Gideon Rossiter – vermißte und daß Rossiters verkrüppelte Schwester viel getan hatte, um die Leere auszufüllen. Falcon liebte nur zwei Menschen auf der Welt, und einer davon war Katrina, weswegen er niemanden, der sie glücklich machte, wirklich gründlich verabscheuen konnte. Gwendolyn Rossiter mit ihrem Geist, ihrem fröhlichen Sinn für Humor und ihrer freimütigen Offenheit entzückte Katrina und war selbst wiederum von ihr entzückt.

Bedauerlicherweise hatte Miss Rossiter auch einen Kreuzzug begonnen, um einen gewissen August Nikolai K. Falcon zu bessern, und versäumte keine Gelegenheit, an ihm herumzusticheln, so daß er, obwohl er sich bemühte, sich unter Kontrolle zu halten, immer wieder die Geduld mit ihr verlor. Er hatte nicht den geringsten Wunsch, sich bessern zu lassen. Er war ein erklärte Zyniker, ein Einzelgänger, ein arroganter, autokratischer, übellauniger Kerl, der sich um keinen scherte. Und außerdem war er selbstsüchtig und hart. All diese Eigenschaften hatte sie ihm an den Kopf geworfen, und das meiste stritt er nicht einmal ab. Doch nicht zufrieden damit, auf seine Fehler hinzuweisen, wollte sie außerdem aus dem Sünder einen Heiligen machen, was er ärgerlich und lästig fand. Sie zu meiden wie die Pest wäre die einfachste Art, mit diesem widerborstigen Mädchen fertig zu werden, aber irgendwie war allein ihr Anblick schon eine Herausforderung, die ihn unerbittlich zu ihrem nächsten geistigen Duell hinzog.

Gerade im Augenblick, mit dem Sonnenlicht, das auf ihren ungepuderten hellbraunen Locken glänzte, und den weiten blauen Röcken, die sich um sie bauschten, bot sie ein reizendes Bild. Die Fesseln, die der Wind gefälligerweise enthüllte, waren schlank und wohlgeformt. Sähe ein Gentleman mit beschränkter Intelligenz sie zufällig so sitzen, würde er sie vielleicht für recht hübsch halten.

Falcons Sinnieren wurde unterbrochen, als ein heftigerer Windstoß den breitkrempigen Hut herunterriß, der lose hinter Gwendolyns Schultern hing, und sie das Buch fallen ließ, um den Hut zu erwischen. »Dreimal verfluchter und

verwünschter Wind!« rief sie. »Jetzt habe ich die Stelle verloren, wo ich war!«
Belustigt hob Falcon das Buch auf und blätterte müßig darin.
»Ich hätte es mir denken können«, stöhnte sie. »Natürlich müssen Sie gerade rechtzeitig kommen, um mich fluchen zu hören.«
Er sah sie an, und seine Miene verfinsterte sich. »Und ich hätte mir denken können, daß Sie so ein wertloses Zeug mitbringen, um mich wieder zu verspotten.«
»*Au contraire*, liebenswerter Sir. Wenn es wertloses Zeug ist, dann ist es Ihr eigenes, denn ich habe es mir aus Ihrer Bibliothek geliehen. Und was den Spott betrifft, ich gebe zu, daß ich anfangs vielleicht gehofft hatte, Ihr Interesse dafür zu wecken, was ...«
»Was die andere Seite ... meines Erbes ist?«
»Genau. Wußten Sie, daß Sie die Lippen schürzen, wenn Sie so höhnisch dreinschauen?«
»Wie faszinierend.«
»O nein. Und jetzt fangen Sie schon wieder an. Trotzdem, was ich eigentlich sagen wollte, ist, daß ich selbst begonnen habe, mich für – werden Sie mir verzeihen, wenn ich das Wort ausspreche? – für China zu interessieren. Es ist erstaunlich, daß ich so wenig über ein so außerordentlich großes Land wußte. Dieser Gentleman« – sie streckte die Hand aus, um den dünnen Band wieder in Empfang zu nehmen – »war Missionar in Peking, und er schreibt, daß einer der ersten Kaiser entdeckte, wie man Feuer machen kann, als er einen Vogel beobachtete, der Funken schlug, als er ...«
»Mit seinem Schnabel gegen seinen dummen Kopf pickte? Kein Wunder. Aber wenn Sie nicht gekommen sind, um mich zu necken, Ma'am, und auch nicht, um meine geschürzten Lippen zu bewundern, warum sind Sie dann hier? Wahrhaftig, man könnte meinen, Sie hätten vor, bei uns einzuziehen.«

»Oh, das wäre kaum überraschend, Mr. Falcon«, konterte sie, ohne sich durch eine solche Unhöflichkeit durcheinanderbringen zu lassen, »da doch Ihr Papa und Ihre liebe Schwester so freundlich zu mir sind.«
»Während ich unfreundlich bin.« Er setzte sich auf die Stufen des Gartenhauses und streckte die langen Beine mit der geschmeidigen Anmut aus, die für alle seine Bewegungen charakteristisch war. »Wenn ich das aus Ihrer unschuldigen Erwiderung ableiten darf?«
Sie überlegte und meinte dann nachdenklich: »Sie sind freundlich und lieb zu Ihrer Schwester. Und – manchmal – zu Ihrem Papa.« Er gab ein leises, verächtliches Schnauben von sich. »Von der ganzen Welt sind das die einzigen Menschen, zu denen Sie freundlich sind«, fügte sie hinzu.
»Es ist eine traurige und erbärmliche Welt, Miss Rossiter.«
»Im Gegenteil, die Welt ist schön, Sir. Nur die Menschen bringen Kummer und Sorgen.«
Er blickte auf den Stock, der neben ihr lag. »Und was ist zum Beispiel mit Ihnen? Sie sind nicht besonders sanft behandelt worden. Finden Sie die Welt wirklich schön?«
»Außerordentlich schön. Schauen Sie sich doch nur um.«
»Vielen Dank, nein. Sie würden anfangen, von der Herrlichkeit der Natur zu schwärmen, und meine Bemühungen, Ihnen die Augen für die einfache Wahrheit zu öffnen, wären reine Zeitverschwendung. Ich verweigere Ihnen die Gelegenheit, kindische Platitüden gegen gesunden Menschenverstand zu stellen. Sie haben leider soviel Zeit zusammen mit Jamie Morris verbracht, daß Sie wahrscheinlich ein paar seiner idiotischen Sprüche im Gedächtnis behalten haben.«
»Da dem armen jungen Mann nur noch so wenig Zeit bleibt, ist es ganz gut, daß jemand aus seiner Weisheit Nutzen zieht.«
»Weisheit! Bei Gott, Ma'am, er muß ein geschickter Magier sein, um Sie so gründlich eingelullt zu haben. Der Mann ist

ein ausgemachter Idiot! Und was meinen Sie mit der wenigen Zeit, die ihm noch bleibt? Sollte uns endlich das Glück seiner Abreise beschieden sein? Hat man ihn zurück in den aktiven Dienst berufen?«
»Nicht daß ich wüßte. Aber ich dachte, es sei Ihre Lebensaufgabe, gegen ihn zu kämpfen.«
»Oh. Ja. Nun, Ihnen ist ja bekannt, daß wir eine ... äh ... Auseinandersetzung hatten.«
»Und wegen einer dummen Auseinandersetzung haben Sie die Absicht, ihn umzubringen.« Verachtungsvoll schnalzte sie mit der Zunge.
Gelangweilt zuckte er die Schultern. »Sie sollten dankbar sein, daß ich gewillt bin, einen so störenden Fleck von Ihrer schönen Welt zu entfernen.«
Scharf erwiderte sie: »Ich glaube, meine schöne Welt würde ihn sehr vermissen. Auf jeden Fall würde *ich* das tun.«
»Welch bewundernswerte Treue.« Er warf ihr einen spöttischen Blick zu. »Und nur, weil er der Freund Ihres Bruders ist. Oder hegen sie etwa ein zärtliches Gefühl für diesen Provinztölpel?«
Gwendolyn nahm ihren Hut und hielt sich nur mit beträchtlicher Mühe zurück, ihn Falcon ins Gesicht zu werfen. »O weh, ich bin entdeckt«, antwortete sie leichthin. »Bevor ich an unerwiderter Liebe sterbe, gehe ich hinein und heitere meine Rivalin auf.«
Falcon blickte finster drein. »Wenn Sie auf meine Schwester anspielen, so ist Ihre Mission der Barmherzigkeit ganz ungerechtfertigt. Sie ist nicht verzagt.«
»Nein. Aber sie ist oft einsam.«
»Unsinn. Sie hat ihre Familie und wird sehr bewundert.«
»Und ist sehr isoliert.«
Er begann Apollos Pfote auf Flöhe zu untersuchen. »Sagen wir eher, sie ist beschützt.«
»Ganz sicher nicht. Sie beschützen nicht, Sie ersticken. Und es ist eine absolut unangebrachte Schikane, denn ...«

»Schikane? Verdammt, wenn ...«
»... denn Ihr Papa ist das Oberhaupt der ... Oh, da ist einer! Da ist einer!« Sie quiekte aufgeregt, als Falcon den Parasiten fing und ihm den Garaus macht.
Er unterdrückte ein Grinsen. »Höchste Zeit, daß Sie meine vollendeten Fähigkeiten zu schätzen wissen. Der nächste soll Ihnen zur Ehre gereichen. Und was meinen Papa betrifft, er hat andere Interessen, die ihn beschäftigen.«
»Ich weiß«, stimmte sie zu, was schon einer Frechheit nahe kam, und blickte ohne große Begeisterung auf Apollos Hals. »Ich habe ... Igitt! Da hüpft einer! Ich habe ein paar von seinen Interessen gesehen.«
»Hat man je von einer Lady eine so vulgäre Bemerkung gehört!« rief er schockiert. »Und Sie bringen diese Biester nicht um, indem Sie sie zu Tode starren, Miss Rossiter. Man muß ...« Verärgert über seinen eigenen Lapsus, erklärte er streng: »Ich glaube, wie mein Vater sich verhält, geht Sie nichts an.«
»Es geht mich etwas an, weil Katrina meine Freundin ist. Und säßen Sie nicht so auf dem hohen Roß ...« Er schnaubte wütend, und sie sprach hastig weiter, bevor er seiner Empörung Luft machen konnte. »... dann würden Sie es nicht länger zu Ihrer Lebensaufgabe machen, jedermann zu beleidigen und Katrina zu tyrannisieren. Ohne Sie wäre sie mittlerweile glücklich verheiratet.«
»Ja, mit irgendeinem dämlichen Trottel wie ...« In plötzlichem Argwohn runzelte er die Stirn. »Apropos, warum sind Sie nicht bei meiner Schwester, wenn Sie gekommen sind, um sie zu besuchen?«
Sie hatte diese Frage vorhergesehen und antwortete: »Weil sie für einen Augenblick ins Haus gegangen ist.«
»Hat Ross ... ich meine, hat Ihr Bruder Sie hergefahren?«
»Sie haben meine Erlaubnis, ihn Ross zu nennen, Sir«, erwiderte sie schelmisch. »Viele seiner *Freunde* tun es. Nein. Jamie hat mich hergebracht.«

Wutentbrannt sprang er auf.
»Warten Sie!« Auch sie erhob sich rasch, aber sie bewegte sich zu hastig, und ohne den Halt ihres Stockes stolperte sie und fiel hin.
Gezwungenermaßen half er ihr, kochte aber vor Wut. »Das haben Sie absichtlich getan!«
Sie umklammerte seinen Arm. »August, haben Sie doch Erbarmen! Lassen Sie Jamie einen Augenblick bei ihr sein. Ich glaube, sie ist ihm recht zugetan. Und er betet sie an, und er ist so ein guter Mann. Was sollte es schaden, wenn ...«
»Ein guter Mann? Ein Idiot ist er, Madam! Er hat keine zwei Gedanken im Hirn, seine Familie bewegt sich in mittelmäßigem Milieu, und seine Aussichten sind unbedeutend. Wenn ich einen Mann finde, der Katrinas würdig ist ...«
»Sie werden nie einen finden«, brachte sie keuchend hervor und klammerte sich wie eine Klette an ihn, als er sich loszumachen versuchte. »Verbittert und stolz, wie Sie sind, werden Sie einen Prinzen von edlem Geblüt verlangen. Und ... und selbst wenn Sie einen finden sollten, dann erweist er sich wahrscheinlich als genau der Mann, der sie *un*glücklich machen wird.«
»Wenn irgendein Mann ... Katrina je ... unglücklich macht ...«, stieß er aus, brach jedoch ab, als sie an ihm vorbeisah.
Mr. Neville Falcon, prächtig anzusehen in Grün und Mauve, eilte auf sie zu. »Wahrhaftig, August«, keuchte er und wischte sich über die heiße Stirn. »Immer hackst du auf mir herum, weil ich hübsche Mädchen mag, und hier, wo alle Diener zugucken können, turtelst du mit Miss Gwendolyn. Wie geht es Ihnen, meine Liebe?«
August sackte das Kinn herunter. »Turteln ...?« stammelte er und ließ Miss Rossiter los, als wäre sie glühend heiß.
Das war zuviel für Gwendolyn. Sie brach in ein so schallendes Gelächter aus, daß Apollo erschrocken an ihre Seite sprang und den wahrscheinlichsten Missetäter anknurrte.

Neville nahm geschwind Reißaus und rief über die Schulter zurück: »Ich werde damit nicht fertig, mein Junge. Weinende Weiber! Schrecklich! Ich weiß, ich bin ein Feigling, aber ... so ist es eben.« Und er verschwand durch das Tor auf die Straße hinaus.
Zwei Worte drangen durch Augusts Verblüffung. *Weinende Weiber.* »Katrina«, flüsterte er und rannte zum Haus.
Er lief durch das große Eßzimmer und hörte sofort Morris' Stimme, die einen seltsamen Klang hatte, aus dem roten Salon. »Verdammtes Schwein«, knurrte August, eilte mit Mordgelüsten im Herzen weiter, stürmte in das Zimmer und blieb abrupt stehen.
Gräfin Bowers-Malden saß auf der goldenen Samtchaiselongue, ein Taschentuch in der Hand und den Kopf gesenkt. Ein äußerst bleicher Leutnant James Morris beugte sich mit einem Weinglas in der Hand über sie und sah wie versteinert aus.
»Aber er war nicht bei den Cranfords«, sagte die Gräfin mit bebender Stimme. »Also bin ich diesen gräßlichen Snow Hill zu Sir Mark Rossiters Haus hinaufgefahren, doch ... sie hatten ihn nicht gesehen. Ich konnte nicht mit ... mit Newby sprechen.« Mitleiderregend blickte sie zu Morris auf.
»Nein, nein«, erwiderte er und hielt ihr den Wein hin. »Der Kerl ist nur leeres Stroh ohne ein Korn, nicht wahr?«
Grinsend zog Falcon sich zurück.
Gwendolyn kam herbeigeeilt, um ins Zimmer zu spähen, und gab ihm einen leichten Schubs. »Na los! Gehen Sie schon hinein!«
»Den Teufel werde ich tun«, flüsterte er, schlich sich hinaus auf den Flur und lehnte die Tür an. »Es ist diese gräßliche Matrone Bowers-Malden.«
»Aber die arme Lady klingt, als wäre sie in Not«, widersprach sie empört.
»Das wäre ich auch, wenn ich hineinginge!«

»Leutnant Morris ist wahrscheinlich entsetzt, aber *er* versucht wenigstens zu helfen.« Ihre blauen Augen nahmen den missionarischen Blick an, und sie schürzte die Lippen.
»Das kommt davon, wenn man ein edler, alberner Idiot ist«, zischte August ungerührt. »Aber Sie werden natürlich eifrig bestrebt sein, ihm Ihre ebenso alberne Unterstützung zu gewähren.«
Zufrieden mit dieser höhnischen kleinen Rede, wollte er sich davonmachen.
Gwendolyn packte ihn an den Rockschößen. »Da sind Sie ja, Mr. Falcon«, rief sie in voller Lautstärke. »Lady Bowers-Malden ist gekommen, um Sie zu besuchen!«
Sofort hörte man Morris durchs Zimmer eilen. Falcon sah Gwendolyn zähneknirschend an, während sie einen Finger unters Kinn legte und knickste.
Morris riß die Tür auf. »G-Gott sei Dank!« stammelte er und ergriff mit der Verzweiflung eines Ertrinkenden Falcons Arm. »Hier ist er, Mylady!«
»Verdammter Kerl«, zischte Falcon und riß sich los. »Wenn dieser hinterhältige Glendenning je zu unserem Duell erscheint, werden Sie mir das büßen!«
Ihre Ladyschaft hatte sich erhoben und streckte nun flehend die Hände aus. Falcon blieb nichts anderes übrig, als sich über ihre Hand zu beugen.
»Ich wäre nicht zu Ihnen gekommen«, begann sie, und ihr Gesicht wirkte abgehärmt, »denn ich weiß, daß Sie kein ... nun, kein enger Freund von Horatio sind, aber ...«
Gwendolyn eilte herbei und legte den Arm um sie. »Arme liebe Lady«, sagte sie voll zärtlichem Mitleid, »natürlich ist es richtig, daß Sie gekommen sind. Es wird meinem Bruder so leid tun, daß er nicht in London war, als Sie ihn gebraucht hätten, aber er hat Naomi für ein paar Tage mit nach Devonshire genommen. Welch ein Glück, daß der Leutnant und Mr. Falcon hier sind, denn wissen Sie, sie sind nur zu entzückt, einer Lady in Bedrängnis beizustehen.«

Falcon, der ihr am liebsten den Hals umgedreht hätte, sagte nichts.
Morris, von zuvorkommenderer Art, nahm erneut das Weinglas und murmelte standhaft, es sei ihm »eine Ehre«.
Falcon führte Lady Nola zurück zu der Chaiselongue. »Vielleicht möchten Sie uns sagen, in welchen Schwierigkeiten Sie sich befinden, Ma'am«, meinte er, ganz offensichtlich gelangweilt. »Leider habe ich Verpflichtungen, die es mir möglicherweise verbieten, zu Diensten zu sein, aber ich bin sicher, daß mein Vater ...«
»Bitte, seien Sie doch nicht albern, August«, erwiderte Ihre Ladyschaft, zu bekümmert, um ihren bekannten Hang zur Freimütigkeit zu bezähmen. »Neville ist ein lieber Kerl, aber ebensogut könnte man eine Maus gegen den Minotaurus antreten lassen.«
Morris blickte sie unsicher an.
Falcon hob das Kinn und senkte die Augenlider. »Sie müssen uns sagen, welcher Kreter Sie gekränkt hat«, näselte er und ließ sein Lorgnon baumeln.
Gwendolyn funkelte ihn wütend an, nahm Morris das Weinglas ab und brachte es Lady Nola.
Mylady nippte, das Glas zitterte in ihrer Hand. »Ein Mann ... ist zu mir gekommen«, sagte sie. »Er ... er heißt ... Burton Farrier.«
»Oh! Allmächtiger Zeus!« rief Leutnant Morris.

8

Aber er sagt, es waren keine Zigeuner, Ab!« Amy saß besorgt neben Glendenning am Küchentisch. Absalom starrte finster auf die Zeichnung in seiner Hand und knurrte verächtlich: »'türlich waren das welche. Die waren doch hinter uns her, seit ich dich aus der Sippe rausgeholt hab, oder nicht? Und außerdem wollen sie wahrscheinlich Florian in die Finger kriegen, mitsamt dem Esel und dem Karren, den er gestohlen hat, wie sie behaupten, und sie meinen wohl, er könnt hier bei uns sein. Hör nicht da drauf, was irgendein adliger Pinkel zu dir sagt, Mädchen.« Er warf Glendenning einen grollenden Blick zu. »Durchtrieben wie eine Kiste voller Affen, jeder einzelne. Abgeschafft gehören die, sag ich, oder wohin gesteckt, wo sie keinen . . .«

»Hören Sie auf!« Glendennings Stimme unterbrach fast wie ein Peitschenknall diese bittere Wortflut. Amy fuhr zusammen, und Absalom sperrte überrascht den Mund auf. »Wenn ich recht habe«, fuhr Glendenning grimmig fort, »dann sind Sie und Amy in höchster Gefahr. Und nicht durch Zigeuner. Ich habe mehr als genug von Ihrem Gekeife gehört, Consett, und ich habe den Mund gehalten, weil Sie gut zu Amy waren. Und auch, weil ich Begabung respektiere und Sie ganz offensichtlich ein brillanter Künstler sind, den die Welt zu lange mißachtet hat.«

Amy quiekte aufgeregt und umarmte ihren Onkel impulsiv. Absalom wurde puterrot. Verblüfft nahm er seine schmuddlige Perücke ab und wischte sich mit einem roten Taschentuch über den rasierten Schädel. »Der Teufel soll Sie holen«, brummte er.

»Der Teufel holt uns vielleicht alle, es sei denn, Sie beantworten meine Fragen«, entgegnete Glendenning.

»Dann fragen Sie. Aber ich versteh, verflucht noch mal, nicht ...«

»Sind die Zigeuner Ihnen hierher gefolgt, als Sie Amy aus der Sippe geholt haben?«

»Was, halten Sie mich für einen Trottel? Sie sind uns nach, aber ich bin ihnen sauber entwischt.«

»Dann hat niemand in der Sippe gewußt, daß Sie hier eingezogen sind?«

»Nicht so einfach. Warum? Weil wir's noch nicht gefunden hatten. Etwa ein halbes Jahr hat das gedauert, stimmt's, Mädchen?«

Amy nickte, den ängstlichen Blick fest auf Glendennings finsteres Gesicht geheftet. »Und sie haben uns erst lang danach gefunden, Tio«, erklärte sie. »Sie müssen uns auf einem von den Märkten gesehen haben, oder wenn wir unterwegs waren, und sind uns dann gefolgt. Aber als wir ihnen mit dem Geist nach sind, hab ich gedacht, wir hätten sie endgültig verscheucht.«

»Ich vermute, das haben Sie auch.« Glendenning hob die Hand, als beide gleichzeitig zu sprechen begannen. »Consett, ich möchte, daß Sie sich Ihre Antworten ganz genau überlegen. Sie sagen, Sie haben ein paar kleinere Reparaturarbeiten für einen Goldschmied in Canterbury gemacht und seien in seinem Laden gewesen, als eines Tages zwei Gentlemen eine kleine Figur wie diese hier« – er deutete auf die Zeichnung – »gebracht haben.«

»Ja. Sie sei sehr alt und wertvoll, haben sie gesagt. Aber irgendein Trottel hatte sie fallen lassen, so daß ein Stück ab- und zwei von den Steinen herausgebrochen waren.«

»Haben Sie mit diesen Gentlemen gesprochen?«

»Himmel, nein! Das hätt ich mich nie getraut! Mr. Shumaker – das war der Goldschmied, er ist jetzt tot, der arme Kerl – wollte nicht haben, daß einer von seinen Kunden

weiß, daß er nicht alles allein macht. Nee, Kamerad, ich war hinten versteckt.«
»Und als sie fort waren, hat der Goldschmied Sie gebeten, die Figur zu reparieren?«
»Genau. Der arme Shumaker hatte Angst vor ihnen und hat sich nicht getraut, sie zu beleidigen, aber zu mir hat er gesagt, daß er die Arbeit nicht so schnell machen kann, wie sie wollen. Es war eine ziemlich knifflige Sache, wohlgemerkt, die Zeit brauchte, und ein paar andere Gents hatten sich schon beschwert, weil sie hatten warten müssen.« Absalom fixierte Glendenning mit einem bösen Blick. »Reiche Leute meinen immer, daß man ihre Arbeit als erstes machen muß.«
»Haben Sie es geschafft, rechtzeitig fertig zu sein?«
»Mit knapper Not.« Absalom schüttelte düster den Kopf, als er sich daran erinnerte. »Und meine armen Zähne, die mich doch manchmal so plagen. Aber ich hab's schließlich fertiggebracht, und ein komisches kleines Ding war das, stimmt's, Amy?«
»Ja, wirklich. Was ist denn *jetzt* los?«
Glendenning faßte sich wieder. »*Sie* haben diese Figur auch gesehen, Amy?«
»'türlich hat sie. Ich habe die Arbeit ja hier gemacht, Kamerad.«
»Ja ... Sie haben erwähnt, daß der Jadestein zerbrochen war.«
»Ja, aber ... He! Ich hab hier nix davon gesagt, daß es aus Jade war. Woher wissen Sie das?«
»Ich habe die Figur in der Hand gehabt, kurz nachdem Sie sie repariert haben, glaube ich.« Beide starrten ihn an, und der Viscount fügte hinzu: »Sie hat nicht ausgesehen, als wäre sie zerbrochen gewesen.«
Stolz erklärte Amy: »Wenn Onkel Ab etwas macht, dann macht er es richtig.«
»Danke dir, Mädchen. Aber das war schon eine komische

Arbeit. Rosa Jadestein ist selten, aber die Gents haben einen aufgetrieben. Und was Besonderes. Ich hab noch nie so was gesehen. Einen von den Rubinen, der rausgebrochen war, hatten sie, aber Shumaker mußte noch einen zweiten finden, der genau die richtige Größe hatte, und dann diesen Jadestein wieder zusammenflicken. O Mann! Ich war mir nicht sicher, ob ich das schaffen konnte. Nicht so genau, wie die das haben wollten.«

»Wie genau?« fragte Glendenning gespannt.

»Daß es dieselben Maße hatte, bis auf den letzten Millimeter genauso, wie es war, bevor es kaputtgegangen ist. Und das Gewicht kein bißchen anders, nicht mehr und nicht weniger als das, was sie aufgeschrieben hatten. Puh! Als ich's dem armen Mr. Shumaker zurückgebracht hab, hat keiner von uns zu hoffen gewagt, daß ich's richtig hingekriegt hab. Aber er hat mir drei Rubine zur Auswahl mitgegeben gehabt, und mit dem Gewicht von dem Leim hab ich freie Hand gehabt. Na ja, wir haben's dann geschafft. Aber was das, um alles in der Welt, mit den Schlägern zu tun haben soll, die Sie im Wald erwischt haben, das versteh, wer will.«

»Ich denke«, erwiderte Glendenning stirnrunzelnd, »daß es möglicherweise sehr viel damit zu tun hat. Sagen Sie mir jetzt, und versuchen Sie sich genau zu erinnern, wann Sie das letztemal die Zigeuner verscheucht haben?«

Absalom und Amy sahen einander an und einigten sich schließlich darauf, daß dies vor ungefähr zwei Jahren gewesen sei.

»Wir haben gedacht, daß es endlich vorbei ist«, sagte Amy kläglich. »Aber erst vor kurzem haben sie wieder angefangen, in der Nacht herumzuschleichen, und deswegen haben wir gewußt, daß wir unser Gespenst bald rausholen mußten.«

»Haben diese Nachstellungen erneut begonnen, bevor oder nachdem Sie an dieser kleinen Figur gearbeitet haben?«

Absalom schnappte nach Luft. »Das war danach. Erinnerst

du dich, Amy? Ungefähr um die gleiche Zeit, als wir gehört haben, daß der arme Mr. Shumaker mitsamt seinem Laden verbrannt ist, Gott sei ihm gnädig!«

Sie nickte. »Anfang April, Tio. Aber ... warum?«

General Underhill hatte sie alle – Rossiter, Falcon, Morris und ihn selbst – gewarnt, nichts von der Verschwörung, die sie argwöhnten, zu erwähnen. Glendenning wählte seine Worte daher vorsichtig. »Ich vermute, sie glauben, daß Sie etwas wissen, und deshalb will man Sie umbringen, damit Sie nichts sagen können.«

Amy sprang auf und klammerte sich an Absalom, und er schlang den Arm um sie. »Sie machen meinem Mädchen angst«, sagte er streng. »Wenn das irgendwie ein Spaß sein soll, dann mag ich das gar nicht.«

»O mein Gott! Glauben Sie, ich würde mit solchen Dingen spaßen? Aber jetzt noch eine Frage, bitte. Sie haben gesagt, daß zwei Gentlemen die Figur in Shumakers Laden gebracht haben. Haben Sie die Männer gesehen? Wenn auch nur von hinten?«

»Nein, Sir.« Absalom biß sich verärgert auf die Lippe, weil ihm diese Höflichkeitsanrede entschlüpft war. Glendenning verriet mit keiner Miene, ob er diesen Ausrutscher bemerkt hatte, und Absalom fuhr rasch fort: »Ich habe ihre Schatten gesehen, das ist alles. Alle beide waren groß. Größer als Sie. Der eine war kräftiger gebaut als der andere.«

»Wie haben sie gesprochen? War da ein Lispeln, ein besonderer Akzent oder irgend etwas dieser Art?«

Absalom schüttelte den Kopf. »Gents. Ziemlich fein haben Sie dahergeredet – wie Sie.« Er überlegte, dann fügte er hinzu: »Sonst erinnere ich mich bloß noch daran, daß einer von ihnen die ganze Zeit vor sich hin gesummt hat.« Er sah schüchtern drein. »Wahrscheinlich albern, das überhaupt zu erwähnen, aber ...«

»Nein, nein. Was hat er für Melodien gesummt, erinnern Sie sich?«

»Da gibt's nicht viel zu erinnern, Kamerad. Nur eine. Immer und immer wieder von vorn. Und die ging so ...« Er summte eine Melodie.

»Oh, die kenn ich«, rief Amy aufgeregt. »Aber ich weiß nicht, wie sie heißt.«

»Ich weiß es«, sagte Glendenning. »Obwohl es wahrscheinlich nicht von Bedeutung ist. Es ist ein alter Marsch, der Lillibulero heißt, und ...« Er brach ab, als ein lauter Schrei ertönte. »War das Lot? So habe ich ihn noch nie gehört.«

»Er schreit nur so, wenn er Angst hat«, meinte Amy etwas nervös.

»Wahrscheinlich eifersüchtig«, sagte Absalom und grinste. »Er mag's nicht, wenn ihn diese Vollblutstute so hochnäsig anschaut.«

Amy klatschte entzückt in die Hände.

»Sie haben meine Stute gefunden?« fragte Glendenning ungläubig.

Absalom sah finster drein. »Das dämlichste Stück Arbeit, das ich je gemacht hab. Ich mußte sie zurückkaufen. Und auch dann hätt ich sie noch nicht bekommen, wenn ich dem armen Kerl nicht Angst eingejagt hätte. Der rechtmäßige Eigentümer habe Gendarmen nach ihr geschickt, hab ich ihm gesagt, und wenn man ihn mit ihr erwische, dann komme er ins Gefängnis und werde gehängt.«

Amy umarmte ihn fest. »Ich hab's gewußt, daß du es schaffen würdest, lieber alter Ab!«

Er lächelte sie liebevoll an. »Ich hätt mich nicht getraut, ohne sie wiederzukommen, so wie du mich fortgeschickt hast.« Er warf einen finsteren Blick auf den Viscount. »Von mir weggehen würde sie, das hat sie gesagt, mein Mädchen, wenn ich ...« Stirnrunzelnd verstummte er, als Lot sich erneut beschwerte. Er nahm Amy beiseite. »Geh lieber raus, und schirr den alten Dummkopf an den Karren an, meine Liebe. Und sei leise, für alle Fälle.«

Sie nickte und eilte nach draußen.

Absalom trat an den Kamin und holte die Donnerbüchse herunter.
»Ist meine Pistole noch im Sattelhalfter?« frage Glendenning.
»Nein. So ein Pech!«
Glendenning fluchte, aber jetzt war nicht der Zeitpunkt für Vorwürfe. Er humpelte ins Schlafzimmer, zog seinen Rock aus und warf sich den Degengurt über. Dann ging er wieder in die Küche und beobachtete die Lichtung, während er die Degenscheide geradebog.
Außer Atem kam Amy zurück. »Ich hab nichts gehört, Ab.«
»Das bedeutet noch nicht, daß die Luft rein ist«, entgegnete Glendenning knapp.
Absalom, der die Zündung der furchteinflößenden Donnerbüchse überprüft hatte, meinte: »Wir sind bereit, wenn sie kommen, aber den Sauspieß da brauchen Sie nicht, Milor'.« Er hielt ihm die Donnerbüchse vor die Nase. »Sehen Sie, was da um die Mündung herum steht?«
»Glücklich der, der mir entrinnt«, las Glendenning laut.
»Sehr wahr, aber das Problem bei solchen Gewehren ist, daß man nur einen Schuß damit hat.«
»Ein Schuß von diesem Freundchen wird die ganze Lichtung ...«
In nicht allzu weiter Ferne knackte ein Zweig.
Eine Sekunde lang standen alle drei regungslos da. Dann sagte Absalom mit leiser, eindringlicher Stimme: »Geh ins Schlafzimmer, Amy! Und laß dich nicht blicken. Wenn ...«
»Nein«, unterbrach ihn Glendenning scharf. »Wenn wir niedergeschlagen werden, dann kommt sie da nicht heraus. Stellen Sie sich hinter diese Tür, Amy. Ich werde mich draußen mal umsehen.«
Mit verächtlicher Stimme fragte Absalom: »Was, *Sie*, Milor'? Haben Sie denn 'ne Ahnung vom Kämpfen?«
Glendenning lächelte matt. »Ich habe mich ein- oder zweimal geschlagen.«

Amy starrte ihn an, und Absalom zog die buschigen Brauen hoch. »Na schön«, brummte er. »Jetzt verraten Sie mir noch schnell eins, bevor Sie gehen. Wenn sich da *wirklich* was anschleicht, was größer als ein Karnickel ist, und wenn das *keine* Zigeuner sind, wer ist das dann?«

Glendenning zögerte kurz. »Sagen wir nur, es sind Feinde Englands.« Amy schnappte erschrocken nach Luft. Absalom ließ die Hände sinken und sperrte den Mund auf. »Sie müssen herausbekommen haben, daß Sie von der Existenz der juwelenbesetzten Figur wissen«, fügte Glendenning hinzu, »und diese Figur ist aus irgendeinem Grund für ihre Ränke von großer Bedeutung. Mehr kann ich nicht sagen, aber ich weiß, daß sie skrupellos sind. Sie bringen jeden um, der ihrer Meinung nach eine Bedrohung für sie ist – sogar ihre eigenen Leute. Wenn es Ärger gibt, dann bringen Sie Ihre Nichte in Sicherheit.«

Amy umklammerte seinen Arm. »Passen Sie auf, Tio. O bitte, passen Sie auf!«

Er lächelte sie an, dann ging er nach draußen. Es wurde langsam schwül, und ein paar dicke Wolken segelten über den Himmel. Mittlerweile wehte ein heftiger Wind, der an den Baumwipfeln rüttelte; vielleicht war das die Erklärung für das Geräusch, das sie gehört hatten. Die Lichtung lag ruhig da, und es war absolut nichts zu entdecken. Aber sie konnten kein Risiko eingehen. Glendenning duckte sich und rannte zum nächsten Baum, so schnell sein Knöchel es zuließ. Er lehnte sich mit dem Rücken gegen den Baumstamm, rührte sich nicht und lauschte konzentriert. Kein beunruhigendes Geräusch. Er spähte in die Runde und erblickte Flame, die neben den Ruinen angebunden war, immer noch gesattelt. Lot graste friedlich in ihrer Nähe. Noch einmal suchte er die gesamte Lichtung mit den Augen ab. Eine knorrige alte Eiche, etwa zehn Meter entfernt, war ein hervorragender Kletterbaum und würde einen geeigneten und gut abgeschirmten Aussichtspunkt

abgeben. Horatio wollte schon auf den Baum zueilen, fuhr aber hastig zurück, als ein Bein in Sicht kam, das sich durch das Laubwerk nach unten tastete.
Es schien kaum möglich, daß der Mann ihn nicht gesehen hatte, aber dieser kehrte ihm den Rücken zu und mußte sich wohl gerade abgewandt haben, als Horatio über die Lichtung gelaufen war.
Ein Rascheln im Gebüsch kündigte ein mageres, verschlagen aussehendes Individuum an. Glendenning hielt den Atem an. Sep! Und der Kerl, der so ungeschickt den Baum herunterkam, hatte glattes graues Haar. Wenn Sep und Billy Brave hier waren, dann waren vermutlich auch die anderen beiden Raufbolde nicht weit.
»Und?« rief Sep leise.
»Sie sind drin«, flüsterte Billy Brave heiser. »Zu dritt sind sie. Der alte Bock und dieser Gent, den wir am Samstag erwischt haben. Und eine Frau.« Sein Ton veränderte sich um eine Nuance. »Ein reifer Leckerbissen. Ich will sie haben.«
Glendenning umklammerte den Griff seines Degens.
Sep machte eine warnende Geste, und beide Schurken verschwanden zwischen den Bäumen.
»Guten Tag, mein Freund. Was wollen Sie?«
Glendenning fuhr herum. Absalom stand auf der Schwelle und lächelte den größten dieses wenig attraktiven Quartetts freundlich an. Offensichtlich in dem Versuch, Argwohn zu zerstreuen, hatte sich Greasy Waistcoat eine Trage umgeschnallt. Schmeichlerisch sagte er: »Ich bin bloß ein armer Tippelbruder, Kamerad. Gott segne Sie, ich will nix.« Er schob sich ein wenig näher. »Außer was zu trinken vielleicht. Ziemlich schwül heut. Sehr schwül.«
»Bleib mir vom Leib!« Absalom trat einen Schritt nach vorn, die Donnerbüchse schußbereit.
Greasy Waistcoat jaulte auf und wich hastig zurück. »So was Unfreundliches! Ich komm daher, such nix anderes als einen fromm gesinnten Mitmenschen, und ...«

Glendenning blickte auf und sah, daß sich auf dem Dach etwas bewegte. Es war der Junge mit dem Barockengelgesicht, in der Hand einen großen Steinbrocken.

»Auf dem Dach!« brüllte Glendenning und riß den Degen aus der Scheide. »Vorsicht, auf dem Dach!«

Der Junge warf den Stein auf Absalom. Dieser machte einen Satz nach hinten, war aber den Bruchteil einer Sekunde zu langsam. Der Stein traf die Mündung der Donnerbüchse und schlug Absalom die Waffe aus der Hand. Er wollte sie noch schnell packen, aber der Junge sprang vom Dach und riß ihn zu Boden. Zugleich kam Greasy Waistcoat dem Jungen zu Hilfe, während Billy Brave und Sep Glendenning angriffen. Sep zückte plötzlich eine Taschenpistole und zielte mit ruhiger, erfahrener Hand. Glendenning wußte, daß er mit keinem Warnruf, mit keiner Aufforderung, die eigenen Waffe wegzuwerfen, rechnen konnte. Er sprang zur Seite, hörte den ohrenbetäubenden Knall und spürte, daß die Kugel sein Haar streifte. In einem Winkel seines Bewußtseins registrierte er kühl, daß der Mann ein erstklassiger Schütze sein mußte, um so sicher auf seinen Kopf zu zielen. Der Widerhall des Schusses wurde begleitet von Lots angsterfülltem Geschrei und Flames schrillem Wiehern.

Wild stürzte Sep sich auf ihn. Billy Brave schleuderte einen schweren Dolch und zielte ausgezeichnet. Glendenning, geduckt und kampfbereit, konnte gerade noch ausweichen, so daß ihm die rasiermesserscharfe Schneide über die Schulter flog. Sep hatte ein langes Messer in der Hand, und Billy Brave, dessen Dolch ihn verfehlt hatte, packte einen schweren Ast, mit dem er nach Glendennings Degen schlug. Glendenning sprang erneut zur Seite, duckte sich unter dem Ast hindurch und stieß kraftvoll zu. Die Klinge traf Billy Brave an der Hüfte; er schrie auf und wich hastig zurück. Sep ergriff die Gelegenheit, sich von hinten auf Glendenning zu stürzen, und stieß mit dem Messer nach

seinem Rücken, aber Glendenning wirbelte bereits herum, so daß es nur durch seinen Ärmel schnitt. Sein Colichemarde stieß zu, und Sep fluchte, umklammerte seinen Arm und floh aus der Reichweite dieser mörderischen Klinge.
Billy Brave war wohl nicht ernsthaft verletzt worden, denn er griff schon wieder an, diesmal mit einem noch längeren und dickeren Ast. Sep war nach rechts ausgewichen, kam aber nun näher, so daß der Viscount zwischen den beiden eingeschlossen war. Diese gedungenen Mörder verstanden auf jeden Fall ihr Handwerk; sie mochten sich vor Gespenstern fürchten, aber sie waren keineswegs Feiglinge. Glendenning duckte sich und wich zurück, als Billy mit dem Ast auf ihn loszudreschen begann. Aus dem Augenwinkel sah er, daß Sep herbeisprang, und machte einen verzweifelten Satz zur Seite. Billy Brave holte zu einem so mörderischen Hieb aus, daß Glendenning in die Knie ging und ihm der Degen aus der Hand geschlagen wurde. Aber nicht umsonst hatte er an der Seite der Schotten gekämpft; er reagierte blitzschnell, indem er Billy Brave eine Handvoll Erde und Dreck ins Gesicht schleuderte. Zornig fluchend, ließ der Schurke seinen Ast fallen und rieb sich die Augen. Doch nun sprang Sep ihn an. Glendenning warf sich herum, packte den Ast und war im Nu wieder auf den Beinen. Mit aller Kraft schwang er den Knüppel. Sep, den Arm zum Stoß erhoben, hatte keine Zeit mehr, sich auf die neue Waffe einzustellen. Der Ast traf ihn, und er sackte zu einem reglosen Häufchen zusammen.
Weiter entfernt hörte Glendenning Amy schreien. Er wirbelte herum. Sein Ast war durch die Wucht des Schlags zerbrochen, so daß er nun ohne Waffe war. Billy Brave stürzte sich mit wutverzerrtem Gesicht auf ihn; mörderisch glitzernd schoß der Degen auf seinen Hals zu. Glendenning warf sich zur Seite und entkam ihm nur um Haaresbreite. Billy Brave erlangte wieder das Gleichgewicht und ließ die Waffe mit einer solchen Wucht durch die Luft

sausen, daß sein hilfloser Gegner sicherlich geköpft worden wäre, wenn dieser nicht bereits einen hängenden Ast ergriffen und sich an ihm hochgeschwungen hätte. Die Degenklinge blitzte unter seinen Füßen. Er hielt sich mit beiden Armen fest und schlug mit den Beinen aus. Sein Stiefel traf Billy zielsicher unter dem Kinn. Das frohlockende Grinsen auf dem Gesicht des Mannes fiel zusammen, als er den Boden unter den Füßen verlor und ohne einen weiteren Laut liegenblieb.
Er mußte zu Amy, das war Glendennings einziger Gedanke. Keuchend griff er wieder nach seinem Degen und humpelte, so schnell es nur ging, auf die Ruine zu. Absalom kämpfte tapfer mit Greasy Waistcoat. Glendenning eilte in die Küche und sah, wie Amy gerade mit dem Eisenkessel nach dem Jungen schlug, der lachend auswich und sie dann mit dem Messer angreifen wollte. Glendenning sprang zwischen die beiden. Sein Degen blitzte durch die Luft, der Junge heulte auf und ging zu Boden. Amy, den Kessel in der Hand, rannte an ihm vorbei. Glendenning stürzte ihr nach, riß Greasy Waistcoat die Perücke vom Kopf und verbeugte sich höflich. Amy schwang den Kessel. Der große Kerl hörte auf, Absalom zu würgen, und brach neben ihm zusammen.
Amy fiel auf die Knie und streichelte Absalom das rot angelaufene Gesicht. »Lieber Ab«, schluchzte sie verzweifelt, »fehlt dir auch nichts?«
Glendenning bückte sich keuchend und streckte ihm die Hand hin, und Absalom setzte sich auf. »Alles ... in Ordnung«, stieß er hervor. »Hast du ihm ... ordentlich eins verpaßt, Mädchen?«
In verspätetem Schrecken blickte sie auf Greasy Waistcoats reglose massige Gestalt. Glendenning gab ihm einen Tritt, so daß er auf den Rücken zu liegen kam. Er atmete rasselnd.
Amy seufzte erleichtert. »Ich laufe und sehe nach den anderen.«

»Mach dir um die keine Gedanken, mein Schatz.« Absalom kam mit Hilfe des Viscounts wieder auf die Beine. »Unser adliger Freund hat ganze Arbeit geleistet. Die machen uns bestimmt keinen Ärger mehr.«
Mit weit aufgerissenen Augen starrte sie Glendenning an.
Auch Absalom beobachtete ihn und sagte: »Ich hab ein paar von diesen feinen Gents beim Duell gesehen, Milor'. Ganz höflich und brav waren die. Aber der einzige Mann, den ich so kämpfen gesehn hab wie Sie grade eben, das war ein Rebell. Alle Kriegslisten erlaubt, und bis zum letzten. Nicht daß ich den armen Kerl dafür tadeln könnte.«
Glendenning blickte ihm unverwandt in die Augen.
»Dann stimmt es also«, sagte Absalom. »Ich mein, was ich von Ihnen gehört hab.«
»Es würde Ihnen verdammt schwer fallen, das zu beweisen.«
»Ich hab's ja gar nicht vor.« Absalom schüttelte verwundert den Kopf. »Und ich hab Sie gefragt, ob Sie 'ne Ahnung vom Kämpfen haben!«
»Oh, Tio! Ihr Arm!« rief Amy.
Er sah nach unten. Ein nasser roter Streifen war an dem Riß in seinem Ärmel sichtbar. »Zeus«, brummte er. »Das habe ich überhaupt nicht gespürt.«
»Kommen Sie herein, ich werde es ...«
»Sep? Wo bist du?«
»He, Billy!«
Die Rufe klangen nicht sehr weit, und andere folgten ihnen.
»Es sind noch mehr!« flüsterte Amy.
»Himmel, haben die ein ganzes Regiment geschickt?« fragte Absalom.
»Auf jeden Fall zu viele, als daß wir mit ihnen fertig werden könnten«, meinte Glendenning. »Wir werden abhauen müssen.«
Absalom ging auf Flame zu.
Glendenning steckte seinen Degen in die Scheide und

packte die Donnerbüchse. »Wenn wir es bis zu einer Hauptstraße schaffen ...«
»Nicht mit diesem Haufen, der uns den Weg versperrt. Ich werd sie ablenken.«
Glendenning zögerte, dann warf er ihm das Gewehr zu. »Nehmen Sie das mit.«
Absalom fing die Waffe, warf sie aber zurück. »Die werden Sie brauchen, Kumpel. Passen Sie auf meine Amy auf!«
»Nein!« schrie Amy. »Aber ...«
Glendenning hielt ihr den Mund zu.
Absalom ritt davon, ohne den Versuch zu machen, sich zu verbergen.
Glendenning zog Amy beiseite, und sie duckten sich unter das Gebüsch.
»Da hauen sie ab!« schrie jemand.
»Wo sind Sep und die anderen?«
»Ihr da, ihr schaut nach. Der Rest – los, hinterher!«
Das Donnern vieler Hufe war zu hören, und für einen Augenblick waren davongaloppierende Gestalten zu sehen.
Amy schluchzte erstickt. »Still!« zischte Glendenning.
Fünf Männer ritten auf die Lichtung. Sie waren von ganz anderer Art als Sep und seine Kumpane. Zwar nicht elegant, aber ordentlich gekleidet und alle geschmeidig im Sattel. Sie verstreuten sich in verschiedene Richtungen, als sie unter den Bäumen hervorkamen. Keine Worte wurden gewechselt, doch einer stieg ab und beugte sich zuerst über Sep, dann eilte er zu Billy Brave. Er zeigte mit dem Daumen nach unten, dann ging er weiter, die Pistole in der einen, die Zügel in der anderen Hand, und gesellte sich zu einem Gefährten, der bei Greasy Waistcoat war.
Glendenning kroch rückwärts durch das Gebüsch. Plötzlich hörte er hinter sich ein Geräusch. Etwas Weiches und Warmes berührte ihn am Hals. Er erstarrte, dann fuhr er herum und blickte in zwei treuherzige Augen, über denen zwei lange Ohren aufragten.

»Lot«, flüsterte Amy. »Können wir ihn mitnehmen?«
»Ich wünschte, es ginge, aber dann hören sie ...«
Ohne Vorwarnung stieß der Esel einen ohrenbetäubenden Schrei aus.
Glendenning kannte diesen Schrei nun schon und schleuderte Amy sofort zur Seite. Ein lauter Ruf, und eine dunkle Gestalt stürzte sich vom Dach auf ihn. Er wurde zu Boden geworfen, reagierte aber schnell wie Quecksilber, rollte sich herum und wich dem Tritt aus, der ihn außer Gefecht gesetzt hätte. Er schwang die Donnerbüchse als Knüppel, und sein Angreifer blieb regungslos am Boden liegen. Doch der Kampf hatte die anderen alarmiert, die nun herbeigerannt kamen.
Glendenning sprang auf, stolperte aber, als sein Knöchel einknickte, und der Schuß, der sein Herz treffen sollte, hätte um ein Haar Lots Flanke erwischt. Der Esel schrie laut vor Schreck und ging durch. In dichter Reihe rückten die Schurken vor, wurden aber auseinandergesprengt, als der in Panik geratene Esel mit seinem Karren auf sie zustürmte, so daß die Pferde scheuten.
Glendenning betrachtete grinsend die wilde Flucht, wußte aber, daß der Aufschub nur kurz sein würde. »Ruf ihn, oder sie werden ihn erschießen!«
Amy pfiff und betete, daß Lot dieses eine Mal gehorchen würde.
Vielleicht weil er das Gefühl hatte, seine Sache gut gemacht zu haben, oder vielleicht auch nur, weil er müde war, trabte Lot auf sie zu, während hinter ihm noch Chaos herrschte.
Glendenning hob Amy in den Karren und sprang dann selbst auf. Sie packte die Zügel und ließ sie auf Lots Rücken klatschen. »Hüüaah!« rief sie drängend.
Lot setzte sich auf den Hintern.
»O Gott!« stöhnte Glendenning. »Leise, Amy!« Er duckte sich und zielte mit der Donnerbüchse über den Karrenrand.

Das Durcheinander von Männern und Pferden entwirrte sich. Eine Kugel schwirrte über Glendennings Kopf.
Das Geräusch erinnerte Lot offensichtlich an den gerade erlebten Schrecken. Er kam hastig auf die Beine und rannte in höchster Geschwindigkeit davon.
Die vier Schurken nahmen die Verfolgung auf, aber der Pfad war so schmal, daß jeweils nur zwei nebeneinander reiten konnten, und da keiner von ihnen nachgeben wollte, waren sie einen Moment lang behindert, so daß Glendenning und Amy einen kurzen Vorsprung herausholen konnten. Lot kannte den Wald, und der Karren schaukelte und ratterte, als er sich unfehlbar seinen Weg durch die Bäume bahnte. Wenn sie nur eine Hauptstraße erreichen könnten, dachte Glendenning, dann hatten sie vielleicht eine Chance. Die Schlägerbande holte wieder auf, es war dämmrig unter den Bäumen. Außerdem machten hervorstehende Wurzeln und der dicke Bodenbelag aus Zweigen und Buschwerk den Untergrund heimtückisch, so daß sie weniger schnell vorwärts kamen als gewöhnlich.
Glendenning, der Amy vor den Verfolgern Deckung gab, hielt weiterhin die Donnerbüchse im Anschlag. Amy warnte ihn vor herabhängenden Ästen. Er duckte sich und stieß gleich darauf einen Freudenschrei aus, als einer der Männer aus dem Sattel geworfen wurde. Jetzt waren es nur noch drei. Er hielt sich am Karrenrand fest, als sie schaukelnd um eine große Eiche herumfuhren, und als er sich wieder aufrichtete, sah er, daß der vorderste Reiter mit einer Pistole zielte. »Zurück!« schrie er und hob die Donnerbüchse. Seine Finger umklammerten den Abzug. Der Anblick dieses gähnenden, messingbeschlagenen Gewehrlaufs veranlaßte den Kerl, sein Pferd mehr zur Seite zu lenken und aus der Dekkung heraus zu schießen. Der Schuß ging weit daneben.
Es begann zu regnen, als sie aus dem Wald heraus auf einen Weg kamen. Er war schmal, aber relativ eben, und hier waren keine Bäume mehr, die sie schützten und ihre Verfol-

ger behinderten. Wären nur ein paar andere Reiter oder Gefährte dagewesen, so hätten die Schurken ihre Jagd aufgeben müssen, doch weit und breit war niemand zu sehen. Glendennings Mut sank, als er einen Blick auf Amy warf, die Lot so tapfer vorwärts trieb. Gott helfe ihr, wenn er niedergeschlagen wurde!
Gerade als er das dachte, donnerte noch ein Schuß, und die Kugel schlug nur ein paar Zentimeter neben seiner Hand in den Karren. Der Weg wurde breiter. Wenn ihre Verfolger sich verteilten, war seine Chance, sie mit einem Knall aus der Donnerbüchse außer Gefecht zu setzen, dahin. Jetzt oder nie. Er zielte und feuerte. Der Hall war ohrenbetäubend, und der Rückstoß ließ ihn taumeln. Schmerz- und Wutgeheul ertönte, begleitet von schrillem Wiehern, aber als er sich umblickte, sah er, daß alle Pferde noch auf den Beinen waren und nur ein Mann reglos am Boden lag. Obwohl seine beiden Kameraden voller Blut waren, stiegen sie auf, und nun kam auch noch der Kerl, den zuvor der Ast aus dem Sattel geworfen hatte, angaloppiert. Man hat wohl einen hohen Preis auf ihr Leben ausgesetzt, dachte der Viscount düster.
Einer der Schurken schrie, die wütenden Flüche übertönend: »Der Bastard hat sein Pulver verschossen! Er hat bloß das eine Schießeisen! Jetzt ist er so gut wie tot!«
»Aber nicht das Mädchen!« schrie ein anderer. »*Das* wollen wir lebendig!«
Der Karren schlingerte heftig, und Glendenning taumelte zu Boden. Als er wieder auf die Beine kam, surrten die Räder gleichmäßiger. Sie waren auf eine richtige Straße eingebogen. Ihre Verfolger hatten sie nun fast eingeholt. Der Anblick ihrer gemeinen, triumphierenden Gesichter ließ ihn einen raschen Blick zu Amy werfen, die sich anmutig bewegte, während sie Lot vorwärts trieb. Sie drehte sich zu ihm um. Ein Lächeln lag auf ihren Lippen, aber in ihren Augen sah er die Furcht. Das versetzte ihn in Wut, und die

gab ihm neue Kraft. Er packte die schwere Donnerbüchse an der Mündung und schwang sie über den Kopf. Die Schlägerbande zügelte die Pferde ein bißchen. Doch der Anführer trieb sie weiter und brüllte: »Er kann uns nicht alle niederschlagen, Männer! Kommt schon ...«

Die Donnerbüchse traf ihn zielsicher im Nacken, und er flog aus dem Sattel.

Glendenning lächelte grimmig und riß den Degen aus der Scheide. Mit etwas Glück konnte er die beiden anderen zurückhalten, bis ...

»Tio! Schau!« schrie Amy.

Er riskierte es, sich kurz umzublicken. Gott sei Dank, es war ein wenig Verkehr zu sehen. Endlich!

Eine Kalesche ratterte vorbei, danach eine Postkutsche. Die Passagiere starrten erstaunt auf den vorwärtsrasenden Eselskarren und die beiden Menschen darauf. Ein paar nachfolgende Reiter zügelten ihre Pferde, und einer rief: »He! Ist das nicht Glendenning?« Der nächste schwenkte seinen Dreispitz. »Beim Zeus, das ist er! Halt an, Tio!«

Doch dieser winkte ihnen zu, daß sie weiterreiten sollten, und sie scharten sich um den Karren und folgten ihm.

»Na, so was, Glendenning!« rief ein gutmütiger junger Dandy namens Sir John Dark. »Was sollen wir tun? Ist das ein Rennen?«

»Ja. Nur spielen die anderen nicht fair! Eskortier uns, Johnny!«

Mehr Aufforderung brauchten diese sportbegeisterten jungen Draufgänger nicht. Mit aufgeregtem Hurra gaben sie dem Karren Deckung und beteiligten sich voll Elan an dem seltsamen Rennen über die Landstraße.

Nach und nach fielen die verhinderten Mörder zurück und wurden schließlich nicht mehr gesehen.

»Ich glaube, ich beherrsche die englische Sprache wahrhaft gut«, sagte der Viscount wütend. »Aber ich will meine Wünsche noch einmal wiederholen, da Ihr Gehör offensichtlich geschädigt ist. Ich verlange zwei Zimmer. Eines für mich und eines für diese Lady. Und ...«

Unterdrücktes Gekicher war von den Stubenmädchen zu hören, die hinter einer Tür hervorlugten. Der Gastwirt, ein großer Kerl mit einem runden roten Gesicht, das ganz ohne Hals aus einem gerüschten Halstuch emporzuwachsen schien, unterbrach ihn verächtlich: »Sie sollten es besser anderswo versuchen, guter Mann. Der Black Gander beherbergt den Adel, nicht solche Leute wie Sie und Ihre ...« Er warf einen Blick auf Amy. »Ihr junges Mädchen da.«

Glendenning packte mit der Hand das Halstuch des Wirts und zerrte daran. Der Wirt, der daraufhin gegen seinen wackligen alten Schreibtisch prallte, stieß einen erstickten Schrei aus.

»Ich glaube, Sie wollten ›junge Lady‹ sagen«, zischte Glendenning.

Beide Stubenmädchen kreischten, eine stämmige Matrone, die gerade auf den Schreibtisch zukam, drehte sich um, schlang die Arme um ihren etwas klein geratenen Mann und flehte ihn an, sie zu beschützen, und zwei kräftige jungen Kerle kamen angerannt, um den Viscount zurückzuzerren.

Amy hatte Glendenning gebeten, nicht in diesem an der Straße gelegenen Gasthaus Unterschlupf zu suchen, nachdem seine Freunde ihn verlassen hatten, denn genau so einen Empfang hatte sie vorausgesehen. Sie bearbeitete die Angreifer des Viscounts mit Fäusten und Füßen, während sie aus Leibeskräften schrie und verlangte, sie sollten Seine Lordschaft loslassen.

Der Wirt, dem es gar nicht gefiel, daß einer seiner Männer geschwind über den Tisch gezogen wurde, tobte: »Seine

Lordschaft, ach ja?« Er packte einen kräftigen Knüppel. »Ich werde ihn schon zum Lord schlagen!«
»Sie werden Viscount Glendenning sofort loslassen, Kerl!« Der Befehl, gegeben in einer strengen, kultivierten Stimme, wurde bekräftigt durch einen scharfen Knall, als mit einem Malakkastock auf den Tisch geschlagen wurde.
Der Aufruhr legte sich. Der Wirt, der wütend den prächtig gekleideten Mr. Neville Falcon ansah, warf schließlich noch einen unsicheren Blick auf Glendenning.
Der eine der beiden jungen Männer, der sich wieder vom Boden hochstemmte, brummte voll widerstrebender Bewunderung: »Er schaut nicht aus wie irgendein Viscount, dem ich je begegnet bin, aber seine Linke hat's auf jeden Fall in sich.«
Glendenning hatte sich bereits losgemacht und schüttelte Falcon die Hand.
Endlich überzeugt, murmelte der Wirt eine widerwillige Entschuldigung.
Eine kleine Menschentraube hatte sich angesammelt, um von dem vom Wind zerzausten Zigeunermädchen auf ihren zerzausten, blutbefleckten, hemdsärmeligen Krieger zu gaffen. Rasch wanderten ihre Blicke weiter zu Mr. Falcon und verweilten auf seiner prächtigen Erscheinung, einem Traumbild in Gelb und Rot. Er verlangte eine Suite und begnügte sich schließlich mit einem Schlafzimmer und einen angrenzenden kleinen Salon. Als sie oben waren, bestellte er Wein, Tee und Kuchen, blinzelte das rosige Zimmermädchen an und begleitete es zur Tür. Man hörte einen leisen Quiekser. Er schloß die Tür und lächelte Glendenning milde an.
Etwas ängstlich übernahm der Viscount die Vorstellung. Zu seiner Erleichterung verbeugte sich der wenig berechenbare Neville Falcon höflich. Amy knickste mit einer Anmut und Würde, die beide Männer überraschte, eilte dann zum Waschtisch, um Wasser in die Schüssel zu gießen, und

befahl dem Viscount, den Ärmel aufzurollen. Doch das war leichter gesagt als getan, und Glendenning setzte sich an den Tisch und versuchte den Ärmel von der Wunde zu lösen.
»Was für ein großartiger Zufall, Sir«, sagte er dankbar. »Sie wissen gar nicht, wie froh ich bin, Sie zu sehen.«
Amy eilte an seine Seite. »Nicht daran ziehen, sonst fängt es wieder an zu bluten. Lassen Sie mich das machen.« Mit sanften Händen und einer Geschicklichkeit, die von viel Erfahrung zeugte, machte sie sich an die Arbeit.
»Mit einem Zufall hat das gar nichts zu tun, Horatio.« Falcon zog sich einen Stuhl mit gerader Lehne heran und legte Hut und Stock beiseite. »Ich habe nach Ihnen gesucht, und zwar anscheinend in Gesellschaft von halb London. Um Himmels willen, Junge, was haben Sie bloß gemacht? Ihre Mama sorgt sich zu Tode. Mein Sohn ist im Augenblick mit Leutnant Morris unterwegs, um Sie zu suchen.«
Glendenning starrte ihn an. Wenn Jamie Morris und August Falcon, die einander kaum ertragen konnten, sich zusammengetan hatten, dann mußte tatsächlich ein dickes Haar in der Suppe schwimmen. »Au!« rief er, als Amy den Ärmel schließlich losbekommen hatte. Sie warf ihm einen raschen, angstvollen Blick zu, und er lächelte sie beruhigend an.
»Da präsentiert der Teufel seine Rechnung, man hat das heiße Pech noch nicht parat, und Sie hüpfen mit diesem hübschen Geschöpf herum, sorglos wie ein Fohlen auf einer Butterblumenwiese«, beschwerte sich Mr. Falcon. Er musterte Amy durch sein Lorgnon und räumte glucksend ein: »Nicht daß ich Ihnen deshalb Vorwürfe machen könnte. Beim Zeus! Wo, in drei Teufels Namen, haben Sie sie gefunden?«
»Sagen wir eher, Miss Consett hat zu meinem großen Glück mich gefunden. Nachdem ich mich ... äh ... von meinem Pferd getrennt hatte.«

»Sie sind abgeworfen worden?« Mr. Falcon, der bekannt war für sein Talent, aus dem Sattel zu fallen, selbst wenn sein Pferd absolut still stand, meinte großzügig: »Nun, das passiert auch dem besten Reiter. Ich erinnere mich, als ich mit Seldon gewettet hatte, mit ihm ein Rennen nach Oxford zu veranstalten. Ich weiß nicht, ob Sie ihn kennen. Zachary Troys Vater. Prachtvoller Bursche. Übrigens habe ich gehört, daß er ins Netz gegangen ist. Octavia Aynsworth. Was war sie für eine Ballkönigin, als sie noch jung war. Nicht daß Ihre kleine Schönheit hier ihr nicht heiße Konkurrenz gemacht hätte. Wo war ich stehengeblieben? Ach ja. Auf jeden Fall sind Seldon und ich die Mautstraße hinuntergeflitzt, als ich ein Milchmädchen gesehen habe, dem eine Kiste mit Eiern vom Karren gefallen war. Das appetitlichst gerundetste Mädchen, auf das Sie je einen Blick geworfen haben. Ich habe mein Pferd so scharf gezügelt, daß ich Hals über Kopf abgeworfen wurde. Bin in den verdammten Eiern gelandet. Beim Zeus, was haben wir gelacht! Und später ...«

»Pardon, Sir«, unterbrach ihn Glendenning, »aber Sie wollten mir etwas von meiner Mama und irgendeinem Problem erzählen.«

»Verflixt, das war's! Was bin ich für ein vergeßlicher Kerl! Das Teuflische ist, daß ich Ihnen nicht viele Tatsachen berichten kann. Zuerst habe ich gedacht, Sie wären es, Horatio. Aber jetzt bin ich fast geneigt zu denken, daß er hinter Templeby her ist.«

Erschrocken wandte Glendenning die Augen von der langen Schnittwunde an seinem Arm ab, die Amy mit sanften Händen auswusch. »Mein Bruder? Was hat er angestellt? Und wer ist hinter ihm her?«

»Hat sich verteufelt tief hineingeritten, das kann ich Ihnen sagen. Überrascht mich, daß Sie nichts davon gehört haben.«

»Ich habe gewußt, daß er im Cocoa Tree gespielt hat, aber ...«

»Und bei der verführerischen Alvelley.«
»Zum Teufel! Ich bin mir sicher, daß die Würfel in ihrem Haus präpariert sind. Hat sie ihn also in ihre Krallen bekommen?«
»Höchstwahrscheinlich. Wohlgemerkt, ich weiß nicht, wie sehr. Aber es muß schon etwas Ernstes sein, das Ihre Mama dazu bringt, unter Tränen unser Haus aufzusuchen.«
»*Was?* Lady Nola hat sich an Sie gewandt? Warum um alles in der Welt ...«
»Nicht nötig, daß Sie so schreien, lieber Junge. Sie hat sich an August gewandt, nicht an mich. Und sie hat sich eigentlich auch nicht an ihn gewandt. Sie ist in die Stadt gekommen, weil sie gehofft hat, Sie zu finden.«
»Hölle und Verdammnis!« Glendenning schlug mit der Faust auf den Tisch, daß das Wasser aus der Schüssel spritzte.
»Tio, wie soll ich diesen häßlichen Schnitt verbinden, wenn Sie nicht stillhalten?« beschwerte sich Amy.
Er ließ sich wieder auf den Stuhl sinken, erklärte aber grimmig: »Meine Mama weint nie! Sie ist eine der tapfersten Frauen, die ich kenne. Was hat sie Ihnen gesagt, Sir?«
»Nicht ein Wort, das kann ich Ihnen versprechen. Ihre Ladyschaft ängstigt mich schon zu Tode, wenn sie *ein wenig* aus der Fassung ist. Aber in *Tränen?* Gott behüte! Ich bin gerannt wie ein Hase!«
»Hol's der Teufel! Und ausgerechnet jetzt, da sie mich brauchte, mußte ich von der Bildfläche verschwinden!«
»Da gebe ich Ihnen recht. Aber Sie sollten vor Ihrem hübschen Frauenzimmerchen da wirklich Ihre Sprache ein wenig zügeln, Tio. Und ...«
»Miss Consett ist *nicht* mein ›hübsches Frauenzimmerchen‹«, widersprach der Viscount zornig.
»Wie Sie meinen, lieber Junge.« Mr. Falcon legte seinen knubbeligen Finger an die Nase und blinzelte verschwörerisch. »Aber *ich* finde sie wirklich sehr hübsch, und wenn Sie sie nicht wollen, werde ich ...«

Glendenning erhob sich, so daß Amy, die sich ein Lächeln verbissen hatte, ärgerlich aufstöhnte. »Sir«, sagte er mit vernichtender Höflichkeit, »ich bin Ihnen verpflichtet für Ihre Hilfe und für die Warnung, die Sie mir überbracht haben. Sie werden mir verzeihen, wenn ich Sie nun verlasse.«

»Nein, das werde ich nicht.« Mr. Falcon wischte seine Worte mit einer Handbewegung beiseite und erklärte munter: »Und es nützt ganz und gar nichts, wenn Sie mich so eisig und förmlich behandeln, Tio. Ich bin daran gewöhnt. August tut das fortwährend. Außerdem habe ich Ihnen noch nicht alles berichtet. Ah, hier ist ja unser hübsches junges Mädchen.«

Er stand auf, um das errötende Stubenmädchen hereinzulassen. »Stellen Sie es dort ab, meine Hübsche. Rücken Sie doch bitte diese Schüssel ein wenig beiseite, Miss Consett. So, jetzt können wir es uns gemütlich machen.«

Das Mädchen ging wieder und quiekte, als Falcon sie kniff, doch sie kicherte zufrieden, als ihr ein hübsches Trinkgeld in den Blusenausschnitt geschoben wurde. Glendenning begegnete Amys Blick, in dem lachende Fünkchen tanzten, und hob hilflos die Schultern. Sie grinste, befestigte den Verband mit einem Knoten und gab ihm einen kleinen Klaps, dann wandte sie ihre Aufmerksamkeit der Teekanne zu.

Mr. Falcon drängte dem Viscount ein Glas Wein auf; er könne es brauchen, sagte er zu ihm. Resigniert fragte Glendenning: »O Gott, Sir, was haben Sie mir noch für Katastrophen mitzuteilen?«

Mr. Falcons verbindliches Lächeln verbarg, daß er dachte, Horatio sehe vollkommen erschöpft aus. »Ich glaube, hinter Ihrem Treiben während der vergangenen Tage steckt ein gutes Stück mehr, als Sie mir erzählt haben«, erklärte er scharfsinnig. »Was ich zu sagen habe, hat noch einen Augenblick Zeit, während Sie sich von der medizinischen Versorgung durch Ihre kleine ... äh ... Lady erholen.«

Amy nahm den Teller mit dem aufgeschnittenen Rosinenkuchen und den Zitronentörtchen, brachte ihn zu Falcon und bot ihn mit einem Knicks an. Er tätschelte ihr die Wange und sagte, sie habe eine höchst bezaubernde Art, ihre Wimpern zu heben und zu senken. Aus dem Augenwinkel sah sie Glendennings finsteren Blick und riet ihm leise: »Schnappen Sie sich lieber schnell ein paar, Mr. Falcon. Seine Lordschaft bringt die Leute um, wenn er wütend wird.«
Falcon setzte sich aufrechter hin. »He? Was soll das alles?«
»Reiner Unsinn«, erwiderte Glendenning und warf Amy einen erbosten Blick zu.
»War es Farrier?« fragte Falcon. »Hat dieses Schwein Sie eingeholt?«
Glendenning verlor jegliche Farbe, doch seine Hand war ruhig, als er das Glas beiseite stellte. »Wollen Sie damit sagen, daß Burton Farrier nach mir gefragt hat? Er hat bei den Rennen in Epsom einen Zigeunerjungen schikaniert, und ich habe ihm die Beute aus seinen widerlichen Krallen gerissen. Soweit ich mich erinnere, habe ich ihm gedroht, ihn niederzuschlagen. Er ist allerdings ein Schwein.«
»Und ein Schwein, dem man tunlichst nicht drohen sollte, Sie Wahnsinniger! Nehmen Sie sich in acht vor ihm, Tio. Er schnüffelt bei Familien herum, die im Verdacht stehen, Sympathien für die Jakobiten zu haben, und ...«
Glendenning kniff die Augen zusammen. »Hat er es gewagt, meine Mama zu quälen?«
»Meiner Seel, ich hoffe, das war nicht der Grund, weshalb sie zu uns gekommen ist. Ich hatte befürchtet, daß es so sein könnte, aber als sie anfing, irgend etwas über Templeby daherzuplappern, dachte ich, er wäre eine Beute der Geldverleiher mit ihren Wucherzinsen geworden. Sagen Sie bloß nicht, der junge Narr hat *auch* für Bonnie Prince Charlie gekämpft? Nein! Antworten Sie nicht! Ich will's lieber nicht wissen.«

»Mein Bruder hatte nicht das geringste mit dem Aufstand zu tun.« Glendenning schob seinen Stuhl zurück. »Doch ich muß jetzt so schnell wie möglich zu meiner Mama.«

»Sehr empfehlenswert, lieber Junge, aber seien wir vernünftig. Sie können nicht in diesem abstoßenden Hemd durch England flitzen, und einen Rock brauchen Sie auch. Und wie wollen Sie außerdem nach Windsor kommen? Haben Sie eine Kutsche?«

Glendenning biß sich auf die Lippe.

Augenzwinkernd antwortete Amy: »Wir haben einen Eselskarren, Euer Ehren.«

9

Der braune Rock paßte überraschend gut, es war ein Genuß, wieder frische Wäsche zu tragen, seine Lederreithosen waren gut ausgebürstet worden, und er hatte ein Paar neue Stiefel an. Glendenning beugte sich aus dem Fenster der Kutsche, ergriff Mr. Falcons Hand und sagte herzlich, er wisse kaum, wie er ihm dafür danken solle, daß er sich um seinetwillen so viele Umstände gemacht habe. »Ich wünschte bei Gott, ich hätte meine Geldbörse bei mir, so daß ich Ihnen nicht hätte zur Last fallen müssen. Aber ich werde alles zurückzahlen, wenn …«

»Pah! Ich hab ja nur wenig getan, lieber Junge. Unsere reizende Miss Amy hat so geschickt Ihre Maße genommen, so daß mein Diener nur noch in ein Geschäft gehen und geeignete Kleidung kaufen mußte. *Vraiment!*«

»Gar nicht auszudenken, Sir, was wir ohne Ihre Hilfe getan hätten. Und sogar Ihre Kutsche habe ich mir ausgeliehen!«

»Es wird nicht schwer sein, mir eine zu mieten. Außerdem suchen Ihre unangenehmen neuen Bekanntschaften möglicherweise immer noch nach Ihnen, und die erwarten bestimmt nicht, Sie in einer Privatkutsche mit livrierten Dienern zu finden.«

»Sie haben meinen tiefsten Dank. Möchten Sie, daß Ihre Leute die Kutsche in Ihr Londoner Haus zurückbringen? Oder nach Ashleigh?«

»Gott bewahre, daß ich mich schon wieder in Sussex vergrabe! Nach Falcon House bitte, Tio. Und jetzt hören Sie schon auf, mir zu danken. Sie würden für mich oder meine Familie das gleiche tun, das weiß ich gut. Außerdem sollte ich Ihnen danken. Ihre hübsche Miss wird mir die einsamen Tage fröhlicher machen, da bin ich ganz sicher.«

Mit seinem harmlosen Lächeln sah Falcon wie ein wohlwollender Geistlicher aus, doch das war er keineswegs. Vorsichtig meinte Horatio: »Sie ist ein braves Mädchen, Sir. Ich würde sie mitnehmen, aber ...«

»Sie mitnehmen?« wiederholte Falcon ehrfürchtig. »Nach Glendenning Abbey? Bei Gott, Sie sind ein mutigerer Mann als ich! Stellen Sie sich nur die Reaktion Ihrer Mama vor. Und was Bowers-Malden angeht ...« Er schauderte. »Ah, aber Sie necken mich natürlich nur. Es wird mir Spaß machen, die Hübsche bei Laune zu halten, keine Angst. Ich werde ihr ein paar anständige Kleider kaufen, sie in Ihre Wohnung bringen und dafür sorgen, daß sie als Lady durchgeht, wenn ...«

»Nein, Sir! Es wäre mir lieber, wenn sie bei jemandem wäre, der auch nicht im entferntesten etwas mit dieser ganzen Geschichte zu tun hat.« Der Viscount ließ seine weiblichen Verwandten vor seinem inneren Auge Revue passieren und verwarf sie alle hastig. »Es muß eine Lady sein, die nicht entsetzt ist über manche Dinge, die Amy sagt, die aber darauf achtet, daß ihr nichts geschieht.« Er runzelte besorgt die Stirn. »Ich hab's!« rief er dann triumphierend. »Die Gouvernante meiner Schwester. Die ist genau die Richtige! Sie hat sich jetzt aus dem Beruf zurückgezogen und lebt in Portsmouth, wo sie ihrem Neffen, der Kapitän ist, den Haushalt führt. Wenn Sie ein Stückchen Papier haben, Sir, dann gebe ich Ihnen ihre Adresse.«

Neville zog ein kleines Notizbuch und einen Stift hervor. Nachdem der Viscount die Adresse der ehrenwerten Lady aufgeschrieben und Mr. Falcon noch einmal für seine Mühe gedankt hatte, winkte er, als die Kutsche schaukelnd anfuhr, lehnte sich zurück in die Polster und schloß mit einem erschöpften Seufzer die Augen.

Wenn Burton Farrier öfter in Glendenning Abbey aufgetaucht war, bestand die Möglichkeit, daß er keineswegs hinter Michael her war, sondern eine Art Falle aufstellte, um ihn ...

»Sie glauben also nicht, daß ich als Lady durchgehen könnte, wie?«

Glendenning riß die Augen auf, als er mit diesen Worten angefaucht wurde. Amys zorniges Gesicht war ganz nahe.

»O mein Gott!« stöhnte er. »Was zum ...«

»Kein Grund, den lieben Gott anzurufen, junger Mann! Sie haben gedacht, daß Sie mich jetzt los sind, was? Daß Sie mich verschachert haben an diesen ... diesen niederträchtigen alten Lebemann, im Austausch gegen diese Kutsche und gegen ihre feinen neuen ...«

»Ganz und gar nicht! Wie können Sie es wagen, mir zu unterstellen, daß ich ... Und auf jeden Fall hat das mit der Sache gar nichts zu tun. Wo, zum Teufel, kommen Sie plötzlich her? Ich dachte, Sie seien in sicheren Händen ...«

»Ja, ganz sicher in den Händen von diesem Gent! Und eine schöne Mühe hätte ich gehabt, sie mir für den Rest der Nacht vom Leib zu halten! Aber darum haben Sie sich keinen Pfifferling geschert! Sie wollten bloß dieses nichtsnutzige Zigeunerbalg vom Hals haben, seinen Zweck hat's ja jetzt erfüllt! Aber ich hab gleich gesehen, zu welcher Sorte der gehört, und so hab ich mich rausgeschlichen und unter dem Sitz versteckt, und Sie waren so erpicht drauf, schnell wegzukommen, daß Sie's nicht einmal bemerkt haben.«

Ihr Gesicht war vor Zorn gerötet, ihre Augen blitzten, und sie knirschte mit den weißen Zähnen. Und weil Glendenning, dem Neville Falcons Ruf bekannt war, tatsächlich einige Bedenken gehabt hatte, erwiderte er mit ruhiger Stimme: »Natürlich habe ich mir Gedanken um Sie gemacht, Amy. Aber ich wußte, daß Sie mit Falcon fertig werden würden. Himmel, jeder wäre dazu in der Lage! Die meiste Zeit schwatzt er nur, ohne daß viel dahintersteckt, und man könnte sich keinen Gentleman wünschen, der freundlicher wäre, wenn ...«

»Ach, aber was weiß so jemand wie *ich* schon über *Gentlemen?* Ich bin ja bloß eine billige kleine Schlampe, von der Sie nicht glauben, daß sie je ›als Lady durchgehen‹ könnte!«

»Sie sind keine Schlampe«, entgegnete er verärgert. »Und Falcon hat auch nicht gesagt ...«

»Ha, allerdings hat er! Und er hat auch gesagt, daß er sich die *Reaktion* Ihrer Mama vorstellen kann. Wahrscheinlich würde sie schwindlig werden, das arme alte Mädchen, und ...«

Er ergriff sie an den Armen. »Es ›würde ihr schwindlig werden‹, nicht ›sie wird schwindlig‹. Und meine Mutter ist eine großartige Lady, die Sie sehr freundlich empfangen würde, also können Sie aufhören, so albern zu sein. Sie wissen sehr gut ...«

Tränen glitzerten auf ihren Wimpern, aber sie unterbrach ihn mit zornig zischender Stimme: »Ich weiß sehr gut, daß ich recht war, solange ich für Sie gekocht und gewaschen und gesorgt habe, und ...«

»Und mein Leben gerettet und an meiner Seite gekämpft haben wie ein wahrer Teufelskerl.« Er lächelte liebevoll und wischte eine Träne von ihrer Wange. »Bitte weinen Sie nicht. Um Ihretwillen wäre es besser gewesen, Sie wären bei Falcon geblieben, aber ... Gütiger Himmel! Was ist mit dem armen Lot?«

»Ich hab dem Stallknecht gesagt, Mr. Falcon wünsche, daß er gut gepflegt werde. Sie verdanken dem armen kleinen Esel so viel.«

»Ganz gewiß. Und ich habe eine noch größere Schuld. Und nun, da Sie jetzt hier sind, nehme ich Sie auch mit nach Hause, und meine Mama wird ...«

»Wird ach so *entzückt* sein, die feine Lady ihres Sohnes kennenzulernen, das Zigeunermädchen«, spottete sie.

Er blickte auf ihr wirres Haar, ihre schmutzige Bluse und ihren zerrissenen Rock und zögerte. Mama würde höflich und freundlich sein, und Amy mit ihrem unbändigen Stolz würde sich auf hunderterlei Art verletzt fühlen. »Ein paar Meilen weiter an der Straße liegt ein Dorf. Sicher finden wir dort einen Laden, und mit dem Geld, das ich mir von Falcon geliehen habe, kaufe ich Ihnen neue Kleider. Keine Angst, Mistress Consett, Sie werden ebenso fein wie jede feine Lady aussehen, wenn ich Sie der Gräfin vorstelle.«
»Ja, vielleicht sehe ich dann so aus«, murmelte sie verdrossen, »aber ich werde es nicht *sein*. Sobald sie nur einen Blick aus ihren hochmütigen Glubschaugen auf mich geworfen hat, weiß sie doch sofort, was ich bin.«
Der Gedanke, seine geliebte Stiefmutter hätte »hochmütige Glubschaugen«, erheiterte Glendenning derart, daß er seine Sorgen für einen Augenblick vergaß und in schallendes Gelächter ausbrach.
»Ich verstehe nicht, was daran so lustig sein soll«, fauchte Amy, rückte so weit wie möglich von ihm weg und starrte mürrisch aus dem Fenster.
»Vielleicht nicht. Aber wenn Sie meine Mama kennenlernen ...« Er mußte wieder kichern, und als sie daraufhin weiter schwieg, schmeichelte er: »Schmollen Sie nicht, Kind. Es gibt so vieles, wofür wir dankbar sein können. Wir sind in Sicherheit, und ...«
»*Sie* sind in Sicherheit«, fuhr sie ihn an. »Aber es kommt Ihnen überhaupt nicht in den Sinn, daß mein Kumpan vielleicht in der Patsche sitzt, oder wie?«
»Da Sie so gewöhnlich reden, sind Sie bestimmt sehr aufgebracht?« meinte er reumütig. »Doch ich fürchte, ich kann nicht vernünftig antworten, weil ich nicht weiß, was ›Kumpan‹ bedeutet. Ist das ein ausländisches Wort?«
»Ein Zigeunerwort, das meinen Sie doch?« konterte sie scharf. »Sagen Sie's ruhig. Ich schäme mich nicht für das, was ich bin!«

»Sie wissen nicht, was Sie sind, also ...«

»Ich bin jedenfalls nicht so blöd, daß ich nicht weiß, was ›Kumpan‹ heißt! Aber Sie haben wohl von gar nix eine Ahnung!«

»Es gibt leider sehr viel, das ich nicht weiß«, erwiderte er demütig. »Klären Sie mich bitte auf, Miss Consett.«

»Pah! Kumpan heißt Freund. Mehr als Freund, mehr als ein Bruder, so was wie treu und zuverlässig, und ... und jemand, für den man die eigene Haut aufs Spiel setzt, um zu helfen, so wie er's auch tun würde, und das alles steckt in ein paar Buchstaben – ›Kumpan‹.«

»Ich danke Ihnen. Ein prima Wort. Aber sagen Sie, was können wir unternehmen, um Absalom zu helfen?«

»Nix.« Sie blickte wieder hinaus und betrachtete den Regen. »Er weiß, was er tut, und er hat Ihre Braune, also wird schon alles in Ordnung sein.«

»Aber ich dachte, Sie machen sich Sorgen um ...«

»Und ich hab gewußt, daß Sie's nicht tun.«

»Waren Sie deshalb so böse auf mich?«

Ungeduldig zuckte sie mit den Schultern. »Ach, lassen Sie mich!«

Doch er bemühte sich, einen gleichmäßigen Gesprächsfluß in Gang zu halten und sie dazu zu bringen, zu antworten oder zu lächeln, aber nichts, was er sagte, konnte sie dazu bewegen, mit ihrem Schmollen aufzuhören, so daß er schließlich wütend fragte: »Warum wollten Sie unbedingt mitkommen, wenn Sie so böse auf mich sind?«

»Gründe ... Und außerdem, als ich in diese protzige Hochzeitsrutsche gestiegen bin, hab ich nicht gewußt, daß Sie Ihr wahres Inneres zeigen würden, als Ihr alberner alter Freund davon geredet hat, mich in Ihre Wohnung zu bringen. Ha! Das wär vielleicht 'ne Schande gewesen für Seine edle Lordschaft ...«

»Jetzt ist es aber genug mit Ihren Dummheiten«, fiel er ihr ins Wort, die Geduld verlierend. »Erstens einmal gehört diese ›Hochzeitsrutsche‹, wie Sie sie nennen, Mr. Falcon, und wenn er sie uns nicht freundlicherweise geliehen hätte, wäre unsere Fahrt nach Windsor weit weniger bequem. Zweitens ist er weder albern noch alt, und wenn es ihm Spaß macht, hin und wieder mit einem hübschen Mädchen zu scherzen, meint er damit nichts Böses. Und drittens wollte ich deswegen nicht, daß er Sie in meine Wohnung bringt, weil ...«

»Wen kümmert das?« unterbrach sie ihn grob. »Jedenfalls nicht dieses Zigeunermädchen. Also halten Sie den Schnabel, junger Mann!«

»*Mich* kümmert es! Also reden Sie nicht weiter wie ein Marktweib, und hören Sie zu! Der Grund, warum ich ...«

»Da war ein Bursch, der holte Heu«, sang Amy laut.

»... nicht wollte, daß Sie in meine ...«, versuchte Glendenning sie zu übertönen.

»Damit die Pferde hätten Streu«, sang Amy mit schriller Stimme weiter.

»... in meine Wohnung ...«, brüllte Glendenning.

»War auch 'ne hübsche Maid dabei ...«

Glendenning hielt ihr erschrocken den Mund zu. »Wollen Sie Falcons Kutscher verderben, Sie Biest?« zischte er. »Wo haben Sie dieses unanständige Lied gelernt?«

Amy biß ihn so fest in die Hand, daß er sie rasch zurückzog. »Na, auf jeden Fall nicht von einer eingebildeten Gräfin, Kamerad«, antwortete sie.

»Es war wohl noch nicht genug, daß Sie mich gestern abend durch die Hälfte aller Clubs in London gezerrt haben!« August Falcon schwang sich aus dem Sattel, landete mit dem Fuß knöcheltief in einer schlammigen Pfütze und fluchte kräftig. Ein Stallknecht eilte über den nassen Boden, um ihm sein Pferd abzunehmen. »Warum ich mich überhaupt auf dieses Unterfangen eingelassen habe, geht über meinen Verstand! Was scheren mich Glendenning und seine Schwierigkeiten!«

Morris gab den Stallknechten Anweisungen, duckte sich vor dem Regen, den ihm der Wind ins Gesicht peitschte, und lief zu Falcon. »Jeder Narr weiß, daß Sie sich um niemanden scheren«, stimmte er zu. »Aber Tio ist Ihr Sekundant, und es wimmelt hier im Süden Englands nicht gerade von Busenfreunden, die bereit sind, Sie zu vertreten. Also müssen wir ihn finden, wenn Sie gegen mich kämpfen wollen. Außerdem müssen wir ihn vor dem Terrier warnen. Das einzig Anständige, das man für einen Freund tun kann.«

Falcon marschierte über die nassen Pflastersteine, warf ihm einen vernichtenden Blick zu und beschleunigte seinen Schritt. »Ich hoffe, Sie sprechen für sich.«

»Verschleudertes Geld«, keuchte Morris, der fast rennen mußte, um ihn einzuholen, »wenn man den Brunnendeckel schließt, nachdem das Kind hineingefallen ist.«

Falcon, der an der Treppe angelangt war, blieb zähneknirschend stehen und drehte sich abrupt um. Durch die Regentropfen blinzelnd, erwiderte er: »Ihre verworrenen Gedankengänge, mein braver Dummkopf, sind selten zu durchdringen, und dieser sollte mir eigentlich keine Bemerkung wert sein. Aber ... was zur Hölle habe ich mit Brunnendeckeln zu tun?«

»Ständig erzählen Sie jedem, daß Sie keine Freunde haben. Gar nicht gut, August. Es mag der Tag kommen, an dem Sie einen brauchen. Sie rufen um Hilfe, und *kein* Freund ist in Sicht. Und was dann ...«

»Unsinn!« Falcon griff nach dem Türknauf. »Der Tag, an dem ich *irgendeinen* Mann um Hilfe bitte, muß ein glühendheißer Tag im Dezember sein! Und nennen Sie mich nicht August, verdammt noch mal!«

Die Tür des Gasthauses zur Black Galleon wurde aufgeris-

sen, und eine lärmende Gruppe von Gentlemen kam heraus. Als die Männer den strömenden Regen sahen, blieben sie stöhnend stehen und zogen sich die Kapuzen ihrer Mäntel über die Köpfe. Einer hielt Falcon die Tür auf und warnte ihn freundlich. »Verteufelt langsam, die Bedienung da drin, alter Knabe. Man muß ziemlich lang aufs Essen warten.«
»Das hat mir gerade noch gefehlt«, knurrte Falcon.
Der Clubraum war voll, und die Luft des schäbigen, aber großen Speisesaals war rauchig, roch nach Ale und Essen und hallte wider von Gesprächen und Gelächter.
Morris mußte lauter reden, um sich verständlich zu machen. »Wir sollten uns hier nicht aufhalten. Wir sind erst so spät aufgebrochen.«
Falcon nahm den Dreispitz ab und leerte das Wasser aus der Krempe in einen schmutzigen Bierkrug. »Wenn wir spät aufgebrochen sind, dann deshalb, weil ich dank Ihrer verfluchten Hartnäckigkeit nicht vor drei Uhr ins Bett gekommen bin. Außerdem ...« Er brach ab, als eine gehetzte Kellnerin durch sein gutes Aussehen genügend abgelenkt wurde, um zu ihnen zu kommen und ihnen die nassen Kleidungsstücke abzunehmen.
»Im Eck wird bald ein Tisch frei, Sir«, teilte sie Falcon mit flatternden Wimpern mit. »Wenn Sie schnell sind, bekommen Sie ihn.«
Er drückte ihr einen Shilling in die Hand und fragte lächelnd: »In welchem Eck, Glanzäuglein?«
»Neben dem Bild.« Sie deutete mit dem Kopf auf einen Tisch in der Nähe des Kamins.
»Millie! Was ist aus unseren Schweinefleischpasteten geworden?« rief jemand zornig.
»Komme schon!« rief sie zurück und war fort, nachdem sie noch rasch versprochen hatte, ihnen Bier zu bringen, sobald sie konnte.
Falcon drängte sich durch die gutmütige Menge und be-

anspruchte den Tisch für sich, nachdem er behende einem betrunken aussehenden Mann ausgewichen war, der jedem vor den Füßen herumtorkelte und überall im Weg war, nun aber sofort jammerte, er und sein Freund seien »zuerß da« gewesen.

»Dann hätten Sie sich eben zuerst hinsetzen sollen«, erwiderte Falcon gleichgültig.

Der Trunkenbold regte sich mächtig auf und taumelte schließlich davon, nicht ohne die versammelten Gäste mit seiner Meinung über »freche junge Lümmel« zu erfreuen. Ungerührt blickte Falcon sich um und sah, daß Morris stehengeblieben war und auf das Bild an der Wand starrte. Es zeigte einen schlanken jungen Offizier mit verschränkten Armen, der lässig ein gestiefeltes Bein über das andere kreuzte. Er trug eine prachtvolle Uniform, der Degen war betont in den Vordergrund gerückt, und der Schimmel mit wallender Mähne, gegen den der Offizier sich lehnte, blickte sehr feurig und blähte die Nüstern, so daß man ihn fast schnauben hörte.

»Wenn das nicht nach Morris aussieht.« Die leise, spöttische Bemerkung kam von einem großen, übertrieben eleganten Individuum, das zusammen mit einer Gruppe von Freunden an einem benachbarten Tisch saß. Falcon wandte sich träge um. Der Sprecher war etwa fünfunddreißig, mit streitsüchtiger Miene und einem bitteren Zug um den Mund. Er hatte laut gelacht, als Falcon den Tisch für sich beschlagnahmt hatte, und den verärgerten Betrunkenen verächtlich angesehen, wobei er vielsagend den Degen in seiner Scheide bewegt hatte. Falcon hatte ihn als schikanösen Grobian eingeschätzt, und ein zweiter Blick gab ihm keinen Grund, seine ursprüngliche Meinung zu ändern.

Der Mann lachte, als einer seiner Freunde eine Frage murmelte. »Ich hab mit ihm in den Niederlanden gedient. Auf dem Feld keinen Pfifferling wert, und außerhalb der reinste Idiot! Hätte ich ihm nicht den Säbel in die Hand gedrückt und ihm gesagt, in welcher Richtung der Feind stand, hätte er wahrscheinlich vergessen, wozu er da war. Und bei den Weibern so schüchtern, daß man hätte meinen können, er sei gerade dem Kinderzimmer entwachsen.« Er lachte wieder. »Ich erinnere mich an einmal, da ...« Er schrak zusammen, als plötzlich die Schnur einer Reitgerte in seinen Krug tauchte. »Was, zum Teufel, Sir?« rief er und drehte sich mit finsterer Miene auf seinem Stuhl um.

»Ich verstehe Ihre Frage nicht«, näselte Falcon. »Drücken Sie sich doch bitte deutlicher aus.«

»Ihre verfluchte Gerte ist in meinem verfluchten Ale! Ist das deutlich genug für Sie?«

»Verzeihung. Ich hatte ganz sicher nicht die Absicht, Ihr Ale zu behelligen. Ich hatte gedacht, daß ich nach einem krakeelenden Esel ziele. Zweifellos ein Irrtum. Der Wirt würde es einer solchen Kreatur sicher nicht erlauben, zwischen Gentlemen zu sitzen.«

Alle um ihn herum schnappten nach Luft.

Der Grobian war einen guten Kopf größer und einige Kilo schwerer als Falcon, und er erkannte eine leichte Beute, wenn er sie vor Augen hatte. Sein Stuhl polterte nach hinten, als er aufsprang. Seine Hand schloß sich um den Degenknauf, und mit offener Drohgebärde ragte er über dem zierlicher gebauten Mann auf. »Bei Gott, Sir«, schnaubte er mit einem tückischen Grinsen, »für diese Unverschämtheit werden Sie bluten!« Er bemerkte den fremdländischen Schnitt von Falcons Augen. »Was auch immer Sie sein mögen!«

Falcon zog seine Gerte aus dem Krug, betrachtete sie einen Moment und ließ sie dann schnalzen, so daß Bier über den roten Samtrock seines Opfers spritzte. »Sind Sie ein anständiger Fechter?« erkundigte er sich, ohne Anstalten zu machen, sich zu erheben. »Ich verschwende meine Zeit nicht gerne mit Amateuren.«

Der Raufbold, daran gewöhnt, daß seine Opfer Angst bekamen, wenn er ihnen drohte, war einen Augenblick sprachlos. »So eine ... verfluchte *Frechheit!*« stotterte er dann. »Ich hab schon Bessere aufgeschlitzt als Sie, Sie ausländischer Dandy! Auf die ...«

»Ryan!« Einer der Männer an seinem Tisch hatte Falcon angestarrt und sprang nun auf, um seinen Freund am Arm zu packen. Hinter vorgehaltener Hand flüsterte er ihm rasch etwas zu. Die Augen des hochgewachsenen Mannes wurden rund und seine vor Zorn geröteten Wangen sehr blaß. Er betrachtete Falcon eingehend, schluckte dann und stammelte in einem gänzlich anderen Tonfall: »Ich ... äh ... Verzeihung, Sir, wenn ich Sie gekränkt habe. Ich habe nur Spaß gemacht. Leutnant Morris ist ...«

»Ein großartiger Kämpfer und ein prächtiger Gentleman«, sagte Falcon kalt.

»Oh ... ja!« Und mit einem verzerrten Grinsen murmelte er: »Ja, in der Tat! Ich habe nicht gewußt, daß Sie zusammen ... äh ... mir war nicht klar, daß er ein Freund von Ihnen ist, Sir.«

»Es heißt, daß wir an jedem Tag unseres Lebens etwas Neues lernen. Natürlich vorausgesetzt, daß wir weiterhin leben. Zu diesem Zwecke wollen Sie vermutlich gehen? Ja?«

Zehn Sekunden später wurde ein weiterer Tisch frei.

Falcon beobachtete nachdenklich den Aufbruch, dann rief er über den Lärm: »He! Morris!«

Morris schrak zusammen und gesellte sich zu ihm. »So etwas Dummes«, meinte er und setzte sich, während zwei Gruppen von Männern sich um den frei gewordenen Tisch stritten.

Falcon betrachtete ihn aus dem Augenwinkel. »Ich nehme an, Sie wissen, was Sie meinen«, sagte er dann vorsichtig.

»Den Burschen auf dem Bild«, erklärte Morris. »Ich würde mich nicht so an ein Pferd lehnen. So wie das Vieh dreinschaut, ist es kurz davor, sich aufzubäumen. Wo wäre der Kerl dann gewesen, frage ich Sie?«

Falcon verriet es ihm. Kurz und bündig.
»Hm. Na gut, fahren Sie fort.«
»Wo?«
»Sie haben gesagt, ›außerdem‹.«
»Habe ich? Wann? Letztes Jahr?«
»Gerade eben. Gott, wenn das nicht wieder echt Lord Hochnase ist! Selten der Pfau, der sich ans Ei erinnert!«
Falcon hielt sich die Augen mit der Hand zu und stöhnte.
»Sie haben gesagt«, half Morris nach, »daß Sie erst um drei Uhr ins Bett gekommen sind, und ...«
»Ach ja. Und außerdem verstehe ich nicht, warum wir Owen Furlongs Landsitz aufsuchen müssen. Da Glendenning meine scharfe Urteilskraft fehlt, wimmelt es in seinem Leben geradezu von Wirrköpfen, die er für seine Freunde hält. Warum den ganzen mühsamen Weg nach Kent machen?«
»Ach wirklich?« fragte Morris überrascht.
Falcon blickte ihm fest in die Augen.
Um Morris' Mundwinkel zuckte es. »Ich dachte, er wohnt in Sussex«, sagte er ernst. »Ich habe Furlong ausgesucht, weil er und Tio seit eh und je befreundet sind und weil ich gehört habe, daß er Kit Aynsworth beigestanden hat, als Kit mit Colonel Fotheringay in Konflikt gekommen ist. Und jeder Bursche, der zu einem Freund hält, wenn es gegen Fotheringay geht, ist ein Mordskerl.«
»Wollen Sie damit sagen«, knurrte Falcon, der die Spreu vom Weizen trennte, »daß wir nur deswegen diesem abscheulichen Unwetter trotzen und unerhörte Strapazen ertragen, weil Sie Furlong bewundern? Allmächtiger!«
Morris schürzte die Lippen und argumentierte schließlich weiter: »Er ist die Art von Mann, an den ich mich wenden würde, wenn ich in der Patsche säße. Ich hab gedacht, der junge Templeby könnte vielleicht dasselbe tun, wenn es ihm nicht gelingt, seinen Bruder aufzutreiben. Würde mich nicht wundern, wenn Tio dort nach ihm sucht. Sofern

ich mich irre, können wir es immer noch bei diesem Minnie Sowieso probieren. Wissen Sie, wer das ist?«

»Minnie ... Sowieso ...?«

»Komischer Name für einen Gentleman, wie? Hab ich mir auch gedacht. Aber weiß Gott, ich habe auch nur die Hälfte von dem verstanden, was die Lady gesagt hat.«

»*Stupéfiant*«, murmelte Falcon und verdrehte die Augen gen Himmel. »Bitte sagen Sie, wer ist dieses verwirrende weibliche Wesen?«

»Das wissen Sie ganz genau. Lady Bowers-Malden. Sie haben es ebenso gehört wie ich. Hatte irgendwas mit Mäusen zu tun.«

Falcon legte den Kopf zurück und schloß die Augen. Als er sie nach einem Moment der Überlegung wieder öffnete, sagte er: »Ich glaube, ich hab's. Wenn ich mich recht erinnere, hat Lady Nola gemeint, meinen Vater um Hilfe zu bitten, sei ebenso, als würde man eine Maus gegen den Minotaurus antreten lassen.«

»Das ist der Bursche!« rief Morris triumphierend. »Kennen Sie ihn?«

Falcon tippte sich mit dem Ende der Reitgerte ans Kinn und antwortete mit seinem seltenen, charmanten Lächeln: »Er ist gerade verreist. Aber ich kann Ihnen versichern, er wäre nur ein Elefant im Porzellanladen gewesen.«

»Blödsinn«, brummte James Morris enttäuscht.

Dem Earl of Bowers-Malden war es vergönnt gewesen, zwei glückliche Ehen zu führen. Dennoch gab es Zeiten, in denen selbst ein zufriedener Ehemann Momente der Wut verspürte, und bei solchen Gelegenheiten hatte man ihn brummen hören, daß der liebe Gott, als er die Frau erschaffen habe, wohl auf halber Strecke das Rezept verloren haben müsse. Befand sich seine Gräfin in Hörweite, konterte sie stets augenzwinkernd, der liebe Gott habe das Rezept daraufhin *verbessert*. Doch in diesem Augenblick war Lord Horatio, der sich in dem kleinen Dorfladen plump und linkisch und unbehaglich fühlte, nur zu geneigt, seinem Vater beizupflichten. Er starrte finster auf den Vorhang, hinter dem man Frauenstimmen murmeln hörte. Die ehrbare Matrone, ein wahrer Drachen, die den Laden führte, hatte ihn so eindringlich angesehen, als er Amy in ihren Laden gebracht hatte, daß sein Gesicht geglüht und er kaum gewußt hatte, wohin er blicken sollte.

Amy hatte ihn gewarnt. »Sie wird meinen, daß Sie versuchen, Ihre neue Auserwählte respektabler ausschauen zu lassen«, hatte sie gehöhnt. »Was wollen Sie dann sagen?«

Nun, er hatte versucht, mehr wie ein Viscount zu klingen als wie ein bibbernder Schuljunge und hatte sich selbst überrascht, als er fest erklärte, er wünsche, daß Miss Consett gekleidet werde, wie es einer jungen Lady geziemte. Mrs. Wilks, die Arme über ihren üppigen Busen verschränkt, der nun zornig wogte, hatte Amy mitleidig angesehen und dann den niederträchtigen Lüstling mit einem haßerfüllten Blick fixiert. Sie sei »gerade dabei zu schließen«.

Geschlagen hatte Glendenning bereits von dannen ziehen wollen, aber Amy hatte die Situation gerettet, indem sie knickste und mit ihrer kultiviertesten Stimme flötete, wie dankbar sie wäre, wenn Ma'am ihren Laden nur noch für eine kleine Weile geöffnet lassen wollte. »Ich möchte, daß meine Familie stolz auf mich ist«, hatte sie wehmütig gesagt.

Trotz seiner Verblüffung hatte Seine Lordschaft sofort die Unentschlossenheit ausgenutzt, die in Mrs. Wilks' strengen Augen aufschien, und die Bemerkung eingeworfen, es werde kein Feilschen um die Kosten geben. Nach einem Moment des Zögerns hatten Neugierde und Geldgier die redliche Ladeninhaberin überwältigt. Mrs. Wilks hatte Amy

in einen weiter hinten gelegenen Alkoven geführt und den Vorhang zugezogen, während sie den Viscount mit einem Blick anfunkelte, der ihre Entschlossenheit deutlich machte, schon mit ihm fertig zu werden, falls er den Versuch wagen sollte, dort einzutreten.
Daraufhin hatte er aufgeregtes Geflüster vernommen, gelegentlich unterbrochen von Ausrufen wie »Na, so etwas!«, »Du meine Güte!« oder »Man stelle sich vor!«. Er war zusammengezuckt, als sich der Vorhang gerade so weit öffnete, daß Mrs. Wilks sich hindurchzwängen konnte, doch anstatt ihm Vorwürfe zu machen, hatte sie ihn angestrahlt und ihn gebeten, sich doch zu setzen und eine Tasse Tee zu trinken, während er wartete. Ein erkältetes junges Mädchen mit tausend Sommersprossen, das qualvoll schüchtern war, bekam den Auftrag, »für Seine Lordschaft« Tee zu machen. Mrs. Wilks war geschäftig herumgeeilt und hatte Kleider und Petticoats, Strümpfe, Schuhe und Haarbänder und andere zierliche Kleidungsstücke, die hastig seinem Blick entzogen wurden, herbeigeholt. All das wurde in den sakrosankten Bereich hinter dem Vorhang gebracht, von wo man bald angestrengte Geräusche, Gekicher und weiteres Geflüster hörte.
Nach einer Weile kam das sommersprossige Mädchen schniefend herbei, ein beladenes Tablett in den Händen. Es goß Seiner Lordschaft eine Tasse Tee ein, wobei der größte Teil auf dem Unterteller verschüttet wurde. Sein Versuch, ihr die Befangenheit zu nehmen, indem er sein freundlichstes Lächeln aufsetzte und bemerkte, daß auch er sommersprossig sei, veranlaßte sie, ihn aus rotgeränderten blauen Augen anzusehen, einen so anbetenden Ausdruck im Blick, daß er entsetzt war.
Mrs. Wilks kämpfte erneut mit dem Vorhang und eilte an ihm vorbei. »Stellen Sie sich vor!«, seufzte sie, als sie zurückkam, den Arm voller Häubchen und Schals. »Die *arme* Kleine! Sie sind ein feiner Christenmensch, Sir! Wahrhaf-

tig!« Immer noch strahlend, verschwand sie hinter dem raschelnden Vorhang, während Glendenning sich – mit einer Heidenangst – vorstellte, was für ein Schauermärchen Amy für sie ausgebrütet haben mochte.
Er trank gerade seine vierte Tasse Tee, als der Vorhang aufging.
»Machen Sie die Augen zu, Mylord«, befahl Mrs. Wilks.
Da er mittlerweile ziemlich sicher war, daß sie ihn nicht tätlich angreifen wollte, gehorchte er.
Ein Rascheln. »Sie können jetzt schauen, Sir«, sagte Amy dann.
Er öffnete die Augen und ließ beinahe die Tasse fallen.
Ein Traumbild stand vor ihm. Ein kleines, auf schüchterne Weise schelmisches, entzückendes weibliches Wesen, strahlende Jugend und Schönheit von den zierlichen Spitzen ihres Häubchens bis zum Saum ihres hellrosa Reisekleids. Ihr glänzendes Haar war zu dicken Locken gebürstet worden, die auf ihren Schultern tanzten. Unter vielen Petticoats war ein kleiner hochhackiger Schuh zu sehen, als sie die Röcke ein wenig anhob, um vor ihm zu promenieren, und ihre samtigen dunklen Augen beobachteten ihn mit einer Mischung aus Nervosität und Lachen.
Die stolze Ladeninhaberin legte einen hellbraunen Umhang um Amys Schultern und sagte etwas, aber Glendenning hörte es nicht. Undeutlich war er sich bewußt, daß er die Rechnung zahlte, Mrs. Wilks dankte und Amy zu der wartenden Kutsche führte. Die Räder rollten an, die Hufe klapperten, und er fühlte sich immer noch wie betäubt. Sie war ein auserlesenes Geschöpf. Eine seltene Schönheit, vom Scheitel bis zu den Zehenspitzen. Er hatte von Anfang an bemerkt, daß sie schön war, aber erst langsam wurde ihm klar, *wie* schön. In entsprechender Kleidung würde sie London im Sturm erobern. Man könnte sie aufbauen, sie erziehen; immerhin hatte sie ja schon mit ihrer Erziehung begonnen, und ...

»Verflixt«, stöhnte Amy, »wie können ihre Paradiesvogeldämchen nur in diesen entsetzlichen Dingern laufen?« Einer ihrer neuen Schuhe flog durch die Luft und landete auf der gegenüberliegenden Sitzbank.
Glendennings beträchtlich mitgenommene Nerven machten sich in einer strengen Rüge Luft. »Keine Lady«, schalt er, »würde je vor anderen Leuten ihre Schuhe ausziehen. Und sie würde sie schon gar nicht wie ein ungezogener Wildfang durch die Luft werfen.«
Sie schwieg eine Minute, dann lachte sie mit einem deutlichen Mangel an Reue. »Geben Sie's auf, Kamerad! Sie werden Amy Consett nicht ändern, indem Sie Amy Consett in neue Kleider stecken. Sie hätten mich lieber bei dem miesepetrigen alten Drachen zurücklassen sollen, anstatt ...«
»Es besteht kein Grund, so grob zu sein. Mrs. Wilks war freundlich, und ...«
»Sie war freundlich, nachdem ich ihr einen Haufen Lügen erzählt habe. Sie hätten mich aus den Händen der Zigeuner befreit, habe ich gesagt. Meine trauernde Familie habe Sie geschickt, damit Sie mich finden und mich zurück in ihre liebevollen Arme bringen. Ha, was für ein Schauermärchen! Und sie hat alles geschluckt. Die meisten Leute, Euer Lordschaft, sind so leichtgläubig, daß es eine verflixte Schande ist, sie an der Nase rumzuführen.«
Stirnrunzelnd erwiderte er: »Ich glaube nicht, daß das ›an der Nase herumführen‹ ist, Amy. Sie sind ganz offensichtlich von guter Herkunft. Wenn wir Ihre wahren Eltern finden könnten, dann ...«
»Dann was? Wollen Sie mich zu einer Lady machen? Mich mit irgendeinem vornehmen Gent verheiraten?« Unter ihren dichten Wimpern beobachteten ihre Augen ihn gespannt, und ein wenig atemlos fügte sie hinzu: »Mit ... mit einem von Ihren Freunden, zum Beispiel?«
Er zögerte. »Sicherlich wäre es möglich, einen ... einen ehrenwerten Mann für Sie zu finden.« Er konnte sich die

Reaktion vieler seiner Bekannten vorstellen, wenn sie nur einen kurzen Blick auf sie erhaschen würden. Sie würden ihr keinen Heiratsantrag machen, aber wenn Amy Consett ihre Karten richtig ausspielte, konnte sie eine sehr reiche ...

»Sie meinen, wenn ich alle möglichen Lügengeschichten erzähle, könnte ich vielleicht einen ehrbaren Händler dazu bringen, daß er um meine Hand anhält.«

»Ich ... ich sehe keinen Grund, warum nicht.«

»Ich könnte mir vielleicht einen Lebensmittelhändler ergattern. Oder sogar einen Putzmacher?«

Er hatte das Gefühl, daß sie ganz starr und steif auf den Polstern saß, und erwiderte freundlich: »Das ist absolut möglich, wenn Sie ... wenn Sie nur vielleicht ein bißchen vorsichtiger mit Ihren Worten wären, und ...«

»Und lügen und betrügen und so tun, als wäre ich eine Lady. So wie Sie lügen und betrügen und so tun, als wären Sie ein Ehrenmann?«

Er hatte aus dem Fenster geblickt, aber nun schnappte er nach Luft und fuhr herum. »Was, zum Teufel, wollen Sie damit sagen?«

Sie drehte sich ebenfalls um, und überrascht sah er, daß ihr Gesicht gerötet war und ihre Augen glitzerten. »Ich meine, daß Sie von Anfang an auf mir herumgehackt und an mir herumgemäkelt haben. Und warum? Weil ich bin, was ich bin.«

»Teufel! Sie haben mich *gebeten*, Ihnen zu ...«

»Ich hab Ihnen nichts recht machen können, stimmt's?« fuhr sie hastig fort. »Wann immer Sie die Möglichkeit hatten, haben Sie mir meine Dummheit und mein schlechtes Blut unter die Nase gerieben.«

»Das habe ich nicht! Sie niederträchtiges, undankbares ...«

»Sie haben mich von oben herab angeschaut, und auch Onkel Ab, diesen redlichen, gottesfürchtigen Mann, der noch nie jemandem etwas zuleide getan hat.«

Wütend packte er sie an den Armen. »Ich nehme an, *Sie* haben nicht mein Portemonnaie gestohlen! Und auch nicht das von dem armen Kerl auf dem Markt! Ich nehme an, *Sie* haben nicht meine Stute gestohlen und mir dabei fast den Schädel eingeschlagen?«

»Da, jetzt sind Sie schon wieder dabei!« rief sie empört. »Hacken Sie nur auf mich ein. Ich bin bloß eine gewöhnliche Zigeunerin. Und Sie sind ein edler Lord – wenn Sie nicht gerade versuchen, mich nach Ihrem bösen Willen zu zwingen! Und das in demselben Schlafzimmer, in dem ich Sie gepflegt habe!« Sie sah, wie er zusammenzuckte, und wußte, daß die Spitze ihn getroffen hatte, aber sie war bitter verletzt, und das Bedürfnis, ihm ebenfalls weh zu tun, war so stark, daß sie weiterfauchte: »Na gut, wir sind vielleicht gewöhnlich, Ab und ich. Wir sind vielleicht niederes Volk, das es nicht einmal wert ist, daß Sie und Ihresgleichen sich die feinen Stiefel dran abwischen. Aber ich sag Ihnen, was wir nicht sind, Lordschaft. Wir sind keine schmutzigen, abtrünnigen *Verräter!*«

Selbst im Dämmerlicht sah sie, daß alle Farbe aus Glendennings Gesicht wich. Er nahm hastig die Hände von ihr und lehnte sich zurück, um ausdruckslos aus dem Fenster zu starren. Nach einem Augenblick angespannten Schweigens murmelte er: »Einem Ideal treu zu sein, heißt unvermeidlich, daß man ein anderes verrät, Amy.«

»Schöne Worte«, schnaubte sie. »Aber sie ändern nix an der Tatsache, daß Sie als Engländer geboren und aufgezogen worden sind und trotzdem Ihren König und Ihr Land verraten haben. Gott! Wie scheußlich!«

Er biß die Zähne zusammen. »Das verstehen Sie nicht.«

»Ha! Ich hab eher den Eindruck, daß Gents immer dann, wenn sie etwas Schlechtes tun, behaupten, daß andere Leute das ›nicht verstehen‹. Was soll man da nicht verstehen, wenn's um Verrat geht.«

Aufgestachelt erwiderte er: »Charles Stuart ist ein prachtvoller schottischer Gentleman. Sein Vater war der rechtmäßige König, nicht ein ausländischer Prinz, der ...«

»Was? War dieser deutsche George denn ein schlechter Mann?«

»Ich habe nicht gesagt, daß er schlecht ist. Aber er will England nicht haben. Er mag England nicht. Er weigert sich, unsere Sprache zu lernen, und ...«

»Nicht wie ihr Bonnie Prince, wie? Ihr kostbarer Charles Stuart, der behauptet, nur der König habe das Recht zu sagen, was in England geschehen soll. Sonst niemand. Gott habe ihm gesagt, daß es kein Parlament geben dürfe, behauptet er. Und keine anderen Gesetze als die vom König. Und jeder muß ihn behandeln, als wär er göttlich, und tun, was er ...«

»Gütiger Himmel!« explodierte er. »Wer hat Ihnen all diesen Unsinn beigebracht?«

»Meine Bücher, Kamerad. Meine Bücher und mein igneranter Onkel. Aber *Sie* wissen natürlich alles besser. Sie wissen es so viel besser, daß Sie losgezogen sind und mit Ihrem Degen gegen königstreue Gents gekämpft haben. Oder wollen Sie das abstreiten?«

»Nein. Ich habe für das gekämpft, was ich für das Beste gehalten habe, für ...«

»Für den edlen Horatio Clement Laindon, Viscount Glendenning. Und was ist mit Ihrer Mama und Ihrem Papa? Waren sie stolz auf Sie?«

Errötend stieß er aus: »Wenn Sie so viel wüßten, wie Sie zu wissen glauben, Mistress Consett ...«

»Ich weiß eins, *adliger Lord.* Ich klau hier und da mal ein Huhn oder erleichter einen dummen Tropf um sein Portemonnaie. Aber ich habe noch nie jemanden umgebracht. Vor allem niemanden, der für England kämpft! Ich hab noch nie riskiert, einen ekelhaften Degen in einen von meinen eigenen Freunden zu bohren!« Sie brachte ihr Gesicht dem seinen näher und zischte: »So – niederträchtig – bin – *ich – nicht!*«

Sie hatte ihn an einem wunden Punkt getroffen, und er brauste wütend auf, so daß alle Hemmungen, die Konvention und schickliches Benehmen forderten, hinweggefegt wurden. »Sie kleines *Biest*«, tobte er, und zum erstenmal in seinem Leben schüttelte er eine Frau kräftig. »Wie können Sie es *wagen*, mich einen Verräter zu nennen? Wenn Charles Stuart gesiegt hätte, würde man jetzt den Anhängern des deutschen George diese Bezeichnung ins Gesicht schleudern! Sie würden jetzt gehetzt und umgebracht, und ... Au!«
Sein Griff war wie Stahl. Amy, die sich ihm nicht entwinden konnte, hatte den Kopf herumgedreht und ihn in die Finger gebissen.
Glendenning riß die Hand zurück und kniff die Augen zusammen. »Das ist das zweitemal, und einmal zuviel, mein Mädchen!« Zornig hob er die andere Hand.
»Na los«, keuchte sie. »Schlagen Sie mich! Oh, Sie benehmen sich wirklich so schlecht, wie es zu Ihrem gräßlichen roten Haar paßt! Ein *feiner* Adliger sind Sie, auf eine hilflose Frau einzuprügeln!«
Sein Zorn verflog, und wieder einmal war er entsetzt über seinen Verlust an Selbstbeherrschung. Daß er, der Frauen stets verehrt hatte, dieses zarte Wesen so brutal hatte schütteln können. Daß er auch nur für einen Augenblick die Absicht haben konnte, ihr eine Ohrfeige zu geben. Er senkte den Kopf, und mit gebrochener Stimme entschuldigte er sich zutiefst beschämt. »Gott verzeih mir! Ich bin genauso schlecht wie Ihre jungen Zigeuner. Schlimmer! Denn mir hat man von der Wiege an ritterliches Benehmen beigebracht. Sie haben jedes Recht, mich ... mich zu verachten.«
Er hörte einen erstickten Laut und sah auf. Sie weinte, ohne sich Mühe zu geben, ihre Tränen zu verbergen. Sie saß einfach da und sah ihn an, während ihr die Tränen über das hübsche Gesicht liefen und sie von Schluchzern geschüttelt wurde.

Er fühlte sich, als hätte man ihm ein Messer in die Rippen gebohrt, und mit krächzender Stimme flehte er: »Nein! Um Gottes willen, Amy, weinen Sie nicht! Ich kann das nicht ertragen!«
Er streckte die Hand nach ihr aus, zog sie aber wieder zurück. »Immer bringe ich Ihnen nur Tränen und Unglück. Sie wären besser mit Absalom davongeritten. Er ist ein zehnmal besserer Gentleman als ich.«
Ganz leicht berührten ihre Finger seine Wange. »Doch Sie ... Sie haben recht gehabt ... Lordschaft. Ich hab Ihr Portemonnaie gekl ... äh ... gestohlen.«
»Aber Sie haben es zurückgegeben!«
»Nein, hab ich nicht. Sie haben es von Florian bekommen. Und wir haben Ihre schöne Braune gestohlen.«
»Das war Absalom. Sie haben ihm gesagt, daß er sie zurückbringen soll. Sie haben mich gepflegt und für mich gekocht und ... und so tapfer an meiner Seite gekämpft ...« Die Worte verebbten und waren auch schon vergessen, denn sie lächelte ihn durch die Tränen zitternd an, und in ihren Augen lag eine Zärtlichkeit, die ihm den Atem raubte.
»Ich habe Sie zweimal in den Finger gebissen.« Sie nahm seine verletzte Hand und drückte sie liebevoll an ihre Wange. Eine Welle der Glückseligkeit überschwemmte ihn. Endlich wußte er, daß seit ihrer ersten Begegnung ein Funken von Liebe zwischen ihnen aufgeglimmt und immer stärker geworden war. In seinem Herzen hatte es geflüstert, aber er hatte sich geweigert, darauf zu hören. Er hatte seine immer tiefer werdende Zuneigung abgeleugnet, die Augen davor verschlossen und versucht, sie fortzuschieben. Aber dennoch war sie weitergewachsen, in aller Stille, unerbittlich, wundervoll. Und jetzt konnte er sie nicht mehr leugnen, denn es war nicht länger ein Flüstern, sondern ein lauter Jubelschrei, eine berauschende Seligkeit, die sein ganzes Sein erfüllte, so daß er sich zugleich überschäumend glücklich, ehrfürchtig und demütig fühlte.

»Amy«, flüsterte er. »Oh, meine Schöne, mein Juwel. Was bin ich nur für ein Narr, daß ich es erst jetzt weiß!«
Es war nicht nötig, daß er sie in seine Arme riß, denn sie kam ihm willig entgegen. Er küßte ihre tränennassen Wangen, ihre Augenbrauen, ihre vollkommene kleine Nase und flüsterte ihr anbetende Worte zu, bevor er die Lippen auf ihren Mund drückte.
Und Amy erwiderte Kuß für Kuß und flüsterte ihre eigenen zärtlichen Liebesworte.
Draußen war Wind aufgekommen, und Regen prasselte herab. Aber in der Kutsche klammerten sich ein Mann und eine junge Frau aneinander, gehüllt in einen Schleier der Seligkeit, ohne einen Gedanken an Wind oder Regen oder sich zusammenballende Wolken; für sie existierte nur das Wunder dieses verzauberten Augenblicks.
Schließlich preßte der Viscount seine Wange an ihre Locken, denn das Häubchen war schon längst herabgeglitten, und stellte die Frage, die Liebende seit Anbeginn der Zeit gestellt haben. »Liebst du mich *wirklich*, meine Amy?«
»Weißt du das nicht? Kannst du daran zweifeln, nachdem ich dich so geküßt habe und mich so von dir habe küssen lassen?«
Er küßte sie auf die Stirn, und sie kuschelte sich glücklich an sein zerdrücktes Halstuch. Erstaunt über ihre Veränderung, meinte er: »Wie hübsch du nun sprichst.«
»Du hast es mich gelehrt, Horatio.«
»Ich habe gedacht, daß ich jämmerlich versagt habe. Am Anfang hast du solche Fortschritte gemacht, aber dann schien es dir wieder Spaß zu bereiten, besonders unfein zu sprechen, als hättest du die Lust verloren, es weiter zu versuchen.«
»Ich weiß.«
»Warum?« fragte er, hob ihr Kinn und strich mit einem Finger sacht über ihre schmale Augenbraue.
»Gründe ...«

Er lachte leise. »Und was für Gründe, mein Herz?«
Sie setzte sich aufrechter hin und antwortete langsam: »Zuerst habe ich geglaubt, du wärst nur ein fauler, reicher Tunichtgut. Dann warst du anscheinend ganz freundlich, und so habe ich gedacht, ich könnte versuchen, etwas von dir zu lernen. Nur ...« Sie seufzte. »Du warst so lieb zu mir, so geduldig, ohne je zu jammern, egal, wie schlecht es dir ging. Und nie hast du versucht, mich ... mich schlecht zu behandeln oder die Situation auszunützen, nicht einmal, als wir allein waren, Nacht für Nacht.«
Kläglich sagte er: »Aber ... ich habe es versucht, Amy. Ich ...«
»Nur einmal«, verteidigte sie ihn rasch. »Und selbst dann konntest du nicht anders, als doch ein ehrenwerter Gent zu bleiben, und du hast dich ... so geschämt. Ich hab gemerkt, daß du angefangen hast, mich ... mich ein bißchen zu mögen. Mich zu ... begehren. Aber auch dann hast du mich immer noch mit Respekt behandelt. Als ob ich wirklich eine Lady wäre, nicht nur irgendein Zigeunermädchen ...«
Er legte ihr die Hand auf die Lippen und sagte bestimmt: »Das bist du nicht. Ich weiß es. Wir werden herausfinden, woher du stammst, und ich wette, es ist eine vornehme Familie!«
»Nein, Tio.« Ihr Lächeln war zärtlich, aber sehr traurig. »Es hat keinen Sinn, auf Wunder zu hoffen. Wir werden nie herausfinden, wer ich bin oder woher ich komme. Es gibt zu viele wie mich. Zu viele geraubte Kinder. Und deswegen hatte ich so furchtbar Angst, als ich ... als ich angefangen habe, mich in dich zu verlieben.«
Er nahm ihre Hände und küßte sie sehnsüchtig. »Ich habe dir weiß Gott Grund dazu gegeben. Wie du mich nur lieben kannst, nachdem ich so blind war und dich so schändlich behandelt habe, werde ich nie verstehen. Aber ich weiß endlich, daß ich dich bis ans Ende meiner Tage lieben

werde. Und daß ich die wundervolle, schöne, zärtliche und mutige Lady, die meine Amy ist, niemals verdienen werde.«
Sie blickte ihn einen Moment lang voller Liebe an, dann nahm sie ihm seine Perücke ab und zauste ihm durchs Haar. »Und was für einen feinen Gentleman habe ich gefunden, der mich liebt. Einen richtigen blaublütigen Adligen. Und obwohl ich so unfreundliche Dinge gesagt habe – ich liebe deine roten Locken so.«

Mit einem Laut der Ungeduld wollte er sie erneut an sich ziehen, aber sie wehrte ihn mit einem zittrigen Lachen ab. »Du weißt ja gar nicht, wie sehr ich wünschte ... Nur, verstehst du, es hat keinen Zweck. Ich gehöre nicht in deine Welt, noch könnte ich das je. Und ... und du könntest niemals in die meine herabsteigen. Deswegen habe ich versucht, mich noch gröber und ... und dümmer zu geben, als ich bin.« Sie zuckte mit den Schultern, aber ihre Stimme war so schwach, daß sie kaum fortfahren konnte. »Ich hab dagegen angekämpft, jemanden zu lieben, den ich nie haben könnte. Ich hab's gewußt, daß es mir, wenn ich zulasse, mich in dich zu verlieben, nur Kummer bringen würde. Und dir vielleicht auch. Aber ... aber es war stärker als ich. Ich konnte nicht ...« Sie blinzelte gegen die Tränen an und warf sich in seine Arme. »O mein Tio! Ich wünschte, ich liebte dich nicht so.«

Ein kalter Finger berührte ihn zwischen den Schulterblättern und brachte ihn zurück in die grausame Wirklichkeit. Als er Dimity Cranford verloren hatte, hatte er gedacht, Liebe würde ihm nie mehr beschieden sein. Aber sie war zu ihm gekommen, und diesmal hatte er sein Herz einem unvergleichlichen Geschöpf geschenkt – und es gab keine Hoffnung, daß er es je zu seiner Frau machen konnte. Eigensinnig reckte er das Kinn. Danach hatte er sein Leben lang gesucht. Wenn seine Lady auch vielleicht ein wenig ungeschliffen war, so war sie doch schön und mutig und rein, und er würde sie nicht aufgeben. Fest erklärte er: »Wir

werden einen Weg finden, liebstes Mädchen. Irgendwie. Wir werden einen Weg finden.«
Die Kutsche rumpelte durch die regnerische Dämmerung, und die beiden Menschen darin klammerten sich erneut aneinander, nun schweigend.
Amy schloß die Augen und hortete in ihrem Herzen jede Sekunde dieses glückseligen Naheseins – seine starken Arme, die sich um sie schlangen, seinen sauberen, männlichen Geruch, die Gewißheit, daß er sie liebte. Eine Erinnerung, die sie ihr Leben lang bewahren würde.
Glendennings Gesicht war grimmig, während er verzweifelt nach einer Lösung suchte. Doch die gab es nicht. Sein Vater würde denken, er habe den Verstand verloren. Ganz sicher würde er eine solche Heirat verbieten, und auch wenn es nicht in seiner Macht stand, ihm den Titel zu verweigern, konnte er ihn doch hinauswerfen, jeglichen Verkehr mit seiner Familie unterbinden und ihm alle Mittel sperren, bis er selbst starb. Dem Earl die Stirn zu bieten und Amy zur Frau zu nehmen, würde bedeuten, alle anderen Menschen, die er liebte, zu verlieren; alte Freunde zu verlieren, die sicherlich entsetzt über ein so unerhörtes Benehmen wären. Selbst wenn seine Kenntnisse in der Architektur ihm eine Stellung sichern würden, müßten er und seine Liebste doch jahrelang in Armut leben. Überdies würde sein Ungehorsam, seine Weigerung, die Verantwortung zu tragen, die Geburt und Erbe ihm auferlegten, seinen Vater zutiefst verletzen und ihn vor der Welt beschämen. Es würde seiner lieben Stiefmama äußersten Kummer bereiten. Und wenn Bowers-Malden durch irgendein Wunder zum Nachgeben bewegt würde und er die Hochzeit erlaubte, würde Amy von der feinen Gesellschaft geschnitten und verachtet werden. Er wußte nur zu gut, wie grausam diese feine Gesellschaft sein konnte. Nicht daß es nötig wäre, seine Zeit mit solchen Erwägungen zu vergeuden – nicht einmal unter Aufbietung aller Phantasie konnte man sich vorstellen, daß

Mylord Gregory Clement Laindon eine so katastrophale Eheschließung erlauben und es gutheißen würde, daß ein Zigeunermädchen ohne Rang und Namen eines Tages die Gräfin Bowers-Malden sein sollte.
Natürlich könnte er sie bitten, seine Geliebte zu werden, doch vor dieser Aussicht schrak er zurück. Er hatte zugehört, wenn sie abends betete, und wußte, wie fest ihre religiösen Überzeugungen waren. Er hatte noch genau ihre Worte im Ohr: »Das könnt ihr euch sagen lassen ... daß ich eher als alte Jungfer sterbe, als daß ich mich an irgendeinen Kerl verkauf, der mich haben will, ohne daß er mich genügend liebt, um mir seinen Namen zu geben.« Wieder sah er das Netz mit Zwiebeln, das sie ihm ins Gesicht geschleudert hatte, und lächelte wehmütig. So stolz war seine kleine Liebste, Gott segne sie.
Es gab nur einen einzigen Weg: Er mußte sie aus seinem Leben streichen. Er konnte für sie sorgen, ihr vielleicht einen Laden kaufen und ein Cottage für sie und Absalom, aber ansonsten mußte er sie aus seinem Leben streichen. Voller Angst küßte er sie aufs Haar und zog sie fester an sich.
Schmerzlich dachte er: Gott, warum hast du sie zu mir gebracht, nur um uns für immer zu trennen?

10

Die Neuigkeit verbreitete sich wie ein Lauffeuer in Glendenning Abbey. Lord Horatio war in einer fremden Kutsche angekommen, und er war nicht allein, sondern hatte eine schlafende Lady ins Haus getragen. Eine *junge* Lady! Und die Gräfin und Miss Marguerite waren in London. Und jede Minute wurde der Earl zurückerwartet. Was würde als nächstes geschehen?

So kam es, daß Glendenning, als die massiven Türflügel aufgerissen wurden und er mit Amy auf den Armen über die Schwelle schritt, einen schwachen Laut hörte, wie einen stummen, allgemeinen Seufzer, und er fragte sich, wie viele aus ihrer kleinen Armee an Dienstboten sich an geeigneten Stellen versammelt haben mochten, um sein skandalöses Benehmen zu beobachten. Er preßte die Lippen zusammen und warf einen raschen Blick auf den Butler. Darrows gewöhnlich undurchdringliche Miene schien einen Anflug von Bestürzung zu zeigen. Ihm kam gar nicht der Gedanke, daß seine gerade erst überstandene Verwundung ihre Spuren hinterlassen haben könnte, und seine nur teilweise richtige Interpretation dieses Gesichtsausdrucks ließ ihn ärgerlich die Brauen zusammenziehen.

»Miss Consett ist erschöpft«, sagte er scharf. »Sie hat ein äußerst peinvolles Erlebnis hinter sich. Ich wünsche, daß sich zwei unserer besten Mädchen um sie kümmern.«

Der Butler warf einen Blick in Richtung Treppe.

»Sie hat weder Diener noch Gepäck dabei«, erklärte Glendenning mit leidvoller Stimme. »Bitte sagen Sie Mrs. Burnaby, daß sie sofort die Herzoginnensuite herrichten lassen und für ein Feuer im Kamin sorgen soll.«

Darrow neigte den Kopf. »Sehr wohl, Mylord. Vielleicht könnte der Diener Miss Consett tragen ...«

»Nein. Ich werde sie hinaufbringen.«

Darrow blieb eine Sekunde lang regungslos stehen und sah der entschlossenen Gestalt nach. Ein Rascheln von Stoff zeigte ihm an, daß Mrs. Burnaby neben ihm stand. Er wandte sich um und schickte einen Lakaien mit erstaunten runden Augen nach den Mädchen, während ein anderer den Jungen holen sollte, der für das Schüren der Feuer zuständig war.

Die Haushälterin, eine große Frau mit anmutiger Haltung und so makellos gepflegter Kleidung, daß ihre einfache braune Tracht elegant wirkte, regierte ihren Bereich mit fester, aber nicht unfreundlicher Hand. Im Moment blickten ihre schönen braunen Augen jedoch entsetzt drein, und sie murmelte: »Meiner Seele, Mr. Darrow, er ist ja richtig wütend. Und sehen Sie nur, wie er hinkt. Was meinen Sie denn ...?«

»Es hat Ärger gegeben, das meine ich«, antwortete Darrow.

»Und es wird noch weitaus mehr geben, wenn der Herr nach Hause kommt.«

»Was wahrscheinlich jede Minute der Fall sein wird«, sagte sie.

»Lord Horatio will für Miss Consett die Herzoginnensuite haben. Lassen Sie sie fertigmachen. Rasch.«

»Die Herzoginnensuite!« Obwohl Mrs. Burnaby voller Fragen und Vermutungen war, hatte sie Besseres zu tun, als eines von beiden zu äußern, und nach diesem einen schockierten Ausruf eilte sie davon, hin und her gerissen zwischen Sorge und Empörung. Gewiß, Seine Lordschaft sah völlig erschöpft aus, aber er wußte sehr gut, daß die Herzoginnensuite für bedeutende Gäste bestimmt war, nicht für seine neue Kokotte.

Glendenning, der auf die Haupttreppe zuschritt, bereute

bereits sein anmaßendes Aufbrausen. Amy wog nur wenig, doch die Herzoginnensuite war meilenweit entfernt, und sein verfluchter Knöchel machte das Treppensteigen zu einer Plage. Auf der dritten Stufe stolperte er.
Sofort ergriff ihn eine stützende Hand am Ellbogen. »Ich glaube, Sie sind müde, Sir«, murmelte Michaels Kammerdiener. »Gestatten Sie, daß wir helfen.«
»Aber sachte.« Glendenning überließ seine Last den Armen eines hochgewachsenen, prächtigen Dieners. »Sachte. Das arme Ding ist vollkommen erschöpft.«
Der Lakai riß die Augen auf, und da erkannte er, daß seine Worte dem Skandal neue Nahrung gegeben hatten, aber er war zu müde, um sich etwas daraus zu machen. Nicht fähig, mit den Dienern Schritt zu halten, humpelte er Whittlesey nach. Er sehnte sich nach seinem eigenen Bett, hatte aber nicht die Absicht, es jetzt schon aufzusuchen.
Als er schließlich in die luxuriöse Suite hinkte, waren noch mehr Diener die Treppen heraufgeeilt. Zwei Stubenmädchen rannten mit flatternden Leintüchern und Decken um das große Bett herum, der Heizerjunge fachte ein Feuer an, eine schamhafte Zofe brachte ein Nachthemd, einen Morgenrock und Hauspantoffeln herbei, zweifellos von Marguerite ausgeliehen, und ein anderes Mädchen zündete Kerzen an. Der Diener stand unerschütterlich da, Amy noch immer auf den Armen.
Mrs. Burnaby kam geschäftig herein. »Ach, was für ein hübsches Geschöpf«, meinte sie, als sie einen Blick auf Amy geworfen hatte. In der selbstverständlichen Art einer Angestellten, die wenig auf die Etikette achtete, da sie der Familie schon gedient hatte, als der Viscount noch kurze Hosen trug, fügte sie hinzu: »Jetzt müssen Sie aber wirklich gehen, Mylord, so daß wir uns um sie kümmern können.«
»O weh«, murmelte Glendenning, der benommen begriff, daß er sich im Schlafzimmer einer Lady befand. »Ja, wirklich. Sie werden für sie sorgen, Burny?«

»Natürlich. Und Sie müssen sich jetzt um sich kümmern, Mylord. Sie sehen aus wie ein Schatten Ihrer selbst. Ich hoffe, Sie waren nicht krank?«

»Oh, ein bißchen. Nichts von Bedeutung. Ich muß zu meiner Mutter. Ist die Gräfin unten?«

»Nein, Sir. Lady Nola und Miss Marguerite sind beide in der Stadt.«

»O Gott!« stieß Glendenning aus, und mehrere treue, aber besorgte Herzen schlugen angesichts dieses Ausrufs ein wenig leichter. »Was sollen wir tun, Burny? Muß ich in Windsor übernachten? Miss Consett ist mir anvertraut worden, aber wir hatten keine Möglichkeit, eine Anstandsdame mitzubringen, und . . .«

Mit einem erleichterten Lächeln antwortete die Haushälterin, da Miss Marguerite ihre Zofe nicht mitgenommen habe, könne man ein Bett im Zimmer aufstellen und das Mädchen bei Miss Consett schlafen lassen, so daß der Schicklichkeit Genüge getan sei. Zumindest für eine Nacht mochte es angehen.

Der Viscount zögerte, aber plötzlich wurde ihm bewußt, wie komisch die Situation war. Was, um Himmels willen, fragte er sich, würde die respektgebietende Mrs. Burnaby sagen, wenn sie wüßte, daß er weitaus mehr als eine Nacht allein mit Miss Consett verbracht hatte, ohne die Spur einer Anstandsdame innerhalb von Meilen. Er warf einen letzten forschenden Blick auf das friedliche Gesicht seiner schlafenden Liebsten und humpelte hinaus. Mr. Whittlesey, der in der offenen Tür wartete, hatte gesehen, wie verräterisch weich die erschöpften Gesichtszüge des Viscounts wurden, und wechselte einen raschen Blick mit der Haushälterin. Eine Minute lang hatte er gehofft, sie wären dem Schlamassel entronnen. Doch es schien, als wäre seine Hoffnung verfrüht gewesen.

Amy hatte nie dem Luxus gefrönt, lange zu schlafen. Als eine Uhr in der Ferne sechs schlug, erwachte sie mit dem seltsamen Gefühl, noch zu träumen. Sie lag in einem ausladenden Bett, in dem Platz für fünf Menschen gewesen wäre und das weich war wie eine Wolke. Seidene Bettlaken und eine weiß-rosa Steppdecke hüllten sie ein, und ihr Kopf lag auf einem Kissen, das noch hübscher war als das aus Satin, das sie im letzten Sommer bei einem Basar gestohlen hatte. Sie schloß die Augen, aber als sie sie wieder öffnete, war sie immer noch in diesem Traum, und so setzte sie sich auf und zog die Bettvorhänge aus rosa Seide zurück. Auch das Zimmer war ein Traum. Irgend jemand hatte es anscheinend mit ihr geteilt, denn ein kleines Bett stand am Fuß ihres eigenen, und offensichtlich hatte jemand darin geschlafen.
Ohne zu wissen, daß ein Zug an der bestickten und mit einer Quaste geschmückten Schnur neben dem Bett ein Hausmädchen herbeigerufen hätte, stand sie auf und spazierte herum, ehrfürchtig eine Herrlichkeit nach der anderen betrachtend. Dicke Teppiche lagen auf glänzenden Böden, die Möbel waren weiß und golden, und an den Wänden hingen in Rosa, Weiß und Lila gehaltene handgemalte Tapeten, die so auserlesen waren, daß man ein Stück hätte herausschneiden und rahmen können. Die Fensterflügel standen weit offen, obwohl der Morgen kühl war und Wolken die Sonne bedeckten. Amy eilte ans Fenster und blickte hinaus auf weitläufige Gärten und Zierbrunnen, und dahinter erstreckte sich ein Park bis hin zu den fernen Hügeln.
»O Mann!« flüsterte sie. »Nicht schlecht, dieser Traum!«
Sie ging zum Waschtisch, goß Wasser aus einem Porzellankrug in eine Schüssel, die so zerbrechlich dünn schien, daß sie Angst hatte, sie könnte sie kaputtmachen. Wenn man in einem Traumpalast war, mußte man sauber sein, selbst wenn das Wasser viel kälter war als in dem Bach, in dem sie

normalerweise ihre Morgenwäsche vornahm. Sie seifte den Schwamm ein und wusch sich tapfer.
Danach machte sie sich zitternd auf die Suche nach Kleidern und öffnete vorsichtig einen der Schränke. Das Kleid aus Mrs. Wilks' kleinem Dorfladen hing darin.
Eine ganze Weile später saß sie noch immer auf dem Boden und preßte das Kleid an sich. Durch die offenen Fenster drang ein Duft herein, ein köstlicher Duft nach gebratenem Speck und Kaffee. Und sie saß hier und grämte sich, anstatt die wenige Zeit, die sie zusammen hatten, mit ihm zu teilen. Onkel Ab würde das dumm nennen. Der liebe Ab. Wahrscheinlich hatte er diese Halunken gestern ordentlich an der Nase herumgeführt und war ihnen entwischt. Aber sie fragte sich, wo er wohl war, und wußte, daß er sich Sorgen um sie machte. Sie sprach ein Gebet für ihn, dann sprang sie auf und begann ihr Haar zu bürsten.
Bald darauf schlich sie in dem rosa Kleid, das sie ihr Leben lang in Ehren halten würde, hinaus auf einen prachtvollen Korridor. Sie lief den Gang entlang, vorsichtig am Rand der Teppiche, die zu schön waren, um darauf zu treten, und sah sich auf der Suche nach Frühstück um. Eine halbe Stunde verging, und sie wanderte immer noch durch das Gebäude. Sie hatte Zimmer mit roten Samtmöbeln gesehen, Zimmer mit Sofas und Stühlen, die mit blauem Brokat bezogen waren, goldene und cremefarbene Zimmer und einen riesigen Raum ganz in Dunkelrot und Weiß, den sie für einen Ballsaal gehalten hätte, der aber offensichtlich eine Art prunkvoller Speisesaal war, denn in der Mitte des hochglanzpolierten Bodens stand für sich allein ein sehr großer Tisch. Es war der seltsamste Eßtisch, den sie je gesehen hatte, denn die Platte war überzogen mit einem fusseligen grünen Stoff, und in der Mitte lagen etliche weiße Kugeln. Ein hoher Rand zog sich um den ganzen Tisch, der sicher im Weg sein würde, wenn man zu essen versuchte, und das Seltsamste von allem waren die runden Löcher in jedem

Eck der Platte, die den Tisch ganz durchbohrten und unter denen kleine Beutel hingen. Sie war eine Weile stehengeblieben und hatte herumgerätselt, was das wohl für ein eigenartiger Tisch war und wozu diese Kugeln da waren, und war zuletzt zu dem Schluß gelangt, sie seien wohl für die Gäste bestimmt, damit sie mit ihnen nach zu langsamen Dienern werfen konnten. Als sie schließlich weiterging, war sie auf zwei Räume gestoßen, der eine sehr groß, der andere geradezu riesig, deren Wände vom Boden bis zur Decke mit Bücherregalen vollgestellt waren. Hingerissen hatte sie sich hineingeschlichen, aber als jemand vorbeikam, hatte sie sich aus Angst, man könnte denken, sie hätte etwas gestohlen, unter einem langen, schmalen Tisch versteckt, bis die Schritte verklungen waren. Nun schlich sie auf Zehenspitzen zurück zu dem breiten Korridor, der kein Ende zu nehmen schien. Wo war nur die Küche? Und würde sie in diesem riesigen, hallenden Gemäuer je ihren geliebten Lord finden?
Sie bog um eine Ecke und entdeckte in der Mitte eines weiteren endlosen Korridors eine äußerst prächtige Wendeltreppe. Die eilte sie hinunter, und nun konnte sie Stimmen und in der Ferne das Klappern von Geschirr hören. Die Eingangshalle war sehr groß und von majestätischer Schönheit, doch sie durfte nicht stehenbleiben, um all die Spiegel, die Wandgemälde, die schönen, aber unanständigen Statuen und die Vasen und Schalen voller Blumen zu betrachten. Leichtfüßig lief sie weiter, und als sie nach rechts abbog, stieß sie fast mit einem hochgewachsenen Mann zusammen, der ziemlich müde aussah und ein Päckchen unter dem Arm trug.
Er blieb stehen und starrte sie an. Er war überhaupt nicht prächtig gekleidet und trug eine ganz einfache Perücke, die ein wenig schief saß. Das muß ein Diener sein, dachte sie, und seinem Aussehen nach ein überarbeiteter.
»Wo gibt's hier was zu beißen, Kamerad?« flüsterte sie.

Er zog eine finstere Miene und wirkte äußerst verärgert. *»Was?«* donnerte er.
Amy machte einen Satz und preßte ihm die Hand auf den Mund. »Mann!« zischte sie. »Wollen Sie das ganze Haus aufwecken? Was regen Sie sich denn bloß so auf?« Verspätet erinnerte sie sich daran, wo sie war und daß sie ihrem Liebsten keine Schande machen durfte. Sie wich zurück und gebot ihm mit erhobener Hand zu schweigen, während sie ihr Kleid glattzog. »Arbeiten Sie hier, guter Mann?« erkundigte sie sich mit einem majestätischen Lächeln.
»Nein, tue ich nicht, Madam«, knurrte der Earl of Bowers-Malden und legte das Geschenk, das er seiner Frau aus Irland mitgebracht hatte, beiseite. Dann fragte er mit geschürzten Lippen: »Und Sie?«
Doch sein Sarkasmus war bei Amy verschwendet. Sie mußte ihre Sache wohl gut gemacht haben, denn er hatte sie »Madam« genannt. »Nein, ich auch nicht«, erwiderte sie und bemühte sich um eine sorgfältige Aussprache. Aber der Gedanke, Tio bald wiederzusehen, machte sie zu glücklich, um bei der gebotenen Zurückhaltung zu bleiben. Ihr sonniges Lächeln schimmerte auf. »Und das ist auch gut so«, fuhr sie fort und nahm ihn auf ihre freundliche Art am Arm. »Wahrhaftig, verhungern könnte man hier, bis man so was findet wie Bein und Pantoffeln.« Ein seltsam glasiger Blick trat in seine Augen, und sie biß sich auf die Lippe. Vielleicht sollte sie doch lieber etwas gezierter sprechen. »Nur ein komischer Ausdruck, den ich bei meiner zweiten Zofe aufgeschnappt habe«, erklärte sie munter. »Schwein und Kartoffeln bedeutet das.« Dann fügte sie noch hinzu: »Ich bin ... äh ... eine Art Gast, könnte man sagen. Von Viscount Glendenning. Haben Sie schon was gegessen?«
Der Earl holte tief Luft, während sein Gesicht eine purpurrote Farbe annahm. Horatio war also wieder mal hier. Und da er gedacht hatte, sein vertrauensvoller Vater sei gefahrlos außer Reichweite, hatte er es gewagt – hatte es *gewagt* –,

sich zusammen mit seinem Flittchen in die Abbey einzuschleichen. Verdammt, er würde dem jungen Hund bei lebendigem Leib das Fell abziehen, wenn ...

»Armer alter Schlucker«, sagte Amy und sah ihn ängstlich an. »Sie schauen aus, als hätten Sie ein richtiges Loch im Bauch.«

Der Earl taumelte fast, aber er brachte es dennoch fertig, in einem Tonfall, der dazu angetan war, Salome mitten im Tanz erstarren zu lassen, zu erwidern, daß er weder alt noch ein armer Schlucker sei.

»Nein, doch Sie sollten lieber etwas essen, weil Sie so schlecht aussehen. Bei großen Kerl ... äh ... Männern ist das immer so«, erklärte sie und zog ihn mit sich. »Sie müssen bei Kräften bleiben. Keine Sorge, Kamerad, ich schau, daß Sie was in den Magen kriegen.«

Mit einem erstickten Schnauben riß sich der Earl so heftig los, daß er mit dem Ellbogen gegen eine Kommode stieß und sich auf die Lippe beißen mußte, um nicht zu fluchen.

Amys Arm umfing ihn. »So, stützen Sie sich nur auf mich. Sie werden sich gleich besser fühlen, wenn Sie was im Bauch haben.«

Der Earl setzte schon zu einer wütenden Erwiderung an, aber sie lächelte ihm so strahlend ins Gesicht, daß er das seltsame Gefühl hatte, die Sonne sei durch die Wolken gebrochen und leuchte nun in diesen düsteren Gang. Beim Zeus, sie war ein hübsches kleines Ding. Das Lächerliche dieser Situation begann ihn zu faszinieren, und mit einem leisen Kichern begann er in der Farce mitzuspielen. »Das Frühstückszimmer ist da drüben, Miss«, flüsterte er, und in der Hoffnung, daß zu dieser frühen Stunde noch nicht viel Dienerschaft dort versammelt war, öffnete er die Tür.

So war es auch, aber da er vor seiner Ankunft einen Boten gesandt hatte und um acht Uhr morgens erwartet wurde, hatte man die Anrichte schon vorbereitet, und in den

zugedeckten Terrinen befanden sich die fertigen Speisen. Er führte Amy in das Zimmer.
»Oh«, sagte sie und blieb unsicher stehen. »Man wird Sie doch nicht hinauswerfen? Ich meine, läßt man Sie hier drin essen?«
»Ja, hin und wieder«, antwortete er. »Aber vielen Dank für Ihre freundliche Besorgtheit. Erlauben Sie mir, daß ich Sie bediene?«
»Mit was denn, Kamerad? Da ist doch nichts, mit was man einen bedienen könnte.«
Er grinste, rückte ihr einen Stuhl zurecht, ging zur Anrichte und häufte Eier mit Speck, gebratene Nieren und mit Butter bestrichene Muffins auf einen Teller. Er stellte ihn vor sie hin, entschuldigte sich und eilte zur Klingelschnur, um energisch daran zu ziehen. Ein paar Minuten später kam er zurück, eine Tasse mit duftendem Kaffee in der Hand. »So, nun können wir es uns gemütlich machen.«
»Ich weiß nicht, wie das hier gemütlich sein soll«, meinte sie zweifelnd. »Irgendwie tun Sie mir leid, Mr. ... Wie heißen Sie, guter Mann?« Da sie Tios Gast war, mußte sie die Rolle einer adligen Dame spielen.
»Gregory«, stellte er sich vor und amüsierte sich von Minute zu Minute mehr. »Und Sie, Ma'am?«
»Miss Consett. Aber Sie müssen mehr essen als das! So ein großer Kerl wie Sie. Nehmen Sie sich besser noch was von denen da ... äh ... von diesen Bratenscheiben. Kümmert sich denn niemand um Sie?«
»Nein, leider«, log er und warf so kalten Herzens seine geliebte Frau, seine Familie, zahllose Verwandte und Freunde und eine Schar treu ergebener Diener über Bord. Er nahm sich eine Scheibe kalten Schweinebraten und trug seinen vollen Teller zum Tisch. »Aber sagen Sie, warum tun Ihnen die Leute leid, die hier wohnen?«
Sie warf einen Blick zur Tür und beugte sich dann zu ihm, ohne noch an ihren angeblichen Rang zu denken. »Nun,

ich glaube nicht, daß Horatio hier sehr gern lebt«, vertraute sie ihm an. »Und ich schätze, mir würde das auch nicht gefallen.«
»Hat Lord Glendenning Ihnen gesagt, daß er die Abbey nicht mag?« fragte er mit einem leichten Stirnrunzeln.
»Nein, aber das ist so klar wie Kloßbrühe«, antwortete sie und leckte sich geziert Marmelade vom Daumen. »Sein alter Herr ist ein ziemlich schlimmer Fall fürs Irrenhaus.«
»Tatsächlich?« murmelte er fasziniert.
»Muß er ja wohl sein, der arme Alte.« Sie schwenkte ein Stück Speck auf der Gabel. »Was für ein Gent, der bei Verstand ist, würde Bilder an die Decke gipsen, so daß jeder einen steifen Hals kriegt, wenn er sie anschauen will? Nur vielleicht, wenn er sie nicht mag, obwohl sie mir ziemlich hübsch vorgekommen sind.«
Bei diesen Worten war der Earl, der über seine Kaffeetasse gehustet hatte, gezwungen, Zuflucht zu seiner Serviette zu nehmen, um sich die Augen zu wischen. Amy erhob sich, um ihm auf den Rücken zu klopfen, drängte ihm einen Schluck Wasser auf und erkundigte sich besorgt, ob es ihm wieder gutgehe.
Sie sei ein »warmherziges Geschöpf«, erklärte er dankbar, und nachdem sie zu ihrem Stuhl zurückgekehrt war, fragte er mit erstickter Stimme: »Was ist Ihrer Meinung nach wohl der Grund, warum Bowers-Malden verrückt ist? Ich habe gehört, daß sein Sohn und Erbe eine ziemliche Natter sein soll. Vielleicht hat er den Earl zum Wahnsinn getrieben und ...«
Empört unterbrach sie ihn. »Was, Lord Horatio? Unsinn! Es gibt keinen feineren Kerl als Tio.« Ihre Augen blickten verträumt. Sie seufzte wehmütig, doch dann bemerkte sie, daß ihr Tischgenosse sie mit einem seltsamen Gesichtsausdruck anstarrte. »Nein, Kamerad«, fügte sie hastig hinzu. »Ich nehm an, daß das Haus dran schuld ist. Ich meine, deswegen bläst der Earl Trübsal. Irgendwie ist das ja auch kein richtiges Haus, nicht wahr? So schrecklich groß und

einsam.« Ihr Gerechtigkeitssinn ließ sie jedoch nach einem versöhnenden Zug suchen, und so ergänzte sie: »Na, vielleicht könnte man in vielen von den Zimmern ein feines Bowlingspiel machen. Aber in ihrem großen Eßzimmer haben sie einen ganz seltsamen Tisch, bei dem die Tischdecke an der Platte festgemacht ist, ganz grün und fusselig, so daß ich mir gar nicht vorstellen kann, wie sie den je saubermachen. Wahrscheinlich paßt das alles zusammen, weil es ja kein Wunder ist, daß die meisten von den Adligen nicht ganz richtig im Kopf sind, wenn sie in solchen Häusern wohnen!«

Lord Gregory Bowers-Malden warf sein Löwenhaupt zurück und brüllte vor Lachen.

»Du kleiner Schuft«, knurrte er eine halbe Stunde später seinen Sohn an, »wie konntest du es wagen, deinen Weiberrock ins Haus zu schmuggeln, während wir alle fort waren? Ich kann mir gut vorstellen, was die Diener gedacht haben!«

Der Viscount war so erschöpft gewesen, als er zu Bett gegangen war, daß er erwartet hatte, bis zum Morgen tief zu schlafen. Doch um zwei Uhr in der Nacht hatte Donnergrollen ihn geweckt, und das Gewitter, sein schmerzender Knöchel und seine vielen Ängste hatten ihn nicht wieder einschlafen lassen. Er war noch immer ein wenig betäubt von dem Schrecken, seinen furchteinflößenden Vater in sein Schlafzimmer hereinstampfen zu sehen. Er hatte nie dem Beispiel des Earls folgen können, so zu tun, als wären die Diener unsichtbar, und daher wandte er sich von der Frisierkommode ab, entließ Whittlesey und nahm seine Perücke. Als sich die Tür hinter dem Diener geschlossen hatte, erwiderte er ruhig: »Miss Consett ist kein Weiberrock, Sir. Wenn Sie sie erst kennenlernen ...«

»Ich habe über eine halbe Stunde mit ihr geplaudert«, dröhnte der Earl und marschierte zur Fensterfront, um in dem bereits kühlen Raum noch einen weiteren Flügel zu öffnen.
Glendenning hielt den Atem an und wartete auf das Donnerwetter.
»Sie ist ein unterhaltsames Mädchen«, fuhr Bowers-Malden fort. »Die Leute aus dem einfachen Volk haben eine angeborene Ehrlichkeit, an der wir uns alle eine Scheibe abschneiden sollten. Aber trotzdem, Glendenning, ich ... gütiger Himmel!« Er starrte auf das Spiegelbild seines Sohnes und kam näher. »Was, zum Teufel, ist mit dir passiert, Junge? Sag bloß nicht, du hast dich mit diesem elenden Falcon geschlagen?« Sehr sanft berührte er mit seiner muskulösen Hand das Haar des Viscounts. »Er hat dich am Kopf getroffen, wie? Dieser nichtswürdige Halunke! Ich hoffe, du hast es ihm ordentlich zurückgegeben?«
Das Lächeln, mit dem diese Worte geäußert wurden, wirkte ein wenig unsicher, und Glendenning sah zu seinem Erstaunen, daß die Sommersprossen auf der Nase seines Vaters, die den seinen so ähnlich waren, plötzlich scharf gegen die Blässe der Haut abstachen. Lady Nola hatte ihn oft zu überzeugen versucht, daß der Earl ihn liebe, aber er war immer sicher gewesen, daß sein Vater sich keinen Pfifferling um ihn schere und ihn sogar verachte. Die deutliche Angst in diesen hellgrünen Augen brachte ihn völlig aus der Fassung, und einen Moment lang war er unfähig zu antworten.
Bowers-Malden legte ihm die Hand auf die Schulter. »Mein lieber Junge«, sagte er in einem Ton, den Horatio seit Jahren nicht gehört hatte, »es *geht* dir doch gut?«
Unwillkürlich und verräterisch rasch, vielleicht weil er so verwirrt war, legte Glendenning nun seinerseits die schlanken Finger auf die Hand seines Vaters. Seiner Verwirrung folgte ein so tiefes Gefühl, daß seine Stimme, als er erst

wieder Gewalt über sie hatte, sehr schroff klang. »Es geht mir ganz gut, Sir ... ich danke Ihnen.«
Tiefe Verlegenheit ergriff diese beiden sehr englischen Gentlemen nach dieser Zurschaustellung von Gefühlen. Bowers-Malden murrte etwas vor sich hin und wich zur Tür zurück. Glendenning ergriff wieder seine Perücke und bemühte sich, in einem leichten Tonfall zu sprechen. »Wenn Sie mit Miss Consett geplaudert haben, vermute ich doch, daß sie Ihnen gesagt hat, wie sich die Sache verhält, Sir.«
Der Earl, der seine Fassung wiedergewonnen hatte, lachte leise und ließ seine massige Gestalt in einen Sessel gleiten. »Sie war viel zu sehr damit beschäftigt, mir mitzuteilen, was sie von diesem gräßlichen alten Haus hält, und mich über die geistigen Defekte der meisten Mitglieder des Adels aufzuklären.«
Glendenning stöhnte. »Das glaube ich gerne! Sir, bitte nehmen Sie keinen Anstoß daran. Sie meint es keineswegs böse.«
»Ich bezweifle, daß ich seit Jahren so gelacht oder so einen hübschen Leckerbissen gesehen habe. Wie lange ist sie schon dein Protegé? Aber du hättest ihr besser beibringen lassen sollen, wie man sich ordentlich benimmt, Horatio, schon zu ihrem eigenen Besten.«
Glendenning, der sich sorgfältig die Perücke über die Narben am Kopf gesetzt hatte, rückte einen Stuhl neben seinen Vater. Wenn er es sehr geschickt anstellte, könnte das eine perfekte Gelegenheit sein, den alten Knaben auf seine Seite zu ziehen. »Miss Consett steht nicht unter meiner Protektion, Sir«, begann er. »Zumindest nicht in der Art, die Sie andeuten. Es ist so, daß man mich im Wald überfallen hat, und sie ist sehr tapfer eingeschritten und hat mir das Leben gerettet.«
»Was?« Der Earl fuhr auf, und sein Gesicht wurde dunkelrot. »Hast du in der Bow Street Bescheid gegeben? Hast du

dem Schwein Jäger auf die Fersen gehetzt? Hol sie der Teufel! Daß sich ein britischer Peer von solchen Schurken angreifen lassen muß!« Er sprang auf, setzte sich aber gleich wieder. »Erzähl mir alles«, forderte er schnaubend, und seine Augen sprühten Funken.

Glendenning erzählte ihm deutlich weniger als alles und erfand eine Geschichte, in der er einen Taschendieb in den Wald verfolgt hatte und dann von mehreren Raufbolden angegriffen worden war. Amys kühne Rettungstat schilderte er jedoch ausführlich, und Bowers-Malden brach in schallendes Gelächter aus.

»Beim Zeus, sie ist wirklich ein Mordskerl«, sagte der Earl und schlug mit der Faust so heftig auf den Arm seines Stuhls, daß sein Sohn sich wunderte, daß er nicht in Stücke barst. »Sie hat in der Nähe gewohnt, wie?«

»Ja, Sir. Zusammen mit ihrem Onkel, der ein äußerst begabter Künstler ist, und ...«

»Ach, wirklich? Und er hat es zugelassen, daß du sie mitgenommen hast, wie? Der weiß, wie er sein Schäfchen ins trockene bringt, und ich gestehe es ein, ich kann den Burschen kein bißchen dafür tadeln. Verdammt, du schuldest dem Mädchen wirklich Dank, Horatio. Mit ein wenig Erziehung und den richtigen Kleidern kannst du sie mit in die Öffentlichkeit nehmen, ohne daß du dich verstecken mußt. Wahrscheinlich mußt du ihr aber den Laufpaß geben, wenn du dir eine Braut nimmst, und das ist immer eine teuflische Geschichte.«

Glendenning nahm seinen Mut zusammen und stand auf. »Sir«, begann er, »Miss Consett ist die schönste, mutigste und warmherzigste Lady, die ich je ...«

»Warmherzig ist sie allerdings«, unterbrach der Earl ihn begeistert. »Weißt du, das Mädchen hat sich doch wirklich Sorgen gemacht, weil sie es sich in den hübschen Kopf gesetzt hat, daß ich zuwenig esse. Sie hat mich gefragt, ob sich niemand um mich kümmert!« Wieder erklang sein polterndes Lachen. »Ich freue mich zu sehen, daß deine Fähigkeit, dir Diamanten reinsten Wassers auszusuchen, dir schließlich doch nicht abhanden gekommen ist, mein Junge.«

»Danke, Sir. Und da Sie so darauf erpicht sind, daß ich bald heirate …«

»Aha!« Der Earl erhob sich ebenfalls und fragte: »Du hast also eine passende Braut gefunden?«

Er sah so erwartungsvoll aus, und seine Augen leuchteten vor Zuneigung. Da verließ Glendenning der Mut. Gerade erst war ihm klargeworden, daß der liebe alte Knabe etwas für ihn übrig hatte. Ihn so rasch nach dieser Entdeckung verletzen zu müssen, war grausam hart. Er zögerte und versuchte verzweifelt, die richtigen Worte zu finden.

Bowers-Malden bemerkte dieses Zögern. Sein Erbe brachte offensichtlich keinen Ton heraus. Wahrscheinlich hatte er noch nicht den Mut gehabt, der erwählten Lady sein Interesse an ihr zu gestehen. Verflixt, seine Hände zitterten wirklich, und er sah verteufelt krank aus. Nicht der Augenblick, um ihn zu quälen. »Schon gut, Junge«, sagte er freundlich. »Ich habe keinen Zweifel mehr daran, daß du eine Vicomtesse heimführen wirst, die sich als würdige Gefährtin für deine Mama und Marguerite herausstellen und uns allen Ehre einlegen wird.« Sein Sohn sah immer noch besorgt aus, und bekräftigend fügte der Earl hinzu: »Eine Weile habe ich mir Sorgen gemacht, du würdest dir irgendeine Bürgerstochter oder eine noch weniger akzeptable Person wählen, vielleicht ein … ein Mädchen aus einem Blumenladen oder sogar eine hübsche Zigeunerin, haha!« Sehr belustigt über diesen guten Witz, schlug er Glendenning so kräftig auf den Rücken, daß dieser taumelte.

Es hatte keinen Zweck. Er brachte es einfach nicht über sich, die Worte auszusprechen, die seinen Vater vernichten würden. Vor allem nicht, seit die bislang unbekannte Bedrohung durch Terrier Farrier den Kummer des Earls sehr bald noch vertiefen konnte. Glendenning erwiderte das Lächeln seines Vaters und beschloß, erst einmal Michael aus der Klemme zu helfen, wie auch immer diese beschaffen sein mochte, und dann zu versuchen, Lady Nolas Unterstützung für seine eigene problematische Romanze zu gewinnen.

Der Earl erklärte seine Absicht, seinen Rechtsvertreter kommen und die mordlustigen Schurken aufspüren zu lassen, die seinen Erben angegriffen hatten. Mit Mühe gelang es Glendenning, sich vor seiner unmittelbaren Beteiligung an diesem Plan zu drücken, und schließlich entwischte er. Bowers-Malden stampfte energisch in Richtung seines Arbeitszimmers davon, um mit seinem Sekretär zu sprechen, und Glendenning machte sich eilig auf die Suche nach seiner Liebsten.

Lady Nolas persönlicher Diener hielt ihn auf, als er fast auf dem Treppenabsatz war. »Die Gräfin ist zurückgekehrt, Mylord«, flüsterte der Mann. »Und sie wünscht Sie sofort zu sprechen.«

Glendenning runzelte die Stirn. Sosehr er seine Stiefmutter auch liebte, wurde er doch von Ungeduld verzehrt, Amy zu sehen. »Seien Sie so gut und sagen Sie Ihrer Ladyschaft, daß ich in zehn Minuten zu ihr kommen werde.«

Sein Versuch, weiterzugehen, wurde vereitelt, als der Diener auf die nächste Stufe eilte und ihn mit einem noch dringlicheren Flüstern aufhielt. »Mylady liegt *äußerst* viel daran, mit Ihnen zu sprechen, Sir. *Bevor* der Earl von ihrer Ankunft erfährt.«

»Verdammt«, knurrte Glendenning. »Ich habe Ihnen gesagt, daß ich ...«

»Und Miss Consett ist mit Miss Marguerite im Garten«, unterbrach ihn der Diener mit einem Anflug von Verzweiflung in den Augen.

Wütend über eine solche Unverschämtheit, verfinsterte sich Glendennings Gesichtsausdruck derart, daß der Die-

ner vor Furcht zitterte. Aber daß der Mann es gewagt hatte, sich eine solche Bemerkung zu erlauben, zeugte nun auch wieder von wirklicher Angst, und diese Treue zu seiner Herrin durfte nicht mit einem Tadel bestraft werden. Glendenning blickte daher freundlicher, und mit der Anweisung, man solle Frühstück in Lady Nolas Gemächer bringen, wechselte er die Richtung.
Lady Nola sah bleich und besorgt aus, hieß ihn aber formell in ihrem behaglichen Salon willkommen und schickte dann ihre Zofe hinaus. Kaum hatte sich die Tür hinter diesem ergebenen Faktotum geschlossen, warf Mylady sich an Glendennings Brust. »Gott sei Dank, daß du nach Hause gekommen bist, Horatio«, schluchzte sie. »Ich war schon am Ende meiner Weisheit und wußte nicht mehr, was ich noch tun sollte oder was ...« Sie wich zurück und rief: »Aber mein Lieber, warst du krank?«
Er hatte sie noch nie so aufgelöst erlebt, verbarg jedoch seinen Schrecken, führte sie zum Sofa und erwiderte ruhig: »Nichts Besonderes, und meine Neuigkeiten können warten. Nun erzählen Sie mir, was nicht in Ordnung ist. Ich nehme an, es hat mit meinem verworfenen Bruder zu tun?«
Die Gräfin lächelte nur matt. Sie erzählte ihm rasch von Michaels verhängnisvollem Versuch, am Spieltisch zu gewinnen, und hatte ihm gerade die schwindelerregende Höhe seiner Schulden enthüllt, als ihr Diener zurückkam, gefolgt von Dienstmädchen mit zwei vollbeladenen Tabletts. Der Viscount war innerlich erleichtert, daß es anscheinend um nichts Schlimmeres ging als um schändlich hohe Spielschulden, die sein Bruder angehäuft hatte. Während die Diener den Tisch im Erker deckten, benutzte er die Unterbrechung, um zu erklären, daß er einen Gast mitgebracht habe.
»Eine Miss Consett, Mama, die zufällig eine Freundin von Katrina Falcon ist. Ich bin gestern abend auf sie gestoßen,

als sie einen Unfall hatte. Ihre Zofe ist verletzt worden, und ein Arzt hat sie mitgenommen, um sie zu behandeln. Es war kein schickliches Gasthaus in der Nähe, wo ich Miss Consett hätte lassen können, und so habe ich sie hierhergebracht, damit Sie und Margo sich um sie kümmern.« Er lächelte gequält. »In einer schönen Patsche habe ich da gesessen ...«
Widerstrebend beendeten die Dienstmädchen ihre Arbeit, und der Diener blieb neben dem Tisch stehen, in Erwartung, mehr zu erfahren, während er ihnen auftrug, aber Glendenning murmelte einen Dank und schickte sie alle hinaus.
Die Gräfin sah ihn erstaunt an, und als die Tür sich schloß, fragte sie: »Horatio, war das ...«
»Ein Haufen Lügen«, gestand er lächelnd und rückte einen Stuhl für sie zurecht. »Nur für die Diener erfunden. Oh, ich habe Ihnen eine ganze Menge zu erzählen! Doch zuerst, meine Liebe, sollen Sie ein gutes Frühstück zu sich nehmen. Oder haben Sie schon etwas gegessen?«
Nein, das habe sie nicht, gab sie zu. »Aber ich könnte keinen Bissen anrühren. Iß du, Horatio, während ich dir den Rest dieser entsetzlichen Sache erzähle.«
Glendenning warf ihr einen besorgten Seitenblick zu. Lady Nola aß in der Regel mit Genuß, und daß sie eine so verführerische Auswahl an Speisen verweigerte, wenn sie zuvor noch nicht gefrühstückt hatte, sprach Bände. Er goß ihr eine Tasse Kaffee ein und wandte sich dann seiner eigenen Mahlzeit zu, während Ihre Ladyschaft ihm die Einzelheiten über die Comyn-Brosche erzählte.
»Wir waren so froh«, erklärte sie und zerrte nervös an ihrem Taschentuch. »Michael ist fortgeritten, um Major Trethaway die Brosche zu geben, und ... und ich habe gedacht, wir hätten die Sache überstanden. Und dann ... dann ist« – ihre Stimme bebte – »diese gräßliche Natter von Mann gekommen.«

Glendenning drang der schon vertraute Kälteschauer zwischen die Schulterblätter. Er legte sein Messer nieder. »Burton Farrier«, sagte er leise.

»Ja!« Hastig warf sie ihm einen beunruhigten Blick zu. »O Tio! Ich habe solche Angst!« Er streckte ihr die Hand hin, und sie ergriff sie und umklammerte sie mit eiskalten Fingern.

»Trotzdem stelle ich mir vor, daß Sie gut mit ihm fertig geworden sind«, sagte er tröstend. »Er hat Sie mit der Frage nach meinen politischen Überzeugungen gequält, nicht wahr?«

»Nein. Aber ... aber ich glaube, er hat einen Verdacht, weil er die ganze Zeit über irgendeine Liste von Spenden an die Jakobiten geredet hat. Offenbar ist diese Liste ans Tageslicht gekommen – zwar nicht mit den Namen, aber mit den Gegenständen, die beigesteuert wurden.« Sie hörte, wie ihr Stiefsohn zischend Atem holte, und spürte, wie seine Finger sich fester um die ihren schlossen. Als sie ihm ins Gesicht schaute, das grimmiger war, als sie es je gesehen hatte, schlug ihr das Herz bis zum Hals. »Horatio«, flüsterte sie, »weißt du, ob es eine solche Liste gibt – oder gegeben hat?«

Bei Gott, diese Liste gab es allerdings! Man hatte sie in der wohlgemeinten Absicht aufgestellt, die Spender vielleicht zu belohnen oder ihnen ihre Gaben zurückzuerstatten, aber wenn sie nach dem Scheitern des Aufstands in die Hände der englischen Armee gefallen wäre, hätte sie für alle darauf Genannten den sicheren Tod bedeutet. Schon bei dem Gedanken daran, welchen Preis die mutigen jakobitischen Kuriere dafür bezahlt hatten, um diese Liste in sichere Hände zu bringen, gefror dem Viscount das Blut in den Adern. Er hatte gehört, eine Abschrift sei vernichtet worden, während die zweite – unter großen Opfern von seiten der Kuriere – sicher ans Ziel gelangt sei. Es stand aber nicht außerhalb jeder Möglichkeit, daß entweder die erste Liste schließlich doch nicht vernichtet worden war

oder aber, daß der Terrier eine weitere Abschrift in die Hände bekommen hatte.
»Selbst wenn es eine solche Liste gäbe«, erwiderte Horatio, »bleibt doch die Tatsache, daß wir die Comyn-Brosche nicht beigesteuert haben.«
»Ich weiß, ich weiß. Aber diese empörende Kreatur beharrt darauf, daß die Brosche auf dieser Liste verzeichnet sei, und er ließ durchblicken, wenn wir sie nicht vorzeigen könnten, würde er ... würde er ...«
»Würde er annehmen müssen, daß die Gerüchte über Ihren Stiefsohn wahr sind und daß ich die Brosche für Bonnie Charles gespendet habe? Unsinn! Dieser Schurke versucht Ihnen Angst einzujagen, meine Liebe. Die Brosche *kann* nicht auf der Liste stehen, wenn wir sie nicht gestiftet haben.«
Mylady schloß für einen Moment die Augen. Ihre Stimme klang sehr schwach, als sie sagte: »Es hat ... zwei Comyn-Broschen gegeben, Tio. Eine besaß früher immer der Träger des Titels, die zweite gehörte dem Erben. Der Titel ist mit dem Tod meines Vaters erloschen. Er hat eine der Broschen an mich vererbt, die andere an meine Schwester Caroline, die immer noch in Edinburgh lebt, wie ich glaube. Es ist gut möglich, daß ... daß Caroline ihre Brosche gespendet hat. Aber ich kann sie nicht an Farrier verraten, mein Lieber.«
»Ganz gewiß nicht.«
»Du verstehst also«, sagte sie. »Wenn wir ihm die unsere nicht zeigen können ...«
Glendenning lehnte sich zurück. Das bringt mich an den Strang, dachte er, und laut fragte er: »Wie sind Sie ihn losgeworden?«
»Ich habe ihm gesagt, Michael habe die Brosche zu einem Gentleman gebracht, der daran interessiert sei, sie zu kaufen. Natürlich war es mein einziger Gedanke, sie zurückzubekommen. Farrier ist dann gegangen und hat erklärt, er erwarte, daß Michael ihn aufsuche. Als Michael schließlich

nach Hause gekommen ist, der arme Liebling, war er so glücklich, weil dieser Major Trethaway die Brosche *tatsächlich* als volle Bezahlung angenommen hatte.«

»Ich verstehe«, erwiderte Glendenning langsam. »Dann müssen wir sie zurückkaufen, Mama.«

»Ja, mein Lieber. Ich habe meinen Stolz hinuntergeschluckt und mir den Rest des Geldes, das Michael schuldig war, geliehen, und er ist sofort erneut zu diesem Major Trethaway aufgebrochen. Am nächsten Tag war Farrier wieder hier.«

»Verflucht sei dieser Kerl, daß er Sie so gequält hat, weil er wußte, daß mein Vater und ich nicht zu Hause waren! Ich nehme an, er hat verlangt, meinen Bruder zu sehen?«

»Ja, natürlich. Und er ... er hat mir so zugesetzt, daß ich schließlich derart durcheinander war ...« Verzweifelt fuhr sie sich mit der Hand über die Augen.

Glendenning, der innerlich tobte, sagte tröstend: »Nun regen Sie sich nicht auf, Mama. Ich weiß, daß Sie Ihre Sache sehr gut gemacht haben. Himmel, ich wünschte nur, ich wäre hiergewesen! Bitte verzeihen Sie mir, daß ich es nicht war. Sie mußten dem widerlichen Kerl also von Templebys Zwangslage erzählen, vermute ich?«

»Ich hatte keine Wahl, Horatio. Ich konnte deutlich sehen, daß Farrier mir nicht geglaubt hat, und so mußte ich mein Versprechen an Michael brechen.« Flehend sah sie ihren Stiefsohn an. »Es war schrecklich, das zu tun, aber ich war sicher, daß er es unter ... unter diesen Umständen verstehen würde.«

»Ganz gewiß. Hat Farrier die Tatsache akzeptiert, daß Michael die Brosche als Austausch gegen Spielschulden hergegeben hatte?«

»Er war wütend, aber er hat gesagt, er werde warten, und ich solle ihn sofort benachrichtigen, wenn Michael mit der Brosche zurückgekehrt sei.«

»Dann haben wir nichts zu fürchten. Ich werde Ihnen Ihre Ausgaben ersetzen. Michael wird das eine wertvolle Lehre sein, und ... Oh, aber ich sehe, da steckt noch mehr dahinter. Sagen Sie es mir.«

»Es ist nur, daß Michael schon längst hätte zurückkommen sollen. Ich habe gedacht, er hätte dich vielleicht irgendwo getroffen, aber ich war so in Sorge, daß ich versucht habe, dich zu finden. Ich bin in die Stadt gefahren, und deine Freunde haben versprochen, nach euch beiden zu suchen. Ich war sicher, Michael würde zurück sein, wenn ich nach Hause käme. Aber ...« Sie preßte die Hände zusammen. »Nun, du siehst ja, er ist nicht da. Und wir haben nicht viel Zeit.«

»Was? Wollen Sie damit sagen, daß dieses Schwein Ihnen einen Termin gesetzt hat? Haben Sie nicht gerade erzählt, er habe versprochen zu warten?«

Die Gräfin befeuchtete sich die Lippen. »Er hat einen Boten mit einer Nachricht geschickt, in der er schreibt, er habe lange genug gewartet und komme nun wieder ... und zwar heute nachmittag!«

Glendenning machte sich nicht sofort auf die Suche nach Amy, sondern ging von Lady Nolas Gemächern aus in den Ostflügel, den oberen Korridor entlang, bog in den Nordflügel ein und gelangte schließlich in eine luxuriöse Gästesuite.

Die Suite war seiner Erinnerung nach nur einmal bewohnt gewesen, und zwar von einem höchst vornehmen orientalischen Gentleman, der Bowers-Malden, als er einige Jahre zuvor in Indien gewesen war, seine Gastfreundschaft erwiesen hatte. Bowers-Malden neigte nicht zu verschwenderischem Prunk, aber diesem speziellen Freund hatte er sich tief zu Dank verpflichtet gefühlt, und so hatte man eine Suite vorbereitet, die das Wunder des gesamten Haushalts war. Dicke Teppiche waren ausgelegt und prächtige Gemäl-

de von exotischen indischen Landschaften aufgehängt worden; die Wände und den Fußboden des kleinen Salons hatte man mit Mosaiksteinen geschmückt. Durch das Gerede der Dienstboten war dem damals achtjährigen Horatio die faszinierende Information zu Ohren gekommen, daß der Gast, der äußerst seltsame Kleider trug, ein Maharadscha war, der sich, wenn er erzürnt war – was häufig der Fall zu sein schien – ganz allein in den Salon zurückzog und in fünf verschiedenen Sprachen vor sich hin fluchte, manchmal eine geschlagene halbe Stunde lang.
Für einen einsamen kleinen Jungen barg ein solches Talent äußerste Faszination. Noch lange, nachdem der Maharadscha jedem Angehörigen des Haushalts prächtige Geschenke übergeben, sein zahlreiches Gefolge um sich versammelt und sich auf den Rückweg in das geheimnisvolle Land, aus dem er gekommen war, gemacht hatte, war Horatio mindestens einmal in der Woche in die indische Suite geschlichen, vor allem in den kleinen Salon. Mit einem köstlichen Gefühl der Verruchtheit hatte er dort seine eigenen Flüche geübt und dabei versucht, seine Jungenstimme so zu senken, daß sie in seiner Phantasie dem Tonfall des Maharadschas ähnelte. Der Salon, nach Norden ausgerichtet, war mit seinen zahlreichen Mosaikfliesen ein kaltes Zimmer, aber ihn hatte er in vielerlei Hinsicht entzückt. Ein schwacher Duft von Räucherstäbchen hing noch in der Luft, die Fenster gaben den Blick frei auf den naturbelassenen Teil des Gartens, der sich bis zu den Wäldern erstreckte, hinter denen wiederum die Themse floß, und am allerwichtigsten war es, daß niemand je auf den Gedanken kam, ihn dort zu suchen. Als die anfängliche Faszination verblaßte und bevor Lady Nola in sein Leben getreten war, hatte er es sich angewöhnt, den indischen Salon aufzusuchen, wenn er sich verletzt fühlte oder Kummer hatte. In späteren Jahren hatte er seinen Zeichentisch und seine vielen Bücher über Architektur in diesen stillen

Räumen aufbewahrt, wo er sie in Ruhe und nicht gestört durch wohlmeinende, aber manchmal etwas erstickende Familienangehörige und Diener studieren konnte.

Als er nun wieder einmal in seinem Refugium war, streckte er sich gedankenverloren in dem tiefen Ohrensessel aus. Zweifellos war Farrier hinter ihm her. Die Geschichte mit der Comyn-Brosche war eine erfundene Farce, aber zusammen mit dem Verdacht, daß er in die Sache der Jakobiten verwickelt gewesen sei, konnte sie höchst wirkungsvoll benutzt werden. Wenn sie eine Liste hatten, und wenn die Brosche tatsächlich darin aufgeführt war, würde man behaupten, das sei das endgültige Beweisstück, um ihn verurteilen zu können.

Das Teuflische war nur, daß es nicht allein um ihn ging. Die Anklage würde zweifellos auf Hochverrat lauten, und man würde behaupten, er, ein Verräter Englands, habe hier in der Abbey Asyl gefunden. Der Besitz konnte eingezogen werden. Man würde nicht nur ihn exekutieren, sondern wahrscheinlich auch seinen Vater und Lady Nola. Vielleicht sogar Michael und Marguerite. Seine Hand umklammerte die Sessellehne, und ein erstickter Aufschrei entfuhr ihm bei dem Gedanken an eine so entsetzliche Entwicklung. Selbst wenn Farriers Liste nur eine Fälschung war, um Verdächtige in die Falle zu bekommen – wer würde sich zu einer Zeit, da ganz England von der Manie besessen schien, Jakobiten und ihre Helfer ausfindig zu machen und zu vernichten, der Aufgabe unterziehen zu beweisen, daß sie nicht echt war? Nein, es war eine sehr reale und sehr tödliche Bedrohung, die er durch seine eigene Handlungsweise für alle heraufbeschworen hatte.

Es hatte keinen Zweck, seine Entscheidung, für den schottischen Prinzen zu kämpfen, zu bedauern. Er war seinen Überzeugungen gefolgt, und die Sache konnte nun nicht mehr ungeschehen gemacht werden. Aber warum jetzt? Warum hatte jemand nach all diesen Monaten, in denen er sich schon sicher gefühlt hatte, Terrier Farrier jetzt auf seine Fährte gehetzt? Natürlich hatten viele ihn verdächtigt. Es war nur zu bekannt, daß er mit Trevelyan de Villars befreundet war, der bloß um Haaresbreite vor einem Trupp Dragoner aus England entkommen war. Ein ganz besonders unangenehmer Dragonerleutnant hatte ihn selbst beinahe mit einer jakobitischen Geheimbotschaft erwischt. All diese Dinge würden ans Licht kommen und der Anklage gegen ihn zusätzliches Gewicht verleihen. O Gott, in was für einen Sumpf war er da geraten!

Er fuhr sich mit der Hand über die Augen. Vor einer kleinen Weile war es seine größte Sorge gewesen, wie er seinem Vater beibringen sollte, daß er eine völlig unakzeptable Lady liebte. Nun mußte er der Tatsache ins Auge sehen, daß er den Schatten von Ruin und Tod über seine gesamte Familie gebracht hatte.

Mit einem Ruck sprang er auf und marschierte zum Fenster. Das vertraute Grün des wildwachsenden Gartenteils erstreckte sich voll heiterer Schönheit unter ihm. Zwei Spaniels jagten einem Ball nach, den die Stallburschen für sie geworfen hatten. Der Himmel war hellblau und mit Wolken verhangen, die sehr schnell dahinzogen und Schatten über die Landschaft warfen. Die Bäume im Wald wurden vom Wind bewegt und erinnerten ihn an einen anderen Wald und eine mutige Lady ...

Sofort loszureiten, um Michael zu suchen, kam nicht in Frage. Er hatte nicht die Absicht, seine Stiefmutter zu verlassen, so daß sie Burton Farrier allein gegenübertreten mußte. Außerdem war Michael vielleicht gerade auf dem Weg nach Hause, um die Comyn-Brosche zurückzubringen. Gebe Gott, daß er rechtzeitig kam! Doch wenn nicht, oder wenn es ihm mißlungen war, die Brosche zurückzuerhalten ...

Glendenning senkte den Kopf und sah der naheliegenden Lösung ins Auge. Die Folgen machten ihm mit schrecklicher Klarheit deutlich, daß er kein tapferer Mann war.

11

Sir Owen Furlong war ein hochgewachsener ehemaliger Offizier, gertenschlank und gutaussehend genug, daß Londons junge Damen ihn anschmachteten, während die jungen Dandys und Männer von Welt ihn sehr bewunderten. Nachdem er einige Jahre in Indien stationiert gewesen war, hatte er sein Offizierspatent verkauft, und im reifen Alter von zweiunddreißig genoß er nun das »ruhige Leben«, wie er es nannte. Obwohl in der Stadt eine wohlbekannte Figur, fühlte er sich am glücklichsten auf seinem großen Gut, das ein paar Meilen westlich von Tunbridge Wells lag, und war hoch erfreut, wenn er in dem weitläufigen, verschachtelten alten Haus Besucher willkommen heißen konnte.

Leutnant Morris kannte er nicht, aber da er sich in denselben Kreisen wie Falcon bewegte, war er diesem oft genug begegnet, um zu wissen, daß er den Mann nicht leiden konnte. Das hatte nichts damit zu tun, daß Falcon gemischter Abstammung war, während man an Sir Owens Stammbaum keinen Makel finden konnte. Sir Owen, hineingeboren in eine der ältesten, wenn auch nicht reichsten Familien des Landes, trat mit der ruhigen Selbstsicherheit des wahren Aristokraten auf, was alles zusammen unvermeidlich Falcons Verachtung erregte. Und da ihm das bewußt war, staunte er nicht wenig über diesen Besuch am späten Morgen. Doch er verbarg seine Gefühle bewundernswert. Jeder Freund von Tio Glendenning, erklärte er, sei auch sein Freund. Er führte seine Gäste in ein hübsches Empfangszimmer mit Gitterfenstern und einer niedrigen Bal-

kendecke, eingerichtet mit bequemen Sesseln und einigen prächtigen Seegemälden, und mit einem fröhlich prasselnden Feuer im massiven Steinkamin.
Ein alter Hund, der vor dem Feuer lag, erhob sich mühsam und trottete herbei, um die Neuankömmlinge zu begrüßen. Falcon zeigte ein erstes Anzeichen von Begeisterung und wurde von seiner ursprünglichen und deutlich bekundeten Absicht abgelenkt, sofort zur Sache zu kommen.
Morris, der Chaucers Pfote geschüttelt hatte, als sie ihm hingestreckt wurde, war zu höflich, um sofort die Gründe ihres Besuchs zu nennen. Er nahm den angebotenen Madeira dankend an, setzte sich neben seinen Gastgeber und gratulierte ihm zu seinem Zuhause. Sir Owen ging nur allzugern auf solch ehrliches Interesse ein. Als Falcon sein Zwiegespräch mit Chaucer beendet hatte, stellte er verdutzt fest, daß die beiden Männer wie alte Freunde miteinander plauderten, und zwar nicht über irgendeinen militärischen Feldzug, was er erwartet und ein paar Sekunden lang ertragen hätte, sondern über irgendeine Einzelheit an der Eingangstür.
Von einem zum anderen blickend, sagte er: »Bitte verzeihen Sie, daß ich so lange mit dem Hund herumgeflachst habe.«
»Eher herumgefloht«, murmelte Morris.
»Haben Sie irgendein Problem mit Ihrer Tür, Furlong?« erkundigte sich Falcon, ohne auf ihn zu achten.
Belustigt über die Ungeduld, die sich auf den attraktiven Gesichtszügen abzeichnete, erwiderte Furlong ernst: »Ich wäre nicht auf den Gedanken gekommen. Aber Morris ist besorgt, daß sie herausbrechen könnte.«
»Herausbrechen?« Falcon sah Morris ungläubig an.
»Warum um alles in der Welt sollte sie herausbrechen? Mir erscheint sie so massiv wie der Felsen von Gibraltar.«
»Wenn Sie so gute Manieren gehabt hätten, sich dem Gespräch anzuschließen, anstatt mit dem Hund zu schwat-

zen, hätten Sie den Grund gehört«, schalt Morris. »Aber eine Taube auf dem Dach ...«
Falcon hob drohend den Finger. »Sagen Sie es nicht. Ich warne Sie! *Nein!*« Er sah das amüsierte Glitzern in Furlongs blauen Augen und fügte hinzu: »Sir, der Grund, warum wir gekommen sind ...«
»Das Problem sind diese Eisenbeschläge«, unterbrach Morris ihn nachdenklich. »Die müssen ja eine Tonne wiegen.«
»Und sie sind dort angebracht worden«, erklärte Falcon mit Nachdruck, »um die verflixte Tür zu verstärken, so daß sie *nicht* herausbricht! Da diese hochwichtige Sache nun geklärt ist, können wir vielleicht ...«
»Mir kommt es aber so vor«, beharrte Morris, »daß gerade das Gewicht dieser Beschläge der Grund dafür sein könnte, daß die Tür herausbricht. Ich will ja nicht unken, aber ich habe Sir Owen gewarnt, daß er besser vorsichtig sein soll, wenn er sie aufmacht. Eines Tages ...«
»O heilige Tante Clara!« explodierte Falcon. »Wollen Sie jetzt vielleicht mit Ihrem idiotischen Geschwätz aufhören? Furlong, wir müssen Sie fragen ...«
Furlong sah, daß Morris schon den Mund öffnete, aber da er keineswegs den Wunsch hatte, daß unter seinem Dach ein blutrünstiger Mord begangen wurde, warf er beschwichtigend ein: »Nein, ich bin dankbar für Morris' Interesse. Trotzdem möchte ich darauf hinweisen, daß Tio das ganze Haus überprüft hat, und ich bin sicher, er hätte mich gewarnt, wenn es irgendeinen Grund zur Besorgnis gäbe.«
Ausnahmsweise verschlug es einmal beiden die Sprache, und verblüfft sahen sie ihn an.
»Er ist ein großartiger Architekt«, erklärte Furlong. »Er hat das Fach jahrelang studiert. Haben Sie das nicht gewußt?«
»Beim Zeus«, sagte Morris beeindruckt. »Tatsächlich? Der gute Tio? Haben Sie das gehört, Falcon?«

»Da ich ungefähr zwei Meter von Sir Owen entfernt bin, war es mir möglich, meine Ohren so zu spitzen, daß ich den Kern seiner Worte erfaßt habe. Sagt Ihnen der Name Burton Farrier etwas, Furlong?«

»Der Name sagt mir, daß ich das nächstemal, wenn er kommt, nicht zu Hause sein werde, das kann ich Ihnen versprechen«, antwortete Sir Owen plötzlich ausgesprochen kühl. »Wenn Sie in seinem Namen hier sind ...«

Falcon stieß einen erbosten Schrei aus.

»Wollen Sie damit sagen, daß der Terrier hier war? Vor kurzem?« fragte Morris mit ungewöhnlich scharfer Stimme.

»Gestern. Ein verflucht gefährlicher Kerl, habe ich mir gedacht. Was ist er? Eine Art Steuereintreiber?«

»Er ist ein äußerst übler Bursche, dem die Gardekavalleriebrigade sozusagen freie Jagd auf Helfershelfer der Jakobiten gegeben hat«, erklärte Falcon.

»Sapperlot!« rief Sir Owen bestürzt.

»Hat er Sie nach Glendenning gefragt?« erkundigte sich Morris ängstlich.

»Nein! Er hat gesagt, er versuche den jungen Templeby aufzustöbern. Gütiger Gott! Sie glauben doch nicht etwa, daß er ...« Abrupt brach er ab.

»Wir glauben, daß er hinter Tio her ist«, erwiderte Morris.

Sir Owen fluchte. »Ich hatte gehofft, diese Spur sei endlich kalt. Was meint Tio dazu?«

»Es wäre hilfreich, wenn wir das wüßten«, antwortete Falcon. »Doch es scheint, als wäre Glendenning vom Erdboden verschwunden. Lady Bowers-Malden hat uns gebeten zu versuchen, ihn oder seinen Bruder, der offensichtlich hinter einem Burschen namens Trethaway herjagt, zu finden.«

»Harris Trethaway? Der sich als Major ausgibt?«

»Genau der«, sagte Morris. »Ist er kein Major?«

»Es ist mir völlig egal, ob er ein Major oder ein Midshipman

ist«, fauchte Falcon. »Wo können wir den verfluchten Kerl finden? Wissen Sie es?«
»Ja, das weiß ich tatsächlich. Nicht daß ich je dort gewesen wäre, aber in manchen Kreisen ist er ziemlich beliebt, und wie ich gehört habe, besitzt er ein hübsches Landgut in Kent. Ich glaube, nicht weit von Lamberhurst entfernt.« Und entschuldigend fügte Sir Owen hinzu: »Ich fürchte, ich kann Ihnen keine genaueren Angaben machen, doch wahrscheinlich werden Sie es ganz leicht finden.«
»Verzeihen Sie, aber dann dürfen wir keine Zeit mehr verlieren.« Falcon beugte sich hinunter, um Chaucer zu tätscheln, und anschließend schüttelte er seinem Gastgeber die Hand. »Vielen Dank, Furlong. Sie waren eine große Hilfe.«
Sir Owen ergriff Morris' ausgestreckte Hand. »Ich erwarte, daß Sie es mich wissen lassen, wenn ich irgend etwas tun kann. *Egal,* was! Tio ist ein sehr guter Freund von mir.«
Er ging zusammen mit ihnen zur Eingangstreppe und öffnete sie. »Es kommt Wind auf. Sieht so aus, als würde es wieder Regen geben.«
»Nun, was ich noch wissen wollte ...«, begann Morris.
»Wenn es um die verdammte Tür geht«, unterbrach Falcon ihn gereizt, »dann halten Sie den Mund!«
»Nein. Ich wollte fragen ... Sie haben erwähnt, dieser Möchtegern-Major sei ziemlich beliebt. Bedeutet das, daß er ... daß er ... gesellschaftlich akzeptabel ist?«
»O ja.« Furlong zögerte. »Ich sage nicht gerne etwas gegen einen Mann, aber in diesem Fall könnte es ... Nun, um ganz offen zu sein, einige von uns glauben, daß Trethaway ein regelrechter Gauner ist, der sich nicht scheut, unerfahrene junge Burschen zum Spiel zu verführen, bis sie hoffnungslos bei ihm verschuldet sind. Ich persönlich bin ziemlich sicher, daß er manchmal präparierte Würfel benutzt. Das habe ich ihm auch ins Gesicht gesagt, aber er hat nur gelacht. Und doch ...« Er zuckte mit den Schul-

tern. »Viele halten ihn für einen recht guten Kerl. Er ist ganz sicher ein verwegener Reiter und ein ziemlich vielseitiger Sportsmann. Der arme Derrydene zum Beispiel wollte kein Wort gegen ihn hören ...« Er brach ab.
Falcon, der schon die ersten Stufen hinuntergegangen war, fuhr herum, offensichtlich erschrocken, und Morris sah wie betäubt aus.
»Oh! Wenn ich etwas Unpassendes gesagt habe, bitte ich um Entschuldigung.«
»Derrydene!« flüsterte Morris und starrte Falcon an.
»Wenn das nicht die Höhe ist«, brummte August Falcon.

Zwei Steinbänke standen in der Mitte des Gartenlabyrinths von Glendenning Abbey, aber die beiden jungen Leute, die an diesem hellen, windigen Vormittag darauf saßen, beanspruchten nur einen sehr kleinen Teil der einen.
»Bist du sicher, daß du hier wieder herausfindest?« fragte Amy.
»Nein.« Glendenning drückte sie noch enger an sich. »Ich werde dich hier für immer als Gefangene festhalten. Unsere Nachfahren werden dich ›die Lady im Labyrinth‹ nennen. Wir werden unser ganzes Leben hier verbringen und glücklich sein, und niemand wird uns trennen können. Was halten Sie davon, Miss Consett?«
Sie lachte hell und lehnte den Kopf gegen seine Schulter, um zu seinem lächelnden Gesicht aufzusehen. »Und wie soll ich Ihnen auf einer alten Steinbank etwas zu essen kochen, Euer Lordschaft?«
Er küßte die Locke an ihrer Schläfe, die er besonders gern mochte. »Wir brauchen nichts zu essen. Wir leben von Luft und Liebe.« Und kläglich fügte er hinzu: »Das müssen wir vielleicht tatsächlich, mein Liebling, wenn mein Papa mich an den aristokratischen Ohren zieht und hinauswirft.«

»Warum sollte er etwas so Unfreundliches tun?« fragte sie und begann zu zittern.
»Wahrscheinlich wird er es nicht tun. Sosehr er auch poltert und donnert, so ist er doch eine Seele von Mensch. Du findest dich also besser damit ab, Amy, die Vicomtesse Glendenning zu werden. Gütiger Gott! Was wird nur Absalom sagen? Wahrscheinlich wird er dich verstoßen, weil du zum Adel übergelaufen bist.«
Sie erwiderte sein zärtliches Lächeln nicht, sondern machte sich los und blickte auf die hohen, sauber beschnittenen Hecken, von denen sie umgeben waren. »Sag nicht solche Sachen, Tio«, bat sie mit dünner, bebender Stimme. »Du weißt, daß das nie sein kann.«
Grimmig dachte er, daß sie wohl nur zu sehr recht habe, aber er faßte sie sanft am Kinn, so daß sie ihr Gesicht wieder ihm zuwandte. »Wenn mein Vater seine Zustimmung verweigern sollte, und wenn das Schicksal uns keinen weiteren ... äh ... Stolperstein in den Weg legt, um uns zu trennen, wärst du dann bereit, mein Liebling, dein kostbares Wesen in die Obhut eines Mannes zu geben, der dir, wenn er Glück hat, nur ein bescheidenes Cottage bieten kann? Aber der dich liebt – bis zum Wahnsinn.«
Einen Moment war sie sehr still, in ihren Augen konnte man kein Gefühl lesen. Dann stand sie auf. »Nein«, erwiderte sie keß. »Doch ich danke Euer Lordschaft ergebenst.«
»Bitte, neck mich nicht, Amy«, sagte er voll ruhiger Würde. »Ich meine es absolut ernst.«
»Und du bist sehr lieb, mein aristokratischer Schatz.« Sie streichelte ihm die Wange, und er senkte den Kopf, um ihre schmale Hand zu küssen. Während dieser paar Sekunden spiegelte sich hoffnungslose Sehnsucht auf ihrem Gesicht, aber als er aufsah, betrachtete sie ihn ernst. »Es geht nicht«, erklärte sie. »Du weißt es. Und ich weiß es.«
Er sprang auf. »Unsinn! Wir lieben uns!«
»Ja«, räumte sie seufzend ein. »Und wir hätten es nicht

zulassen sollen. Ich hab das von Anfang an gewußt, aber ich war zu schwach, um ...« Sie sah sein Stirnrunzeln und fügte rasch hinzu: »Ich könnte hier nicht leben, Tio. Nicht in diesem riesigen Palast. Ich würde da hineinpassen wie eine Bauchtänzerin zum Tee im Pfarrhaus. Es gibt keinen von euren Dienern, der nicht besser spricht als ich. Und alle deine Freunde oder eure hochnäsigen Ladys würden hinter der aristokratischen Hand kichern, wenn sie Lord Horatio Glendenning und das Zigeunermädchen sehen, das er ...«

Er hielt ihr den Mund zu und zog sie an sich. »Wag es nicht, so vulgär zu reden, obwohl du es soviel besser kannst. Du sagst diese ganzen Sachen nur, weil du so albern bist zu denken, du seist unter ...«

»Aber ich bin's! O Tio, ich liebe dich, aber ich *bin's!* Ich glaub, es geht gar nicht darum, daß ich nicht gut genug bin wegen meiner Herkunft. Der liebe Gott hat mich geschaffen, genauso wie er dich geschaffen hat. Es ist mehr wegen der Art, wie ihr lebt. Euer Leben ist wie ... wie eine andere Welt, verglichen mit meiner. Verstehst du nicht?« Wieder liebkosten ihre Finger seine Wange, und sie bat: »Mein geliebter Lord, ich werde immer daran denken und immer stolz darauf sein, daß jemand, der so gut, so tapfer und so wunderbar ist wie du, sich herabgelassen hat, ein Zigeunermädchen zu lieben. Aber ...«

»Herabgelassen?« Er hob sie hoch, setzte sie wieder auf die Bank und kniete sich neben sie, die Arme fest um sie geschlungen, das Gesicht in den bauschigen Schoß des rosa Kleides gepreßt. »O Amy. Du bist es, die nicht versteht!« Er sah mit anbetungsvollen Augen zu ihr auf. »Wenn ich an das Leben denke, das du führen mußtest, und wenn ich denke, wie mutig du dieses Leben angepackt und alle Härten und Schrecken überwunden hast, wenn ich deine Schönheit sehe, deine Güte, deinen Glauben, deinen nie versagenden Mut und mir dann den traurigen Murks anschaue, den ich aus *meinem* Leben gemacht habe ... Geliebteste aller Frauen, ich bin derjenige, der deiner nicht wert ist. Nicht wert, dir ...«

»Steh auf, mein geliebter Lord«, flüsterte sie drängend und zerrte an seiner Schulter.

Doch er stand nicht auf, sondern blickte seiner Stiefschwester, die auf sie zukam, ruhig und ohne Scham ins Gesicht. Marguerite blieb stehen, gerührt von dem Bild, das die beiden boten: das schöne Mädchen, das offensichtlich geweint hatte, und das stolze, aber von Traurigkeit überschattete Gesicht ihres Bruders, der am Boden kniete, die Arme um seine Liebste geschlungen. Sie gewann ihre Fassung wieder und sagte: »Oh, es tut mir so leid, daß ich euch störe, aber du mußt schnell kommen, Tio. Dieser schreckliche Mann ist da! Und Michael ist noch nicht zurück. Die arme Mama hat solche Angst.«

Glendenning schickte Amy zusammen mit seiner Schwester fort, nachdem er sie beide gebeten hatte, alles zu tun, um den Earl von diesem Gespräch fernzuhalten. Kampfbereit marschierte er in den blauen Salon, überzeugt davon, daß er seinen Jähzorn unter Kontrolle hatte, aber als er seine Schwiegermutter sah, kühl und majestätisch, doch bleich und mit einem gehetzten Ausdruck in den Augen, fiel es ihm äußerst schwer, Farrier nicht durch das nächste Fenster zu werfen.

Seine Miene war eisig, als die Gräfin sie einander höflich vorstellte. Er neigte leicht den Kopf, übersah jedoch scheinbar Farriers eifrig ausgestreckte Hand, während er fragte, wie er zu Diensten sein könne.

»Nein, nein, Mylord«, säuselte Mr. Farrier. »Ich bin gekommen, um ihnen in einer gewissen ... höchst delikaten Angelegenheit zu Diensten zu sein.«

Glendenning musterte das schmeichlerisch lächelnde Gesicht und murmelte gelangweilt: »Wahrhaftig, Sie überwältigen mich. Was habe ich getan, um solche Ergebenheit zu erfahren – bei einem Mann Ihrer Art?«

Das Lächeln wurde noch breiter. »Nun, ich bin ein patriotischer Bürger, und Sie, Sir, sind ein Peer.«
»Weitschweifige Worte, aber wahr.« Glendenning, der neben dem Stuhl der Gräfin stand, näselte: »Es ist nicht vorgeschrieben, daß Bürgerliche in Gegenwart eines – äh ... Peers stehen müssen, Sie können sich also ruhig setzen.«
Er bemerkte, daß das Spitzenhäubchen seiner Stiefmutter bei diesen unverschämt herablassenden Worten ein wenig zitterte, und legte seine Hand auf ihre Schulter.
Farriers Lächeln wirkte ein wenig starr, und seine zusammengekniffenen Augen glitzerten, aber er lachte leise und erwiderte, Seine Lordschaft sei »zu freundlich«. Er setzte sich auf den Rand eines mit gestreiftem Satin überzogenen Stuhls, faltete bescheiden die Hände auf dem Schoß und fuhr fort: »Ich bin sicher, Lady Bowers-Malden hat Ihnen berichtet, daß es darum geht, wo sich die Comyn-Brosche gegenwärtig befindet, und um, nun sagen wir, die Verdachtsmomente, die mancherorts gegen Sie bestehen.«
»Sie müssen entschuldigen«, entgegnete Glendenning und lächelte ebenso. »Ich wurde auf dem Land aufgehalten und bin eben erst zurückgekehrt.«
»Gestern abend«, murmelte Farrier, erbost, weil er nun zu diesem arroganten jungen Spund aufsehen mußte.
»Beim Zeus! Sie sind gut informiert. Man könnte fast annehmen, daß Sie mir nachspioniert haben.«
»So drastische Schritte sind doch sicher nicht nötig, Mylord. Solche Methoden, das kann ich Ihnen versichern, sind ausschließlich für ... Verräter gedacht.«
»Wirklich? Ich war der Meinung, das Herumschleichen und das Bespitzeln von anderer Leute Privatleben sei mit Torquemada und seiner unseligen Mannschaft verschwunden.«
Farrier spreizte die Hände und zuckte mit den Schultern. »Vielleicht mußte ein einfacher Mann zur Zeit der spani-

schen Inquisition tun, was seine Vorgesetzten ihm befahlen, so wie es auch heute ist. Sie werden das begreifen, Sir, da Sie doch in der Armee gedient haben.«

Das Spitzenhäubchen zitterte erneut, aber Glendenning lachte leise. »Sie irren sich. Ich war kein Soldat unseres Königs.«

»Auch nicht des anderen?« konterte Farrier blitzschnell.

»Wie können Sie es *wagen*, so etwas anzudeuten«, schaltete sich Lady Nola hitzig ein.

»Nein, nein, Ma'am«, sagte Glendenning. »Es ist ganz gut, daß diese Kreatur sich weit genug aus ihrem Loch gewagt hat, um sich zum Narren zu machen. Ich kann die Sache kaum an meine Anwälte weitergeben, wenn es nur um gedrechselte Halbdrohungen und heimtückische Andeutungen geht.« Er trat näher zu Farrier und sah auf ihn herab, als wäre er ein abstoßendes Insekt. »Es ist ganz offensichtlich, was Sie in Ihrer ... Laufbahn zurückgeworfen hat, armer Kerl. Sie sind bei weitem zu schüchtern. Sagen Sie es offen. Auf Gewinn spielen oder zahlen. Sie sollten sehr sicher sein, bevor Sie eine Anklage äußern, denn ich kann Ihnen versprechen, daß eine falsche Anklage Ihnen ziemlichen Ärger einbringen wird. Weder mein Vater noch ich sind in Whitehall ohne Einfluß.«

Das war vollkommen richtig, aber Farrier wußte, welche Mächte hinter ihm standen, und so blieb er unerschrocken. Glendenning sah sein verstohlenes Grinsen und zog seine eigenen Schlüsse daraus. Er hatte gehofft, den schleimigen Kerl so wütend zu machen, daß er einen Fehler beging, was ihm offensichtlich mißlungen war. Doch er wußte nicht, daß Farrier äußerst erbost war. Das angedeutete Lächeln auf den Lippen des Viscounts war so empörend verächtlich, die gestrafften breiten Schultern und der stolz zurückgeworfene Kopf, die gelangweilte Haltung – all das sprach von einer aristokratischen Überheblichkeit, die Farrier geradezu mit Sehnsucht erfüllte, Mylords Kopf auf einer Lanzenspitze vor dem Temple Bar zu sehen.

»Ich wünschte, meine Andeutungen entbehrten der Grundlage, Sir«, erwiderte er aalglatt. »Es bekümmert mich, feststellen zu müssen, daß Lady Bowers-Maldens Geschichte, die Comyn-Brosche sei verkauft worden, nicht stichhaltig ist.«

Lady Nola keuchte, und ihre Hand fuhr an ihren Hals.

»Wissen Sie, Farrier, es klingt fast so, als beschuldigten Sie mein Mutter, Sie anzulügen. Ich hoffe, ich irre mich.«

Die Stimme des Viscounts war ruhig, aber Farrier sah das Glitzern in den grünen Augen und stand hastig auf, als der Viscount näher kam. »Wie gut ich Ihre Gefühle verstehe, Mylord. Leider ist es vollkommen wahr, was ich sage. Ich komme gerade erst von einer Unterredung mit Major Harris Trethaway zurück. Ein prächtiger Gentleman, der versucht hat ... äh ... freundlich zu sein, bis ich ihm den Ernst der Situation klargemacht habe. Daraufhin gab er widerstrebend zu, daß ...« Er unterbrach sich und schüttelte traurig den Kopf. »Ich fand es schwer zu glauben, aber ...«

»Vielleicht fällt es Ihnen leichter zu glauben, daß ich genug habe von Ihrem heimtückischen Grinsen und Ihre Wichtigtuerei und Sie in fünf Sekunden aus diesem Fenster werfen werde.«

Glendenning sah so aus, als sei er nicht nur dazu fähig, sondern geradezu erpicht darauf, das zu tun, und Farrier wich einen Schritt zurück. »Major Harris Trethaway hat nie etwas von der Comyn-Brosche gehört, noch hat Michael Templeby ihm einen solchen Gegenstand als Bezahlung für ...«

»Das ist nicht wahr!« rief die Gräfin totenbleich.

»Natürlich ist es nicht wahr«, sagte Glendenning grimmig. »Bitte lassen Sie uns allein, Mama, so daß ich diese kleine Schlange zertreten kann!«

»Bleiben Sie mir vom Leib!« warnte Farrier und suchte

Zuflucht hinter einem Sofa. »Wir werden Trethaway als Zeugen gegen ...«

»Den Teufel werden Sie! Wenn Sie nicht lügen, was ich bezweifle, dann lügt dieser angebliche Major Trethaway! Ich werde ihn aufsuchen und die Wahrheit aus dem ränkevollen Schuft herausschütteln. Und wenn Sie meine Mutter weiter belästigen, indem Sie Ihren widerlichen Kadaver auf meiner Türschwelle sehen lassen, bevor ich zurück bin ...«

»Wagen Sie es nicht, einen Offizier des Königs zu bedrohen!« schrie Farrier, als der Viscount sich ihm näherte. »Wenn Sie mir die Comyn-Brosche nicht geben können ...«

»Warum, zum Teufel«, donnerte eine weitere Stimme von der nun offenen Tür her, »sollte mein Sohn Ihnen eine Nadel, eine Brosche oder einen Fingerhut geben, Kerl? Wenn Sie hierhergekommen sind, weil Sie eine Stelle als Näherin suchen, hätten Sie sich an meine Haushälterin wenden sollen!«

Lady Nola schloß einen Moment lang die Augen. Zur Hölle! dachte Glendenning.

Der Earl of Bowers-Malden kam in den Raum marschiert, das Gesicht ein einziges Donnergrollen.

Farrier gewann seine Selbstsicherheit wieder, tauchte hinter dem Sofa auf und verbeugte sich so tief, daß seine Perücke fast den Fußboden streifte. »Erlauben Sie, daß ich mich vorstelle, Mylord«, begann er ölig.

»Ganz gewiß nicht. Verschwinden Sie sofort. Ah, Mylady, ich habe nach Ihnen gesucht ... Diese ...« Der Earl brach ab und sah stirnrunzelnd von der angespannten Miene seiner Frau zu dem rätselhaften Gesichtsausdruck seines Sohnes. Er blickte noch finsterer drein und wandte sich Farrier zu. »Wer immer Sie sind, Sie haben meine Frau beunruhigt. Und das erlaube ich niemandem. Glendenning, warum haben Sie diese Person vorgelassen?«

»Mein Name ist Farrier, Mylord. Burton Farrier.«

»Na, dann viel Vergnügen damit. Guten Tag, Sir!« Der Earl stampfte zur Klingelschnur.

»Ich bin hier«, fuhr Farrier mit schmeichlerischer Stimme fort, »als Vertreter General Underhills.«

Bowers-Maldens ausgestreckte Hand hielt inne. »Tatsächlich, beim Zeus? Ist er hier? Ich freue mich, ihn willkommen zu heißen. Underhill ist manchmal ein verschlagener Bursche, doch er ist ein prima Piquet-Spieler. Noch lieber wäre mir ein halbwegs bewanderter Schachpartner, aber die sind leider so schwer zu finden wie eine Nadel im Heuhaufen. Wann darf ich ihn erwarten?«

Etwas verwirrt erwiderte Farrier: »Der General hat mich in einer geschäftlichen Angelegenheit geschickt, Mylord ...«

»Womit Sie nicht Ihre Zeit vertun müssen, Sir«, unterbrach Glendenning. »Ich weiß, daß Sie mit Mama sprechen möchten, daher ...«

Der Earl, der Farrier eingehend gemustert hatte, hob die Hand. »Farrier ... Ich glaube, ich habe diesen Namen schon einmal gehört. Sie sind ein Kopfgeldjäger oder irgend so etwas Schändliches.«

»Keineswegs, Mylord. Ich bin mit besonderen Ermittlungen betraut, und es ist meine Aufgabe, verräterische Jakobitenschweine aufzuspüren, die jede Ebene unseres Landes infiltriert haben ...«

»Ich dulde keine Kopfgeldjäger in meinem Haus«, knurrte der Earl und zog heftig an der Klingelschnur. »Verschwinden Sie, oder Sie werden hinausgeworfen. Sie haben die Wahl, Sir!«

»Es wäre äußerst unklug, zu Gewalt zu greifen, bevor Sie die Anklage kennen, die ich gegen Viscount Glendenning vorbringe«, warnte Farrier, dessen Stimme ein wenig schrill klang.

Der eiserne Blick des Earls glitt über seinen Sohn. »Anklage?«

»Der alberne Kerl verlangt irgendeine Brosche zu sehen,

Sir. Wenn sie nicht da ist, werde ich anscheinend meinen Kopf verlieren«, erklärte Glendenning kühl.

»Wenn eine *Brosche* nicht da ist? Der Kerl ist wohl nicht bei Verstand!«

Die Türen wurden aufgerissen, und zwei majestätische Diener kamen herein.

»Bringen Sie das hinaus!« befahl der Earl.

»Ich habe den größten Respekt vor Ihrem Namen und Ihrer Stellung in der Gesellschaft, Lord Glendenning«, sagte Farrier und behielt die massive Gestalt des Earls argwöhnisch im Auge. »Und da Ihr erlauchter Vater ein Freund von General Underhill ist, will ich eine Ausnahme machen und Ihnen noch einen Tag Zeit geben, um Ihren Bruder zu finden. Morgen nachmittag um fünf Uhr werde ich mit einer Militäreskorte wiederkommen. Wenn Sie die Brosche um diese Zeit ...«

»Zur Hölle mit Ihren Broschen!« brüllte der Earl. »Hinaus!«

Farriers Worte hatten die Diener in Schrecken versetzt, und sie wechselten unbehagliche Blicke, als sie ihn jeweils am Arm packten und zur Tür hinauszogen.

»... nicht vorweisen können«, rief Farrier, der sich wütend wehrte, »werden Sie in den Tower gebracht, und man macht Ihnen den Prozeß wegen ...«

Die Diener ließen ihn los, als wäre er glühend heiß, und wandten dem Earl ängstliche Gesichter zu.

Glendenning machte drei rasche Schritte.

Farrier floh, das Wort »Hoch ... verrat!« ausstoßend.

Die Diener fingen den funkelnden Blick des Earls auf, nahmen ihre fünf Sinne wieder zusammen und eilten davon.

Als die Türen sich schlossen, fuhr Bowers-Malden herum und sah grimmig von seinem Sohn zu seiner Frau. »Bitte lassen Sie uns allein, Mylady.«

Lady Nola erhob sich. Sie war totenbleich, aber ihre Stim-

me war fest. »Nein, Gregory. Verstehst du, das betrifft mich.«
»Wenn das der Fall ist«, knurrte er, »dann zweifellos deshalb, weil Glendenning Templeby mit in seine unsinnigen Anwandlungen hineingezogen hat. Es wäre mir lieber, wenn du gehen würdest.«
»Nein, Gregory«, sagte sie noch einmal.
»Nun gut.« Er zuckte mit den Schultern und schritt zum Kamin. »Ich erwarte die Blüten Ihres einfallsreichen Geistes, Mylord.«
Der Viscount wußte, daß der Augenblick der Wahrheit gekommen war. Er wich ihm nicht aus, sondern begann ruhig und fest zu sprechen und teilte seinem Vater die Fakten mit, wenn auch nicht ganz vollständig.
Währenddessen stand der Earl am Kamin gelehnt, die Arme vor dem mächtigen Brustkorb verschränkt und den durchdringenden Blick auf seinen Sohn geheftet. Gelegentlich entfuhr ihm ein erstickter Laut. Nach und nach verfärbte sich sein Gesicht dunkel, aber wie zornig er auch sein mochte, er sagte nichts.
Glendenning hatte zu Ende gesprochen, und ein langes, angespanntes Schweigen trat ein.
Bowers-Malden stand kerzengerade da. Mit leiser Stimme, die bedrohlicher war als sein Stiergebrüll, sagte er langsam: »Ich hatte also recht. Wegen deiner verdammten landesverräterischen Komplotte – wegen deiner Lügen und Betrügereien und Ausflüchte – hast du Tod und Schande über dieses Haus gebracht!«
Glendenning holte tief Atem und preßte die Hände zusammen, während er sich gegen die donnernde Anklage wappnete, die Vorwürfe und vielleicht sogar Schläge.
Lady Nola trat zu ihrem Mann und nahm seine Hand. »Horatio hat dir nicht alles gesagt, mein Lieber. Michael hat die Comyn-Brosche verspielt. Horatio war daran nicht beteiligt. Du darfst ihm nicht allein die Schuld geben.«

Der Earl blickte sie ruhig an. Die Röte in seinem Gesicht war verschwunden, er sah nun sehr blaß aus. »Meine liebe Frau«, erwiderte er. »Stets so voller Treue und Liebe. Und wie immer hast du vollkommen recht. Der Fehler liegt nicht bei meinem Sohn, sondern bei mir selbst.«
Entsetzt protestierte Glendenning: »Nein, Sir! Wie sollte man Sie für etwas tadeln, das ich ...«
Ohne auf die Unterbrechung zu achten, fuhr der Earl fort, noch immer mit derselben ruhigen, traurigen Stimme. »Ich wußte, was er ist. Ich habe immer gewußt, auf welcher Seite seine Sympathien gelegen haben. Aber ich habe die Augen verschlossen. Vielleicht war ich in gewisser Weise sogar stolz darauf, daß er so starke Überzeugungen hatte und daß er Manns genug war, entsprechend zu handeln. Ich hatte weniger Mut als er, denn ich hätte ihn schon längst enterben sollen. Es hätte mir klar sein müssen, daß es soweit kommen könnte. Daß er die Macht hat, alle die zu vernichten, die ich liebe.«
Glendenning war auf Zorn vorbereitet gewesen; eine so stille Resignation bei diesem Mann, der für seine Wutanfälle berüchtigt war, traf ihn ins Herz. Er spürte einen Kloß im Hals, der jeden Versuch, sich zu verteidigen, erstickte.
Lady Nola schluchzte leise auf, und der Earl nahm sie in die Arme. »Bestimmt wird es doch nicht ... dazu kommen, Gregory?« stammelte sie, und ihre Augen musterten verzweifelt sein Gesicht. »Sie ... werden uns doch nicht umbringen? N-nicht Marguerite und ... Michael?«
Mit gebrochener Stimme sagte Glendenning: »Gott ist mein Zeuge, Mama, ich *schwöre*, daß es nicht meine Absicht war, Sie in solche Gefahr zu bringen! Ich reite sofort los, um Michael zu suchen, und ...«
Als hätte er nichts gesagt, murmelte Bowers-Malden: »Wenn es irgendwie in meiner Macht liegt, mein Herz, wirst weder du noch werden deine Kinder leiden. Ich bin nicht ganz ohne Einfluß. Du darfst mir glauben, daß ich auch

noch das letzte Körnchen davon einsetzen werde, um euch zu schützen.«
Lady Nola hob den Kopf von seiner Schulter und blickte zum Viscount. »Horatio.« Sie streckte die Hand aus.
Glendenning wollte sie ergreifen, aber Bowers-Malden riß seine Frau wie vor einer ansteckenden Berührung zurück.
Glendenning sah in sein plötzlich unversöhnliches Gesicht und flehte: »Sir, ich ... ich kann nicht verlangen, daß Sie mir verzeihen. Die Verantwortung liegt bei mir. Ich werde sie tragen. Aber wahrhaftig, ich habe geglaubt ...«
»Ihre Überzeugungen, Mylord«, erwiderte der Earl kalt, »interessieren mich nicht länger. Ihre Überzeugungen haben diese Familie, unseren guten Namen und alles, wofür unsere Vorfahren jahrhundertelang gekämpft haben, zerstört. Ich hoffe nur, daß Sie zufrieden sein werden, wenn meine unschuldige Frau und ihre Kinder *Ihre* Überzeugungen mit dem Leben bezahlen werden.«
»Nein! Mein Gott! Sagen Sie das nicht, ich bitte Sie! Ich werde die Brosche finden und sie zurückbringen. Wenn es irgendwie menschenmöglich ist, Vater, werde ich ...«
»Tun Sie mir den Gefallen«, unterbrach ihn der Earl und drückte seine Frau an sich, »und erinnern Sie mich in der Zeit, die uns noch bleibt, nicht an unsere Verwandtschaftsbeziehung. Ich glaube nicht, daß Sie auch nur entferntest erraten können, wie bitter ich den Tag verwünsche, an dem Sie geboren wurden.«
Glendenning keuchte und fuhr zurück, als wäre er geschlagen worden.
»Komm, meine Liebe«, sagte der Earl zärtlich und führte seine verzweifelte Frau aus dem Zimmer. Auf der Schwelle drehte er sich um. »Seien Sie so freundlich, Sir, Ihre Überzeugungen, Ihren Verrat und Ihre Dirne zu nehmen und dieses Haus zu verlassen, so daß wir, wenn wir sterben müssen, uns dabei wenigstens noch einen Hauch von Anstand bewahren können.«

Lady Nolas leises Schluchzen verklang, als sie hinausgingen.
Das Zimmer, das sie verlassen hatten, war nun ganz ruhig. Der Mann darin stand so still da, als wäre er zu Stein geworden, und die einzige Regung, die man sehen konnte, war ein glitzernder Tropfen, der stumm über seine hagere Wange rollte.

Das Nieseln, das schon vor längerer Zeit eingesetzt hatte, verwandelte sich nun in Regen, und der heftige Wind peitschte dem Kutscher Tropfen in die Augen, so daß er fluchte, während er das Gespann in einem gleichmäßigen Galopp hielt. In der schaukelnden Kutsche war seit einiger Zeit wenig gesprochen worden. Amy, an den Viscount gekuschelt, den Arm durch den seinen gesteckt, schaute zu ihm auf. Sie konnte seinen Gesichtsausdruck nicht sehen, denn er hatte den Kopf abgewandt und starrte durch das regennasse Fenster.
Sie drückte seinen Arm und sagte sanft: »Er hat es nicht so gemeint, mein Liebster, du weißt, daß er es nicht so gemeint hat.«
Er blickte sie an, und sie erschrak, als sie sah, wie weiß sein Gesicht und wie verzweifelt seine Augen waren. »Oh, gräm dich nicht so!« rief sie. »Er hat im Zorn gesprochen und in der Sorge um seine Lady. Ich würde mich nicht wundern, wenn er in dieser Minute schon wünschte, er könnte seine Worte zurücknehmen.«
»Ich würde mich wundern«, entgegnete Glendenning dumpf. »Er hat jedes Wort so gemeint. Und er hatte recht, Amy. Ich habe diese Katastrophe über ihn gebracht. Über sie alle, möge Gott mir vergeben!«
»Aber du hast nie gewollt, daß ihnen etwas Böses geschieht, Lieber«, widersprach sie und streichelte seine geballte

Faust. »Du warst bereit, dein Leben zu riskieren, und du hast für das gekämpft, was deiner Meinung nach das Beste für England war. Keiner kann mehr tun als das, was er für richtig hält. Nur ...«

Sein Mund verzog sich zu einem schwachen Lächeln. »Nur ...?«

»Ich kann mir nicht helfen, Tio, aber ... vielleicht wäre es besser gewesen, wenn du ihn nicht so getäuscht hättest.«

Er seufzte und lehnte den Kopf zurück gegen die Polster. »Ich habe nicht gewagt, es ihm zu sagen. Es hätte ihn zu einem Mitverschwörer gemacht, denn wenn er mit Sicherheit gewußt hätte, daß ich für Charles Stuart gekämpft habe, hätte er mich beim Gardekavallerieregiment anzeigen müssen, und das hätte er nie getan. Es hätte ihn immer mehr zermürbt. Er ist ein so moralischer Mann, Amy. Sein Wort ist ihm heilig. Ich konnte ihm nicht eine so furchtbare Last aufs Gewissen legen.«

»Natürlich. Das verstehe ich gut. Dann hast du genau das getan, was du tun mußtest. Wie immer.«

Er lächelte verzerrt und schüttelte den Kopf, sagte aber nichts.

Sie beobachtete ihn ängstlich, besorgt über diese ungewohnte Apathie, und suchte nach tröstlichen Worten, zögerte aber doch, ihn in seinen Gedanken zu stören.

Nach einer Weile murmelte er: »Weißt du, ich bin fast erleichtert, daß es passiert ist. All diese Monate mit der Furcht, er könnte es herausfinden und welchen Kummer es ihm bereiten würde. Jetzt ist es wenigstens vorbei.«

Angst ergriff sie, und sie widersprach: »Nein, es ist nicht vorbei! Wir müssen diese Brosche finden, Lordschaft. Wir müssen dafür sorgen, daß deiner Familie nichts passiert.«

»Ihr wird nichts passieren. Das verspreche ich dir.«

Eine ruhige Endgültigkeit lag in seinen Worten; sein kräftiges Kinn wirkte so entschlossen, daß sie ihn ängstlich anblickte. Doch seine Stimme klang munterer, als er hinzu-

fügte: »Nun mach dir keine Sorgen, meine Liebste. Wir schaffen es schon, daran zweifle ich nicht. Gott, was gäbe ich darum, wenn ich dein gemeinsames Frühstück mit meinem ... mit Bowers-Malden hätte belauschen können.« Obwohl er offensichtlich vor dem Wort Vater zurückgeschreckt war, tröstete sein humorvolles Lächeln sie ein wenig. »Bloß gut, daß du das nicht hast«, erwiderte sie. »Du wärst ordentlich schockiert gewesen.« Sie kicherte. »Himmel, der kann vielleicht wild werden. Wenn ich daran denke, daß ich ihn einen armen Schlucker genannt und ihm gesagt habe, er sei ein Fall fürs Irrenhaus.«
»Das hast du nie gesagt!«
»Ich hätte es nie gesagt, wenn ich gewußt hätte, wer er ist. Ich habe gedacht, er wäre ein Stallknecht oder so was. Ich hab ihm schön was zu lachen gegeben, aber ich hätte gleich sehen sollen, daß er ein richtiger Gent ist.«
»Das ist er, nicht wahr?« seufzte Glendenning.
Sie nahm seinen Kopf und gab ihm einen Kuß, und er fragte: »Wofür war das?«
»Weil du nicht böse bist wegen all der Sachen, die er dir gesagt hat.«
»Wie sollte ich das wagen, wenn doch das meiste davon gerechtfertigt war? Nur – ich hatte wirklich nicht die Absicht, meinen Bruder auf Abwege zu bringen. Ich habe nie versucht, mit ihm über den Aufstand zu reden, obwohl ich annehme, daß er meine Verwicklung darin geargwöhnt hat. Ich habe ihn natürlich mit in meine Clubs genommen und dafür gesorgt, daß er dort aufgenommen wurde. Aber ich war selbst nie ein besonders wilder Spieler, Amy. Ich schwöre, er hat nicht einmal gesehen, daß ich viel verloren habe.«
»Nun, dann hast du ihm nie ein schlechtes Beispiel gegeben, nicht wahr?« Sie zögerte, dann meinte sie sanft: »Dein Fehler war vielleicht, daß du dir nicht die Mühe gemacht hast, ihm ein gutes zu geben.«

»Sehr richtig.«
»Aber trotzdem«, fuhr sie fort, »dein Bruder ist erwachsen, oder nicht? Alt genug, um zu wissen, was richtig ist, meine ich. Dein Papa hat bestimmt nicht erwartet, daß du jede Bewegung von Mr. Templeby überwachst. Schließlich muß jeder früher oder später auf seinen eigenen Füßen stehen. Ich würde mir darüber also nicht zuviele Gedanken machen, Lieber.«
Ohne aufzusehen, nahm er ihre Hand und küßte sie wortlos. Erneut herrschte Schweigen, bis er schließlich sehr leise sagte: »Wenn er mir nur nicht verboten hätte, ihn je wieder ... meinen Vater zu nennen. Wenn er nur nicht gesagt hätte, er wünschte, ich wäre nie ... nie geboren worden.« Er fuhr sich mit der Hand über die Augen und sah daher nicht ihren entsetzten Gesichtsausdruck. Von diesen bitteren Worten hatte sie noch nichts gewußt. Sie unterdrückte ein Schluchzen und umarmte ihn, so fest sie konnte, während ihr das Herz vor Mitleid weh tat.
Er riß sich zusammen, setzte sich aufrechter hin und erklärte fest: »Du mußt mich für einen schönen Weichling halten. Nun, meine höchst erfinderische Lady, genug mit diesem zwecklosen Bedauern. Wir müssen uns beeilen und uns anstrengen, das Schicksal zu überlisten, nicht wahr?«
»O ja. Aber wie, Tio?«
»Meinen Bruder finden. Irgendwie.« Er verdrängte die Furcht, daß dies vielleicht nicht möglich sei. »Ich habe bis morgen nachmittag um fünf Uhr Zeit. Gebe Gott, daß es genug Zeit ist.«
»Amen«, erwiderte sie inbrünstig. »Wo wohnt dieser Major? Weißt du es?«
»Nein.« Und mit einem entschieden grimmigen Lächeln fügte er hinzu: »Aber ich kenne eine Frau, die es weiß, und deswegen fahren wir zuerst in die Stadt.«
»Oh. Nun, ich warte besser in der Kutsche, während du hineingehst.« Er sah sie an, eine Augenbraue fragend hoch-

gezogen. Errötend erklärte sie: »Ich ... ich habe mich noch nicht an diese hochhackigen Schuhe gewöhnt.«
Sie meinte natürlich, daß sie befürchtete, ihm Schande zu machen. Er küßte sie lange und fühlte, wie ihr Mund den Kuß erwiderte, während ihr schlanker Körper sich an ihn preßte. Er wußte, wie wenig er ihrer Treue und ihres Vertrauens würdig war, und sagte heiser: »Wie verdiene ich dich nur, meine tapfere kleine Liebste? Wenn du klug wärst, würdest du schnell und weit von mir wegrennen, bevor ich dein schönes Leben auch noch zerstöre.«
Als Antwort nahm sie sein erschöpftes Gesicht in ihre Hände und erklärte: »In diesem Fall bin ich verflucht froh, daß ich nicht klug bin. Und das war jetzt genügend dummes Zeug von Ihnen, Lordschaft!«

12

Es war vier Uhr vorbei, als der Kutscher das Gespann zum fünftenmal um die Ecke der ruhigen Straße in Bloomsbury lenkte. Diesmal wartete der Viscount auf den Treppen einer hübschen Villa, den Mantel eng um sich gezogen, um sich vor dem Regen zu schützen. Der Lakai kletterte herunter, um den Schlag der Kutsche zu öffnen. Glendenning rief dem Kutscher Anweisungen zu, dann stieg er ein. Sein Mantel und sein Dreispitz waren naß, und er warf beides auf die gegenüberliegende Bank.

»Sie hat dich also empfangen? Hat sie dir etwas gesagt?« fragte Amy eifrig.

Er schlang den Arm um sie und küßte sie auf die Nasenspitze. »Mrs. Alvelley hat mich empfangen. Und sie hat mir etwas gesagt. Widerstrebend und sehr wenig.«

Amys große Augen richteten sich auf das Taschentuch, das er um die linke Hand geschlungen hatte.

Er blickte auf seine Hand. »Ich war gezwungen, sie vor die Wahl zu stellen, mir entweder zu sagen, was ich wissen wollte, oder aber damit rechnen zu müssen, daß ich sie wegen ihrer präparierten Würfel bei den Behörden anzeige. Daher ihre widerwillige Willfährigkeit.«

»Sie hat dich gekratzt, nicht wahr? So eine Katze!« Sie spähte aus dem Fenster, als die Kutsche um eine Ecke ratterte und Schlamm aufspritzte. »London ist gar nicht so groß und laut, wie ich gehört habe.«

»Wir sind in Bloomsbury, mein Liebling. Ganz am Rand der Stadt.«

»Kommen wir dann noch nach Mayfair?« fragte sie hoffnungsvoll.

»Nein, es tut mir leid. Ich habe den Kutscher angewiesen, die belebteren und verkehrsreichen Straßen zu meiden. Wir fahren nun in östlicher Richtung, auf die London Bridge zu, und dann über den Fluß nach Southwark und ...«

»London Bridge!« Mit einem entzückten Ausruf klatschte sie in die Hände. »Oh, wenn es doch bloß nicht regnen würde, aber ...« Ihre lebhafte Mimik zeigte plötzlich Schuldbewußtsein, und sie schlug sich die Hand auf den Mund. »Was bin ich nur für ein Dummkopf! Als ob es hier nicht um Leben und Tod gehen würde, und ich benehme mich wie ein albernes Kind. Es ist bloß so, daß ich dauernd Geschichten von London gehört hab, und nie hab ich es gesehen, Tio. Aber ich ... ich hab nicht vergessen, in welcher Klemme wir stecken, ganz bestimmt nicht. Also bitte, Lordschaft, bitte sei nicht böse mit mir.«

Er küßte sie liebevoll. »Wie sollte ich böse sein, wenn du der einzige Sonnenstrahl in dieser häßlichen Geschichte bist?«

Außer Atem machte sie sich schließlich von ihm los und blickte wieder fasziniert aus dem Fenster. »Sieh bloß all die Kutschen und Wagen! Warum leben die Leute hier nur so eng zusammen? So sonderlich hübsch ist es hier doch nicht, oder? Was machen sie mit den ganzen Bäumen? Wo fahren wir hin, wenn wir über die Brücke sind?«

»Nach Kent. Eine lange und ermüdende Fahrt für dich, fürchte ich. Trethaway besitzt ein Haus in der Nähe der Wells, das war alles, was ich aus dem niederträchtigen Frauenzimmer herausbekommen konnte. Es wird ein regnerischer Abend, und wahrscheinlich ist es dunkel, bevor wir ankommen, aber ich kann nicht anhalten, mein Liebes. Ich werde dich in einem behaglichen Gasthaus unterbringen, sobald ich Trethaway aufgestöbert habe, und dich abholen, wenn ...«

»O nein, das wirst du bleibenlassen«, fauchte Amy empört, und ihre sorgfältige Sprache nahm erklecklichen Schaden. »Du gehst nicht ganz allein zu so einer Natter, junger Mann!«
Er sah lachend in ihre kämpferisch blickenden Augen. »Wahrscheinlich stellst du dir einen tüchtigen Kampf vor. Aber womit willst du kämpfen, da du weder eine Donnerbüchse noch einen Kochtopf hast, geliebteste und hübscheste aller Kriegerinnen?«
Ihre Petticoats blitzten auf, und er erhaschte einen Blick auf ein wohlgeformtes Bein und ein Strumpfband aus rotem Satin. Ihr Messer glitzerte vor seinem Gesicht, und ihre dunklen Augen funkelten. »Ganz schön überrascht werden sie sein, wenn sie rauskriegen, daß es keine vornehme, höfliche Lady ist, mit der sie's zu tun haben, sondern ein Zigeunermädchen, das weiß, wie es ihrem Mann helfen muß, wenn's um Geige und Bratsche geht.«
»Wenn er in der Patsche steckt.« Trotz ihrer Rotwelschreime tief gerührt, konnte er über ihren Mut nur staunen. Wenn Amy Consett mit Gefahr konfrontiert wurde, gab es kein ängstliches Zittern und kein Zagen. Sie reckte ihr furchtloses Kinn mit dem Grübchen darin und packte resolut ihren kleinen Dolch. Und sie würde ihn nach Kräften unterstützen. Bis zuletzt würde sie an seiner Seite stehen. Natürlich durfte es nicht soweit kommen, aber das Wissen um ihre treue und standhafte Liebe war Balsam für seinen Kummer. Er senkte den Kopf und küßte ihre Hand, so daß sie aufschrie aus Angst, er könnte sich schneiden.
Er blickte zu ihr auf und sagte. »Meine Amy, wenn wir das alles durchgestanden haben und in Sicherheit sind, wie stolz werde ich dann sein, dich zu meiner Frau zu machen.«
Und er dachte: Aber wenn wir das nicht durchstehen, meine kleine Liebste, dann werde ich dafür sorgen, daß du nicht mit mir in den Abgrund gezogen wirst.

Sie fuhren nun in halsbrecherischer Geschwindigkeit und kamen trotz des Regens in ausgezeichnetem Tempo voran. Dennoch war es bereits dämmrig, als die Kutsche sich Tunbridge Wells näherte. Glendenning blickte auf die vorüberfliegende Landschaft, ohne etwas von den heckengesäumten, kurvigen Landstraßen oder von den Cottages und verstreuten Bauernhäusern zu sehen, deren warmer Lichtschein vermuten ließ, daß Familien darin behaglich zusammensaßen. All seine Gedanken waren auf seine eigene Familie gerichtet. Er vermochte das Echo der bitteren Worte seines Vaters nicht aus seinem Sinn zu verbannen. Mit peinvoller Klarheit sah er Lady Nolas Tränen vor sich und konnte sich in ihre augenblicklichen Gefühle hineinversetzen. Arme Mama. Zerrissen zwischen der Liebe zu ihrem Mann und der Liebe zu seinem auf Abwege geratenen Erben.

Amy regte sich in seinen Armen und gähnte schläfrig. Ihre Hand streichelte über seine Wange. »Liebster Lord, du siehst so müde aus. Hast du nicht ein wenig schlafen können? Du solltest ...«

Die Kutsche schaukelte. Rufe wurden laut. Der Schlag wurde aufgerissen, und er hörte eine vertraute Stimme sagen: »Gütiger Himmel, Tio! Was haben wir Ihretwegen durchgemacht, und Sie räkeln sich hier mit einem ...«

»Falcon!« rief der Viscount und starrte ungläubig auf den durchnäßten jungen Dandy, der in die Kutsche kletterte.

»Und ich«, meldete sich Morris, der tropfend hinterherkam. »Guten Tag, Ma'am. Ich muß ...« Seine treuherzigen Augen weiteten sich anerkennend. »Beim Zeus!«

Verwirrt fragte Glendenning: »Was meinen Sie? Was haben Sie meinetwegen durchgemacht?«

Der Kutscher öffnete den Schlag und spähte ins Innere. »Wir haben die Pferde der Gents hinten angebunden, Milord. Soll ich weiterfahren?«

»Ja ... äh ... ja.« Der Schlag schloß sich, und Glendenning

sagte: »Jamie, willst du mir jetzt bitte erklären, was das alles bedeutet?«
Morris zögerte, dann blickte er mit ernstem Gesicht zu Amy.
»O Gott!« rief Glendenning. »Verzeihen Sie, Ma'am. Darf ich Ihnen Mr. August Falcon und Leutnant James Morris vorstellen? Gentlemen – Miss Consett. Meine Verlobte.«
Amy sah, wie sich auf dem treuherzigen Gesicht des einen Erstaunen breitmachte, während der andere, der so attraktiv war, daß ein Mädchen schwache Knie bekommen konnte, leicht belustigt dreinsah.
»Meinen Glückwunsch, Glendenning«, näselte Falcon.
»Oh. Ja. Äh ... prima Sache, wie?« murmelte Morris und wurde knallrot.
»Das ist alles dummes Zeug«, wehrte Amy mit einem schüchternen Lächeln ab. »Er ist mit niemandem verlobt.«
Bei diesen offenen Worten wurden Morris' Augen noch runder.
Falcon sah Glendenning nachdenklich an. »Wo, zum Teufel, waren Sie die ganze Zeit?«
»Du schaust schrecklich aus, mein lieber Junge«, bemerkte Morris. »Tut mir leid, aber es ist so.«
»Das ist eine lange Geschichte, die ich euch später erzählen werde«, erwiderte der Viscount. »Sagt ihr mir nun bitte, warum ihr hier seid?«
Obwohl Morris ihn ein paarmal unterbrach, gelang es Falcon, die Sache zu erklären. Als er geendet hatte, fragte Glendenning: »Dann habt ihr also herausgefunden, wo Trethaway wohnt? Wahrhaftig, ich weiß nicht, wie ich euch danken soll, daß ihr meinetwegen solche Mühen auf euch genommen habt.«
»Machen Sie sich nichts vor, ich bin nur hier, weil ...«, wehrte Falcon mit einem Seitenblick auf Amys fragendes Gesicht ab. »... weil ich Sie bei einer gewissen Sache brau-

che. Trotzdem glaube ich, daß wir ein Recht darauf haben zu erfahren, warum Sie es für passend gehalten haben, zwei Wochen lang zu verschwinden.«

»Ja, natürlich. Aber zuerst . . . Wie um alles in der Welt habt ihr uns gefunden?«

»Glück, mein lieber Junge«, antwortete Morris, der kaum den Blick von Amy wenden konnte. »Wir waren auf dem Rückweg nach Windsor, weil wir sehen wollten, ob du mittlerweile zu Hause bist, und ...«

»Und wenn Sie nicht erkannt werden wollen«, warf Falcon schleppend ein, »sollten Sie keine Ausflüge in einer Kutsche mit Ihrem Wappen auf der Seite machen. Täusche ich mich, oder sind Sie ebenfalls hier unterwegs, um Trethaway aufzusuchen?«

»Sie täuschen sich nicht. Es ist äußerst wichtig, daß ich mit diesem Basta ... äh ... diesem Halunken spreche, und auch mit meinem Bruder muß ich dringend reden.«

»Daraus wird nichts«, erklärte Morris. »Es ist noch keine Stunde her, daß wir bei Trethaway waren. Er ist nicht da. Ich würde mich nicht wundern, wenn er sich aus dem Staub gemacht hätte. Nach dem, was ich gehört habe, ist er ein ziemlicher Lump.«

Amy, die ängstlich Glendennings Gesicht beobachtete, schob ihre Hand durch seine Armbeuge und lächelte ihn ermutigend an.

»Habt ihr gehört, wohin er gefahren ist?« fragte er mit beherrschter Stimme.

Morris sah finster drein. »Seine Leute haben gesagt, er sei nach Portsmouth unterwegs, um sich von dort nach Italien einzuschiffen. Wird kein großer Verlust für Eng. . .«

»Mein Gott!« rief Glendenning verzweifelt. »Dann müssen wir ihn aufhalten! Wann läuft sein Schiff aus?«

»Mit der Morgenflut, glaube ich«, antwortete Falcon. »Doch Ihr Bruder ist nicht bei ihm. Trethaways Diener sagt, es seien seit mehreren Tagen keine Besucher gekommen.«

»Aber Michael *muß* dort gewesen sein! Er hat Geld mitgenommen, um diese Brosche ... O Himmel, ihr wißt ja nicht Bescheid!« Verzweifelt fuhr sich der Viscount mit der Hand über die Stirn und erklärte: »Dieser Verleumder Farrier behauptet, die Comyn-Brosche sei für den Aufstand der Jakobiten gespendet worden! Und ...«

»Hm«, brummte Falcon. »Ich erinnere mich, daß mein Vater einmal erwähnt hat, Ihre Stiefmutter sei eine Comyn.«

»Beim Zeus!« Morris schüttelte den Kopf. »Du hättest die Brosche der Lady nicht spenden sollen, Tio! Eine üble Sache!«

»Das hat er auch nicht getan«, verteidigte Amy den Viscount. »Sein Bruder hat sie verkauft.«

»Um ... nun, um ein paar Schulden zu begleichen«, sagte Glendenning. »Er wußte nicht, daß sie auf der Liste der Jakobiten war – wenn das so ist, was ich bezweifle. Aber wie die Sache steht, muß ich beweisen, daß sie immer noch in unserem Besitz ist. Ich muß sie Farrier morgen nachmittag zeigen können, oder ...« Er zuckte wortlos mit den Schultern.

Morris und Falcon sahen sich an.

»Sagen Sie ihm lieber auch den Rest«, meinte Morris.

Falcon warf erneut einen Blick auf Amy, dann erklärte er: »Owen Furlong hat uns mitgeteilt, daß Trethaway ein Freund ...«

»... von Louis Derrydene gewesen ist!« beendete Morris den Satz.

Wie vom Donner gerührt, starrte Glendenning sie an. »Derrydene!« flüsterte er. »Dann ist es sehr wahrscheinlich, daß Major Trethaway ...«

»... zur Liga der Juwelenmänner gehört«, ergänzte Morris.

Das Feuer prasselte und schlug hohe Flammen im Kamin des für sie allein gemieteten Salons, die Sekunden tickten dahin auf der Uhr, die auf dem Sims stand, und der Wind peitschte den Regen gegen die Fenster des kleinen Gasthauses. Doch die drei jungen Männer, die um das Feuer saßen, schwiegen. Glendenning hatte ein Zimmer für Amy gemietet, damit sie sich ein wenig ausruhen und erfrischen konnte, bevor sie ihre Suche fortsetzten. Sie hatte den Verdacht, daß die Männer einen kleinen Kriegsrat abhalten und ohne ihre Anwesenheit frei sprechen wollten. Doch sie argwöhnte nicht, daß sie Dinge zu erörtern hatten, über die sie außerhalb ihrer auserwählten Gruppe nicht reden durften.
Einige Minuten waren verstrichen, seit Glendenning seinen knappen Bericht über die Ereignisse, die während der vergangenen zwei Wochen über ihn hereingebrochen waren, beendet hatte. Er hatte sich nicht geschont, und seine Stimme war brüchig geworden, als er von der beklemmenden Auseinandersetzung mit seinem Vater erzählt hatte.
Morris brach als erster das Schweigen. Ohne Glendenning anzusehen, murmelte er mitleidig: »Da bist du ja in einer teuflischen Lage.«
»Und das nicht nur in einer Hinsicht«, brummte Falcon.
Glendennings Augen blitzten. »Wenn Sie auf meine Verlobung anspielen ...«, fauchte er.
Falcon winkte träge ab. »Miss Consett ist eine der bezauberndsten Schönheiten, die diese Augen je erblickt haben.« Er wandte den Kopf, um Glendennings Wutanfall die Stirn zu bieten. »Was das betrifft, kann ich Ihnen nur gratulieren.«
»Wenn Sie es *wagen* ... wenn Sie es anzunehmen *wagen*, sie stünde unter ...«
Morris beugte sich vor und unterbrach die beiden beschwichtigend: »Gönn ihm nicht diese Befriedigung, mein lieber Junge. Du weiß doch, daß er es genießt, ein Pfahl im Fleisch von jedem zu sein, den er trifft. Keiner – außer

vielleicht deiner Familie – hat das Recht, sich über eine so persönliche Sache wie die Wahl der Lady, die du zu deiner Frau machen willst, zu äußern.«
Vielleicht weil er unter so großer Anspannung stand, entgegnete Glendenning heftig: »Dann laßt eure Kommentare hören, verdammt! Sie ist ein Engel! Ich habe euch erzählt, daß sie mir das Leben gerettet hat und wie mutig sie gekämpft hat. Gott segne sie! Wie könnt ihr irgend etwas anderes denken, als daß *ich* derjenige bin, der ihrer nicht würdig ist!«
»Ich habe das keinen Augenblick bezweifelt«, sagte Falcon.
Morris lachte, und Glendennings Heftigkeit ließ ein wenig nach.
»Man muß blind sein, um nicht zu sehen, daß die Lady ein wahrer Diamant ist.«
»Wenn auch ungeschliffen«, ergänzte Falcon boshaft.
Mit einem Satz war Glendenning auf den Beinen. »Stehen Sie auf, verdammt!«
»Damit Sie mich niederschlagen können? Ganz sicher nicht. Warum haben Sie mich aufgefordert, mich zu der Sache zu äußern? Haben Sie angenommen, ich würde nur sagen, was Ihnen paßt?«
Glendenning funkelte ihn an, aber seine angeborene Ehrlichkeit verbot es ihm, die Wahrheit hinter diesen sarkastischen Worten zu leugnen, und so setzte er sich wieder.
»Auch ein kleiner Vogel kann den Schnabel weit aufreißen«, sagte Morris seufzend, »aber selten kommt etwas Gescheites heraus.«
»Es würde *mir* enormes Vergnügen bereiten, die feine Gesellschaft mit dem, was Sie vorhaben, in Aufruhr zu versetzen«, meinte Falcon. »Aber ...«
»Das reicht!« reif Glendenning.
»Sehr wahr«, räumte Falcon ein. »Das ›Aber‹ ist es.«
»Du kannst ihn ja immer noch fordern, Tio«, schlug Morris hilfsbereit vor. »Doch natürlich erst nach mir.«

»Und um dieses ungeduldig erwartete Ereignis möglichst rasch herbeizuführen«, sagte Falcon, »könnten wir vielleicht ein paar Gedanken darauf verschwenden, was wir als nächstes tun sollen?«

Glendenning fuhr sich mit der Hand über die Augen. »Ja, natürlich. Was bin ich nur für ein Dummkopf!«

»Nein, nein«, widersprach Morris freundlich. »Bloß mit den Nerven am Ende. Und das ist nur zu verständlich, verflucht. Du steckst ganz schön in der Klemme, mein Lieber, und wir müssen dich da rausholen – irgendwie. Bloß weiß ich nicht, wie. Ich wünschte, ich wüßte es. Aber du kannst dich darauf verlassen, daß ich zu dir halte.«

»Wenn Sie damit sagen wollen, daß Sie zusammen mit einem Mann, der nur sich selbst für seine gefährliche Lage tadeln kann, aufs Schafott steigen wollen, dann sind Sie ein Vollidiot«, spottete Falcon. »Aber das würde natürlich niemanden überraschen.«

Glendenning biß die Zähne zusammen und ballte die Fäuste, aber seine Stimme klang wie Eis. »Ich habe vor, verdammt gründlich dafür zu sorgen, daß *niemand* mich zum Henkersbeil begleitet, Falcon! Aber danke für deine Treue, Jamie.«

Morris unterdrückte ein Schaudern bei dem Gedanken, daß ein Prachtkerl wie Glendenning ein so gräßliches Schicksal erleiden sollte. Um seine Bestürzung zu verbergen, erhob er sich und schritt zur Tür, die er einladend aufhielt: »Adieu, Lord Hochnase. Eilen Sie zurück in die Stadt, und vergessen Sie, daß Sie uns je gekannt haben. Tio wird nicht angeben, daß Sie jemals einen Jakobiten gedeckt haben, also brauchen Sie nicht vor Angst zu schlottern.«

»Ihre Großzügigkeit wird nur noch durch Ihre Dämlichkeit übertroffen«, höhnte Falcon. »Ist Ihnen immer noch nicht klar, daß an dieser Geschichte ein bißchen mehr dran ist als Glendennings unangebrachte Treue zu den Stuarts?«

Morris schloß die Tür und erwiderte grinsend: »Ich glaube, er versucht uns zu sagen, Tio, daß er zu dir hält.«
»Wir stehen alle zu ihm«, fauchte Falcon. »Und sei es nur im Interesse der Selbsterhaltung.«
»Ihr glaubt wirklich, daß die Liga der Juwelenmänner dieses verdammte Lügennetz gesponnen hat?« fragte Glendenning ernst.
»*Assurément!* Können Sie daran zweifeln?«
»Nun, wenn Tio nicht daran zweifeln kann, ich kann es«, erklärte Morris, der zu seinem Stuhl zurückkehrte.
»Das paßt zu Ihnen!« Falcon, ein Weinglas in der schmalen Hand, machte eine ungeduldige Geste. »Versuchen Sie doch, Ihre Köpfe zu gebrauchen, Gentlemen. Wir wissen, daß Sir Lois Derrydene daran beteiligt war, die Katastrophe ins Rollen zu bringen, die die Familie Rossiter beinahe ruiniert hätte. Wir wissen, daß Gideon Rossiter eine der juwelenbesetzten Figuren, den ›Juwelenmann‹ aus Lapislazuli, in Derrydenes Haus gefunden hat, und wir haben andere Hinweise darauf, daß Derrydene Mitglied der Liga war. Wir glauben, daß Derrydene von der Liga, die seinen Tod als Selbstmord kaschiert hat, exekutiert worden ist, weil er es nicht geschafft hat, Sir Mark Rossiter vollkommen zu vernichten. Und jetzt finden wir heraus, daß derselbe Schurke Busenfreund eines zwielichtigen Individuums war, das sich Major Harris Trethaway nennt, und daß dieser Trethaway Glendennings Bruder dazu gebracht hat, ihm ein Schmuckstück mit Altertumswert zu geben, von dem man nun behauptet, es sei für den Aufstand der Jakobiten gespendet worden. Glendenning kann ohne die Comyn-Brosche seine Unschuld nicht beweisen, und Trethaway hat das Land verlassen. Du lieber Himmel! Ist die Sache nicht klar genug? Diese ganze widerliche Geschichte ist ein Komplott der Liga!«
»Aber warum?« wandte Glendenning ein. »Um sich an mir persönlich zu rächen, weil ich bei dem Fiasko der Rossiters

zu ihren Gegnern gehört habe? Das müßte in der Tat eine äußerst blutrünstige Gruppe sein, wenn Sie die Exekution meiner ganzen Familie plant, anstatt einfach mich allein umzubringen.«
»Außerdem«, ergänzte Morris, »sollte man meinen, daß sie genügend mit dem zu tun haben, was sie eigentlich im Schilde führen – egal, was es ist. Daß sie sich die Mühe machen, einen so ausgeklügelten Racheakt zu inszenieren, ist nicht sehr wahrscheinlich.«
»Nicht, wenn es nur um Rache geht«, murmelte Falcon nachdenklich. »Aber die Frage ist: Wollen sie vielleicht zwei Fliegen mit einer Klappe schlagen?«
»Gideon Rossiter glaubt, sie planen eine Verschwörung gegen England. Meinen Sie also, daß sie auch einen Groll gegen meinen Vater haben?« fragte Glendenning.
Falcon zuckte mit den Schultern und erwiderte mit seinem seltenen Lächeln: »Bowers-Malden ist nicht gerade der Allerliebenswürdigste.«
Glendenning, der sich bemühte, nicht zu zeigen, welchen Stich es ihm jedesmal gab, wenn er an seinen Vater dachte, entgegnete: »Meines Wissens ahnt er nicht einmal, daß so etwas wie eine Liga der Juwelenmänner existiert.«
»Genau wie die meisten Engländer«, sagte Morris düster. »Ich frage mich, *was*, zum Teufel, sie im Schilde führen.«
»Vielleicht können wir es herausfinden«, murmelte Falcon. »Überlegen wir einmal, was wir bisher haben.«
»Eine abgebrannte Werft«, begann Glendenning. »Eine betrügerische Handelsgesellschaft. Ein großer Landsitz, der wegen Schulden eingezogen wurde.« Er riß den Kopf hoch. »Mein Gott! Wollen sie vielleicht die Abbey haben?« Ungeduldig gab er sich selbst die Antwort: »Nein, Unsinn! Sie ist ein Erbgut.«
»Es sei denn, sie wird Eigentum der Krone – wenn der Eigentümer des Hochverrats angeklagt ist«, sagte Falcon.

»Beim Zeus, ja!« rief Glendenning. »In diesem Fall würde sie wahrscheinlich verkauft!«

»So wie Promontory Point, der Landsitz der Rossiters, verkauft worden ist!« stimmte Morris eifrig zu.

»Und keines der beiden Güter hätte verkauft werden können, wenn ihre rechtmäßigen Eigentümer nicht zuerst in Ungnade gefallen und ruiniert worden wären! Beim Zeus!« Falcons Augen funkelten.

»Aber warum, um Himmels willen, sollten sie sich eine solche Mühe machen?« fragte Glendenning. »Es gibt andere Landsitze, die man kaufen *könnte.* Wozu die ganzen Schikanen?«

Schweigend erwogen sie diese Frage, bis Falcon schließlich sagte: »Vielleicht sollten wir in Betracht ziehen, wer in diese Geschichten verwickelt ist? Zwei hochgeachtete, mächtige Männer, sehr im Blickpunkt der Öffentlichkeit. Sir Mark Rossiter. Der Earl of Bowers-Malden.«

»Und wenn man dazu noch den abscheulichen Skandal um Lord Merriam rechnet ...«, begann Morris.

Glendenning schüttelte den Kopf. »Das ist eine ganz andere Sache, Jamie. Merriam wurde erwischt, als er beim Kartenspiel betrogen hat, und hat sich erschossen. Wie sollte das ...« Stirnrunzelnd brach er ab.

»Genau«, meinte Falcon. »Ich hege keine besondere Liebe für Englands Aristokraten, da ich selbst so weit unter ihnen stehe, aber ich gebe zu, daß ich Harlow Merriam für den letzten Mann gehalten hätte, der ein Betrüger ist, wobei auch immer.«

»Mein Vater würde Ihnen zustimmen, August«, sagte Morris, der anscheinend vergaß, daß Falcon nicht beim Vornamen genannt werden wollte. »Er hat zusammen mit Merriam bei der Ostindienflotte gedient. Das war natürlich, bevor er ein Peer wurde. Merriam, meine ich.«

Glendenning pflichtete bei: »Ich glaube, Merriam war ...«

Amy öffnete die Tür, und sie standen alle auf. Sie hatte ihr

Haar geordnet und sah frisch und bezaubernd hübsch aus. Sie lächelte ihnen zu und wandte sich dann an Glendenning, der sie zärtlich ansah. »Es tut mir leid, daß ich Sie unterbreche, Gents.«
Der Viscount nahm ihre Hand und murmelte, ihm tue das keineswegs leid.
»Der Kutscher sagt, die Pferde seien nun bereit, Tio. Wir können weiterfahren.«
»Nach Portsmouth?« fragte Morris. »Wenn wir sehr schnell vorwärtskommen, sind wir vielleicht bis zum Morgengrauen dort. Aber Ihre Lady ...«
»Kommt mit mir«, erklärte Glendenning, offensichtlich sehr zu Amys Entzücken. »Nur ... ich muß zuerst noch zu Trethaway.«
Falcon seufzte. »Wir haben Ihnen doch gesagt ...«
»Ich weiß.« Glendenning preßte eigensinnig die Lippen zusammen. »Trotzdem, ich will dort noch vorbeifahren.«
»Dann ist es ja ganz gut, daß ich die Köchin gebeten habe, uns einen Picknickkorb zu packen«, meinte Amy augenzwinkernd.
»Beim Zeus! Was für einen Schatz hast du da gefunden!« rief Morris begeistert.
Falcon nahm Amys Hand und küßte sie anmutig. »Ma'am, ich bin Ihr Sklave.«
Sie lachte. »So ein Süßholzraspler!« Als sie sah, wie Morris den Mund aufsperrte, fügte sie hastig hinzu: »Sie können beide mit reinhüpfen in die Kutsche ... ich meine, mit uns fahren. Ist es Ihnen recht, Lordschaft? Wir können die Pferde wieder hinten anbinden.«
Ohne sich zu scheren, was die anderen dachten, antwortete Glendenning: »Alles, was du willst, ist mir recht, meine Liebste.«
»Haben Sie gesagt, daß sie auch kaltes Hühnchen einpacken sollen, Ma'am?« fragte Morris, als er ihr die Tür aufhielt.
Amy hatte tatsächlich darum gebeten, auch kaltes Huhn in

den Korb zu packen, und so versuchten sie, nicht an den dunklen Schatten zu denken, der über ihnen hing, sondern genossen ihr Abendessen, während die Kutsche erneut über die immer dunkleren Landstraßen rollte.

»Glendenning hat uns von Ihren heroischen Taten erzählt, Miss Consett«, sagte Falcon und griff nach einem knusprigen Brötchen und einer Scheibe Käse.

Amy zögert.

»Habe ich Sie gekränkt?« fragte er und sah sie an.

»O nein«, antwortete sie fröhlich. »Ich weiß bloß nicht, was das heißen ... ich meine, Sie sind sehr nett.«

Er starrte sie an. *»Nett ...?«*

»Sie kennen ihn nicht, Miss Consett«, warnte Morris, der an einer Hühnerkeule nagte.

»Nein, natürlich nicht«, gab sie zu. »Aber er ist ein feiner hübscher Kerl ... äh ... Gent. Ich hab noch nie solche Glubsch ... ich meine Augen gesehen«, verbesserte sie sich mit einem schuldbewußten Blick zum Viscount.

Falcon wischte sich geziert die Finger ab und fragte mit schleppender Stimme: »Vielleicht sagt Ihnen ihr Schnitt nicht zu?«

»Was? O nein. Natürlich, ich hab's bemerkt. Aber ich bin zu wohlerzogen, um etwas zu sagen.« Ohne sich bewußt zu sein, was für eine Granate sie in die plötzlich stille Kutsche geworfen hatte, lachte sie munter und beugte sich vor, um Falcon aufs Knie zu klopfen. »Nein, Kamerad, ich hab's nicht bemerkt. Hat keinen Sinn, daß ich mich verstelle, mein liebster Lord. Ich bin überhaupt nicht wohlerzogen. Ich habe nur gemeint, daß ich eine solche Augenfarbe noch nie gesehen habe. Zuerst habe ich gedacht, sie sind schwarz. Wahrscheinlich fallen die Ladys alle in Ohnmacht, wenn sie Ihre Augen sehen, wie?«

Glendenning hielt den Atem an. Er soll es bloß nicht *wagen*, ihr einen von seinen sarkastischen Dämpfern aufzusetzen, dachte er.

August Falcon warf den attraktiven Kopf zurück und lachte wie schon seit langem nicht mehr. »Wissen Sie, Glendenning«, rief er keuchend, »Sie verdienen sie nicht! Ganz und gar nicht! Haben Sie Schwestern, liebe Ma'am?«

Sie seufzte und erwiderte mit plötzlich wehmütiger Stimme: »Ich weiß nicht. Haben Sie welche?«

»Ja, eine, wie ich stolz sagen kann.«

»Eine der schönsten Ladys in ganz England«, ergänzte Morris, ebenfalls wehmütig.

»Das erstaunt mich nicht«, sagte sie und blickte zu Glendenning auf. Sie wußte gut, wie abgespannt er aussah, und mit einem Grübchen in der Wange scherzte sie: »Ich wundere mich, daß du dich nicht in sie verliebt hast, Tio.«

»*Er* hat sich nicht verliebt«, seufzte Morris. »Aber ich.«

»Oh!« rief sie, bevor Falcon die niederschmetternde Bemerkung losbringen konnte, die er bereit hatte. »Ich glaub, wir sind in der Gegend der Owlers.«

»Der Owlers?« wiederholte Glendenning neugierig, während er durch das Fenster auf die dunklen, bewaldeten Hügel spähte.

»Schmuggler. Leute, die arbeiten, wenn der Mond nicht scheint, so wie die Eulen. Ab hat einen Bruder, der zu ihnen gehört, und er verdient sich ein schönes Geld damit. Obwohl es schon ein bißchen unsicher ist, weißt du.« Nachdenklich runzelte sie die Stirn: »Ich frag mich, ob ...«

Falcon zog an der Schnur und rief: »Halten Sie an, Kutscher!«

Die Kutsche blieb ruckartig stehen, der Diener riß den Schlag auf und ließ die Stufen herunter. Glendenning sprang hinaus und betrachtete das große Haus, das ein wenig zurückgesetzt von der Straße zwischen Bäumen

stand. Amy griff nach seiner Hand, aber er sagte ruhig: »Warte hier, mein Liebes. Ich will nur ...«
»Ich komme mit!« verkündete sie entschlossen.
»Nein! Es könnte gefährlich sein. Morris, bitte bleib bei ihr.«
Morris stimmte widerwillig zu, und Amy setzte sich seufzend.
Die Mäntel im Wind gebläht, schritten Glendenning und Falcon rasch über die schmutzige Straße.
Das Haus lag in vollkommener Dunkelheit; nicht ein Lichtschein war zu sehen, nicht ein Rauchwölkchen aus irgendeinem Kamin. Das einzige Anzeichen für eine andere menschliche Behausung war ein erleuchtetes Fenster in einem Gebäude, das mindestens eine halbe Meile entfernt auf einem Hügel stand.
»Da ist niemand mehr. Kommen Sie. Wir müssen uns beeilen, wenn wir rechtzeitig in Portsmouth sein wollen.«
»Ich weiß.« Glendenning schlug mit dem Türklopfer gegen den Eingang. »Aber ich will hinein.«
Sein zweites Hämmern war genauso erfolglos wie sein erstes. Nicht ein Laut drang aus dem Innern des Hauses.
»Wir verschwenden nur unsere Zeit!« fauchte Falcon.
»Dann reiten Sie los«, erwiderte Glendenning. »Ich sage Ihnen doch, daß ich in dieses Haus will.«
»Wenn Sie einbrechen ...«
»Da sie sich weigern, an die Tür zu kommen, sehe ich keinen anderen Weg.«
»Und was ist, wenn sie nur darauf warten, Ihnen eine Kugel in den Kopf zu jagen? Sie hätten noch dazu jedes Recht, das zu tun, Sie Idiot.«
»Dann kann ich nur hoffen, daß sie schlecht zielen.« Glendenning schritt um das dunkle Haus und prüfte die Fenster. »Wenn ich mich nicht irre, will die Liga mich lebend haben, damit ich ordnungsgemäß verhaftet und wegen Hochverrats angeklagt werde.« Er streckte die

Hand aus und zerrte an einem Griff. »Aha! Dieses hier ist nicht zu!«
»Aus einem ganz einfachen Grund«, konterte Falcon, der das kleine runde Fenster an der Eingangsfront betrachtete. »Niemand außer vielleicht einem Kind könnte durch das Ding hindurchklettern!«
»Ich könnte es«, sagte Amy.
Glendenning fluchte und wirbelte herum. Amy stand da, und Morris neben ihr. »Ich konnte sie nicht aufhalten, Tio«, erklärte er kleinlaut. »Sie hat gedroht zu schreien, wenn ich versuchen würde, sie festzuhalten.«
»Niederträchtiges Mädchen«, seufzte der Viscount gequält. »Jetzt muß ich dich zurücktragen. Falcon, treten Sie die verdammte Tür ein.«
»Damit wir den Dorfpolizisten auf dem Hals haben? Nein danke!«
Amy wich Glendenning behende aus. »Er hat recht. Wahrscheinlich sind berittene Polizisten unterwegs. In dunklen Nächten immer. Wegen der Schmuggler, weißt du.«
»Beim Zeus, ja«, stimmte Morris zu und sah sich mit einem unbehaglichen Gefühl um. »Und ich würde von meinem Vater ganz schön was zu hören bekommen, wenn ich eine Anzeige wegen Einbruchs am Hals hätte. Und mein Offizierspatent würde ich wahrscheinlich auch verlieren. Gib es lieber auf, Tio. Das Haus ist fester verschlossen als eine Auster.«
»Verdammt! Nein! Ich sage euch, ich werde ... Mein Gott! Amy! Was machst du da?«
»Mein hübsches Kleid und meine Petticoats ausziehen«, antwortete sie unbekümmert. »Ich kann mich nicht durch irgendwelche Fenster durchzwängen, wenn ich zehn Ellen Stoff am Leib hab.«
»So etwas ist mir doch noch nie ...«
»Ich weiß. Keine Lady, die diesen Namen verdient, würde so etwas Ungezogenes tun. Aber ich bin keine Lady, mein

lieber Lord. Wenn ihr Gents jetzt wohl so freundlich sein wollt, die frechen Augen wegzudrehen ...«

Falcon lachte leise und wandte sich sofort um. Morris hatte dies schon entsetzt getan. Glendenning stöhnte, folgte aber ihrem Beispiel.

Einen Augenblick später erklärte Amy: »So! Jetzt muß mich jemand hochheben, Tio.«

»Ich suche eine Leiter«, bot Falcon an.

»Nicht nötig, Mr. August. Meine Lordschaft wird mir die Räuberleiter machen.«

»Das kann ich nicht, wenn ich dir den Rücken zukehre.«

»Richtig. Also dreh dich schon um, und komm her. Ich nehme an, du hast bereits vorher einmal eine Lady im Hemd gesehen. Außerdem ist es dunkel.«

Er nahm sie in die Arme und konnte es sich nicht verwehren, sie kurz zu küssen. Er spürte nur zu deutlich den weichen, spärlich bekleideten Körper, der sich an ihn preßte, und voll fieberhafter Angst flüsterte er: »Du hast doch dein Messer dabei, Liebste?«

»Ja. Heb mich hoch!«

»Du wirst vorsichtig sein?«

»Natürlich. *Los!*«

Furcht um sie zerriß ihn, aber die Notlage ließ ihm keine Wahl, und so hob er sie hoch, bis sie den Fenstersims ergreifen konnte. »Noch ein bißchen höher, Lieber«, zischte sie.

Wie zerbrechlich sie in ihrem zarten Hemd aussah. Und bei Gott, wie sehr er sie liebte. Er betete, daß ihr nichts geschehen möge, umfaßte ihre Fesseln und hob sie noch höher.

Ein Zappeln und ein Quieken, schließlich das Aufblitzen eines bezaubernd gerundeten kleinen Hinterteils, und fort war sie.

»O Gott!« jammerte er.

»Das hättest du sie nicht tun lassen sollen«, tadelte ihn Morris. »Unerhört!«

»Gelinde gesagt«, stimmte Falcon mit einem leisen Lachen zu. »Sapperlot, aber wie hätte meine liebe Großmama Ihre Miss Amy bewundert! Dürfen wir uns jetzt umdrehen, Mylord?«
»Sie ist im Haus.« Glendenning sammelte Kleid und Petticoats vom Boden auf. »Wenn einer von euch beiden je ein Wort davon verlauten läßt!«
Falcon seufzte. »Ich fürchte, das können wir nicht tun, bei unserer Ehre. Aber ich werde es meinen Enkeln erzählen, ich warne Sie! Und wenn ...«
Im Haus ertönte ein Krachen.
Glendenning schlug das Herz bis zum Hals, und wie der Blitz stürmte er die Treppe hinauf. Bevor er die Tür einschlagen konnte, hörte man jedoch das Geräusch von Bolzen und einem Schlüssel, der im Schloß umgedreht wurde, und die Tür öffnete sich einen Spalt. Eine gebieterische Hand wurde hindurchgestreckt. »Mein Kleid, Lordschaft«, befahl Amy.
Mit einem erleichterten Seufzer reichte er ihr die Kleidungsstücke. »Was ist passiert? Ist alles in Ordnung?«
»Ich hab einen Tisch voller Krimskrams umgeworfen«, antwortete sie und wich hinter die aufgehende Tür zurück. »Ich geh jetzt in das kleine Zimmer hier und richte mich wieder anständig her, während ihr Gents euch umschaut. Ich kann nichts sehen, Lordschaft, aber es ist jemand da.«
Glendenning, der in die kleine Eingangshalle geeilt kam, blieb stehen und flüsterte scharf: »Was meinst du? Hast du jemanden reden hören?«
»Nein, aber da war ein Geräusch. Paß auf dich auf, Liebster.«
»Wahrscheinlich eine Katze«, meinte Morris. »Ich mag Katzen.«
»Wie faszinierend«, näselte Falcon.
Geschickt und leise schlich Glendenning durch die Räume. Das Haus war totenstill. Er spitzte die Ohren, aber obwohl

die Stufen leise knarzten, als er sie hinaufstieg, hörte er sonst nichts. Und dennoch spürte er genau wie Amy, daß sie nicht allein im Haus waren. Als er aus dem schmalen Korridor in ein kleines Schlafzimmer trat, konnte er nur wenig erkennen. Er fand einen Kerzenleuchter, neben dem zum Glück eine Zunderbüchse lag. »Wenn schon, denn schon«, murmelte er und zündete eine Kerze an. Die Gegenstände im Raum wurden plötzlich sichtbar – ein großes Himmelbett, auf dem Kleider lagen, Schubladen, die noch offenstanden, Stiefel und Schuhe auf dem Boden verstreut. Er ging auf eine geschlossene Tür zu und fand dahinter ein gut eingerichtetes Ankleidezimmer, in dem dieselbe Unordnung herrschte wie im Schlafzimmer. Irgend jemand war in rasender Eile aufgebrochen, das war klar, aber ...

Ein schlurfendes Geräusch ließ ihn herumfahren. Er ging weiter in das kleine Zimmer und horchte angestrengt. Wieder war da ein seltsames, verstohlenes Geräusch, das von unten zu kommen schien.

Er eilte hinaus auf den Flur, wo er fast mit Morris zusammenstieß, und wunderte sich nicht, als der Leutnant flüsterte, er habe »etwas Komisches« gehört.

Sie begaben sich nach unten. Falcon stand in einem großen, zu üppig möblierten Eßzimmer. Dem schlurfenden Geräusch folgte ein dumpfes Poltern.

»Hast du das gehört, Tio?« flüsterte Amy, die hinter einem Schrank hervorkam.

Er nickte. »Oben in dem Schlafzimmer war es noch deutlicher. Hier entlang.«

Die Tür des Raums, der direkt unter dem Schlafzimmer lag, erwies sich als zugesperrt. Ein Schlüssel war nirgendwo zu sehen. Glendenning reichte Amy die Kerze, winkte die anderen ein Stück zurück und trat kräftig zu. Nach zwei weiteren Tritten splitterte die Tür und flog auf.

Amy hielt die Kerze hoch und leuchtete in eine kleine Bibliothek. »O mein Gott!« rief sie. »Tio!«

Glendenning eilte bereits auf den Mann zu, der mit gefesselten Fußknöcheln auf dem Boden lag, die Hände an einem massiven Arbeitstisch festgebunden. Trotz der Fesseln mühte sich der Gefangene ab, um sich ein wenig zu bewegen. Glendenning kniete sich neben ihn und zerrte an der Serviette, die man als Knebel verwendet hatte. Amy kam rasch herbei, um ihm zu leuchten und ihm ihr kleines Messer zu geben.

Die Flamme erhellte ein junges, totenbleiches Gesicht, an vielen Stellen mit geronnenem Blut verklebt. Glendenning hob ihn sanft hoch, und der gepuderte, blutige Kopf sank gegen seine Schulter.

»Hallo, Kleiner«, sagte der Viscount, und in seinen Augen blitzte Zorn auf, als er die Blutergüsse und die geplatzten Lippen betrachtete und den Schmerz in den braunen Augen sah.

»Tio …?« Michael Templebys Stimme war nur ein Krächzen. Er versuchte die Hände zu heben, als Amy seine Handgelenke losgeschnitten hatte, aber der Strick war so tief ins Fleisch gedrungen, daß er die Hände nicht gebrauchen konnte. »Gott sei Dank … du bist gekommen! Dieser … Bastard hat … die Comyn…«

»Ich weiß. Ganz sachte jetzt. Wir heben dich hoch und …«

»Nein! Ich muß … dir alles sagen …« Die Worte verebbten.

Falcon reichte Glendenning ein Glas Brandy. »Eine höfliche Gabe des Schweins, das abgehauen ist.«

Morris kam mit einem nassen Handtuch, und Amy begann Templebys zerschlagenes Gesicht zu säubern. »Armer Junge«, sagte sie mitleidig. »Oh, sie haben ihn verletzt, Tio. Sieh nur, wie man ihn geschlagen hat.«

Der Viscount hielt seinem Bruder das Glas an die Lippen. Mit rauher Stimme erklärte er: »Ich danke Gott nur, daß er am Leben ist!«

»Ich frage mich, warum«, knurrte Falcon.

»Das wird jetzt ein bißchen brennen«, warnte Glenden-

ning. »Aber versuch ein wenig davon hinunterzubekommen, Michael.«
Templeby schluckte und hustete keuchend, schien sich aber etwas zu erholen. Wieder versuchte er die Hand zu heben, und Glendenning ergriff sie und hielt sie fest. Sein Bruder klammerte sich an ihn und stöhnte: »Es tut mir so leid ... so *leid!* Ich habe gegen sie gekämpft, aber ... es waren zu viele. Ich werde es Papa erzählen ... Ich werde ...«
Tränen glitzerten in seinen Augen. Glendenning lächelte ihm zu und sagte mit einer Sanftheit, die er im Moment keineswegs fühlte: »Still, mein Junge. Keine Angst, wir bringen alles wieder in Ordnung.«
»Meine Schuld!« stieß Templeby voll bitterem Selbstvorwurf aus. »Ein absoluter ... leichtgläubiger Narr ... aber ich schwöre, Tio ... ich habe nie gewollt, daß ...«
»Natürlich nicht. Quäl dich nicht so. Wir machen alle Fehler. Weiß Gott, auf diesem Feld habe ich dich weit geschlagen! Erzähl uns nur, was los war, wenn du kannst. Es war natürlich Trethaway, nicht wahr? Seine Diener haben meinen Freunden gesagt, er sei auf dem Weg nach Portsmouth, um sich nach Italien einzuschiffen. Stimmt das?«
Templebys Blick verschwamm. »Nein«, flüsterte er. »Ich habe sie reden gehört, als ... als sie dachten, ich sei ... bewußtlos. Er hat ... hat den Dienern gesagt ...« Sein Kopf sank herab.
Glendenning nahm das nasse Handtuch und benetzte das Gesicht seines Bruders erneut. »Es tut mir leid, aber du mußt jetzt reden, Michael. Wach auf, Junge! Was hat er gesagt?«
Benommen blinzelte sein Bruder ihn an, die Brauen in schmerzlicher Konzentration zusammengezogen. »Irgend etwas über ... irgendeinen Squire.«
Glendenning hörte Morris' erstickten Aufschrei, dann beugte er sich noch näher zu seinem Bruder, um die

schwache Stimme zu verstehen. »Nicht Portsmouth, Tio. Dover. Schiff läuft mit der ... Morgenflut aus ... Ich werde Papa ... alles beichten ... ihm alles sagen ... damit ...« Er seufzte matt, dann lag er ganz still da.

Amy packte Glendenning an der Schulter. »Armer Junge! Tio, er ist doch nicht ...?«

»Nein. Faß hier mal mit an, Morris. Wir legen ihn auf das Sofa im Salon. Zieh die Vorhänge zu, Amy, und Sie, Falcon, könnten bitte noch ein paar Kerzen anzünden.«

Sie trugen den bewußtlosen Mann durch die Halle und legten ihn vorsichtig auf das Sofa.

Glendenning richtete sich auf und betrachtete einen Augenblick die reglose Gestalt. Sanft berührte er das wirre Haar, dann wandte er das düstere Gesicht den drei anderen, die ihn beobachteten, zu.

»Nun, da besteht kaum ein Zweifel«, meinte Falcon. »Aber ich glaube nicht, daß Trethaway der Squire ist.«

»Er ist vielleicht nicht der Anführer, aber auf jeden Fall steckt er bis zum Hals in dieser mörderischen Liga. Ich werde ihn verfolgen.«

Morris nickte. »Mit der Kutsche?«

»Nein.« Der Viscount wandte sich Amy zu und legte ihr die Hände auf die Schultern.

Mit einem zitternden Lächeln sagte sie: »Du willst, daß ich bei deinem armen Bruder bleibe.«

»Gerade jetzt braucht er deine Fähigkeiten dringend, mein Liebes.«

»Unsinn«, widersprach Falcon. »Wir können Mistress Amy nicht hier bei einem Verletzten als Beschützer zurücklassen! Womöglich tauchen ein paar von Trethaways Leuten noch mal hier auf.«

Glendenning sah ihn mit festem Blick an. »Es geht um Hochverrat. Ich würde Sie nicht tadeln, wenn Sie sich da heraushalten.«

»Tadeln Sie mich ruhig! Ich verdiene eine Medaille dafür,

daß ich bis jetzt zu Ihnen gehalten habe! Und wenn Ihr Freund Gideon Rossiter es für angebracht gehalten hätte, mich vor zwei Monaten rechtzeitig zu warnen, würde ich nicht zusammen mit Ihnen in diesem Schlamassel stekken.«

Empört erklärte Morris: »Vor zwei Monaten hat Ross noch nicht einmal gewußt, daß es so etwas wie die Liga der Juwelenmänner gibt! Wie, zum Teufel, konnte er ahnen, wozu sich das entwickeln würde?«

»Ich bezweifle, daß irgendeiner von uns voraussehen kann, wozu sich die Sache entwickeln *wird*. Vor allem Sie nicht, Sir Einfaltspinsel.« Falcon wandte sich wieder an Glendenning. Trotz seines Gebrumms blitzten seine Augen, und ein Hauch kaum unterdrückter Aufregung umgab ihn. »Ich nehme an, Sie erwarten, daß ich mit Ihnen reite?«

»Nein. Ich hoffte, Sie könnten bei meiner Lady bleiben, aber ...«

Erstaunlicherweise reagierte Falcon beleidigt und entgegnete finster: »Ich bin unserem soldatischen Spatzenhirn beim Schießen, beim Kämpfen und beim Denken weit überlegen und ...«

»So etwas Aufgeblasenes und Arrogantes ...«, schnaubte Morris.

»Himmel noch mal!« rief Amy. »Und da heißt es, Frauen seien geschwätzig! Während ihr drei aufeinander herumhackt, hüpft der Möchtegern-Major wahrscheinlich schon auf sein Schiff! Ich kann auf mich selbst und auf den armen Jungen da aufpassen. Fort mit euch!«

Falcon fing Glendennings eindringlichen Blick auf und begriff, warum er ausgewählt worden war zu bleiben. Er zuckte mit den Schultern und murmelte verdrossen, er hoffe, daß man ihn nicht hängen werde, weil er eine Lady beschützt habe.

»Ich reite mit dir, Tio«, bot Morris an. »Du kannst auf mich zählen.«

»Sir Lancelot«, höhnte Falcon.
»Es gibt keine Worte, mit denen ich euch beiden wirklich meinen Dank ausdrücken könnte«, sagte Glendenning. »Ich schwöre bei meiner Ehre, daß ich euch nicht in meine Vergangenheit als Verräter hineinziehen werde.«
»Wenn ein Mann der Folter unterworfen wird ...«, begann Falcon, doch dann fing er Amys Blick auf und wandte sich ab.
Glendenning zog Amy hoch und führte sie zur Tür, den Arm fest um sie geschlungen. Sie klammerte sich an ihn und hob das Gesicht, und er küßte sie leidenschaftlich. Schließlich nahm er sich genügend Geld für seine eigenen Ausgaben aus dem Portemonnaie, das er dann ihr reichte. »Wenn du der Meinung bist, daß es meinem Bruder gut genug geht, bringst du ihn dann in das kleine Gasthaus, mein Liebling? Er will wahrscheinlich nach Hause, aber bitte, halt ihn hier fest, bis ich einen Boten nach euch beiden schicke.«
Sie sah ängstlich aus. »Kommst du denn nicht auf diesem Weg zurück?«
»Ich bezweifle es. Wenn ich diesem Hund die Brosche abgenommen habe, muß ich wahrscheinlich reiten wie der Teufel, um rechtzeitig in der Abbey zu sein.« Er nahm ihr Gesicht in seine Hände. »Was immer geschieht, ich liebe dich mehr, als ich es in meinen Träumen je für möglich gehalten hätte. Willst du mir das glauben, meine Schöne?«
»Ja, aber ...« Sie schlang die Arme um seinen Hals. »Tio, ich habe am ganzen Leib ein so zittriges Gefühl. Was wirst du tun, wenn du sie nicht zurückbekommst?«
Er lächelte sie an, küßte sie erneut und flüsterte: »Dich für immer lieben.«

13

Glendenning schwang sich in Falcons Sattel und blickte sich noch einmal nach dem Landhaus mit dem erleuchteten Fenster um, an dem sich die Silhouette einer kleinen, reglosen Lady abzeichnete. Dann wandte er sich Morris zu, der bereits aufgesessen war und auf ihn wartete.
»Ich habe vor, verdammt schnell zu reiten, Jamie. Es ist schon fast zehn Uhr. Bist du ganz sicher ...?«
»Wir haben mindestens fünfundvierzig Meilen vor uns«, sagte Morris. »Ich bin bereit, Tio.«
»Hast du Pistolen in deinem Sattelhalfter?«
»Ja.« Die Antwort klang ein wenig überrascht. »Glaubst du ...«
»Ich glaube, sie wollten, daß ich Michael finde und mich dann eiligst auf den Weg nach Portsmouth mache. Wenn wir Glück haben, erwarten sie nicht, daß wir nach Dover kommen, aber man kann nicht leugnen, daß sie ein gefährlicher Trupp sind, also sei auf einen Hinterhalt vorbereitet. Gott sei mit dir!«
Fort waren sie im Galopp, und der Wettlauf mit der Zeit hatte begonnen. Am Rand des dunklen Waldes entlang ritten sie durch die stürmische Nacht nach Südosten. Der Regen ließ zuerst nach, dann setzte er stärker als zuvor wieder ein, und der Wind peitschte ihnen die Tropfen ins Gesicht, daß es ihnen auf der Haut prickelte. Sie begegneten nur wenigen Reisenden. Eine Portsmouth-Linienkutsche ratterte mit dem Donnern von sechzehn Hufen, hochspritzendem Schlamm und einem Warnruf des Kutschers an ihnen vorbei, hin und wieder tauchte die Gestalt eines

anderen Reiters aus der Dunkelheit auf, galoppierte vorbei und verschwand wieder in der Nacht. Einmal wieherten beide Pferde und scheuten, als eine verirrte Kuh mitten auf der Straße stand, und Glendenning, der mit den Gedanken beim Ausgang dieses Abenteuers war, wurde beinahe abgeworfen.

Nach diesem Vorfall versuchte er, nicht länger dabei zu verweilen, was hätte sein können, oder, noch schlimmer, was vielleicht sein würde. Aber immer wieder kam ihm Amys liebreizendes Gesicht in den Sinn. Eine Reihe von Bildern tauchte vor ihm auf: ihre sprühende Freude am frühen Morgen, ihre tiefe Konzentration, wenn sie seine Verletzungen versorgte, sein zerrissenes Hemd flickte, Gemüse schnitt oder an ihrer Stuhllehne arbeitete. Als er wieder vor sich sah, wie sie ihn als »Gespenst« gerettet hatte, mußte er lächeln, und Morris, der im Lichtschein eines Kirchenfensters einen Blick auf ihn erhaschte, wunderte sich. Einen Moment später dachte der Viscount an die Abschiedsszene mit seinem Vater, und es war nur gut, daß die Nacht seinen Gesichtsausdruck verbarg.

Die Dunkelheit und das schlechte Wetter erschwerten das Vorwärtskommen, und Glendenning verlangsamte immer mal wieder das Tempo, um die Pferde zu schonen. Die so verlorene Zeit zerrte an seinen Nerven, aber mit eiserner Selbstbeherrschung kämpfte er gegen den panischen Drang an, ohne Unterlaß zu galoppieren. Die beiden Männer sprachen wenig, auch dann, wenn sie langsamer ritten und eine Unterhaltung möglich gewesen wäre. Morris konnte sich den Gemütszustand seines Freundes gut vorstellen, aber innerlich fürchtete er, daß ihr verzweifelter Ritt zum Scheitern verurteilt war, und da er keine Worte der Ermunterung fand, die ehrlich gewesen wären, schwieg er. Er hatte am Morgen lange geschlafen, aber der Wind setzte ihnen erbarmungslos zu, der Regen war kalt, und während sie Meile um Meile hinter sich brachten, wurde er müde. Wenn Glendenning erschöpft war, zeigte er es jedenfalls nicht, sondern behielt sein mörderisches Tempo bei. Kein Wunder, dachte Morris. Er biß die Zähne zusammen und beschloß, nichts zu sagen, das sie aufhalten würde, war aber erleichtert, als in der Ferne ein Licht durch den Regen blinkte. Bald ritten sie mit lautem Hufgeklapper in den Hof eines hübschen kleinen Gasthauses. Auf Glendennings Ruf: »Heda, ist da jemand?« kam ein Stallknecht herbeigerannt. Drei Hunde bellten, und ein helles Rechteck aus Licht wurde sichtbar, als die Tür des Wirtshauses aufging.

Morris stieg ab und gab dem Pferdeknecht Anweisungen, sich um die Tiere zu kümmern, während Glendenning nach drinnen ging, um frische Pferde zu mieten.

Er kam in eine andere Welt – ein helles, warmes und behagliches Gastzimmer. Auf seine Bitte hin eilte ein Küchenmädchen davon, um Kaffee zu holen. Der Wirt ging ihm strahlend entgegen und bemerkte, daß es eine »garstige Nacht« sei. Zum Glück hatte er einen gut bestückten Stall, und der Viscount konnte ohne Schwierigkeiten ausgeruhte und angeblich temperamentvolle Pferde mieten.

Morris kam herein, und für die paar Minuten, die erforderlich waren, um die Pferde zu satteln, setzten sich die beiden Männer an den warmen Kamin und tranken ihren Kaffee.

Morris betrachtete seinen Freund ängstlich. O Gott, dachte er, Tio sieht aus, als trüge er das Gewicht der ganzen Welt auf den Schultern.

Glendenning bemerkte diesen besorgten Blick und meinte lächelnd: »Ich bin heute abend ein richtiger Miesepeter. Entschuldige, Jamie. Du weißt gar nicht, wie dankbar ich bin, daß du mit mir reitest.«

Morris grinste. »Du wirst sehen, in ein paar Tagen werden wir über die Sache lachen, alter Knabe. Weißt du, wenn man eine Lampe unter einen irdenen Krug stellt, kommt das Licht nicht durch.«

Nur gut, dachte Glendenning, daß Falcon diesen Spruch

nicht gehört hat. »Und du glaubst wirklich, daß wir bei dieser Sache zum Licht durchdringen?«
»Ganz bestimmt«, munterte Morris ihn auf. »Trotz dieses miserablen Wetters haben wir schon fast zwanzig Meilen hinter uns gebracht, und es ist erst halb zwölf. Wir haben noch jede Menge Zeit, mein lieber Junge. Wir werden Stunden vor Morgengrauen in Dover sein.«
Eine halbe Stunde später war sein Optimismus schwer erschüttert. Die Hinweise des Wirts auf einen Weg, der ihren Ritt um »gute zehn Meilen abkürzen« würde, entpuppten sich als korrekt. Unglücklicherweise hatte jedoch der Dauerregen den »ruhigen Fluß«, den er beschrieben hatte, in einen reißenden Strom verwandelt, der die einzige Brücke davongespült hatte. Es gelang ihnen nicht, auf trockenen Untergrund zu kommen, und während sie sich vorsichtig in der Dunkelheit weiterbewegten, befanden sie sich bald auf immer tückischerem Schlammboden.
Glendenning, der vor Enttäuschung und Zorn kochte, blieb stehen. Blitze am Horizont erleuchteten tiefhängende Wolken und eine düstere, flache Landschaft mit niedrigem Gebüsch und schlaff herunterhängenden Grasstauden. »Hölle und Verdammnis!« tobte er. »Ich glaube, wir sind im Sumpf von Romney gelandet!«
Erschrocken fragte Morris: »Kommen wir da wieder heraus?«
»Wir *müssen* herauskommen!«
Ein paar Minuten später jedoch quälten sich die Pferde durch steigbügelhohes eiskaltes Wasser, in dem tückisches Schilfgras schwamm. Mehr durch Glück als durch kluge Überlegung gelangten sie schließlich auf festeren Grund, aber die Pferde steckten immer noch bis zum Sprunggelenk im Schlamm, und die Reiter waren bis auf die Haut durchnäßt. Durch das Heulen des Windes und das Regengeprassel vernahm Morris noch ein anderes Geräusch, leise, aber drohend. »Halt an, Tio!« rief er.
Ein weiterer Blitz zeigte dieselbe düstere Landschaft, aber

er zeigte zu Glendennings Entsetzen obendrein noch tosendes Wasser. Wären sie in diese reißende Flut gestürzt, dann hätte keiner von ihnen je Dover erreicht. »Dem Himmel sei Dank für dein gutes Gehör, Jamie!« Steif ließ er sich aus dem Sattel gleiten, wobei ihm jede Prellung, die er sich bei der Rauferei in Absaloms Keller zugezogen hatte, in Erinnerung gerufen wurde. »Wir werden auf Schusters Rappen weitergehen müssen«, erklärte er und versuchte, nicht so verzweifelt zu klingen, wie er sich fühlte.

Morris' Stimme war fast zu fröhlich. »Glaubst du, es gibt noch eine andere Straße, altes Haus?«

»Ich weiß, daß es eine Straße gibt, die aus Rye kommt und entlang der Küste verläuft, bis sie durch den Sumpf nach ... ich glaube nach Hythe geht. Aber es ist ein teuflisch holpriger Weg, der uns Meilen von unserer eigentlichen Richtung abbringt. Wenn wir nur die Sterne sehen könnten, dann wüßte ich, wo Norden ist, und es bestünde die Hoffnung, daß wir hier rasch herauskommen. Aber so kann es uns passieren, daß wir uns nach Osten wenden und noch tiefer in den Sumpf geraten.« Möge Gott das verhüten! dachte er und biß sich auf die Lippe, führte aber vorsichtig sein Pferd weiter. »Bleib dicht bei mir, Jamie!« rief er. »Und bete!«

Nach scheinbar stundenlanger Plackerei fühlte er sich sehr müde und fror bis auf die Knochen; seine Beine waren wie taub, und er bezweifelte, daß sie auch nur eine Meile vorwärts gekommen waren. Doch als er ein gejagter Flüchtling gewesen war, hatte er gelernt, wieviel ein Mensch ertragen konnte, ohne aufzugeben, und er kämpfte sich eigensinnig voran. Es bestand kaum noch ein Zweifel, daß sie sich in Richtung der Küste bewegten. Wenn er nur nicht auf den Vorschlag des Wirts eingegangen wäre, eine Abkürzung zu nehmen. Er lächelte bitter. Er könnte ein halbes Hundert »Wenn nur« aufzählen, und der gute Morris könnte sie wahrscheinlich mit ebenso vielen sinnigen Sprüchen kommentieren.

Müde drehte er sich um und spähte durch den peitschenden Regen. »Wie geht's dir, Jamie?«
»V-vollkommen in Ord-dnung, m-mein Alter«, kam zähneklappernd die Antwort.
»Beim Zeus, du bist wirklich ein Mordskerl! In einen schönen Schlamassel habe ich dich da mit hineingezogen. Wenn wir je ...«
Er stolperte und fiel der Länge nach zu Boden, streckte aber noch die Hände aus, um den schweren Fall abzufangen. Sein Knie traf schmerzhaft auf etwas Hartes, und er fluchte, als er sich wieder aufrappelte. Auf etwas – *Hartes?* Er hielt den Atem an und wagte kaum zu hoffen, als er herumtastete, doch dann rief er triumphierend: »Jamie! Wir haben eine Straße erreicht!« Er erhob sich und umarmte Morris stürmisch. »Gott sei Lob und Dank! Wir können wieder reiten!«
»P-prima«, stammelte Morris.
Glendenning schwang sich in den Sattel und wendete sein Pferd. »Wir müssen aber langsam reiten, sonst könnten wir den ... Jamie?«
Morris zog sich mühsam am Sattelknauf hoch. »B-bißchen s-steif, Tio«, entschuldigte er sich zähneklappernd. »Und jetzt, in welche Richtung?«
Das war eine gute Frage. Es blitzte nun fast ständig, so daß sie immer wieder kurz die ebene Straßenfläche sehen konnten, aber da war weder eine Spur von anderen Reitern noch irgendein Hinweis darauf, wo sie sich befanden. Beide entschieden sich, die Richtung einzuschlagen, in der die Pferde gerade standen, und machten sich erneut auf den Weg.
Es war eine bedeutende Verbesserung, nicht mehr durch Schlamm und Schilf waten zu müssen, doch nun kam ein so starker Wind auf, daß die Pferde sich stolpernd gegen ihn anstemmen mußten. Wenn das Wetter so blieb, war es vielleicht sogar ein Glück für sie, denn dann würde das Schiff im Tidebecken warten müssen, bis der Sturm nachließ.

Eine unbestimmte Zeit später stieß Morris einen heiseren Schrei aus. Ein schwaches Licht war zu sehen. Glendennings Herz machte einen Freudensprung, und er trieb sein Pferd zu einem schnellen Trab an. Er sah den dunklen Umriß eines kleinen Hauses und einen flackernden Laternenschein. Er ritt bis an eine niedrige Mauer heran und machte sich mit einem Ruf bemerkbar.

Ein erschrockener Aufschrei folgte, und der Laternenschein bewegte sich in seine Richtung. Zu ihrem Erstaunen erklang eine Frauenstimme. »Du meine Güte! Kommen Sie etwa aus dem Sumpf, Sir? Ich hätte nie geglaubt, daß Mensch oder Tier sich in einer solchen Nacht auf diese Straße wagen würde.«

Glendenning zitterte, hätte aber dennoch am liebsten gejubelt. Sie hatten es geschafft! Irgendwie hatten sie sich durch den Sumpf bis zu den Randbezirken von Hythe durchgekämpft. »Wir haben uns das auch nicht ausgesucht, Ma'am, das kann ich Ihnen versichern«, erwiderte er. »Doch – wir sind hier! Darauf kommt es an. Können Sie mir den besten Weg nach Folkestone zeigen?«

»Folkestone? Aber Sir, das liegt ja noch hinter Hythe! Und Sie und Ihr Freund so voller Schmutz und so ...«

Eine kalte Hand, kälter noch als die seine, krampfte sich um Glendennings Herz. Kaum wagte er zu fragen, aber er unterbrach sie: »Sind wir hier nicht in Hythe, Ma'am?«

»O Gott, nein, Sir! Das hier ist der Hof von meinem Mann, und ich würd hübsch unter der warmen Decke liegen, wenn nicht ein paar dumme Schafe aus dem Pferch abgehauen wären. Hythe liegt weiter oben im Sumpf von Romney!«

Glendennings Stimme klang in seinen eigenen Ohren wie aus weiter Ferne: »Ich habe gedacht, wir *waren* im Sumpf von Romney.«

»O nein, armer Herr! Sie sind im Sumpf von Denge. Aber wenn Sie noch ein paar Meilen weiterreiten, kommen Sie nach Rye, und ...«

»Rye!« Der Viscount ließ die Schultern hängen. Anstatt nach Nordosten waren sie nach Südwesten geritten. Wieder waren sie Meilen von ihrer Route abgekommen.

»Sir ...?« Die Stimme schien zu verklingen, aber die Hand, die ihn schüttelte, gab nicht nach.
Glendenning öffnete die Augen und blinzelte benommen in das kantige, braungebrannte Gesicht, das über ihm schwebte.
»Sie haben aufgetragen, Sie um vier zu wecken«, sagte der Mann im breiten Dialekt der Grafschaft Kent. »Un jetz isses vier.«
Langsam fügte der Viscount in seinem Gedächtnis Bruchstück für Bruchstück zusammen. Kurz nachdem sie an dem Bauernhaus im Sumpf von Denge vorbeigeritten waren, hatte der Regen aufgehört. Glücklicherweise hatte der heftige Sturm die Wolken vertrieben, und der Mond, zu Dreiviertel voll, kam heraus und erhellte die sumpfige Landschaft. So hatten sie der Straße folgen können, ohne befürchten zu müssen, noch einmal in den Sumpf zu geraten. Trotz Kälte und Müdigkeit hatten sie sich eigensinnig vorangekämpft, und kurz vor drei Uhr hatten sie dieses Gasthaus südlich vor Folkestone erreicht. Es war eine höllische Anstrengung gewesen, vom Pferd zu steigen, und der Vorschlag des schläfrigen Stallknechts, sich doch einen heißen Punsch und ein weiches Federbett zu gönnen, war ihm nahezu unwiderstehlich erschienen. Von Folkestone aus konnten sie Dover in einer Stunde erreichen, aber Glendenning, dem bewußt war, daß er dann vielleicht sofort wieder zurück nach Windsor galoppieren mußte, wollte es doch nicht wagen, hier haltzumachen, obwohl er auch in der vergangenen Nacht wenig geschlafen hatte und todmüde war. Der arme Morris hatte tief schlafend über dem Hals

seines Pferdes gehangen und war wie ein Stein aus dem Sattel gefallen, als Glendenning versucht hatte, ihn zu wekken. Voller Selbstvorwürfe war ihm dann eingefallen, daß Morris erst vor zwei Monaten zurück in die Heimat geschickt worden war, um sich von der Verwundung zu erholen, die er im österreichischen Erbfolgekrieg erlitten hatte. Das war der entscheidende Punkt gewesen. Er hatte seinen erschöpften Freund halb in die warme Wirtsstube des Black Sheep getragen und zwei Zimmer bestellt.
Nun schlug er die Decke zurück und fragte, ob ein Pferd gesattelt worden sei.
»Sie sind fertig, wenn der Sir in den Hof runterkommt. Ich hab heißes Wasser und ein Rasiermesser mitgebracht, und meine Frau hat den meisten Dreck von Ihren Stiefeln weggekriegt, bloß ein bißchen feucht sind se noch.«
»Meinem Freund geht es nicht gut, wecken Sie ihn nicht.« Glendenning zog sich die Stiefel an und rasierte sich rasch mit dem etwas stumpfen Rasiermesser. »Wie ist das Wetter? Glauben Sie, daß irgendein Schiff die Segel setzen wird?«
Der Mann schürzte die Lippen. »Der Wind hat's ziemlich in sich, Sir. Wollten Sie von hier aus los? Oder oben von Dover?«
Glendenning ließ das Rasiermesser sinken und sah ihn an. »Gibt es da einen Unterschied?«
»Klar. Hier ist offene See, Sir. Dover da oben hat den großen Hafen und so viele Schiffe, und bei dem Wind da ... Nee, Sir. Alle, die heut morgen ganz schnell los müssen, haben ihre Schiffe gestern abend schon hier in die Bucht gebracht, als der Sturm angefangen hat zu toben.«
»Wollen Sie damit sagen, daß heute zwar manche Schiffe auslaufen, aber nicht von Dover, sondern von hier aus?«
»Das will ich wetten, Sir. Das heißt, wenn's nicht noch mehr Sturm gibt.«
Glendenning schickte ihn fort, nachdem er Kaffee und Toast bestellt hatte. Sein Rock und sein Mantel waren am Feuer ein wenig getrocknet, aber seine Perücke hätte Kamm

und Brenneisen vertragen können, und sein Dreispitz sah jämmerlich aus. Ohne sich mit solch geringfügigen Sorgen aufzuhalten, eilte er nach unten. Ein verführerischer Geruch nach Kaffee und brennenden Holzscheiten hing in der Luft. In der Gaststube brannten Lampen, und ein Feuer prasselte bereits im Kamin. Er trat an die niedrigen Gitterfenster und spähte hinaus in die Dunkelheit, in der bisher lediglich ein fingerbreiter hellgrauer Streifen am östlichen Horizont zu sehen war. Sich an den Sims lehnend, fragte er sich, ob es möglich war, daß ihr katastrophaler Ritt in die falsche Richtung letztlich doch ein Geschenk des Himmels war, ob sie, ohne es zu wissen, genau an dem Ort gelandet waren, von dem aus Trethaway sich möglicherweise einschiffen mußte. Ein solches Glück schien unwahrscheinlich, aber beim Zeus, er würde sich verdammt genau erkundigen, bevor er auch nur eine Meile in Richtung Dover ritt.

Ein Klirren von Porzellan lenkte seine Aufmerksamkeit zurück in den Raum. »Verdammt!« rief er.

Morris saß am Fenster, in der einen Hand eine Tasse, in der anderen eine dicke Scheibe Toast. Sein Gesicht war bleich, aber er lächelte den Viscount an und schwenkte seinen Toast. »Bedien dich, alter Sportsfreund.«

»Ich bin ein erbärmlicher Dummkopf, Morris«, sagte Glendenning ruhig. »Selbstsüchtig, wie ich bin, habe ich ganz vergessen, daß du dich eigentlich noch erholen sollst. Wenn du gestern abend nur etwas gesagt hättest ...«

»Was hätte ich sagen sollen? Wir sind hier, oder etwa nicht?« Morris nieste und verschüttete ein wenig Kaffee. Er stellte die Tasse beiseite und schneuzte sich in sein Taschentuch. »Und wir haben noch eine Menge Zeit«, erklärte er schniefend, wieder nach seiner Tasse greifend. »Ich bezweifle, daß irgendein Schiff ausläuft, solange der Sturm nicht nachläßt.«

»Auf alle Fälle nicht von Dover.« Glendenning nahm einen Schluck Kaffee und biß in den gebutterten Toast. »Aber der Wirt hat mir erzählt, daß ein paar Schiffe in einer Bucht hier in der Nähe vor Anker gegangen seien, damit sie mit der Morgenflut auslaufen können.«

Morris starrte ihn an. »Beim Zeus! Dann ... vielleicht ...?«

»Genau.« Noch einen Schluck Kaffee, und er marschierte zur Tür, den Toast in der Hand. »Ich komme zurück, sobald ich erfahren habe ...«

Morris sprang auf. »Verdammt, ich glaube doch wirklich, du versuchst mich abzuschütteln«, erklärte er empört. »Aber ich sag's dir, das wird dir nicht gelingen.«

Glendennings Widerspruch wurde freundlich angehört und keineswegs befolgt. Als er aus dem Hof ritt, war James Morris an seiner Seite.

Der Wind wehte wieder stärker, so daß ihre Umhänge sich blähten. Die Baumwipfel bogen sich, Laub und Schmutz wirbelten durch die Luft und ließen die Pferde nervös tänzeln. Die feuchte Luft roch nach frischem Seetang, und bald schon hörten die beiden Männer die Wellen gegen die Klippen branden. Der Beschreibung des Gastwirts folgend, ritten sie einen schmalen Weg entlang, der abwärts führte, bis sie schließlich im langsam heller werdenden Licht die Straße von Dover erkennen konnten. Es war immer noch zu dunkel, um die Küste deutlich zu sehen, aber weiter ostwärts, wo große Schiffe vor Anker lagen und im Sturmwind schaukelten, waren schwankende Lichter auszumachen. Angestrengt lauschend und mit zusammengekniffenen Augen, um besser zu sehen, ritten sie weiter, bis eine Stimme sie anrief und ein Seemann ihnen in den Weg trat.

»Ahoi! Seid ihr die Gents nach Calais?«

Morris nieste laut, was der Seemann offensichtlich als Verneinung auffaßte.

»Wir sollten uns hier mit dem Rest unserer Gruppe treffen, aber vielleicht sind wir zu früh dran«, sagte Glendenning. »Oder die Fahrt ist doch verschoben worden.«

»Weiter oben an der Küste sind noch ein paar Gents, Sir. Wo soll's hingehen?«

»Eigentlich bis nach Italien«, antwortete Glendenning.
»Aha, und zuerst nach Paris, hab ich gehört. Das wer'n die dann schon sein. Sie warten, bis sie an Bord der Fregatte nach Le Havre rudern können. Sie ist ein prima Schiff, und wenn ich den Kapitän recht kenne, wird er wegen diesem Sturm die Ausfahrt nicht verschieben. Gute Reise, Sirs.«
Sie warfen ihm eine Münze zu und ritten weiter. Als sie außer Hörweite waren, murmelte Glendenning: »Klingt vielversprechend, Jamie, aber ich glaube, wir sollten sicherheitshalber möglichst wenig von uns sehen lassen.«
Sie lenkten die Pferde zu ein paar Büschen und niedrigen Bäumen, wo sie abstiegen und ihre Tiere anbanden. Dann suchten sie landeinwärts nach einer Abkürzung. Der Himmel war nun dunkelgrau und die Sicht bereits so gut, daß sie die dunkleren Umrisse der Hügel bei Folkestone erkennen konnten. Ein Spalt in den Klippen vor ihnen führte hinunter in die Bucht. Glendenning blieb stehen und lauschte, während seine Augen das Dämmerlicht zu durchdringen versuchten, aber er vermochte niemanden zu sehen. Langsam und sehr vorsichtig schlichen sie sich nach unten, bis Morris Glendenning am Ärmel zog und zischte: »Horch!« Beide hielten im Laufen inne und horchten angestrengt. Zuerst hörte der Viscount nur das Heulen und Jammern des Windes, doch dann vernahm er das Pfeifen eines Mannes. Und bei dieser Melodie fing sein Puls an zu rasen, denn es war der alte Marsch Lillibulero.
»Hast du nicht gesagt, Miss Amys Onkel habe einen Mann gehört, der diese Melodie gepfiffen hat?« flüsterte Morris eindringlich.
»Ja! Einer der Männer, die die Rubinfigur zu Mr. Shumaker gebracht haben, damit er sie reparierte. Wir haben sie gefunden, Jamie! Bei Gott, wir haben sie gefunden! Und diese Bastarde gehören zur Liga, kein Zweifel. Komm! Und halt die Pistole bereit.«
Sie schlichen weiter, um einen hochaufragenden Felsen

herum, bis sie plötzlich nur noch ein paar Meter von ihrer Beute entfernt waren: drei Männer, die beieinanderstanden und auf die stürmische See blickten, die Umhänge im Wind gebläht. Einer von ihnen unterbrach gerade sein Pfeifen mit dem Ausruf: »Da ist es! Da kommt unser Beiboot!«

Ein sehr großer Kerl mit einer heiseren, kehligen Stimme klang weniger begeistert. »Mir ist das Meer nicht geheuer, Major, Sir. Schon gar nicht an einem solchen Morgen. Kann ich nicht ...«

»Nein, Idiot. Wir haben unsere Befehle bekommen.«

Der Pfeifer, eher stämmig und untersetzt, meinte trocken: »Diese Befehle haben nicht beinhaltet, daß du die Brosche ins Ausland bringst, Harris.«

Glendenning umklammerte Morris' Arm.

Der erste Mann, der Harris Trethaway sein mußte, lachte. »Man hat mir gesagt, ich solle sie mir von dem jungen Narren Templeby besorgen und seinen Bruder von Windsor fortlocken, und beides habe ich sehr fein gedeichselt. Was die Brosche angeht – warum sollte ich so verschwenderisch sein und sie vernichten? Der Squire hat vielleicht keine Verwendung mehr für sie, aber in Paris gibt es einen Halunken, der mir ein kleines Vermögen dafür zahlen wird. Ich werde in Italien einen eleganten Spielsalon eröffnen. Du bekommst den gleichen Anteil, lieber Vetter, und Camber und ich werden im Luxus und im Sonnenschein leben. Aus den Augen, aus dem Sinn.«

Der Pfeifer knurrte: »Du gehst ein ungeheures Risiko ein. Und ich auch, verdammt noch mal! Du hattest den Befehl, die verfluchte Brosche zu vernichten. Wenn du nicht mein Vetter wärst ... Gott steh uns bei, wenn der Squire es je herausfindet. Du weißt, wie gnadenlos er sein kann.«

»Wie soll er es herausfinden? Die einzigen, die wissen, daß ich sie nicht vernichtet habe, seid ihr beide. Wir werden alle reich sein, und was auch immer seine Pläne sein mögen ... Apropos, weißt du, was das für Pläne sind?«

Glendenning, der sich zentimeterweise vorwärts bewegt hatte, die Pistole in der Hand, blieb abrupt stehen und hielt den Atem an, während er auf die Antwort auf diese Frage wartete. Sie war nachdrücklich genug.
»Wenn ich es wüßte, dann bedürfte es mehr, als mein Leben wert ist, um mich dazu zu bringen, es preiszugeben. Nur die Besitzer der Juwelenmänner kennen alle Einzelheiten.« Nach einer Pause fügte der Mann mit gedämpfter Stimme hinzu: »Oder glauben sie zu kennen.«
Neugierig fragte Trethaway: »Was meinst du damit? Treibt man ein falsches Spiel mit ihnen?«
Es folgte ein weiterer Augenblick des Schweigens. »Wir haben es mit mächtigen Männern zu tun, Harris, Männern mit großem Reichtum und hochfliegendem Ehrgeiz. Meiner Erfahrung nach haben die Pläne solcher Fanatiker am Ende häufig wenig Ähnlichkeit mit dem, was ursprünglich beabsichtigt war, und die Gefolgsleute finden sich oft in Ränke verwickelt, auf die sie sich nicht eingelassen hätten, wenn sie gewußt hätten ... Aber ... Ach, nimm meine Worte nicht so ernst. Wahrscheinlich ist das nur meine düstere Phantasie.«
»Und wenn schon, mir tut es nicht leid, daß ich nur ein kleines Rädchen am Rand eurer mächtigen Liga bin. Und sollten ihre Pläne fehlschlagen, bist du vielleicht erfreut zu hören, daß ...«
In diesem Augenblick rollten ein paar Kieselsteine an Glendennings Stiefel vorbei. Blitzschnell fuhr er herum, aber bevor er auch nur Morris warnen konnte, schlang sich ein Strick um seinen Hals und würgte ihn. Dunkle Gestalten schlugen ihn nieder. Während er vergebens nach Atem rang, versuchte er noch, sich zu wehren. Er hörte Flüche, und weitere Schläge prasselten auf ihn nieder. Das Blut rauschte ihm in den Ohren, sein Blick trübte sich. Sein letzter angstvoller Gedanke war, daß er seine Familie im Stich gelassen hatte ...

»... wie, zum Teufel, er uns finden konnte ...«
»... sie hat es nicht gewußt. Und ... keine andere Seele.«
»Wenn ich nicht sicherheitshalber diese Schläger angeheuert hätte ...«
»... fast an Land! ... Keine Zeit mehr, um ...«
Die Stimmen schienen näher zu kommen und wieder zu verebben. Es fiel ihm schwer zu atmen, und Himmel, ihm tat alles weh, er mußte am ganzen Körper Prellungen haben. Er versuchte zu überlegen, wo er war. Nicht im Wald bei Amy, denn er hatte den Geruch der See in der Nase ... Amy! Er brachte es fertig, die Augen zu öffnen. Seltsam, obwohl er dachte, das Bewußtsein verloren zu haben, schien er nicht am Boden zu liegen. Ein hageres, wölfisches Gesicht mit einem schmalen Mund und harten grauen Augen tauchte vor ihm auf.
»Der ... angebliche Major ... nehme ich an«, sagte er schwach.
»Aber nicht nur ein angeblicher Sieger.« Trethaways Lächeln war unangenehm. »Ich muß gestehen, Sie haben mich erstaunt. Wie Sie es geschafft haben, mich hier einzuholen, ist unglaublich. Wer hat uns verraten?«
Glendenning brachte ein Grinsen zustande. »Niemand, den Sie auch nur ... entfernt kennen.« Er sah sich um und stellte fest, daß er an einem Baumstumpf lehnte, die Arme hinter dem Stamm zusammengebunden.
»Sehen Sie, heroischer Lord«, höhnte Trethaway und deutete zur Seite.
Zwei Worte waren mit Kreide auf den Felsen geschrieben, der über ihm aufragte: CHÂTIMENT UN!
»Eine Botschaft von Ihrem Meister?« fragte Glendenning verächtlich.
»Nur ein Teil davon.« Trethaway grinste. »Der Rest ist da drüben.«
Glendenning drehte den schmerzenden Kopf und unterdrückte ein Keuchen.

Morris lag mit dem Gesicht nach unten ganz in seiner Nähe. Er war nicht gefesselt, und das Entsetzliche war, daß er kein Lebenszeichen von sich gab. Der Viscount starrte ihn eine Minute lang wie betäubt an, dann sah er wieder auf.

Trethaway lachte in sich hinein. »Das ist also gemeint, wenn von einem ›sprechenden Blick‹ die Rede ist.«

»Verflucht sollen Sie sein! Haben Sie ihn umgebracht?«

»Keine Ahnung, und es ist auch völlig belanglos. Er ist unwichtig. Wissen Sie, Glendenning, es tut mir eigentlich gar nicht leid, daß Sie gekommen sind. Es wird mir ein Genuß sein, mit dem Bewußtsein auszulaufen, daß Sie mich abfahren sehen. Seit Jahren hatte ich mit Ihrer Familie eine Rechnung zu begleichen. Ah, Sie fragen sich, warum. Ihr hochnäsiger Vater war einer der Männer, die gegen meine Aufnahme in den Cocoa Tree gestimmt haben.« Er sah finster drein. »Er hat es mir unmöglich gemacht, in irgendeinen der besten Clubs hineinzukommen. Ich hatte ihm nie etwas getan. Es war nur seine verdammte Arroganz.«

»Mit Sicherheit nicht. Wahrscheinlich hat er Sie für einen Lumpen gehalten. Wie immer war sein Urteil messerscharf.«

Trethaway hob die Faust, doch dann hielt er inne, und sein Gesicht nahm einen verschlagenen Ausdruck an. Er zog eine kleine Lederschachtel aus der Westentasche, öffnete sie und hielt dem Viscount verführerisch die Comyn-Brosche hin. »Sehen Sie, Euer Lordschaft. Noch in dieser Stunde werden wir die Anker lichten. Von hier aus werden Sie einen schönen Blick darauf haben, wie ich in eine fröhliche Zukunft segle und mit mir Ihre einzige Hoffnung, Ihre erbärmliche Familie zu retten. Ah, das läßt Ihnen den Schweiß ausbrechen, wie? Denken Sie darüber nach, alter Knabe. Denken Sie an die Folter, der man Ihre Mutter unterwerfen wird ... Ihre unschuldige Schwester ... Ihren dummen Bruder ... Denken Sie an den Strick, den Sie ihnen um den Hals gelegt haben. Denken Sie an ihre Schreie, wenn das Beil ...«

Glendenning fluchte und kämpfte gegen die Fesseln an, bis ihm das Blut über die Hände rann. »Sie verdammter ... Bastard ...«, keuchte er. »Wenn Ihr Squire sich in so ... so hoher Stellung befindet, wie ich glaube ... dann können Sie an *sein* Gesicht denken, wenn ich denen, die mich verhören, erzähle, wohin Sie gefahren sind und daß Sie die Brosche mitgenommen haben ...«

Ein Ruf vom Strand schnitt ihm das Wort ab. »Major! Sie kommen herein!«

Einen Augenblick verharrte Trethaway noch mit nachdenklich gerunzelter Stirn, dann steckte er die Schachtel zurück in seine Tasche. »Sie werden nicht auf Sie hören«, erwiderte er achselzuckend. »Und auf jeden Fall wird das den Squire nicht kümmern, solange Sie nur ihre gerechte Strafe bekommen. Trotzdem werde ich Ihnen noch einen Beweis meiner Wertschätzung zurücklassen.« Er stieß kräftig mit dem Stiefel zu und lachte, als Glendenning vor Schmerz das Gesicht verzerrte. Während er den Weg hinunterschritt, rief er munter: »Adieu, Hochverräter! Ihre Freunde werden es sich zweimal überlegen, bevor sie sich je wieder in die Angelegenheiten der Liga der Juwelenmänner einmischen.«

Glendennings Handgelenke waren wund, aber er kämpfte verzweifelt weiter, sich loszumachen. Vielleicht gab es noch eine kleine Chance. Wenn er sich befreien und ein schnelles Boot mieten könnte, war es unter Umständen möglich, diesen blutrünstigen Schurken zu erwischen. Er hatte das Gefühl, eher mit Lederriemen als mit Stricken gefesselt zu sein. Wahrscheinlich hatten sie die Zügel von einem Zaumzeug abgeschnitten. Er konnte sich noch so sehr abmühen, die Knoten lockerten sich nicht, und man hatte seine Arme so eng an den Baumstamm gebunden, daß all seine Anstrengungen sehr behindert wurden. Atemlos lehnte er

den Kopf zurück und dachte nach. Vielleicht gab es eine andere Möglichkeit. Er war ziemlich weit unten an den Stamm gefesselt, der sich nach oben hin verjüngte. Mit zusammengebissenen Zähnen versuchte er sich weiter nach oben zu schieben. Zuerst schienen seine Mühen fruchtlos, doch er kämpfte eigensinnig, wollte sich von den Schmerzen nicht besiegen lassen und fluchte laut vor Qual, Schweißtropfen in den Augen. Nach einer Weile schmerzten seine Arme durch die fortwährende Anspannung und die unnatürliche Haltung so sehr, daß er es kaum noch aushielt. Er machte eine kleine Pause, um Atem zu holen und neuen Mut zu fassen. Und beim nächstenmal schien es ihm, als würden sich seine Arme schon ein wenig bewegen.
»Halleluja!« rief er, schob mit den Beinen nach und zerrte weiter, bis seine Arme sich erneut bewegten, Zentimeter um Zentimeter. Allmählich ließ der Druck auf ihnen nach, und schließlich schaffte er es, aufrecht zu stehen.
»Gott sei Dank«, keuchte er erschöpft, aber voller Triumph, »jetzt kann ich mehr Hebelwirkung einsetzen.« Einen Augenblick später stöhnte er qualvoll auf, als ein Splitter der Rinde ihn in den Arm stach. Die gezackten Ränder, die er neben sich sah, erinnerten ihn an den abgebrochenen Ast, auf dem er bei seinem Sturz im Wald gelandet war. Dieser Ast war spitz genug gewesen, um sich durch seinen Stiefel zu bohren. Wenn dieses Rindenstück ebenso gefährlich war, konnte er zumindest versuchen, die Knoten seiner Fesseln damit durchzuscheuern. Er zerrte und zog, und schließlich waren seine Handgelenke über dem vorstehenden Rindenstück. Er tastete herum und zerrte weiter, bis er endlich spürte, daß der Knoten sich in der Spitze verfangen hatte. Das Leder lockerte sich. Noch ein oder zwei Minuten …
Er blickte zum Meer. Ein Beiboot schlingerte über das heftig wogende graue Wasser. Wie erstarrt stand er da und sah hilflos zu.

Am Himmel zog nun die Morgendämmerung herauf. Trethaway, der im Heck des Beiboots saß, war deutlich zu erkennen. Er winkte ihm einen höhnischen Abschiedsgruß zu, die Schachtel mit der Comyn-Brosche in der Hand.
Im selben Augenblick wurde die majestätische Fregatte hinter ihm von einer riesigen schwarzen Wasserwand hochgeschleudert. Die Matrosen auf dem Beiboot hörten auf zu rudern, und ihre schrillen Schreie übertönten selbst das Heulen des Windes, als die ungeheure Flutwelle näher brauste. Trethaway wirbelte herum und wollte sich in seiner Angst erheben. Einen Augenblick ragte die Welle über dem Beiboot auf. Dann sah Glendenning nur noch Ruder, die wie Zündhölzer herumgewirbelt wurden, ein wildes Durcheinander von Armen und Beinen und das Beiboot, das nach oben schnellte, bevor die Welle über ihm zusammenschlug. Und schon war der entsetzliche Anblick verschwunden, als die Flutwelle donnernd gegen die Klippen krachte und die Gischt mehrere Meter hoch aufsprühte. Als das Toben des Meeres allmählich nachließ, sah man zwischen der Küste und der Fregatte nur noch ein paar zerbrochene Ruder, das Ölzeug einiger Matrosen und etwas Kleines, das aussah wie der Dreispitz eines Gentlemans.
Glendenning stöhnte schluchzend auf. Nun war die Comyn-Brosche für immer verloren. Seine letzte schwache Hoffnung war dahin.

Der Bader war ein umständlicher kleiner Mann mit hoher Stimme, der ständig schniefte und sich den Anschein gab, als würde er anderswo voller Ungeduld erwartet. Doch trotz dieser Affektiertheiten stand er im Gastraum des Black Sheep am Tisch und bandagierte die zerschundenen Handgelenke des Viscounts rasch und geschickt. Er achtete nicht auf die Fragen seines Patienten, ließ sich jedoch herab, ihm mitzuteilen, daß drei Leichname aus dem gesunkenen Beiboot an Land gespült worden waren, alle drei Seeleute. »Bei diesem Wetter hätten sie sich nicht mit dem Beiboot aufs Wasser wagen dürfen. Aber ich nehme an, wenn der Kapitän von ein paar Gentlemen genügend Gold in die Hand gedrückt bekommt ...« Er funkelte Glendenning vorwurfsvoll an.

»Ich bedaure diese Tragödie«, erwiderte der Viscount. »Aber warum erlangt mein Freund nicht wieder das Bewußtsein? Auf der Klippe ist er für ein oder zwei Minuten zu sich gekommen, und Sie haben gesagt, es sehe nicht so aus, als hätte der Schlag auf den Kopf ihn ernstlich verletzt.«

»Die Tatsache, daß es nur für so kurze Zeit gewesen war, ist ein sehr schlechtes Zeichen. Und außerdem, auch wenn ich es nicht gern zugebe, bin ich doch nur ein Mensch und kann mich irren. Der letzte Unglückselige, bei dem ich dachte, er habe keine ernsthafte Verletzung davongetragen, ist am folgenden Tag gestorben. An einem Herzanfall.«

»Zum Teufel!« rief Glendenning erbleichend. »Wollen Sie damit ausdrücken, daß Leutnant Morris ...«

»Ich habe gesagt, daß er nicht ernsthaft verletzt worden ist. Aber ich sage auch, daß er vor nicht allzu langer Zeit ernsthaft verwundet worden ist und noch nicht genügend erholt war, um in einer stürmischen Nacht bis zur Erschöpfung durch die Gegend zu reiten und bis auf die Haut durchnäßt zu werden. Wenn Sie sein Freund sind, Sir«, fügte er hinzu und blickte erneut anklagend zu Glendenning, »dann frage ich mich, warum Sie ihn nicht von einem so hirnverbrannten Unterfangen abgehalten haben.«

Ein schöner Freund bin ich, dachte Glendenning und erklärte: »Ich wünschte bei Gott, ich hätte es getan. Aber alles Bedauern nützt jetzt nichts mehr. Wenn er Ruhe und gute Pflege hat, wird er dann ...?«

»Er könnte Glück haben und keine Lungenentzündung

bekommen. Ich bezweifle es aber. Hat man Ihnen alles geraubt?«

Glendenning erriet den Grund für diese Frage und wunderte sich nun selbst, daß man sie nicht bestohlen hatte.

»Glücklicherweise war meine Börse in der Satteltasche«, log er und fügte trocken hinzu: »Keine Sorge, Sie werden bezahlt.«

»Gut. Ich habe ein kleines Vermögen für junge Stutzer dahingegeben, die sich böse zurichten ließen, weil sie nicht den Verstand hatten ...«

»Sind Sie fertig? Ich würde gerne hinaufgehen und nach ihm sehen.«

Verärgert wiederholte der Bader seine Beschuldigung, während er den Verband befestigte.

»Genug«, unterbrach Glendenning ihn und hob gebieterisch die Hand. »Ihre Philosophiererei hält mich auf, und ich muß heute nachmittag um vier Uhr in Windsor sein.«

Der Bader sperrte den Mund auf. »Sie sind ... *verrückt!* Sie sollten sich für ein oder zwei Tage ins Bett legen. Außerdem ist es jetzt halb elf, und es sind mindestens achtzig Meilen nach ...«

Er sprach gegen eine Wand. Glendenning hatte eine Guinee auf den Tisch geworfen und humpelte zur Treppe.

Morris lag reglos in dem kleinen, abgedunkelten Schlafzimmer. Glendenning trat ans Bett und sah ihn an. »Armer alter Knabe«, murmelte er. »Der Fluch, der Glendenning heißt, hat dich ordentlich erwischt!«

»Nein, nein, Sir«, ließ sich eine leise Stimme vernehmen. »Machen Sie sich keine Vorwürfe.«

Eine sehr runde kleine Lady erhob sich mühsam aus dem Sessel neben dem Feuer und kam mit einem tröstenden Lächeln auf ihn zu. »Ich bin Mrs. Goodstone und hierzulande eine Fremde, denn geboren bin ich in Sussex. Aber es sind jetzt zwanzig Jahre, daß ich Goodstone geheiratet habe, und ich kenne die Leute hier gut genug, um zu wissen, warum Gentlemen sich in Sturmnächten in die Sümpfe wagen. Wenn Offiziere hinter den Owlers her sind, braucht man sich keine Sorgen zu machen. Goodstone und ich haben einen schönen Keller und stellen keine Fragen.«

Sie hielt ihn also für einen Befürworter des Freihandels. Schweren Herzens wünschte Glendenning, es wäre so. Das wäre weiß Gott eine leichtere Bürde als diejenige, die auf ihm lastete. Er erwiderte ihr Lächeln und versicherte ihr, daß keine Steuereinnehmer hinter ihm her seien. »Aber ich habe sehr dringende Geschäfte zu erledigen, die nicht warten können, und so habe ich keine andere Wahl, als meinen Freund hierzulassen. Er braucht beste Pflege und Fürsorge. Ich werde im voraus für morgen bezahlen und jemanden schicken, der ihn abholt.«

»Gott segne Sie, Sir. Er wird das Beste bekommen, was wir haben, ich versprech's Ihnen. Reiten Sie nur, obwohl auch Sie eigentlich in Ihrem Zimmer bleiben sollten. Sie könnten selbst auch ein bißchen Schlaf brauchen, scheint mir, Sir.«

Glendenning dankte ihr, bat sie um Feder und Papier und schrieb einen kurzen Brief.

Jamie,
Du bist der beste Kerl, den es gibt, und obwohl ich Dir so viel schulde, muß ich Dich nun hier zurücklassen und Dich sogar noch um mehr bitten.
Sei so gut und sorge dafür, daß Miss Consett zu Tony Farrar gebracht wird. Sein Besitz heißt The Palfreys und liegt in Sussex, in der Nähe von Romsey.
Dimity, Lady Farrar, wird sich um sie kümmern.
Richte Amy aus, sie soll sich immer daran erinnern, was ich ihr zum Abschied gesagt habe.
Meinen demütigsten Dank. Gott segne Dich.
Tio

Er faltete den Brief zusammen und legte ihn auf den Tisch unter Morris' Uhr.
Draußen jagte der Wind dicke Wolken über den fahlen Himmel, und von Osten her war das ständige Tosen der Brandung zu hören. Ein Stallknecht führte sein Pferd heraus. Das Tier sah ausgeruht aus, begierig darauf zu galoppieren. Glendenning tätschelte ihm den warmen Hals und murmelte: »Die Chance kriegst du, mein Junge.«
Er ritt nordöstlich nach Folkestone und von dort nach Tonbridge, aber der Verkehr behinderte sein Vorwärtskommen, und sooft er es wagte, nahm er eine Abkürzung über die Felder, wo er schnell galoppieren konnte. Wieder fing es an zu regnen, und Wind kam auf. Die schlammigen Straßen waren tückisch, aber er jagte erbarmungslos weiter. Als das Pferd zu erschöpft war, um zu galoppieren, hielt er an und mietete ein frisches. Allmählich begann er den Schlafmangel zu spüren, und ab Mittag mußte er gegen eine Müdigkeit ankämpfen, die mit jeder Meile schlimmer wurde. Viele Reisende an diesem windigen Tag blickten erstaunt auf den Mann, der in einem so halsbrecherischen Tempo ritt. Ein erzürnter Gentleman öffnete das Fenster seiner Kutsche, als der Viscount an ihm vorbeigaloppierte, und bellte, er sei ein rücksichtsloser junger Narr, der ein wenig an sein Pferd denken könnte, wenn schon nicht an sich selbst.
Glendenning hörte ihn nicht einmal. Seine Gedanken waren einzig und allein bei diesem Wettrennen gegen die Zeit. Und dieses Wettrennen durfte er nicht verlieren, selbst wenn am Ende der Tod auf ihn wartete.

14

Der Earl of Bowers-Malden versuchte, nicht darauf zu hören, wie die große Standuhr vier Uhr schlug. Während er in dem weiträumigen Salon saß, fühlte er sich zum erstenmal in seinem Leben klein und ohnmächtig. Er schlang den Arm fester um seine Frau und sagte sanft: »Du bist sehr gefaßt, meine Liebe.«

Lady Nola hob den Kopf nicht von seiner Schulter. Mit einer Stimme, die ganz fern klang, erwiderte sie: »Ich habe riesige Angst, Gregory. Um ... um die Kinder, weißt du.«

Die gräßliche Aussicht auf das Schicksal, das sie erwartete, ragte wieder in ihrem ganzen drohenden Schrecken vor ihm auf. Seine geliebte Frau. Marguerite in der Schönheit ihrer Jugend. Michael, der am Beginn seines jungen Manneslebens stand. Er war kein Mensch, der oft betete, aber nun tat er es stumm und inbrünstig. Lieber Gott, laß es nicht zu. Bitte, lieber Gott! Laß nicht zu, daß sie Schande, Folter und Qual erleiden müssen, um für die rücksichtslose Narretei meines eigenen Sohnes zu bezahlen. »Marguerite hätte hier bei uns bleiben sollen ... während dieser letzten Stunde«, sagte er stockend.

Lady Nola schluchzte auf und klammerte sich an ihn. »Oh, mein Lieber! Vielleicht kommt Horatio ...«

»Nein! Sprich seinen Namen nicht aus! Ich will nicht ...«

In der Halle war ein Tumult zu hören, aufgeregte Stimmen und das Geräusch eiliger Schritte. Farrier! Wie charakteristisch für den erbarmungslosen Hund, zu früh zu kommen. Nun, er würde die Laindons nicht wimmernd und winselnd vorfinden ...

Darrow klang verzweifelt: »Sir ... *nein!* Ich flehe Sie an! Gehen Sie nicht ...«
Er *flehte* ...? Erzürnt erhob sich der Earl.
Die Tür wurde aufgerissen. Verschmutzt, mit rotgeränderten Augen und hohlen Wangen, das Gesicht eine Maske der Erschöpfung, kam Mylord Glendenning in den Raum gewankt. Mit einem gedämpften Fluch stampfte der Earl auf ihn zu.
»*Verdammt,* Sir! Wie können Sie es *wagen,* einen Fuß über meine Schwelle zu setzen?«
Die Gräfin stand ebenfalls auf und fragte mit gebrochener Stimme: »Tio! O mein Lieber, hast du sie zurückbekommen?«
»Ich habe es versucht, Mama. Gott weiß, wie sehr ich es versucht habe! Aber ...«
Der Earl, der seine eigene kurze und nun zerstörte Hoffnung verbarg, donnerte: »Natürlich hat er sie nicht zurückgebracht! Haben Sie wirklich von einem solch rücksichtslosen jungen Spund erwartet, daß er uns rettet? Sie sind eine Tagträumerin, Madam! *Hinaus,* Mylord! Oder muß ich Sie selbst rauswerfen? Bei Gott, ich *werde* es tun!«
Glendenning, so verausgabt, daß er kaum noch stehen konnte, umklammerte eine Stuhllehne. »Trethaway ist ertrunken, aber ... er hat die Brosche mit auf den Meeresgrund genommen. Ich muß ... ich muß mit Ihnen allein sprechen, Sir.«
Der Earl erwiderte nichts, sondern verzog das Gesicht und bewegte sich in eindeutiger Absicht auf ihn zu.
Glendenning sank auf die Knie.
Lady Nola schluchzte erstickt auf.
Bestürzt schnaubte der Earl: »Sie können wohl zu Kreuze kriechen!«
Glendenning sah zu ihm auf und lächelte reumütig. »Ganz ... unfreiwillig, fürchte ich, Sir.«
Der Earl marschierte, vor sich hin murrend, zur Klingelschnur.

»Ich konnte Ihnen die ... die Comyn-Brosche nicht bringen«, sagte Glendenning. »Aber ich habe Ihnen einen Ausweg gebracht. Ich ... ich flehe Sie an, mich anzuhören. Va... Mylord, wenn ich mit Ihnen gesprochen habe, können Sie ... mich hinauswerfen. Aber wenn Ihnen etwas an Ihrer Frau und ihren Kindern liegt, *müssen* Sie mich ... allein anhören.«
Bowers-Malden hielt inne. Zweifellos hatte Glendenning eine Hölle hinter sich. Die Rüschen an seinem Ärmel glitten zurück, als er den Arm ausstreckte, und ließen die bandagierten Handgelenke sehen, und in seinen Augen lag ein Ausdruck äußerster Demut. Dafür war es jetzt natürlich zu spät. Aber was auch sonst sein mochte, er war zurückgekommen. Er war Manns genug, nicht davonzulaufen, um die eigene Haut zu retten. Ein bitterer Trost. Doch der Earl knurrte schließlich: »Sie können mir zwei Minuten von der wenigen Zeit stehlen, die mir noch mit meinen Lieben bleibt. Lady Nola, wenn Michael zurückgekehrt ist, sagen Sie ihm und Marguerite bitte, sie sollen zu uns kommen.« Und unversöhnlich fügte er hinzu: »Nachdem Lord Glendenning diesen Raum verlassen hat.«
Der Viscount seufzte und versuchte mühsam sich zu erheben.
Die Gräfin sah hilflos von einem der beiden Männer, die sie liebte, zum anderen. Dann preßte sie das Taschentuch an die Lippen und verließ sie.
Glendennings Bemühen, aufzustehen, kostete ihn seine letzten Kräfte, und er kam nicht weiter als bis zur Höhe eines Schemels. Sein Kopf schien eine Tonne zu wiegen, aber irgendwie schaffte er es, ihn zu heben. Ein Glas Brandy wurde ihm hingehalten.
Der Earl blickte ihn hart und verächtlich an. Glendenning nahm das Glas mit zitternder Hand, und der starke Kognak, der ihm brennend durch die Kehle lief, schien die erdrückende Müdigkeit ein wenig zu lindern. »Ich habe

Templeby gefunden, Sir. Er war verletzt, aber nicht schwer, glaube ich. Ich habe dafür gesorgt, daß er nicht herkommt.«

Er sprach ruhig und fest, und plötzlich gab es dem Earl einen solchen Stich, seinen Sohn so zu sehen, verschmutzt und zu erschöpft, um sich auf den Beinen zu halten, daß er sich abwenden mußte. Er trat an einen Tisch, ergriff einen Briefbeschwerer, betrachtete ihn, ohne zu sehen, was er in der Hand hatte, und sagte: »Ich hoffe, er wird den Verstand haben, dir zu gehorchen, so daß in diesem Falle vielleicht wenigstens einer von uns verschont wird. Ich habe Ihnen diese Unterredung nur gewährt, Glendenning, weil Sie genügend Rückgrat hatten, um zurückzukommen und Ihrer Strafe ebenso ins Auge zu sehen wie wir alle. Jetzt ...«

Obwohl der Viscount wußte, wie sehr der Earl es verabscheute, unterbrochen zu werden, tat er es. »Nun, darum geht es doch, nicht wahr, Sir?« Mit großer Mühe kam er wieder auf die Beine. »Die Strafe muß die meine sein. Nur meine.«

Der Earl schloß die Hand um den Briefbeschwerer. »Ihr Verantwortungsgefühl ist angemessen, wenn auch ein paar Jahre zu spät. Hat diese wunderbare neue Einsicht Ihnen auch die Lösung eingegeben?«

»Ich denke, die Lösung ist offensichtlich, Sir.«

Den Blick starr auf den Gegenstand geheftet, der sich ihm nun tief in die Handfläche grub, sagte Bowers-Malden: »Sie wollen Farrier Ihre Schuld eingestehen?«

»Wenn ich glaubte, das würde etwas nützen, wäre ich nicht zurückgekommen. Es wird aber nichts nützen. Er würde immer noch behaupten, Sie hätten mir Schutz geboten.«

Der Earl hob langsam das Löwenhaupt. Er begegnete dem Blick seines Sohnes, und einen Moment lang war ihm so schwindlig, daß er unfähig war zu sprechen. Dann sagte er mit bebender Stimme: »Wagen Sie es ... mir aufzubürden ... daß ich Sie ...«

Glendenning sah das Entsetzen in dem markanten Gesicht dieses Mannes, den er liebte, und begann instinktiv auf ihn zuzugehen, wich aber wieder zurück. »Bis fünf Uhr sind es immer noch fünfundvierzig Minuten. Ich habe in Ihrem Namen nach Hilary Broadbent gesandt, mit der Bitte, er solle sofort mit einem Trupp Dragoner hierherkommen. Er dürfte in etwa zehn Minuten da sein. Dann müssen Sie mich sofort anzeigen. Wenn wir ein wenig Glück haben, wird Farrier nicht ...«
»Glück ...?« Bowers-Maldens Gesicht war weiß. Der Briefbeschwerer fiel zu Boden. *»Glück?«* flüsterte er. »Nennen Sie es *Glück*, wenn ... wenn ein Vater seinen ... seinen einzigen Sohn ... zum gräßlichen Tod eines Verräters ... zur öffentlichen Exekution und ... und ...« Er konnte nicht weitersprechen und bedeckte seine Augen mit zitternder Hand.
Glendenning wankte an seine Seite und riskierte es, seinen Zorn zu erregen, indem er ihm die Hand auf die Schulter legte. »Sir, Sie *müssen!* Nur wenn Sie mich öffentlich verstoßen und fordern, daß ich wegen Hochverrats verhaftet werde, werden alle die gerettet, die ich ...« Seine Stimme brach, und plötzlich trübten Tränen seinen Blick. Er schluckte. »... die ... ich liebe.«
Bowers-Maldens Aufschrei war nur ein armseliger Abklatsch seines gewohnten Gebrülls. Er stieß seinen Sohn von sich. »Wenn Sie mich liebten, hätten Sie nicht ... würden Sie nicht verlangen ...« Doch der Junge hatte recht. Es war ihre einzige Chance. So starb einer. Oder aber es starben fünf Menschen. O Gott im Himmel! Er sah seinem Sohn forschend in die Augen und erblickte Kummer darin, aber auch unnachgiebige Entschlossenheit, und krächzte: »*Verdammt*, Horatio! Wie *kannst* du erwarten ...? Wie könnte ich ...?« Er wandte sich heftig um, zog sein Taschentuch heraus und vergrub das Gesicht darin.
Glendenning fuhr sich mit dem Ärmel über die Augen und

hinterließ einen verräterischen Schmutzstreifen. Obwohl er versuchte, seine Stimme unter Kontrolle zu halten, bebte sie, als er sagte: »Selbst unter Aufbietung aller Phantasie bin ich keineswegs ein Held, Sir. Ich würde überglücklich jeden Pfennig hergeben, mein gesamtes Erbe, um nicht den Preis für ... für meine Sünden bezahlen und Sie nicht in dieses furchtbare Dilemma bringen zu müssen. Aber es gibt keinen anderen Ausweg. Sie müssen wissen, Va... Sir, wenn Sie mich nicht anzeigen, werde ich genauso sicher sterben, nur mit der schrecklichen Last auf der Seele, Sie alle mit mir unter das Henkersbeil geschleift zu haben. Ich bitte Sie, ersparen Sie mir zumindest diese Schmach. Ich habe schon genug auf dem Gewissen, wenn ich vor meinen Schöpfer trete.«

Der Earl wandte ihm sein verzweifeltes Gesicht zu und schüttelte wortlos den Kopf.

»Glauben Sie, ich würde zu diesem Mittel greifen«, fuhr Glendenning fort, »wenn es irgendeinen anderen Ausweg gäbe? Es *gibt* keinen anderen Ausweg. Das ist unsere einzige Hoffnung. *Ich* habe diesen Alptraum über uns heraufbeschworen, und *ich* muß die Folgen tragen. Sie *können* nicht zulassen, daß unsere unschuldigen Ladys leiden. Sir ... wenn Sie mich jetzt ausliefern ...«

»Selbst wenn ich ... mich darauf einließe, einen solchen ... einen solchen Schritt zu tun, würde dieser Hund Farrier behaupten, er habe dich bereits angezeigt und ich denunziere dich jetzt nur, um zu versuchen, den Rest meiner Familie zu retten.«

»Ich nehme an, daß er genau das sagen wird. Aber Sie sind ein mächtiger Mann mit vielen einflußreichen Freunden, und das weiß er. Sie können behaupten, Sie hätten nie an meine Schuld geglaubt, aber da Sie nun die Wahrheit wüßten, würden Sie mich verstoßen und der ... der Gerichtsbarkeit des Königs ausliefern. Ich glaube, dann wird man Sie nicht beschuldigen können, einem Verräter Schutz geboten zu haben, oder ...«

Die Uhr schlug halb fünf.
Sie klang wie die Totenglocke.
Einen Moment lang standen die beiden Männer stumm und verzweifelt da und blickten einander an.
Der Kummer in den Augen seines Vaters tat Glendenning im Herzen weh. »Sir, Sie müssen sehr ergrimmt und zornig auftreten. Zweifellos verabscheuen und ... und verachten Sie mich schon, aber wenn Sie ... durch irgendein Wunder ... noch eine Spur von Zuneigung für mich haben, dann dürfen Sie es Hilary nicht merken lassen. Es ist nur gut für uns, daß er weiß, welche Heidenangst ich immer vor Ihnen hatte.«
Bowers-Malden wandte sich ruckartig ab.
Die Zeit raste, und sie mußten die Sache hinter sich bringen, bevor Farrier kam, oder sie waren verloren. Glendenning drängte: »Sir, denken Sie an all die Male, da ich Sie enttäuscht habe, wenn ich Ihnen bestenfalls Halbwahrheiten gesagt habe. Denken Sie an die Zeit, die ich mit dem Architekturstudium verbracht habe, obwohl Sie es so gern gesehen hätten, wenn ich meinen Sitz im Oberhaus eingenommen und mich für Politik interessiert hätte. Denken Sie daran, wie oft ich monatelang fortgeblieben bin, obwohl Mama hoffte ...« Seine Stimme brach. Verzweifelt dachte er: O Gott, wenn ich diese Zeit nur zurückhaben könnte! Wenn ich nur öfter heimgekommen wäre, und ...
Während er sich so verzweifelt Vorwürfe machte, hörte er eilige Schritte. Die Tür wurde aufgerissen. Darrow, zu Tode geängstigt, keuchte: »Mylord! M-Major Broadbent und eine Truppe!«
»Führen Sie den Major bitte in den kleinen Salon«, befahl Bowers-Malden heiser.
Die Tür schloß sich.
Glendenning hatte das Gefühl, ihm würden alle Knochen weich wie Pudding. Er trat an die Kredenz und versuchte sich ein Glas Kognak einzuschenken, verschüttete den

Branntwein aber, bis ihm der Earl die Karaffe aus der Hand nahm. Bowers-Malden goß zwei Gläser ein. Er reichte eines seinem Sohn. »Trink das. Du hast es nötig.«
Glendenning gehorchte. Falscher Mut, aber es stärkte ihn. Dann stellte er das Glas auf das Silbertablett. Zeig ihm nicht, was du für ein Feigling bist! befahl er sich. Laß den armen alten Knaben wenigstens ein klein wenig stolz auf dich sein! Irgendwie brachte er ein Lächeln zustande. O Gott, wie kalt ihm war. So kalt. Angst war etwas Entsetzliches. Auf dem Schlachtfeld hatte er keine Angst gehabt, aber jetzt ... »Ich gehe besser und richte mich ordentlich her, Sir. Hilary darf nicht denken, ich sei hierher galoppiert, um ...«
»Um dich zu opfern?«
Glendenning blinzelte und biß sich auf die Lippen. Zögernd streckte er die Hand aus. »Sir, würden Sie bitte ... glauben Sie, Sie könnten mir die Hand geben, bevor ...?«
»Der Teufel soll dich holen!« In Bowers-Maldens Augen glitzerten Tränen. »Ich würde dich am liebsten umbringen!« Er breitete die Arme aus und drückte seinen Sohn an sich. »Horatio ...! O mein lieber Junge ... Gott segne dich!«
Glendenning schluckte. »Papa. Ich habe immer ... Ich hoffe, du weißt, wie sehr ich dich ...«
Noch einen Augenblick, und er würde weinen wie eine Frau. Er riß sich los und begab sich so rasch wie möglich zur Hintertreppe, um ein letzten Mal in seine Suite hinaufzugehen.
In dem Raum, den er verlassen hatte, wandte Bowers-Malden das von Gram zerfurchte Gesicht von der offenen Tür ab und starrte auf das Glas in seiner Hand. Er hob es an die Lippen – nicht um zu trinken, sondern um das Glas zu küssen. Dann schleuderte er es mit unaussprechlicher Trauer in den Kamin.
Er fühlte sich sehr müde, erschöpft, matt und alt.

Aber das durfte nicht sein!
Er wischte sich mit dem Taschentuch über die Augen und holte tief Atem. Dann straffte er die Schultern und trat hinaus in die Halle, um den jungen Hilary Broadbent zu empfangen.
Und um seinen Sohn und Erben zu der langsamen Qual eines Verrätertodes zu verdammen.

Der kleine Salon war ein hübsches, anmutiges Zimmer mit mehreren hohen Fenstern, durch die man auf den Zierbrunnen blickte. An den hellblauen Wänden hingen hübsche Gemälde, idyllische ländliche Szenen, und einige vergoldete Louis-quatorze-Möbel harmonierten anmutig mit den Bildern. Es war ein Zimmer, dazu angetan, jedermanns Stimmung zu heben und jede Trübsal zu verscheuchen. Doch als Bowers-Malden an diesem grauen, stürmischen Tag hier eintrat, hatte er das deutliche Gefühl, er sei in einem Irrenhaus.
Hilary Broadbent, schneidig in seinem roten Uniformrock, plauderte fröhlich mit einer zart erröteten und ungewöhnlich lebhaften Marguerite, und Michael – Horatio war es also offensichtlich doch nicht gelungen, ihn fernzuhalten – versuchte Corporal Willhays in ein Gespräch zu ziehen. Willhays war ein schüchterner junger Mann, auf den Broadbent große Hoffnungen setzte und der jetzt unbehaglich und nicht wenig verwirrt dreinblickte – Gefühle, die der Earl teilte.
Sie hatten nicht bemerkt, daß er eingetreten war, und einen Moment lang blieb er auf der Schwelle stehen und beobachtete sie. Templeby war recht blaß, doch ansonsten sah man ihm nichts von irgendeiner Verwundung an, die er sich zugezogen haben sollte. Wahrscheinlich wußte der Junge von der Tragödie, die über ihnen schwebte, und

trotzdem plauderte er ganz fröhlich. Und daß Marguerite förmlich vor Charme sprühte, war völlig unverständlich. Kein Wunder, daß Broadbent ganz hingerissen war. Der junge Major war in der letzten Zeit ein häufiger Besucher gewesen. Wenn Lady Nola recht hatte mit ihrer Meinung, er habe eine zärtliche Neigung zu Marguerite gefaßt, würde er bald einen äußerst peinlichen Moment erleben.
Einen Moment, den er nicht länger aufschieben durfte.
Er ballte die Fäuste, so daß die Fingernägel sich in die Handflächen gruben, und räusperte sich. Normalerweise ließ dieses Geräusch jeden im Nu verstummen. Doch an diesem schauerlichen Nachmittag war die Wirkung weniger dramatisch. Broadbent wandte sofort den Kopf und stand strammer, während er den Earl über Marguerites Schulter hinweg anlächelte. Corporal Willhays ging in Habachtstellung und sah noch unbehaglicher drein. Doch zum Erstaunen Seiner Lordschaft schienen ihn weder Templeby noch Marguerite gehört zu haben; beide sprachen lebhaft weiter. Er ging durch das Zimmer und schnitt den Redefluß barsch ab. »Guten Tag, Broadbent.«
»Zu Diensten, Mylord«, erwiderte der Major mit einer knappen soldatischen Verbeugung.
»Papa!« Übers ganze Gesicht strahlend, lief Marguerite auf ihn zu und hängte sich bei ihm ein. »Ich habe Major Broadbent gerade gesagt, daß er unbedingt zu den Bootsrennen nächsten Monat kommen muß. Wenn es seine Pflichten als Soldat erlauben, natürlich. Und es wäre so reizend, wenn er seine Mama überreden könnte, ihn zu begleiten, nicht wahr, Sir?« Und ohne ihrem Stiefvater die Zeit zu einer Antwort zu lassen, fuhr sie schon mit einer bei ihr noch nie dagewesenen Redseligkeit fort: »Sie und meine Mutter kennen Lady Broadbent gut, und ich bin ganz sicher, daß Mama entzückt wäre. Stimmst du mir nicht zu, Michael?«
»Zweifellos«, ergriff der Earl das Wort, der sich fragte, wie

sie unter diesen entsetzlichen Umständen so albern daherplappern konnte. »Aber ich habe dringende ...«
»Wobei soll ich zustimmen?« Templeby unterbrach seine Unterhaltung mit dem Sergeant, um seine Schwester nachsichtig anzulächeln. »Ich wette, irgendeiner echt weiblichen Unsinnigkeit, wie, Margo? Sie haben ebenfalls Schwestern, Broadbent. Werden Sie auch andauernd geplagt, sie zu Bällen und Gesellschaften und allen möglichen Unterhaltungen zu begleiten? Ich schwöre, allein im letzten Monat ...« Und weiter ging es in diesem Stil, als er die zahlreichen Ereignisse aufzählte, zu denen er seine Schwester hatte begleiten müssen, darunter einige, von denen sein verblüffter Stiefvater genau wußte, daß Marguerite nicht dort gewesen war, und andere, von denen er noch nie etwas gehört hatte.
»Ich bin davon überzeugt, daß Sie ausgenützt werden«, fiel er in seinen Wortschwall ein, »aber ich muß Sie bitten, nun ...«
»Nein, nein, liebster Papa«, sagte Marguerite, drückte seinen Arm und unterbrach ihn so mit einer Unhöflichkeit, die sie ihm oder irgend jemand anderem gegenüber noch nie an den Tag gelegt hatte. »Ich kann meinem Bruder nicht erlauben, mich so ungerecht ...«
»Genug!« Dem Earl war nun aufgegangen, daß alle dieses Geplapper ein bewußter Versuch war, seine Absicht zu durchkreuzen. Sie wußten also, was er tun wollte, die armen Kinder, und bei Gott, er konnte sie nicht dafür tadeln, daß sie alles unternahmen, um ihn abzulenken. Nichts wäre ihm in der Tat lieber als diesen herzzerreißenden Auftrag zu vergessen. Aber die Uhr tickte erbarmungslos. Jeden Augenblick konnte dieser abstoßende Spion Farrier kommen, und dann wäre Horatios Leben sinnlos geopfert. Ohne die leiseste Ahnung, wie kummervoll er aussah, befahl er: »Laßt uns jetzt allein. Ich habe Major Broadbent etwas zu sagen, das ...«
Marguerites Gesicht verzog sich weinerlich. »Oh, nun sind

Sie böse«, jammerte sie und warf sich schluchzend in seine Arme, wobei sie ihm ins Ohr zischte: »Tun Sie's nicht! Es besteht noch Hoffnung! Tun Sie's nicht!«

Noch Hoffnung? Der Earl blickte auf die Uhr auf dem Kaminsims. Zehn Minuten vor fünf. Beim Zeus, es gab keine Hoffnung mehr. Und er hatte nicht mehr viel Zeit. Sein Versuch, sich von seiner Stieftochter loszumachen, artete fast in einen Kampf aus, und er mußte mehr Kraft aufwenden, als ihm lieb war, um ihre umklammernden Arme zu lösen.

Templeby sagte scharf: »Papa, sie hat es nicht böse gemeint. Ich wünschte, Sie würden nicht ...«

»Seien Sie still!« fauchte der Earl. »Ich weiß, was ihr im Schilde führt, aber ihr werdet mich nicht aufhalten. Broadbent!«

Das hübsche Gesicht des Majors nahm einen zunehmend besorgteren Ausdruck an. Seit einiger Zeit hegte er eine tiefe, geheime Bewunderung für die schöne Miss Templeby. Er hatte außerdem Grund, die politische Loyalität ihres Stiefbruders mit Argwohn zu betrachten, und er hatte gebetet, daß er weit weg sein möge, wenn das Schicksal zuschlagen sollte. Als die Botschaft, nach Glendenning Abbey zu kommen, in der Kaserne eingetroffen war, hatte er die bösesten Befürchtungen gehegt, die jedoch von der scheinbaren Fröhlichkeit der Templebys zerstreut wurden. Angesichts des kummervoll dreinblickenden Earls, der plötzlichen Totenblässe Miss Templebys und des angespannten Gesichtsausdrucks ihres Bruders erwachte sein früheres Unbehagen erneut. Doch er war in erster Linie Soldat, und so schob er seine persönlichen Gefühle beiseite. Mit strenger Miene trat er vor. »Ja, Mylord? Ich glaube, Sie haben mir eine Nachricht gesandt, daß Sie mir etwas äußerst Wichtiges mitzuteilen haben ...«

Mit dem seltsamen Gefühl, alles neu zu entdecken, sah sich Glendenning um, während er die Haupttreppe herunterkam. Er hatte dieses Gebäude immer verachtet, da seine Liebe zur Architektur unvermeidlich dazu geführt hatte, daß er den Mangel an anmutigen Linien und die bloße Wuchtigkeit des alten Gemäuers beklagte, ebenso wie die Summen, die nötig waren, es instand zu halten, oder den unpraktischen Grundriß – die Unmöglichkeit, es im Winter angemessen zu heizen, oder die meilenweiten Wege, die die Dienerschaft zurücklegen mußte, um das Essen von der Küche in die verschiedenen Speisesäle zu bringen. Doch jetzt, da es so bald für immer aus seinen Augen verschwinden würde, erkannte er, wie sehr es ein Teil seines Lebens geworden war. Seine Hand liebkoste das Geländer, wehmütig ruhte sein Blick auf dem Stuhl am Fuß der Treppe, der nie mehr ganz gerade gestanden hatte, seit er als Siebenjähriger gegen ihn geprallt war, nachdem er beim Herunterrutschen auf dem Geländer eine phantastische Geschwindigkeit erreicht hatte.
Er wandte sich dem Salon zu und versuchte mit sicherem Schritt zu gehen, obwohl ihm vor Furcht die Knie zitterten. So viele liebe Erinnerungen stürmten auf ihn ein, daß er dachte, wie dumm er gewesen sein mußte, daß er sie nie richtig zu schätzen gewußt hatte. Hier hing das Gemälde, das ihr Ball von der Wand geschlagen hatte, als er Michael an einem regnerischen Nachmittag – gegen alle elterlichen Vorschriften – in der großen Halle beigebracht hatte, wie man Kricket spielte. Hier war das Porträt Ephraim Laindons, der im zarten Alter von vierzehn mit Sir Francis Drake gegen die mächtige spanische Armada gesegelt war und für seine Leistungen als Seemann Ruhm und Vermögen gewonnen hatte. Lady Nola hatte ihn oft an den Porträts seiner Vorfahren entlanggeführt und ihm ihre Taten in leuchtenden Farben geschildert. Er zuckte zusammen, als ihm klar wurde, daß sein Bild niemals jungen Laindons als Inspiration dienen würde ...

Pferde! Viele Pferde, die die Auffahrt heraufkamen!
Er eilte zum nächst gelegenen Fenster. Eine Kutsche, eskortiert von sechs Dragonern, zwei vorne, zwei hinten und an jeder Seite einer, hielt am Fuß der Eingangstreppe. Der Schlag wurde aufgerissen, die Stufen heruntergelassen, und Burton Farrier stieg aus.
Glendenning lehnte am Fenster, eine Hand gegen die Wand gestützt. In ein paar Minuten würde man ihn hinaus zu dieser Kutsche bringen, die Hände mit der traditionellen Seidenschnur auf dem Rücken zusammengebunden, und ihn in den Tower schleifen. Weiter durfte er nicht denken. Er mußte in den Salon gehen, bevor sein Mut ihn im Stich ließ. Mittlerweile würde Papa ihn bei dem armen Hilary Broadbent angezeigt haben, der dann in gewisser Weise ebenfalls zum Opfer wurde. Er ließ die Wand los. Seine Hände waren feucht, und er spürte kalte Schweißtropfen der Angst an den Schläfen. Voller Abscheu vor seiner Feigheit ging er weiter, und seine Gedanken wandten sich seiner Liebsten zu. Nie wieder würde er dieses geliebte, tapfere Mädchen sehen, denn gebe Gott, daß sie nicht kommen würde, um mitzuerleben, wie er öffentlich verstümmelt und enthauptet wurde.
Er hörte Darrow an der Eingangstür und dann die ferne, säuselnde Stimme Burton Farriers. Eine Welle von Schwindelgefühl überflutete ihn. Wenn er nur davonlaufen könnte. Wenn er nur diesem Tod, der so unsagbar grauenhaft sein würde, entkommen könnte. Aber er konnte nicht fliehen. Er war der einzige, der seine Familie zu retten vermochte.
Er erreichte den Salon. Die Tür stand einen Spalt offen. Eine Sekunde lang blieb er reglos stehen. Dann straffte er die Schultern, warf stolz den Kopf zurück und trat ein. Alles schien ihm ein wenig vor den Augen zu verschwimmen, aber er sah den Earl und Hilary, die einander gegenüberstanden.

Hilary schaute so streng aus, und Papa – der arme Mann, wie gespenstisch bleich er war. Ein ersticktes Schluchzen lenkte seine Aufmerksamkeit ab. Michael hielt Margo in den Armen. Verdammt! Er hatte nicht gewollt, daß Michael hierherkam! Weiß der Himmel, was der junge Hitzkopf anstellen würde. Lady Nola war nicht anwesend. Er fragte sich ängstlich, ob sie durch die ganze Anspannung krank geworden war, aber dann dachte er, daß es seinem Vater wohl gelungen war, ihr den Anblick von Anklage und Verhaftung zu ersparen.
»Da!« rief der Earl heiser und deutete auf seinen Sohn. »Es ist meine schmerzliche Pflicht, Major ...«
Barsch fragte Burton Farrier: »Was tun Sie hier, Broadbent?«
Glendenning, wie betäubt, wurde zur Seite geschoben.
»Er ist hier«, antwortete Bowers-Malden mit krächzender Stimme, »weil ich nach ihm gesandt habe, um ...«
Fast gelähmt vor Schreck, dachte Glendenning: Mein Gott! *Er hat es nicht getan!* Was, zum Teufel, hatte er die ganze Zeit über gemacht? Dann waren sie verloren! Sie waren alle verloren!
»Warum Sie nach ihm gesandt haben, ist nun nicht mehr von Bedeutung, Sir.« Das war ein ganz anderer Mann als das säuselnde, kriecherische Individuum, das Glendenning bei den Rennen in Epsom kennengelernt hatte. Burton Farriers Gesicht war ein einziger Triumph. Auf seine gebieterische Geste hin marschierten zwei Soldaten herbei und stellten sich zu beiden Seiten Glendennings auf.
»Einen Augenblick«, fauchte Broadbent, »Lord Bowers-Malden, ich muß Sie auffordern, mir zu sagen, warum ...«
»Die Sache liegt nicht mehr in den Händen Seiner Lordschaft«, unterbrach Farrier. »Ich bin hier in meiner Eigenschaft als Sonderermittler für General Samuel Underhill vom Gardekavallerieregiment, und meine Autorität ist höher als Ihre, Major.« Er kam näher und lächelte den Vis-

count schadenfroh an. »Horatio Clement Laindon, Lord Glendenning, da Sie die Comyn-Brosche nicht vorweisen können, verhafte ich Sie nun im Namen des Königs wegen Hochverrats.«
Glendenning warf einen raschen Blick auf den Earl. Die angstvollen Augen seines Vaters ruhten auf ihm. Der Earl spreizte die kräftigen Hände in einer hilflosen Geste, die anzeigte, daß er gescheitert war.
Broadbent, dessen schlimmste Befürchtungen wahr geworden waren, starrte den Angeklagten entsetzt an.
Glendenning war kreidebleich, aber seine Stimme klang fest: »Mein Vater hat nach Major Broadbent gesandt, um ...«
»Das überrascht mich nicht.« Farrier, das Kinn dicht vor Glendennings Nase, frohlockte fast vor Wonne. »Aber die Zeit, die Armee zu rufen, um seine eigene Haut zu retten, ist längst abgelaufen.«
Diese rachsüchtigen Worte ließen Broadbent alle Folgen in ihrem ganzen Umfang begreifen. Dieser widerliche Kopfgeldjäger hatte nun die Macht, sie alle anzuklagen. Bowers-Malden, Marguerite, die Gräfin und Templeby – sie alle würden sterben, weil sie einem Verräter Schutz geboten hatten. Alles drehte sich um ihn, doch er erklärte hochmütig: »Ich weiß nicht, was, zum Teufel, Sie vorhaben, Farrier. Aber Sie werden niemanden verhaften, ohne daß ich einen Beweis für Hochverrat sehe.«
Einen Augenblick lang starrte Farrier ihn aus wütend zusammengekniffenen Augen an. Dann blickte er zu Marguerite, die sich immer noch an den Arm ihres Bruders klammerte. »Vielleicht gibt es für Ihre Anwesenheit eine Erklärung, die ich zuvor nicht begriffen habe, Major«, säuselte er. »Das können wir später untersuchen. In der Zwischenzeit befriedige ich nur zu gern Ihr Interesse an den ... äh ... unglückseligen Einzelheiten. Lady Nola Bowers-Malden ist eine geborene Comyn, und die Comyns sind ein

schottischer Clan. Sie hat die Comyn-Brosche geerbt, eine sehr alte Nadel. Durch einen seltsamen Zufall ist ebendiese Brosche auf einer Liste von Wertgegenständen aufgeführt, die für die Sache des Thronprätendenten Charles Stuart gespendet wurden. Trotz der weitverbreiteten Überzeugung, Lord Horatio Glendenning habe Sympathien für die Sache der Jakobiten gehegt und womöglich sogar für Charles Stuart gekämpft, haben meine Vorgesetzten gezögert, einen Peer eines so abscheulichen Verbrechens zu bezichtigen. Daher hat man ihm reichlich Zeit eingeräumt, die Comyn-Brosche vorzulegen und so seine Unschuld zu beweisen.« Wohlwollend verschränkte er die Hände. »Diese Zeit, Sir, ist nun abgelaufen.«

»Die Brosche ist schon vor Jahren verlegt worden, Major«, erklärte Glendenning. »Wir haben sie zu finden versucht, aber ...«

Farrier lachte höhnisch.

Broadbent wurde es schwer ums Herz. Dann hatten sie ihn also. Armer Tio. Angesichts einer solche Anklage konnte er nicht das geringste tun, um ihm zu helfen.

»Verlegt«, feixte Farrier. »So ein praktischer Zufall. Sollte man nicht meinen, daß man nach einem solch wertvollen Stück suchen würde und daß man damals ein großes Geschrei erhoben hätte?« Seine Stimme wurde härter. »Kommen Sie, Lord Glendenning. Sie sind überführt, und Sie haben auch dafür gesorgt, daß Ihre Familie verhaftet wird, da ...«

»Nein!« widersprach Glendenning mit lauter Stimme. »Nicht ein einziger meiner Familienangehörigen hatte die geringste Ahnung ...«

»Da sind Sie ja, Lordschaft! Ich hab Sie in dieser schrecklich riesigen Burg gesucht und gesucht.«

Es traf den Viscount wie ein Schlag. Er wirbelte herum und flüsterte: »Amy!«

Sie kam in den Salon getrippelt, sehr hübsch, aber eher vulgär anzusehen in einem Kleid aus kirschrotem Satin, zwei Ketten um den weißen Hals geschlungen und das gepuderte Haar zu einer kunstvoll hohen Frisur aufgebauscht, in die ein kirschrotes Satinband eingeflochten war, das vor Edelsteinen funkelte.

»Was stehen Sie da alle rum?« fragte sie in ihrer »Marktweiberstimme«, wie der Viscount es nannte, und ihr munterer Blick musterte die Anwesenden, die sie bewundernd, neugierig oder amüsiert beobachteten.

»Junge Frau«, begann Farrier in amtlichem Ton, »Sie sind besser beraten, wenn Sie nichts mit ...«

Amy stieß einen schrillen Schrei aus. »O weh! Das is der gräßliche Gent, der mir auf dem Markt angst gemacht hat, Tio.« Sie rannte mit ausgestreckten Armen auf ihn zu. »Lassen Sie ihn nicht ... Huch!«

Die ungewohnt hohen Absätze stellten ihr sozusagen ein Bein, und sie fiel der Länge nach hin. Horatio eilte mit einem Satz herbei, um ihr aufzuhelfen, und spürte ihre warmen Arme, die sich fest um seinen Hals schlangen. Während sie ihn laut um Schutz vor dem »gräßlichen alten Gent« anflehte, flüsterte sie ihm zwischen den Worten ins Ohr: »Mach ein großes Theater, weil ich den Schmuck deiner Mama gestohlen habe.«

»Nein«, murmelte er, während er so tat, als beruhigte er sie.

»Halt dich da raus!«

Farrier fauchte: »Lassen Sie ihn los, Mädchen! Broadbent, verhaften ...«

»Himmel noch mal!« rief Amy und ließ den Viscount los. »Sie dürfen mich nicht verhaften! Ich hab nie so was getan!«

Sie funkelte ihn aus leicht zusammengekniffenen Augen an. Ihm wurde klar, daß sie ihren Plan, wie auch immer der aussehen mochte, notfalls ohne seine Hilfe durchführen würde, und so ging er auf ihr Spiel ein und erklärte mit vorgetäuschtem Zorn: »Ich habe nicht behauptet, daß Sie sie gestohlen haben. Ich habe nur gesagt ...«

»Sie haben gesagt, daß ich sie nicht hätt klauen dürfen. Und wenn Sie's wissen wollen, ich hab's nicht getan.«
Ein Soldat kam auf Glendenning zu. Amy hob die Hand, an der Diamanten funkelten. »Nur eine Minute, guter Mann«, sagte sie hochnäsig. »Ich hab mir ein paar von den Glitzerdingern von Ihrer Mama geliehen, Lordschaft, bloß weil ich Ihnen zeigen wollte, wie hübsch sie an mir aussehen. Aber ich wollte sie nie behalten. Und ich hätte sie auch erst gefragt, aber sie war nicht da. Den Rest hab ich ... na ja, irgendwie gefunden.« Beim letzten Wort funkelten ihre Augen schelmisch. Kichernd drehte sie sich im Kreis, nur um erneut zu stolpern und mit einem Plumps auf dem Boden zu landen, so daß ein großzügiger Teil ihrer zierlichen Fesseln sehen war. Unverzagt sagte sie lachend: »Und wenn ich's selber sag, dann schauen sie auch hübsch aus. Meinen Sie nicht, Kamerad?«
Farrier, der ihren Anblick nicht im mindesten zu schätzen wußte, schnaubte: »Ihr Männer da, schafft diese Frau hinaus! Broadbent, ich verlange, daß Sie Ihre Pflicht tun und diese Leute unter ...«
Lady Nola trat ins Zimmer und schalt mit ihrer volltönenden Stimme: »Miss Consett. Sie vergessen sich! Stehen Sie sofort auf!«
Glendenning sah rasch zu seiner Stiefmutter. Sie war ein wenig blaß, trug aber den Kopf hoch und hielt sich majestätisch, während ihrer Miene lediglich schockierte Mißbilligung anzusehen war.
Amy, die sich gegen den Soldaten wehrte, der ihr aufhelfen wollte, schimpfte deutlich hörbar, er sei ein »ungezogener Bengel«, dann quiekte sie, als ihr Haarband sich löste. Es fiel zu Boden, und mit ihm die daran befestigten Schmuckstücke. »Sehn Sie bloß, was Sie da angestellt haben«, jammerte Amy. »Mylady, es ist nicht meine Schuld, wenn jetzt eins kaputt ist.«
»Mama!« schrie Marguerite auf. »Sieh nur!« Mit zitternder

Hand deutete sie auf eine große Brosche, die funkelnd und glitzernd auf dem Teppich lag.
»Du liebe Güte!« keuchte Ihre Ladyschaft und machte einen Schritt nach vorn. »Das ist meine Brosche! Gregory! Sieh nur! Das ist die Comyn-Brosche!«
Benommen wollte der Earl das Schmuckstück aufheben. Eine andere Hand kam ihm zuvor. Farrier schnappte sich die Brosche und starrte sie finster an. »Unsinn! Das ist nicht Ihre Brosche! Sie kann unmöglich ...«
»Warum kann sie unmöglich die Brosche meiner Mutter sein?« fragte Glendenning, trotz seiner Verblüffung bemüht, mitzuspielen. »Ich wäre höchst interessiert, die Gründe für Ihr überzeugtes Abstreiten zu hören, Sir.«
»So, tatsächlich!« Farrier zog etwas aus der Rocktasche. »Ich überlasse nichts dem Zufall, Milord! Das ist das Geheimnis meines Erfolges. So nehme ich zum Beispiel an, Sie hätten es sich nicht träumen lassen, daß ich eine detaillierte Zeichnung der Comyn-Brosche mitbringen würde.«
Glendennings Mut sank, denn wo immer seine heißgeliebte Zigeunerin diese Brosche gefunden hatte, konnte sie doch ganz entschieden nicht die Comyn-Brosche sein, so daß nun auch Amys kostbares Leben in Gefahr war.
Farrier breitete auf dem ihm am nächsten stehenden Tisch ein zusammengefaltetes Papier aus und lächelte Glendenning triumphierend an. »Jetzt werden Sie sehen, wie unsinnig es ist, einen Experten täuschen zu wollen.«
Neugierig spähte ihm der Earl über die Schulter, obwohl er wußte, daß keine Hoffnung bestand.
»Miss Consett«, fragte Lady Nola ärgerlich, »woher haben Sie diese Brosche?«
»Ich hab nix Schlimmes getan«, wimmerte Amy. »Ich habe sie auf einer alten Puppe gefunden, Ma'am. Sie war ganz schmutzig, aber mir hat sie gefallen, und dann hab ich sie ein bißchen sauber gemacht, und sie ist wieder hübsch geworden. Aber ich hab sie nicht geklaut, sie hätten also

nicht diese ganzen netten Soldaten holen müssen, damit sie ein armes Mädchen ins Gefängnis stecken.«
Der Earl richtete sich auf und knurrte: »Nun, Farrier? Nun? Vollkommen identisch, natürlich. Ich verlange eine Entschuldigung für Ihr heimtückisches Benehmen!«
Glendenning schwankte ein wenig und mußte sich auf einen Stuhl stützen.
»So nicht!« In Farriers bleichem Gesicht zuckte es, als er wutentbrannt schrie: »Das ist eine Fälschung! Betrug! Ich weiß nicht, wie Sie ...«
Ein wahres Stiergebrüll unterbrach ihn. »Wollen Sie damit sagen, Sir«, polterte der Earl, die Verkörperung beleidigter Majestät, »daß diese Nadel *nicht* die Familienbrosche meiner Frau ist? Ich fordere Sie auf, Sir, sehen Sie sich die archaischen Symbole an. Genau wie auf Ihrer Zeichnung. Beachten Sie die Auserlesenheit der Steine, wenn Sie das beurteilen können. Glauben Sie, Sir, wir hätten eine ... eine Art Zauberer gefunden, der eine Nachbildung des Schmuckstücks herbeigehext hat? Geschwätz, Sir! Ich wünschte, ich könnte einen solchen Zauberer kennenlernen!«
»Er ist ein bißchen ein Zauberer ...«, hörte Glendenning im Geiste wieder Amys Worte.
»Es ist eine Fälschung, sage ich«, tobte Farrier, dessen Wut die Oberhand über seine Verschwiegenheit gewann. »Ich weiß ganz genau, daß die Comyn-Brosche ...« Abrupt hielt er inne.
»In der eigenen Falle gefangen, Terrier?« murmelte Glendenning.
Farrier funkelte ihn voll ohnmächtiger Wut an.
Broadbent, der sicher war, daß hinter der Sache mehr steckte, als man auf den ersten Blick sah, marschierte zu ihm und verlangte die Brosche, um sie selbst mit der Zeichnung zu vergleichen.
»Sie mögen ... Sie mögen denken ...«, stotterte Farrier unzusammenhängend.

»Ich werde meinem Freund General Underhill ganz genau sagen, was ich denke«, brüllte der Earl. »Sie kommen während meiner Abwesenheit hierher, bedrohen meine Frau, ängstigen meine Tochter, werfen meinem Sohn alles nur erdenklich Böse vor, und das Ganze wegen irgendeiner verdammten *Liste* – die ich übrigens nie gesehen habe, und ich beginne daran zu zweifeln, daß irgend jemand sie gesehen hat. Und nun, da wir Ihnen einen endgültigen Beweis für Glendennings Unschuld vorlegen, stoßen Sie Drohungen und noch mehr Beschuldigungen aus, anstatt wie ein Gentleman um Verzeihung zu bitten. Wissen Sie, was ich denke, Sir? Ich denke, daß diese ganze häßliche Geschichte nicht mehr und nicht weniger als ein teuflisches Komplott war, um Glendenning zu diskreditieren oder sich aus irgendeinem widernatürlichen Grund an mir zu rächen. Oder haben Sie vielleicht gehofft, noch mehr Ruhm und Bekanntheit für sich zu erlangen? Ich habe keine Skrupel, Ihnen zu sagen, Sir, daß *ich* mit einem Ruf wie dem Ihren eher wünschen würde, ihn unter dem Teppich zu vergraben, als die Aufmerksamkeit darauf zu ziehen!«
Farrier sah aus wie ein in die Enge getriebener Wolf, aber bevor er etwas erwidern konnte, reichte Broadbent dem Earl die Brosche.
»Ich erinnere mich, daß ich diese Brosche vor Jahren einmal gesehen habe, Sir. Ich meine, es ist dieselbe, aber wir können die Echtheit sicher nachprüfen lassen.«
»Das werden wir tun«, entgegnete der Earl. »Und ich möchte auch, daß eine Abschrift dieser angeblichen jakobitischen Liste ebenfalls auf ihre Echtheit hin überprüft wird, Farrier, und Sie können General Underhill sagen, daß ich meine Rechtsanwälte instruieren werde, ihn zu diesem Zweck aufzusuchen.«
Farrier, dem so ein Strich durch die Rechnung gemacht worden war, brachte es dennoch fertig, sich zusammenzureißen. »Damit werden Sie Ihre Zeit verschwenden, Sir,

denn die Liste ist ein Staatsgeheimnis!« fauchte er. Blitzschnell wollte er nach der Brosche greifen. »Das werde ich als Beweisstück mitnehmen ...«
Der Earl hielt sich nicht damit auf, seine Hand zu packen. Er hob einfach den ganzen Mann hoch und stellte ihn zur Seite. »Sie werden gar nichts mitnehmen, Sir, außer Ihrer widerwärtigen Person und Ihrem üblen Ruf! Hinaus aus meinem Haus! AUF DER STELLE!«
Die letzten Worte ließen die Fenster erzittern.
Ein leises Füßescharren war in der Halle zu hören, als sich die dort versammelte Dienerschaft wieder zerstreute.
Mit zuckenden Lippen erklärte Major Broadbent: »Wir werden Sie eskortieren, Mr. Farrier.«
Daß er es sich gefallen lassen mußte, unsagbar würdelos wie ein ungezogener Schulknabe einfach hochgehoben und auf die Seite gestellt zu werden, diese Erniedrigung trieb Burton Farrier die Röte ins Gesicht. Sprachlos ruckte sein Kopf von einem der Anwesenden zum nächsten, als wollte er sich jeden für eine künftige schreckliche Vergeltung noch mal genau ansehen. Als ihm bewußt wurde, daß mehrere Soldaten sich kaum noch das Lachen verbeißen konnten, schluckte er und stampfte vom Schauplatz seiner ersten großen Niederlage.

15

Im Salon war es nun relativ ruhig, und da der Earl einen ausführlichen Bericht gefordert hatte, beendete Michael Templeby, der neben seiner Mutter auf einem Sofa saß, gerade seinen Teil der Geschichte. Er verschwieg nichts und war dankbar, daß es bis jetzt kein größeres Donnerwetter gegeben hatte.

»Und so«, sagte er, »haben wir uns auf die Suche nach den Schmugglern gemacht, nachdem Tio und Morris fort waren und ich wieder ein wenig mehr ... auf dem Damm war – Amy, ich meine, Miss Consett, Falcon und ich. Beim Zeus, Sir«, unterbrach er seine Geschichte und lächelte seinen Stiefvater an, das Gesicht immer noch strahlend vor Erleichterung, »dieser Falcon ist ein komischer Bursche, finden Sie nicht?«

Bowers-Malden lehnte mit dem Rücken am Kamin und konnte es noch immer kaum glauben, daß sie alle hier waren, sicher und unversehrt in ihrem eigenen Haus, obwohl sie eigentlich auf dem Weg zum Scharfrichter sein sollten. Er zuckte mit den Schultern. »Er ist ein großartig aussehender Bursche, aber man kann kaum erwarten, daß ein Halbblut sich so benimmt, wie ein echter britischer Gentleman es tun sollte.«

Der Viscount, der ein wenig abseits von den anderen in einem tiefen Sessel saß, erklärte ruhig: »Er grollte über jeden Augenblick, den er damit verbracht hat, uns zu helfen, das ist richtig. Aber er hat uns trotzdem geholfen. Ich bezweifle, daß wir es ohne ihn geschafft hätten.«

Eine kurze, verlegene Pause trat ein.

Nachdem Burton Farrier und seine Militäreskorte aufgebrochen waren, hatten ihre überstrapazierten Nerven sich in jubelnden Gefühlsergüssen und Umarmungen Luft gemacht. Die Gräfin, die ungeniert weinte, hatte Stille geboten und ein inbrünstiges Dankgebet gesprochen. Keiner von ihnen hatte die Tränen zurückhalten können. Während des folgenden Durcheinanders hatte Amy sich davongestohlen, und Glendenning hatte sich mehr und mehr in den Hintergrund zurückgezogen. Er hatte schon eine Weile nichts mehr gesagt, und seine Worte schienen nun wie vor einer Wand in der Luft zu hängen.
Hastig entgegnete Templeby: »O ja, natürlich. Ich wollte nicht undankbar wirken. Weiß Gott, ich kann euch nur segnen für alles, was ihr für mich getan habt.«
Marguerite, die dicht beim Earl saß, fragte: »Wo ist Mr. Falcon? Ich wünschte, er wäre hereingekommen, so daß wir ihm gebührend hätten danken können.«
»Ich bezweifle, daß er dich gelassen hätte«, erwiderte ihr Bruder. »Er kann die Geziertheiten der Höflichkeit nicht ausstehen und hätte dir wahrscheinlich das Wort abgeschnitten und gesagt, es sei alles todlangweilig und er hätte sich nie mit einem solchen Trottelhaufen einlassen sollen. Auf jeden Fall ist er Tio und Morris hinterhergeritten, kaum daß ich wieder auf den Beinen stehen konnte.«
Glendennings Kopf war nach unten gesunken, aber bei diesen Worten schrak er auf und fragte scharf: »Falcon ist nach Dover geritten?«
»Ja. Er sagte, er müsse aufpassen, daß du nicht in irgendeinen Schlamassel gerätst, weil du ihm bei einem Duell sekundieren müßtest. Wollen sie sich wirklich schlagen?«
»Sie sagen es.« Glendenning runzelte die Stirn. »Jamie Morris ist ganz sicher für eine Weile nicht in der Lage, gegen irgend jemanden zu kämpfen. Wenn Falcon ihn findet, wird er mit den Zähnen knirschen, weil er wieder warten muß.«

»Kümmert euch nicht um Falcon«, unterbrach der Earl sie gereizt. »Erzähl weiter, Michael. Was war mit den Schmugglern?«

»Nun, Sir, Miss Amy dachte, ihr Onkel hätte vielleicht bei ihnen Unterschlupf gefunden, als er vor den Halunken geflohen ist, die hinter ihm her waren. Daher hat sie uns überredet, nach ihnen zu suchen. Und ich kann Ihnen sagen, das war eine verteufelt dunkle Angelegenheit, mitten in der Nacht in irgendwelchen Waldverstecken und Höhlen herumzukriechen. Und als wir sie endlich gefunden hatten, war es ein solcher Haufen finsterer Gesellen, wie ich noch einen gesehen habe.« Er lachte. »In mehr als einer Hinsicht.«

»Vielleicht, Mr. Templeby. Aber wir haben Onkel Absalom gefunden, oder nicht?«

Der Viscount schüttelte alle Müdigkeit ab und sprang sofort auf, und auch die anderen Gentlemen erhoben sich, als Amy in den Salon trat. Sie hatte ihren geliehenen Putz abgelegt, den Puder aus dem Haar gebürstet, und das kirschrote Kleid betonte ihre dunkle Schönheit. Sie scheint den Sonnenschein mit ins Zimmer zu bringen, dachte der Earl wie schon einmal zuvor. Rasch sah er zu seinem Sohn. Die Anbetung auf Glendennings Gesicht war unverkennbar, und Amy, die seinen Blick erwiderte, errötete verräterisch. Sie drehte sich um und winkte den Mann herbei, der draußen in der Halle zögerte. »Komm, Onkel Ab.«

Absalom kam herein. Er sah mißtrauisch und streitsüchtig aus, aber seine Schritte waren zögernd, und er wirkte, als wäre er bereit, augenblicklich zu fliehen.

Glendenning humpelte auf ihn zu. »Sie waren es also, Ab!« Er ergriff die Hand des älteren Mannes und drückte sie herzlich. »Sie haben mein Leben gerettet – und meine Familie! Wie kann ich Ihnen je danken?«

Lady Nola und Marguerite eilten herbei, um ihm ebenfalls zu danken. Absalom versuchte vergebens, den Rückzug anzutreten. Glendenning umklammerte seinen Arm. »Nein. Ich lasse Sie nicht davonlaufen. Sie müssen bleiben und sich gebührend ...«

»Ich hab's für meine Amy getan«, erklärte Absalom und wollte sich hinter Glendenning verstecken, als der Earl ebenfalls auf ihn zusteuerte. »Nicht nötig, daß Sie aus 'ner Mücke 'nen Elefanten machen. Ich sag's Ihnen ganz offen, daß ich nix für euch Aristokratenpack übrig hab. Es würd England ein ganzes Stück besser gehen, wenn Sie alle ...«

»Du hast es gemacht, Ab«, warf Amy rasch ein. »Das ist alles, was zählt.«

»Und es ist eine meisterhafte Arbeit«, sagte der Earl und ging wieder weiter, nachdem Consetts seltsames Benehmen ihn kurz hatte zögern lassen. »Erweisen Sie mir die Ehre, mir die Hand zu geben, Sir.«

»Na gut«, brummte Absalom. »Wenn das so üblich ist ...«

Er streckte die Hand aus und protestierte dann heftig, als die Gräfin sich plötzlich über ihn beugte und ihm einen Kuß auf die sonnenverbrannte Wange gab. »*Nein!* Tun Sie das nicht!« japste er und sah aus, als würde er gleich in Ohnmacht fallen.

»Sie lieber, wunderbarer Mann«, erwiderte sie ernst. »Ohne Ihr großes Talent wäre über meinen Sohn jetzt das Todesurteil gesprochen.«

»Über jeden von uns«, knurrte der Earl.

Sie scharten sich alle um Consett, voller Fragen und Bewunderung, und drängten ihm Kognak und Kuchen auf, bis er schließlich anfing, die Sache doch nicht ganz so unangenehm zu finden, wie er gedacht hatte.

Der Viscount führte Amy zu einer abgelegenen Fensterbank. »Geliebte«, murmelte er und drückte ihr einen Kuß auf die Hand. »O meine Liebste! Ich dachte, ich würde dein anbetungswürdiges Gesicht nie mehr wiedersehen.«

»Und es scheint so, als könntest du es auch jetzt kaum sehen, mein liebster Lord.« Sie strich ihm über die Wange,

denn sie hatte sofort das Beben in seiner Stimme und das verdächtige Glitzern in seinen rotgeränderten Augen bemerkt. »Mein armer Liebling, du bist ja ganz erschöpft. Wahrscheinlich hast du nicht geschlafen, und du humpelst wieder. Ist es dein Knöchel?«
»Der verstorbene Mr. Trethaway hat ihn ein wenig bearbeitet. Mit seinem Stiefel.«
»Was?« Der Earl kam zu ihnen herüber. »Dieser Schurke hat dich getreten? Zum Teufel! Ich hoffe, du hast es ihm ordentlich zurückgegeben?«
Glendenning lächelte trübsinnig. »Man hatte mich niedergeschlagen, und zu dem Zeitpunkt habe ich auf dem Boden gesessen und war an einen Baum festgebunden, Sir.«
»Hölle und Verdammnis! Was für ein vollendeter Schurke muß das gewesen sein! Ich wünschte bei Gott, ich hätte die Möglichkeit gehabt, ihm eins mit der Reitgerte überzuziehen.«
Glendenning hatte so sehr gehofft, einen Augenblick mit seiner Liebsten allein zu sein. Er unterdrückte einen Seufzer und murmelte: »Der wird keinen mehr treten, Sir.«
Der Earl nickte. »Ertrunken ist der Bursche, sagst du? Jetzt will ich aber die ganze Geschichte hören, Horatio. Und was Sie betrifft, junge Dame, über Sie und Ihren ... Ihren Onkel möchte ich auch eine ganze Menge wissen. Wie um alles in der Welt haben Sie ihn hier hereingeschmuggelt? Und wieso konnte er die verfluchte Brosche in so kurzer Zeit nachmachen, und ...«
»Interessiert es Sie auch, daß er ein meisterhafter Schachspieler ist?« fragte sie keck.
Der Earl hielt den Atem an, und seine Augen leuchteten auf. »Gott! Ist das wahr? Dann soll er mir nicht entwischen. He! Consett ...!« Mit einer gebieterischen Geste kehrte er zu der schwatzenden Gruppe am Kamin zurück.
Amy kicherte leise und wandte sich wieder ihrem Liebsten zu. »So, jetzt können wir ...« Sie verstummte. Die Müdig-

keit hatte Glendenning schließlich übermannt. Er war gegen den Fenstersims gesunken und fest eingeschlafen. Tiefe Zärtlichkeit ergriff Amy, als sie ihn so betrachtete. Mit den Fingerspitzen berührte sie seine eingefallene Wange, die dunklen Schatten unter den Augen, die müde herabhängenden Mundwinkel. »Armer Lord. Du hast den Preis bezahlt, mein Liebling.«
Seine Augen öffneten sich halb und fielen wieder zu.
Sie beugte sich über ihn, küßte ihn auf die Stirn und flüsterte: »Und ich auch.«

Glendenning lehnte sich zurück in die Kissen und rührte Zucker in seinen Kaffee. Er war gestern abend so tief eingeschlafen, daß man ihn halb ins Bett hatte tragen müssen, und als er schließlich erwachte, hatte er festgestellt, daß schon die Spätnachmittagssonne in sein Zimmer schien, und auch, daß er einen Bärenhunger hatte. Er hatte gerade sein Frühstück beendet und dachte an den Alptraum, der beinahe mit einer Tragödie geendet hätte, als August Falcon hereingeschlendert war, sich einen Stuhl ans Bett gezogen und gefordert hatte, er solle ihn über die neuesten Entwicklungen informieren. Er hatte es abgelehnt, etwas zu sich zu nehmen, doch während Glendenning berichtete, hatte er mehrere Raubzüge zu den zugedeckten Schüsseln unternommen, die der Diener auf dem Tisch neben dem Bett abgestellt hatte.
»Sie haben also keinen Zweifel, daß die ganze Geschichte von unserer ruchlosen Liga ausgeheckt worden ist«, sagte er, nachdem Glendenning von ihrer Begegnung mit Trethaway auf den Klippen erzählt hatte.
»Kein Zweifel möglich.« Der Viscount schwieg einen Augenblick, dann meinte er ernst: »Trethaway hatte mit Kreide *Châtiment un* auf diesen verdammten Felsen geschrieben.«

»Tatsächlich, beim Zeus!« Falcon stibitzte noch ein Stück Speck, dann lehnte er sich zurück und streckte die gestiefelten Beine aus. »Ein charmanter Bursche, Ihr Freund Trethaway.«

»Hm«, machte Glendenning nachdenklich. »Ich glaube zumindest, daß es Trethaway war. Obwohl es natürlich auch der Lillibulero-Pfeifer gewesen sein kann.«

Falcons Hand mit dem Speck hielt in der Luft inne, als er fragte: »Der ... was?«

»Nicht was. Wer. Und warum um alles in der Welt Sie nicht wollen, daß ich Ihnen noch ein Tablett kommen lasse, anstatt ...«

»Sie können sich nach Herzenslust Tabletts kommen lassen. Ich jedoch, da ich nicht hungrig bin, werde nichts von dem essen, das darauf sein sollte.« Falcon steckte sich den Speck in den Mund und wischte sich die Finger am Bettlaken ab. »In der Zwischenzeit berichten Sie bitte eingehender über diesen Burschen.«

Der Viscount nahm einen Schluck von seinem Kaffee, hielt Falcon einen Teller mit Crumpets hin und erzählte, was Morris und er belauscht hatten.

»Ein klarer Fall von ›zur richtigen Zeit am falschen Ort sein‹«, nuschelte der »nicht hungrige« Falcon mit einem Bissen Crumpet im Mund. »Wie begierig müssen sie darauf sein, eure Köpfe zu bekommen. Und den Ihren hätten sie beinahe gehabt. Aber trotzdem ist es ihnen nicht gelungen.« Seine Lippen verzogen sich zu einem schwachen Lächeln. »Das wird ihnen gar nicht gefallen. Glauben Sie, wir sollten uns in die Hauptstadt aufmachen und den großen Mann in Whitehall warnen?«

»Farrier arbeitet für Underhill«, erwiderte Glendenning trocken.

»Ja, schon. Aber ... Gütiger Himmel! Meinen Sie etwa ...?«

»Ich glaube, es besteht kein Zweifel daran, daß die Liga der Juwelenmänner weit größer und weit mächtiger ist, als wir vermutet hatten. Und wenn das der Fall ist, könnten sie sehr wohl Mitglieder an sehr hohen Stellen haben. Ich will nicht herummeckern, aber Sie lassen Butter auf den ganzen Teppich tropfen.«

Falcon, der etwas gegen Unordnung hatte, war entsetzt und versuchte hastig, die Sache mit Glendennings Serviette wieder in Ordnung zu bringen. Als er aufstand, meinte er ungeduldig: »Sie sind vielleicht gut! In Whitehall sitzt ein General, der womöglich in ein verabscheuungswürdiges Komplott gegen England verwickelt ist, und Sie meckern rum, weil mir ein bißchen Butter runtergetropft ist. Was, zum Teufel, sollen wir tun?«

Glendenning seufzte. »Ich bin kaum dem entsetzlichen Schicksal entronnen, schuld am schmachvollen Tod meiner ganzen Familie zu werden. Man hat mich aus dem Hinterhalt niedergeschlagen, und beinahe hätte ich diesem Schwein Farrier meinen Kopf ausgeliefert. Außerdem habe ich, Gott sei's gedankt, die Lady gefunden, die ich zur Frau nehmen will, und ich habe Sehnsucht danach, sie zu sehen. Ein paar Tage lang – mindestens! – weigere ich mich, an die Liga der Juwelenmänner auch nur zu denken. Zur Hölle mit diesen Dreckskerlen!«

»Hm.« Falcon setzte sich wieder. »Das heißt also, ich bin *de trop.*«

»Ganz entschieden überflüssig. Aber ich bin so dankbar für meine Rettung, daß ich mich heute mit niemandem streiten kann. Sie dürfen Ihr Crumpet aufessen, obwohl Sie ...« Stirnrunzelnd brach er ab.

»Ihnen ist etwas eingefallen«, stellte Falcon fest, als er ihn ansah.

»Ja. Etwas, das der Lillibulero-Pfeifer zu Trethaway gesagt hat. Er argwöhnte, daß die maßgebenden Köpfe der Liga vielleicht etwas noch Schurkischeres im Schilde führen könnten als ihren ursprünglichen Plan. Er nannte sie Fanatiker, und ich hatte den Eindruck, als machte er sich Sorgen über das, was kommen würde. Trethaway fragte ihn, ob man mit ihnen – den einfachen Mitgliedern – ein falsches Spiel treibe.«

»Das klingt, gelinde gesagt, unheilvoll, es sei denn, es würde zu Meuterei in der Mannschaft führen. Und keiner von Ihnen beiden hat diesen Lillibulero-Pfeifer erkannt?«

»Morris war zu diesem Zeitpunkt bereits außer Gefecht. Ich dachte wirklich, der arme Kerl sei tot. Hat er es Ihnen nicht gesagt?«

»Leutnant Morris war zu sehr damit beschäftigt, auf seine infantile Art herumzuglucksen, weil Sie und er angeblich ›die Sache geschaukelt‹ hätten, während ich mich um Miss Consett habe kümmern müssen.« Er blickte finster drein. »Kaum war ich in diesem verfluchten Gasthaus angekommen, hat er mir auch schon seine entsetzlichen Sprüche an den Kopf geworfen. O Gott, Tio, es geht über meinen Verstand, wie Sie ihn ertragen können.«

Glendennings Lippen zuckten, aber er fragte ernst: »Dann sind Sie wegen des Duells gekommen, ja?«

»Wie? Oh ... ja. Natürlich. Diese Crumpets würden mit ein bißchen Marmelade viel besser schmecken. Danke.« Falcon konzentrierte sich auf Marmelade und Crumpet und meinte schleppend: »Ich muß gestehen, ich war auch neugierig, ob Sie hierhergeeilt sind, um sich der Hinrichtung zu stellen.« Unter den dichten Wimpern hervor musterten die dunklen Augen ihn verstohlen. »Was offensichtlich Ihre Absicht war.«

»In welchem Falle«, wich der Viscount aus, »Sie gezwungen gewesen wären, sich einen anderen Sekundanten zu suchen. Geht es Jamie so gut, daß er kämpfen kann?«

»Es geht ihm so gut, daß ich keine Zeit verlieren darf, wieder zurück in die Stadt zu eilen. Zweifellos belästigt er bereits meine unglückliche Schwester. Außerdem muß ich ein Auge auf dieses Rossiter-Mädchen haben ...«

»Meinen Sie Gwendolyn?« fragte Glendenning und zog die Brauen hoch.

»Gibt es denn noch eine? O Gott! Bitte nicht!« Erleichtert wischte sich Falcon die Stirn ab, als ihm versichert wurde, es gebe nur eine Miss Rossiter. »Sie haben gut lächeln, Tio, aber dieses niederträchtige Geschöpf genießt es, meinen Frieden zu stören, und sucht Falcon House geradezu heim. Ich muß Katrina sagen, sie soll nach einer weniger streitlustigen Freundin Ausschau halten. Wenn Miss Rossiter sich noch weiter einmischt, ist Apollo bald ganz nutzlos.«

»Gwendolyn streitet mit Apollo?« fragte Glendenning unschuldig.

Falcon warf ihm einen erzürnten Blick zu. »Unser Duell ist für nächsten Montag angesetzt, obwohl natürlich erst noch die anderen verständigt werden müssen. Paßt Ihnen das? Bitte geben Sie mir eine zuverlässige Antwort. Verflucht will ich sein, wenn ich das Ganze noch einmal verschieben soll.«

Glendenning versicherte ihm, er habe nichts dagegen. Und als sich die Tür hinter Falcon schloß, dachte er: Nichts dagegen, weitere Katastrophen zu verhindern.

Eine halbe Stunde später war er rasiert und angezogen, und Whittlesey half ihm gerade in den Rock, als der Earl ins Zimmer kam und den Diener mit einer Geste entließ.

Glendenning stand auf, und sein Magen verkrampfte sich. Ein großer Teil des gestrigen Nachmittags war ein verschwommenes Durcheinander in seiner Erinnerung, aber er kannte seinen launischen Vater gut genug, um auf einen Stimmungswechsel gefaßt zu sein.

Mit einem rätselhaften Gesichtsausdruck sah der Earl ihn an. Er räusperte sich und sagte barsch: »Nun, Sir? Wir sind gerade noch an der Katastrophe vorbeigekommen. Sind Sie zufrieden?«

»Ich würde eher sagen, daß ich voll demütiger Dankbarkeit bin, Sir. Obwohl ich nicht erwarten kann, daß Sie mir je verzeihen werden.«

Der Earl kam geradewegs auf ihn zu und schlug ihm auf die Schulter, dann stampfte er zum Fenster, blickte hinaus und sagte mit ein wenig unsicherer Stimme: »Wenn du nicht dein hübsches Zigeunermädchen gefunden hättest, wären wir alle umgekommen, Horatio.«
»Das weiß ich sehr gut.«
»Weißt du auch, daß ihr angeblicher Onkel ein wahres Genie ist?« Der Earl wandte sich wieder dem Zimmer zu, die Hände hinter dem Rücken verschränkt. »Seit Jahren habe ich kein Schachspiel so genossen. Lady Nola und Marguerite haben ihn in der indischen Suite versteckt und ihm alles gebracht, was er brauchte, um die falsche Comyn-Brosche zu machen, hast du das gewußt? Dabei haben sie den Rubinring deiner Großmutter, ihr Diadem und wer weiß was noch ruiniert. Und, Himmel noch mal, Consett ist ein großartiger Künstler. Wie er die Eingravierungen auf der Brosche hinbekommen hat, ganz zu schweigen davon, daß er das Stück in so kurzer Zeit gemacht hat, ist fast unglaublich. Ich wage zu behaupten, daß seine Arbeit auch einer Prüfung durch Experten standhalten würde. Ich beabsichtige, großzügige Vorkehrungen für ihn zu treffen. Wenn seine köstliche Nichte nicht auch die Möglichkeit eingeräumt hätte, daß es dir nicht gelingt, die echte Brosche zurückzubekommen, und wenn sie ihren Onkel nicht gefunden und hergebracht hätte ...« Er schürzte die Lippen, und seine Augen blickten äußerst grimmig. »Nun, wir müssen dafür sorgen, daß sie großzügig belohnt wird. Kümmer du dich darum, mein Junge.«
»Ich habe vor, mehr zu tun als das. Ich habe die Absicht, sie zu heiraten.«
Der Earl sperrte den Mund auf. »*Was* hast du vor? Hast du den Verstand verloren? Das Mädchen ist eine Schönheit, und ich gebe zu, daß wir ihr etwas schuldig sind, was wir wahrscheinlich nie zurückzahlen können. Aber ... eine gewöhnliche Zigeunerin als künftige Gräfin Bowers-Mal-

den? Pah! Du wirst doch nicht annehmen, daß ich einer solchen Katastrophe je zustimmen würde?«

Glendenning trat ihm gegenüber. »Ich liebe sie, Sir. Von ganzem Herzen. Und ich wage zu hoffen, daß sie meine Zuneigung erwidert. Nein – bitte sagen Sie nicht, daß sie nicht zur feinen Gesellschaft gehört. Ihre Herkunft ist unbekannt, aber sicherlich ist sie geraubt worden. Es ist gut möglich, daß ihre Familie sich mit der unseren messen kann.«

»So ein Unsinn! Du hast nicht die geringste Chance, etwas derart Unwahrscheinliches zu beweisen, und du mußt sie nehmen, wie sie ist, nicht, wie du sie dir wünschst. Horatio, Junge, sei vernünftig. Sie ist ein bezaubernder Fratz, aber eben doch ein Fratz, der dir hundertmal am Tag Schande machen würde. Nach einer Woche würdest du dich mit ihr langweilen, nach einem Monat würdest du dich über sie ärgern, und nach einem Jahr würdest du sie am liebsten erwürgen. Und kannst du nicht vorhersehen, was die feine Gesellschaft dem armen Kind antun würde? Wenn schon nicht deinetwegen, dann gib dieses unmögliche ritterliche Heldenstückchen um *ihretwillen* auf.«

»Dafür halten Sie es also?« erwiderte der Viscount mit einem Anflug von Lächeln. »Ich verspreche Ihnen, so ist es nicht. Amy ist mehr als bezaubernd. Sie hat einen lebhaften Verstand, der beweglich ist wie ein Schmetterling und sich mit sehr vielen Dingen beschäftigt. Sie ist wißbegierig und voller Lerneifer. Die meisten adligen Ladys, die ich bei gesellschaftlichen Veranstaltungen kennengelernt habe, würden mich sicher langweilen, genau wie Sie sagen. Ich will nicht schlecht über sie sprechen, und ich zweifle nicht daran, daß sie vornehm und sanft sind, aber sie haben keinen Gedanken im Kopf, der über Klatsch und Mode und Gesellschaften hinausgeht. Wenn ich bei Amy bin, dann sehe ich etwas, das ich mein ganzes Leben gesehen habe – und sie erfüllt es mit einem Zauber, so daß ich feststelle, daß ich es dennoch nie wirklich gesehen habe. Sie ist schön, und sie vermag einen manchmal zur Verzweiflung zu bringen, sie hat ein großzügiges Naturell, ist warmherzig, aber auch leidenschaftlich unabhängig, und sicherlich kann sie empörend sein. Ich denke, wir werden uns manchmal heftig streiten, aber daß es mir mit ihr langweilig werden würde – nie! Ich gebe zu, ich werde sehr beschäftigt sein, denn ich werde mich anstrengen müssen, um mit ihren Interessen Schritt zu halten, und manchmal muß ich sie vielleicht von einem allzu schockierenden Heldenstückchen abhalten. Sie haben vermutlich recht, Sir, die feine Gesellschaft könnte sie verachten, aber ich hoffe, daß man sie mit der Zeit lieben wird. Ich weiß, daß ich es tue und es immer tun werde. Wenn Ihnen das zu großen Kummer bereitet, werde ich mit ihr weit fortgehen. Verzeihen Sie, daß ich eine solche Rede gehalten habe, aber ...« Seine grünen Augen blickten wehmütig. Zögernd fuhr er fort: »Wie immer Ihre Entscheidung ausfällt, ich hoffe, daß Sie mir nicht verbieten werden, Sie meinen Vater zu nennen.«

Der Earl begriff allmählich, daß ihm etwas entgangen war. Irgendwie hatte er nicht gesehen, daß sein Sohn schließlich doch kein törichter Tagedieb war, sondern ein Mann, auf den er als Vater stolz sein konnte. Und wenn die politischen Ansichten des Viscounts auch unklug waren, hatte er dennoch lobenswert mutig und loyal nach ihnen gehandelt. Zuneigung erfüllte sein Herz, und um das zu verbergen, erwiderte er mürrisch: »Beim Zeus, wenn Michael mein Fleisch und Blut wäre, käme ich in Versuchung. Aber ich warne dich, Horatio, ich dulde keine Zigeunerkarren um unseren Zierbrunnen herum.«

Sprachlos blinzelte der Viscount ihn an.

Majestätisch streckte der Earl die Hand aus. »Dann tu, was du willst, wenn du auf diesem Unsinn bestehst!« knurrte er. Sein Sohn kniete vor ihm nieder. Pflichtschuldig küßte er dem Earl die Hand und strahlte übers ganze Gesicht. Dann riß er die Tür auf und rannte förmlich den Korridor entlang.

Lady Nola schwieg eine ganze Weile, und Glendennings Furcht vertiefte sich. Unbehaglich rutschte er auf dem Stuhl herum, und schließlich fragte er: »Mama, Sie *mögen* sie doch?«

Sie wandte die Augen von der Vase mit duftenden Wicken auf ihrem Tisch ab und sah ihn ernst an. »Ich halte sie für ein seltenes Juwel, Horatio. Aber sie ist nicht dumm. Und sie wäre sehr dumm, wenn sie dich heiraten würde.«

Erleichtert sagte er: »Doch wenn sie so dumm sein sollte, Mama, haben wir dann Ihren Segen?« Er bemerkte ihr leichtes Stirnrunzeln und fügte hastig hinzu: »Mein Vater hat alle Argumente genannt, an die Sie sicher auch denken, aber er hat zugestimmt.«

»Würdest du auf sie verzichten, wenn ich dir meinen Segen nicht gäbe?«

Er stand auf, trat ans Fenster und kam wieder zurück. »Es würde mich zutiefst bekümmern, gegen Ihre Wünsche zu handeln, aber ... nein, Ma'am. Ich würde nicht auf sie verzichten.«

Sie nickte. »Ich nehme an, dann mußt du dein Zigeunermädchen haben, mein Lieber. Ich hätte dich fast verloren. Ich könnte es wirklich nicht ertragen, dich noch einmal zu verlieren.«

Nun mußte er nur noch Absalom aufsuchen, und Absalom war womöglich der schwierigste Brocken. Aber als Glendenning eilig über den Hof schritt, war sein Herz so leicht, daß

er das Gefühl hatte, er könnte fliegen. Der Alptraum war endlich vorüber. Jetzt kamen Freude, Liebe und unendliches, unverdientes Glück.
Das alte Gebäude schaute zu dieser goldenen Abendstunde wunderschön aus. Es war in der Tat seltsam, daß nach dem langen Regen nicht mehr Menschen draußen waren, um den milden Spätnachmittag zu genießen. Nicht einmal ein Gärtner war da. Natürlich war die einzige Person, die er sehen wollte, Miss Amy Consett, ja, er sehnte sich danach, sie zu sehen. Es würde ihn nicht überraschen, wenn sie in der großen Halle auf ihn wartete. Mit etwas Glück würde Absalom bei ihr sein, dann konnte er den lieben alten Knaben um ihre Hand bitten. Amy würde natürlich ja sagen. Sie würde vielleicht ein wenig Angst haben, aber sie würde ihn nicht zurückweisen. Oder würde sie? Sein rascher Schritt wurde ein wenig stockend.
Ich könnte hier nicht leben, Tio ... Du lebst in einer anderen Welt, verglichen mit meiner.
Er ging schneller.
Verschwommen erinnerte er sich daran, daß sie ihn gestern abend im Salon, als er eingeschlafen war, geküßt hatte. Und ihre Augen hatten traurig geblickt.
Fast rennend erreichte er die große Halle. Sie war verlassen, abgesehen von dem Diener, der ihm die Tür aufhielt.
»Wissen Sie, wo Miss Consett ist?« fragte er den Mann.
»Sie war mit Miss Templeby zusammen, Milord.«
Glendenning eilte die Treppe hinauf. »Heute morgen ...«, hallte die Stimme des Dieners ihm nach.
Marguerite war nicht in ihrem Zimmer, und ihre Zofe glaubte, ihre Herrin zeige Miss Consett und Mr. Consett den Garten und den Park.
Etwas beruhigt trat Glendenning ans Fenster, aber er entdeckte nicht den winzigsten Farbklecks, der das Kleid einer Lady hätte sein können, und auch sonst keine Spur von irgendeinem Lebewesen, abgesehen von einem einsamen

Pfau. Er kehrte zurück auf den Korridor und ging zuerst in seine eigene, dann in die Suite seines Bruders, doch beide waren leer. Die Abwesenheit jeglicher Dienerschaft beunruhigte ihn. Sonst waren immer welche da. In dem verfluchten Haus wimmelte es förmlich von ihnen. Aber es war dumm, solche Angst zu haben. Sie würde ihn doch nicht verlassen? Sie würde doch nicht fortlaufen?

Wieder eilte er zur Treppe, rannte hinunter und hinaus. Und er hätte sich nie träumen lassen, wie viele Augen ihn beobachteten.

Die Sonne ging gerade unter, als er zum Haus zurückkehrte, und nun war er in Panik. Die erste Person, die er erblickte, war Whittlesey, der langsam die Treppe herunterkam. Der Mann sah erschrocken drein und wich zurück, als Glendenning immer zwei Stufen auf einmal nahm und vor ihm stehenblieb.

»Sagen Sie mir, was los ist!« rief der Viscount. »Sie wissen es. Sie wissen alle Bescheid. Deswegen meidet mich jeder wie die Pest. Wo ist Miss Consett?«

»Sir, es steht mir nicht an ...«

»Brüllen Sie nicht Ihren Diener an, Milor'. Er weiß nix.« Absalom stand auf dem Treppenabsatz, erstaunlich distinguiert in einem einfachen braunen Anzug, obwohl seine Perücke so unordentlich wie eh und je war.

Mit einem erleichterten Seufzer entwischte Whittlesey.

»Dem Himmel sei Dank!« Glendenning eilte zum Treppenabsatz hinauf. »Absalom, ich habe sie nicht finden können. Will sie mich necken, das kleine Biest, ist es das?«

Consett konnte nicht anders, als Mitleid mit dem Mann zu haben, der ihn so verzweifelt fragend ansah, aber er versüßte ihm die Pille nicht. »Davongelaufen«, sagte er unverblümt. Er sah, wie bleich die mageren Gesichtszüge wurden, und fügte hinzu: »Das hätten Sie sich doch denken können. Ihr Bruder ist losgezogen, um sie zu suchen, aber er wird sie nicht finden. Wenn meine Amy nicht gefunden

werden will, dann wird sie nicht gefunden, und sie wollte eben keine Aristokratenfrau sein. Und außerdem will ich nicht ...« Gezwungenermaßen verstummte er, als Glendenning ihn an der Kehle packte.
»*Wohin* ist sie gelaufen? Sagen Sie es mir, oder bei Gott, ich ...«
»Sind Sie verrückt geworden, Glendenning?« Der Earl eilte herbei und zerrte den Arm seines Sohnes zur Seite. »Lassen Sie Mr. Consett sofort los! Dieser Mann ist ein Gast in meinem Haus!«
»Amy ist verschwunden, und der Schurke da will mir nicht sagen ...«
»Schurke! Sie haben ein verdammt kurzes Gedächtnis. Erst vor ein paar Stunden hat Mr. Consett uns allen das Leben gerettet. Ich würde empfehlen, daß Sie sich demütigst bei ihm entschuldigen, Sir!«
Die kräftigen Hände seines Vaters und die Stimme der Vernunft drangen durch den rasenden Zorn des Viscounts. Er ließ Absalom los und wich zurück.
Consett griff sich an die Kehle und krächzte grimmig, daß er einem solchen Verrückten nicht sagen würde, wo seine Nichte sei, selbst wenn er es wüßte – was nicht der Fall sei.
»Sie hat sich verlaufen, das ist alles«, erklärte der Earl. »Wo ist dieser Dummkopf von Butler? Ah, da sind Sie ja, Darrow! Schicken Sie sofort die gesamte Dienerschaft los. Miss Consett hat sich irgendwo verirrt. Suchen Sie das Gebäude und das Gelände ab!«
Der Butler eilte davon. Consett folgte ihm kopfschüttelnd.
Der Earl senkte die Stimme. »Achte nicht darauf, was er sagt, Horatio. Er ist ein prächtiger Mann, aber ein Revolutionär, vermute ich. Wahrscheinlich gefällt ihm der Gedanke nicht, daß seine Nichte in den Adel heiratet. Ich wette, es steckt nicht mehr dahinter, als daß deine Lady sich ein einsames Plätzchen gesucht hat, um in Ruhe ihre Gedan-

ken zu ordnen. Sehr vernünftig. Nur keine Bange, mein Junge. Wir werden sie schon finden.«

Aber sie fanden sie nicht.

Als es dunkel wurde, schwang sich Glendenning in Flames Sattel, und der Earl beobachtete ihn düster.

»Du bist ein Narr, nicht bis morgen zu warten. Templeby ist noch nicht zurück, und es ist gut möglich, daß er sie eingeholt hat. Und selbst wenn nicht, was kannst du um diese Zeit schon ausrichten?«

»Ich weiß nur, daß ich es versuchen muß, Sir.«

»Dann versuch es morgen früh. Ich werde Spezialisten von der Gendarmerie rufen lassen. Sie kann nicht weit gekommen sein, und ...«

»Sie ist *allein*, Sir! Ich wage es nicht, noch eine Sekunde zu warten, geschweige denn bis zum Morgen.«

»Aber ...«

Horatio beugte sich vom Pferd und drückte seinem Vater fest die Hand. »Papa, ich bitte Sie, benachrichtigen Sie Morris und August Falcon. Ich weiß, daß sie helfen werden. Ich reite zu ihrem ... ihrem Häuschen im Wald. Es ist in der Nähe von Epsom. Wenn sie nicht dort ist, versuche ich es auf Mimosa Lodge. Vielleicht hat Kadenworthy sie gesehen.«

»Aber Tio«, sagte der Earl flehend, der in diesem Augenblick der Sorge sogar die von ihm verabscheute Abkürzung benutzte, »es hat doch keinen Sinn ...«

»Wenn irgend etwas schiefgehen sollte, Sir, wenden Sie sich an Gideon Rossiter. Er wird alles erklären.«

»Schiefgehen? Horatio, steckt da etwa mehr ...«

Aber Glendenning ritt bereits vom Hof.

16

Über drei Wochen vergingen, bevor Glendenning erneut nach Berkshire kam. Donner grollte, und er zog den Umhang fester um sich und senkte den Kopf, als ein Windstoß ihm Regentropfen in die Augen peitschte. Wieder ein grauer Tag, so wie auch die letzten drei Tage grau gewesen waren. Er seufzte müde. Vielleicht ganz passend zu dieser Heimkehr.

Trotz seiner Entschlossenheit, jahrelang zu suchen, wenn es nötig sein sollte, war er sicher gewesen, daß er seine Liebste bald finden würde. Er kannte so viele von ihren Schlupfwinkeln und Lieblingsorten; bestimmt konnte sie ihm nicht allzulange entwischen. Doch heute war schon der vierundzwanzigste Tag, und er hatte nicht die geringste Spur von ihr gefunden.

Gegen Mittag an dem Tag, nachdem er aufgebrochen war, hatte er Absaloms Keller erreicht. Er hatte sich der Ruine sehr vorsichtig genähert und eine gute Viertelstunde lang gelauert, bevor er sich aus dem Wald über die Lichtung wagte. Und als er eintrat, hatte er gewußt, daß sie nicht da war. Aber die Liga war dagewesen. Die Regale, einst so ordentlich eingeräumt, waren durchstöbert worden, Gläser und Geschirr zerschlagen, der Inhalt von Töpfen und Dosen in sinnloser Zerstörungswut über den Fußboden zerstreut, so daß die Ameisen eine Menge zu tun hatten, um wieder Ordnung zu schaffen. Ein kleines Häufchen Asche und ein paar versengte Blätter waren alles, was von Absaloms einzigartigen Skizzen und Notizen geblieben war. Das Bild, das Amy so in Ehren gehalten hatte, war mit

einem Messer zerschnitten, der Rahmen zertrümmert worden. Alles Bettzeug war in der Mitte der Küche aufgehäuft und in Brand gesetzt worden. Anscheinend waren die Banditen dann davongeritten und hatten angenommen, der Keller würde niederbrennen, aber das Feuer war ausgegangen.
Es war eine Qual für Glendenning gewesen, diese Verwüstung zu sehen, und als er durch den Trümmerhaufen wanderte und hier und da auf Gegenstände stieß, die Amy sorgfältig gehegt hatte, waren Erinnerungen in ihm aufgestiegen, die so weh taten, daß er bald wieder fortgeritten war.
Von der Ruine aus hatte er sich direkt nach Mimosa Lodge begeben, aber Kadenworthy war in seiner Jagdhütte in Yorkshire. Seine liebenswürdige Tante, besorgt über das kummervolle Aussehen des Viscounts, hatte ihn gedrängt, zum Tee zu bleiben, doch als er ablehnte, hatte sie entschuldigend erklärt, ihr Neffe werde nicht vor dem Wochenende zurück erwartet.
Danach war er nach Epsom und dann nach Reigate geritten, und den Rest des Tages und auch noch den nächsten hatte er damit zugebracht, eine endlose Folge von Gesichtern zu mustern, während er schmale Gassen und geschäftige Durchgangsstraßen absuchte, über den belebten Marktplatz schlenderte, in die Höfe von Gasthäusern und Wirtschaften sah und sich bei Stallknechten, Hausierern oder Lumpensammlern erkundigte, ob sie Amy begegnet seien. Manche kannten sie, aber seit Wochen hatte keiner sie gesehen. Stunde um Stunde verging, doch er machte weiter bis spät am Abend. Am folgenden Tag ritt er zu einem Jahrmarkt. Dann zu einem Basar. Dann zu einem Pferderennen. So verstrichen die Tage, während er die Orte der Downs absuchte, wo immer es wahrscheinlich war, daß eine große Menschenmenge zusammenkam. Jedesmal war er sicher, daß sie dasein würde – sie *mußte* irgendwo

unter der Menge sein, *dies* würde der Tag sein, an dem er sie fand. Wenn er abends gezwungen war, seine Bemühungen abzubrechen, wehrte er sich gegen das Gefühl der Entmutigung und war nach ein paar Stunden Schlaf im Morgengrauen wieder auf den Beinen und ritt in ein anderes Dorf, eine andere Stadt oder zu einer anderen sommerlichen Festlichkeit.

Am Ende der ersten Woche dachte er, er hätte sie gefunden. In Godalming hatte er erfahren, daß am nächsten Tag außerhalb von Dorking ein Faustkampf stattfinden sollte, der wahrscheinlich ein großes Publikum anziehen würde, da beide Kombattanten recht bekannt waren. Er war vor Morgengrauen aufgebrochen und nach Nordosten geritten. Bald war er Teil eines lärmenden Volksauflaufs geworden, der voll eifriger Vorfreude dem Kampf zustrebte. Es war genau die Art von Gewühl, in dem Amy beschließen mochte, ein bißchen zu »klauen« oder vielleicht zu versuchen, etwas von den hübschen Sachen, die sie gemacht hatte, zu verkaufen. Als er auf dem Festplatz ankam, hatte er Flame in einem behelfsmäßigen Mietstall untergebracht, bevor er umherstreifte. Sein Herz hatte höher geschlagen, als er ein schlankes Zigeunermädchen mit einem roten Tuch um das dichte schwarze Haar entdeckte, dessen herausfordernder Gang ihn davon überzeugte, seine lange Suche sei zu Ende. Er hatte sich durch die Menschenmenge gedrängt, um sie einzuholen, sie dann an den Schultern gepackt, zu sich herumgedreht und jubelnd »Liebling!« gerufen. Doch das erschrockene Gesicht, das ihn ansah, hatte nichts von Amys Schönheit. Die Züge waren grob, die Augen, dreist und berechnend, hatten ihn rasch abgeschätzt, was ein einladendes Lächeln zur Folge hatte, als sie sich an ihn drängte. Der kräftige Landarbeiter neben ihr hatte diesen Übergriff jedoch in einem ganz anderen Licht betrachtet. Die höfliche Entschuldigung des Viscounts war mit Zorn und Gewalt zurückgewiesen worden. Die hocherfreute Menschenmenge bekam einen zusätzlichen Faustkampf zu sehen. Die Auseinandersetzung war kurz, aber heftig gewesen, und Glendenning hatte den Schauplatz mit einer aufgeschlagenen Lippe verlassen, im Ohr die bewundernden Rufe der Leute und die Beschimpfungen des enttäuschten Zigeunermädchens, das neben ihrem Recken kniete und die Guinee fest in der Hand hielt, die der Viscount ihm zugeworfen hatte, während es häßliche Dinge bezüglich seines Charakters kreischte.

Seither hatte er die Meilen nicht mehr gezählt, die er hinter sich gebracht hatte. Seine Tage waren nur noch eine trübselige Abfolge von Gesichtern und Gestalten, von Hoffnungen, die sich stets als trügerisch erwiesen, bis er immer stärker gegen die wachsende Verzweiflung ankämpfen mußte, damit sie nicht die Oberhand gewann. Am schlimmsten war es, daß Furcht seine ständige Begleiterin geworden war. Seine geliebte Amy war schön und mutig, aber sie war ganz allein. Und wenn ein paar der jungen Zigeuner, der *chals*, sie gefunden hatten? Wenn die Rohlinge des Squires sie entführt hatten, wie sie es zuvor schon versucht hatten? Verfolgt von solchen Ängsten, konnte er nachts kaum schlafen und schrak oft aus so schauerlichen Alpträumen hoch, daß er sich fürchtete, wieder einzuschlafen.

Als so eine Woche in die andere überging, begannen Sorge und Schlafmangel seine Zuversicht zu untergraben. Wäre er nur auf ein Krümelchen der Ermutigung gestoßen, hätte wenigstens ein Mensch sie gesehen oder etwas von ihr gehört, dann hätte er seine Hoffnung aufrechterhalten können. Aber als er nach all dieser Zeit nicht die geringste Spur entdeckt hatte, wandten sich seine Gedanken aus purer Verzweiflung seinem Zuhause zu. Es wäre doch möglich, sagte er sich, daß Michael sie noch am Abend seines eigenen Aufbruchs gefunden hatte. Vielleicht hatten August oder Jamie sie bereits heil und gesund in die Abbey

gebracht, während er seine Zeit damit vergeudete, den ganzen Süden des Landes abzusuchen.
So kam es, daß er an diesem wolkigen, gewittrigen Nachmittag wieder zu Hause eintraf und mit Flame zu den Stallungen ritt.
»Seine Lordschaft ist da!« Eilige Füße folgten diesem jungenhaften Jubelschrei, und zwei Stallburschen strahlten ihn an und hießen ihn schüchtern willkommen.
Glendenning lächelte ihnen zu, innerlich betend, sie würden sagen: Miss Consett ist zurück, Sir! Aber sie sagten es nicht, und weil er sich so vor der Antwort fürchtete, wagte er diese wichtigste aller Fragen nicht zu stellen, sondern erkundigte sich nur, ob sein Bruder da sei.
Sofort wurden ihre Gesichter ernst. Mr. Templeby sei dagewesen, teilten sie ihm mit, aber wieder fortgeritten.
Glendenning bat sie, seine Satteltaschen ins Haus zu bringen, und schritt durch den Regen davon. Der Himmel war noch dunkler geworden, und Blitze schossen im Zickzack durch die tiefen Wolken. Der folgende Donner war noch weit weg, aber wahrscheinlich hatten sie eine stürmische Nacht zu erwarten. Ein schlechtes Omen, dachte er trübsinnig, doch dann warf er den Kopf zurück. Zum Teufel mit Omen! Es war sein erster Versuch gewesen. Beim nächstenmal würde er Michael mitnehmen, und wenn er Glück hatte, vielleicht auch Jamie und Falcon, wenn sie nicht ihr ... O Gott! Schon wieder hatte er das Duell und sein Versprechen an Falcon vollkommen vergessen. Himmel, der Mann würde ihn wahrscheinlich eher umbringen als ihm helfen.
Er wollte gerade zu der Tür gehen, die in den Westflügel führte, da spürte er eine Hand auf dem Arm. Der Stalljunge war ihm mit den Satteltaschen gefolgt und legte nun respektvoll die Hand an die Stirn. Es habe Ärger mit der Schwelle gegeben, und Seine Lordschaft möge bitte den Haupteingang benutzen. Glendenning sah nun auch, daß

man verschiedene Außentüren behelfsmäßig verbarrikadiert hatte. »Hurra!« brummte er und machte sich auf den langen Weg durch den Hof. Gedankenverloren vergaß er den Jungen hinter sich, bis es erneut blitzte und ein erschrockener Aufschrei zu hören war. »Na komm, ich nehme die selbst mit«, sagte er und griff nach den Satteltaschen. »Ist nicht nötig, daß wir beide klatschnaß werden.«
Der Junge protestierte standhaft, aber Glendenning nahm ihm seine Last ab und schickte ihn zurück.
Er hatte erwartet, daß einer der Diener mit einem Regenschirm herbeieilen würde, aber die Eingangstüren blieben geschlossen, bis er nach der Klinke griff. In diesem Augenblick wurde sie aufgerissen.
Darrow, unerschütterlich wie stets, verbeugte sich und hieß ihn willkommen, als hätte er gerade vor einer Stunde das Haus verlassen. Ein Lakai erschien und nahm ihm die Satteltaschen ab, ein in der Nähe stehender Diener den Umhang und die Reitgerte und ein anderer seine Handschuhe und den Dreispitz. Alle sahen so kühl und tüchtig und nichtssagend aus.
»Ist der Earl zu ...«, begann Glendenning.
»Horatio!« Lady Nola kam die Treppe herunter und streckte ihm die Hände entgegen. »Dem Himmel sei Dank, daß du wieder da bist, mein Lieber!« Sie zog ihn mit zum Westflügel. »Hast du etwas über sie in Erfahrung gebracht?«
Eine ganz einfache Frage, die aber eine so schreckliche Tatsache beinhaltete, nämlich die, daß Amy nicht in Sicherheit, nicht hier war. Er hatte sich auf solche Neuigkeiten gefaßt gemacht, aber dennoch traf ihn die Wirklichkeit wie ein Schlag. Er schüttelte den Kopf und fragte: »Ist denn überhaupt keine Nachricht eingetroffen, Mama? Ich dachte, daß vielleicht Michael oder Falcon ...«
»Falcon!« rief sie und blickte erzürnt. »Erwähne ja nicht diese niederträchtige Kreatur, Tio! Er war hier, feuer-

speiend wie immer. Es ging um irgendein Versprechen, das du ihm gegeben ...«

»Zur Hölle mit seinen dämlichen Duellen!« explodierte er. »Oh ... bitte verzeihen Sie, Ma'am.« Außer sich fuhr er sich mit der Hand über die Stirn. »Verstehen Sie, ich hatte so gehofft ... aber ...«

»Dennoch«, erwiderte sie mißbilligend, »sind solche Ausdrücke nicht nötig, und ... Ach du meine Güte! Dein Vater hat ausdrücklich gewünscht, daß ich um vier Uhr zu ihm komme, und ich habe mich schon verspätet.« Sie eilte davon.

»Mama, warten Sie! Bitte! Ich muß mit Ihnen ...«

»Ja, mein Lieber. Später!« rief sie über die Schulter. »Geh schon hinauf, ich komme dann gleich zu dir.«

Er starrte ihr nach. Keine Umarmung, keine wirkliche Besorgnis wegen Amy, kein Mitleid mit ihm in seinem Kummer. Es paßte gar nicht zu Mama, unempfindlich gegen das Leid anderer zu sein. Außerdem waren weder sein Vater noch Marguerite erschienen, um zu hören, welche Neuigkeiten er brachte. Er fühlte sich verletzt und verraten, als er mit gesenktem Kopf zur Treppe ging. Wahrscheinlich waren sie ihm noch gram wegen der erst vor kurzem durchlebten Tortur. Das wäre schließlich auch nur zu verständlich. Und keiner von ihnen billigte seine Lady wirklich, keiner ahnte, wieviel sie für ihn bedeutete. Vielleicht hatten sie selbst nie so tief geliebt, wie er nun liebte, so daß jede Stunde, in der er nichts von ihr wußte und immer größere Angst um sie ausstand, schlimmer war als die vorige. Vielleicht hatte ihnen noch nie jemand so sehr gefehlt, daß ihnen unablässig das Herz weh tat. Lieber Gott, wenn es ihr nur gutging, wenn sie nur nicht ...

»Bitte passen Sie auf, Euer Lordschaft, sonst stoßen Sie noch mit mir zusammen.«

Die junge Stimme klang weich, kultiviert und melodisch. Eine Freundin von Margo, dachte Glendenning dumpf. Zu müde, um sich schnell zu bewegen, murmelte er eine Entschuldigung und trat zur Seite. Doch die Lady schritt nicht an ihm vorbei, und er hob langsam den Kopf.

Er erblickte einen juwelenbesetzten Damenschuh, der unter dem Langettensaum eines weiß-rosa gestreiften Unterkleides hervorlugte. Die Reifröcke waren aus dunkelrosa Satin, die zierliche Taille wurde von einem Mieder umschlossen, das nach oben breiter wurde, und auf dem weißen Busen schimmerte eine Perlenkette. Und zuletzt sah er ein bezaubernd liebreizendes Gesicht, mit einem Schönheitspflästerchen neben den vollen Lippen und eingerahmt von gepuderten und hochfrisierten Locken. Sie stand da und beobachtete ihn, während ihre zarte Hand mit einem Fächer spielte. Und in ihren großen dunklen Augen lag unbeschreibliche Zärtlichkeit.

Ermüdet und verzweifelt, wie er sich fühlte, war dieser plötzliche Schreck zuviel für ihn. Glendenning verschwamm alles vor den Augen, und er tastete wie blind nach dem Geländer.

Ein Stoffrascheln. Warme Arme, die sich um seinen Hals schlangen. Tränen, die ihm die Sicht nahmen. Und plötzlich saß er auf der Treppe, drückte sie an sich und versuchte etwas Vernünftiges zu sagen, konnte aber nur wieder und wieder ihren Namen flüstern. Er wußte, daß er sich wie ein Narr benahm, doch das kümmerte ihn nicht.

Das Feuer im Kamin war das einzige Licht im Raum, und der Earl, der neben dem Sims stand und auf die Flammen blickte, stieß geistesabwesend mit dem Fuß ein Holzscheit zur Seite und murmelte: »Wir sollten jetzt wohl zu ihnen gehen.«

»Horatio wird mehr als eine halbe Minute brauchen, um sich von seinem Schock zu erholen«, widersprach seine

Frau. »Wie ich es fertiggebracht habe, nichts zu verraten, als ich die Verzweiflung in den Augen des armen Jungen gesehen habe, werde ich nie begreifen. Sagen Sie mir, was Sie tun wollen, Sir.«

»Ich weiß, was ich tun *sollte*«, erwiderte er gequält. »Um ihrer beider willen.«

Lady Nola seufzte nachdenklich. »Man sieht selten eine große Liebe. Ich glaube, ich habe jetzt eine gesehen.«

»Ach ja, wirklich?« fragte er empört.

»Ich habe gemeint«, verbesserte sie sich und unterdrückte ein Lächeln, »eine Liebe, die so leidenschaftlich gegeben wird – auf beiden Seiten.«

»Wollen Sie damit sagen, Ma'am, daß Sie Ihrem unglücklichen Gatten nie eine ... eine so tiefe Zuneigung entgegengebracht haben ...«

Sie hob den Kopf und sah ihm offen ins Gesicht. »Das will ich ganz und gar nicht. Aber ... ich habe mich manchmal gefragt, Gregory, ob du mir einen Antrag gemacht hast, weil du mich wirklich geliebt hast, oder ob du mich nur gern gehabt hast ...«

»Nur gern gehabt!« brüllte er.

»... und wußtest, daß ich Horatio liebte«, beendete sie ihren Satz.

»Alle guten Geister, so ein dummes Geschwätz! Bei Gott, Madam, ich sollte Sie übers Knie legen!«

Lady Nola lachte leise. »Hat man je schon eine solche Liebeserklärung gehört!«

»Und hier ist noch eine andere Erklärung«, sagte er in weitaus geringerer Lautstärke. »Du weißt ganz gut, wie sehr ich ... äh ... das heißt ... nun ... zum Teufel, Nola! Wie arm mein Leben wäre ohne dich ...! Aber das tut jetzt gar nichts zur Sache, denn du *weißt* es, und diesen ganzen Unsinn sagst du bloß, um mich abzulenken. Die einfache und ungeschminkte Wahrheit ist, daß er mir gesagt hat, er habe die Absicht, das Mädchen zu heiraten. Sie ist hübsch,

hat einen liebevollen Charakter und ist ein gescheites kleines Ding – aber trotzdem habe ich gehofft, vor allem nach dieser Trennung ...« Er seufzte.
»Nun, gerade deshalb hat Amy darauf bestanden. Um ihm Zeit zu lassen, seine Meinung zu ändern. Hast du jetzt vor, deine Einwilligung zurückzuziehen? Ich glaube, dann wirst du ihn verlieren, Gregory. Es bedürfte mehr als eines sterblichen Menschen, um die beiden zu trennen.«
»Ich weiß. Nun, ich habe ihn nie verstanden. Aber in der letzten Zeit ist mir klargeworden ... wie sehr ... Oh verflucht! Was ich zu sagen versuche ...«
»Du versuchst zu sagen, daß du den Gedanken nicht erträgst, er könnte aus deinem Leben verschwinden. Und ich ertrage ihn auch nicht.«
Er setzte sich neben sie und nahm ihre Hand. »Meine Lady, was wird nur daraus werden? Consett! Ich habe nie von einer solchen Familie gehört, ebensowenig wie irgend jemand anderer. Tio wird zum Gespött der Leute. Wir *alle* werden zum Gespött.«
»Anstatt nur Leichname zu sein, die man schmachvoll umgebracht und deren Köpfe man auf Lanzenspitzen vor dem Gerichtsgebäude gesteckt hat.«
Er keuchte und zog sie in seine Arme. »Lieber Gott! Erinnere mich nicht!«
»Ich denke, wir dürfen es nie vergessen, Gregory.« Sie küßte ihn auf die Wange und lehnte sich zurück, immer noch in seine Arme geschmiegt. »Aber es wird vielleicht gar nicht die Katastrophe, die du dir vorstellst. Amy ist ein Schatz. Ganz gewiß hat sie gutes Blut in sich, und obwohl wir ihren wahren Namen wohl nie feststellen werden, habe ich so eine Ahnung, als könnte sie Londons Liebling werden.«
»Londons Liebling? Ein namenloses Zigeunermädchen? Wenn die Hälfte aller kuppelnden Mamas in London im Sinn hatte, *ihre* mehr als akzeptable Tochter sollte die

Vicomtesse Glendenning werden? Sie werden das arme Mädchen in Stücke reißen!«

Die Gräfin blickte kampflustig. »Nicht, solange ich da bin, das sage ich dir! Außerdem werde ich mir die Hälfte aller meiner Freundinnen sichern. Vor allem die Unterstützung Phyllida Gurnards. Und wenn ich ihre Großmama auf meine Seite ziehen kann ...«

»Phyllida ... hm. Eine geborene Dunster, nicht wahr? Thaddeus Brileys Schwester? Dann ist die Großmutter die Herzoginwitwe Lady Mount-Durward, wie? Ein wahrer Drachen! Du wirst ein paar furchteinflößende Verbündete haben, meine Liebe.«

»Ich hoffe, daß ich sie überreden kann. Amy schaut hinreißend aus, wenn sie gut angezogen ist, und sie sprüht vor Wärme und Fröhlichkeit. Es wird nicht das erstemal sein, daß eine Bürgerliche in eine große Familie eingeheiratet hat, obwohl wir sicher irgendein Märchen aushecken müssen, daß sie von einem Seitenzweig einer angesehenen Familie stammt und geraubt wurde.«

»Einem abgebrochenen Zweig«, murmelte er düster.

Sie lachte leise. »Nein, ich glaube, das kriegen wir schon hin. Kopf hoch, mein Lieber. Wir sind am Leben und alle zusammen. Vielleicht enger zusammen, als wir es je waren.«

»Hm.«

»Und außerdem lernt das Mädchen sehr schnell. In diesen wenigen Tagen habe ich ihr eine Menge beigebracht. Sie spricht schon viel besser, und sie verwendet längst nicht mehr so viele vulgäre Ausdrücke.«

»Und sie hat uns gerettet. Das gebe ich zu.« Er unterdrückte einen Seufzer.

»Das hat sie in der Tat. Und obwohl sie Horatio offensichtlich vergöttert, ist sie doch kein Schwächling und wird mit seinen Wutanfällen gut fertig werden. Außerdem«, fügte die Gräfin begeistert hinzu, »ist sie eine gute Haut und eine entzückende Braut, und ich bezweifle nicht, daß er immer

noch die Absicht hat, sie zu seinem ›Seele und Leib‹ zu machen!«
Ihr edler Gatte sperrte den Mund auf. »Ach du meine Güte!« stöhnte er.

Auf dem Schoß ihres Liebsten sitzend und glücklich darüber, seine Arme so fest um sich zu spüren, sagte Amy mit bebender Stimme: »Wenn das nicht echt Tio ist! Ich habe so an mir gearbeitet und ... und versucht, für dich eine Lady zu sein. Und was tust du? Du klappst zusammen, sobald du mich nur siehst!«
»Aber wo um alles in der Welt warst du?« Glendenning streichelte ihre Wange, als könnte er noch nicht glauben, daß er sie wirklich im Arm hielt. »Ich habe gesucht und gesucht und mir solche Sorgen gemacht.«
»Armer Lord.« Sanft wischte sie ihm die Tränen von den Wangen. »Kein Wunder, daß du fast in Ohnmacht gefallen bist. Und wie dünn du geworden bist! Hast du nicht ...«
»Kümmer dich nicht um diesen Unsinn! Warum bist du fortgelaufen? Weißt du nicht, was ich durchgemacht habe?«
»Ich bin weggelaufen, weil ...« Sie senkte den Blick und fuhr zögernd fort: »... weil ich dich zu sehr geliebt habe, um zuzulassen, daß du mich aus Dankbarkeit heiratest ...«
»*Dankbarkeit!* Bist du nie auf den Gedanken gekommen, daß ich dich auch liebe? Daß ich dich hätte heiraten wollen, auch wenn du es dir nicht zur Gewohnheit gemacht hättest, mir das Leben zu retten?«
»Ja, aber ... du nimmst eine gesellschaftliche Stellung ein, die ... Tio, Lieber, ich konnte den Gedanken nicht ertragen, daß ... daß du dich vielleicht eines Tages schämst für ...«
Er schnitt ihr das Wort ab, indem er ihr Gesicht in seine Hände nahm und ihre Stirn, ihre Wangen und ihren Mund

mit Küssen bedeckte, und zwischen diesen hungrigen Umarmungen stammelte er: »Mein dummer kleiner Liebling ... mein liebstes, liebstes Mädchen ... wenn du wüßtest, wie sehr ich dich liebe ... wie dankbar ich bin, daß du in Sicherheit bist ... O Gott! Ich bin fast wahnsinnig geworden! ... Wer hat dich gefunden? ... Wann? ... Wo?«
Sie lachte atemlos. »Ich bin von selbst zurückgekommen und habe mich hereingeschlichen, bevor irgend jemand wach war. Und dann hab ich mich in dem gefliesten Raum versteckt, den du so gern magst. Ich habe mich näher bei dir gefühlt, wenn ich all deine Bücher und Sachen gesehen habe. Ich wollt eigentlich nicht wiederkommen. Nie. Ich wollte stark sein, aber ... ich hab festgestellt, daß ich nicht wegbleiben und ... und trotzdem weiterleben konnte. Ich wußte, daß ich lieber deine ... deine Mätresse sein würde als ...«
Natürlich wurde sie erneut unterbrochen, und etwas später erklärte Glendenning streng: »So einen Unsinn kannst du dir aus dem Kopf schlagen, denn das wirst du nicht sein. Wer hat dich gefunden?«
»Margos Zofe. Am nächsten Morgen. Und dann ist Margo gekommen, und ich hab sie versprechen lassen, niemanden nach dir zu schicken. Zumindest für eine Weile. Und am nächsten Tag ist August Falcon erschienen und mit deinem Bruder fortgeritten, um nach mir zu suchen. Und Jamie ist mit deinem Freund Captain Rossiter gekommen, und dann sind *sie* losgeritten. Ich weiß, es war sehr ungezogen von mir, doch ich wollte, daß du Zeit zum Nachdenken hast – nur für alle Fälle.«
Die nächste Unterbrechung folgte. »Du kleines Biest!« sagte Glendenning. »Und ich hatte die ganze Zeit panische Angst!«
»Armer geliebter Lord. Aber deine Stiefmama und deine Schwester haben mir beigebracht, wie man geht, wie man sich anzieht und wie man richtig spricht. Und ich bin

glücklich, daß ich das jetzt kann. Und ... O Tio, mein aristokratischer Gent, magst du mich jetzt, wenn ich versuche, eine Lady für dich zu sein ...«
Er drückte sie so fest an sich, daß sie nach Luft schnappte, und küßte sie, bis sie völlig außer Atem war. Und während er das tat, schien es ihm, als hörte er einen tiefen Seufzer, der von irgendwoher und von überallher kam. Wie viele ihrer treuen Diener mochten diese öffentliche Liebesszene wohl beobachtet haben?
Aus dem Augenwinkel sah er seine Eltern, die langsam über den Korridor zu ihnen kamen. Lächelnd.
Mit einem schockierenden Mangel an Zurückhaltung und ohne das geringste Zeichen von Zerknirschung, weil man ihn bei einem so hemmungslosen Benehmen ertappt hatte, küßte Horatio Clement Laindon, Viscount Glendenning, abermals seine Braut.

EPILOG

Am 7. Juli 1748, lange nach Mitternacht, war der große Ballsaal von Falcon House noch von Kerzenlicht erleuchtet.

Ein runder Tisch stand in der Mitte des Raums, und fünf junge Männer saßen um ihn herum.

August Falcon brach das lange Schweigen und sagte gereizt: »Zum Teufel, ich fühle mich nicht durch den Eid gebunden, den wir Underhill geleistet haben. Die Tatsache, daß Burton Farrier für ihn arbeitet und sein Möglichstes getan hat, damit Glendenning der Kopf abgehackt würde, spricht für sich. Und diese Geschichte gefällt mir überhaupt nicht.«

»Wir haben keinen Beweis für irgendeine Niedertracht«, widersprach Morris. »Der General hat vielleicht einfach danach gehandelt, was er für ... äh ...«

»... meinen Landesverrat gehalten hat«, ergänzte Glendenning ruhig.

»Tut mir leid, Tio«, sagte Morris. »Aber ... es ist ja möglich. Und auf alle Fälle hätten wir unsere eigenen Nachforschungen anstellen können, ohne den General zu informieren. Aber wenn wir Furlong in die Sache einweihen und ihm von der Liga berichten, brechen wir unser Wort, und das Wort eines Gentlemans ...«

»Ist zu überhaupt nichts nütze, wenn es der falschen Partei gegeben wurde«, fauchte Falcon. »Wenn Sie gehen wollen, Morris, bitte, durchaus ...«

»Ruhig Blut, Falcon.« Gideon Rossiter, der neben ihm saß, wandte sich mit einem Lächeln in den grauen Augen an

Morris. »Ich glaube, man muß eins in Betracht ziehen, Morris. Burton Farrier hat ganz offensichtlich gewußt, daß die Comyn-Brosche zusammen mit Trethaway auf den Grund der Straße von Dover gesunken ist.«

»Und außerdem ist meiner Meinung nach schon die Existenz seiner jakobitischen Liste verdächtig«, sagte Falcon ungeduldig.

»Dem muß ich beipflichten, Gentlemen«, warf Furlong ein. »Ich weiß genau, daß es zwei solcher Listen gegeben hat. Die erste wurde vernichtet und die zweite in sichere Hände überstellt.«

Alle starrten ihn verblüfft an. Morris öffnete den Mund, um etwas zu sagen, schloß ihn aber wieder, als er Falcons Blick auffing.

»Ich glaube«, meinte Glendenning grinsend, »wir fragen lieber nicht, wie Sie zu dieser Information gekommen sind, Owen. Ich hatte gehört, die Liste sei nur eine einfache Aufzählung der Spender und der Gegenstände, die sie gespendet haben. Daß es zwei Listen geben soll, eine mit den numerierten Gegenständen, und die zweite mit den Namen, ist mir neu. Weiß jemand von euch etwas darüber?«

Furlong antwortete langsam: »Die ersten beiden waren so, wie Sie es beschrieben haben. Die dritte, wenn sie existiert, muß neueren Datums sein.«

»Oh, ich nehme an, sie existiert. Wahrscheinlich hat Farrier sie fabriziert, nur um Glendenning in die Falle zu bekommen.« Und widerstrebend fügte Falcon hinzu: »Trotzdem muß ich mich wie auch Morris fragen, was um alles in der Welt Furlong mit dieser unangenehmen Sache zu tun hat.«

Wieder wandten sich alle Blicke Sir Owen zu. »Ich habe Tio gebeten, ein gutes Wort für mich einzulegen, weil ich, obwohl ich sehr wenig weiß, doch eine ganze Menge argwöhne«, erklärte dieser. »Und möglicherweise bin ich ebenfalls ein Opfer der Liga.« Er runzelte die Stirn und zögerte, bevor er mit leiserer Stimme fortfuhr: »Sie wissen vermutlich nicht, daß zwischen Miss Henrietta Albertson und mir ein Verlöbnis bestand.«

»Admiral Albertsons Tochter?« fragte Rossiter scharf.

»Die Lady befand sich an Bord eines Schiffes, das vor etwa anderthalb Jahren bei Beach Head gesunken ist, nicht wahr?« meinte Glendenning.

Sir Owen nickte.

»O Gott!« rief Morris. »Das tut mir so leid, Furlong.«

»Danke. Doch es ist nicht so, als hätte mich eine tiefe Liebe mit der Lady verbunden. Ich war viele Jahre im Ausland, wie Sie wissen, und kannte sie kaum. Und dennoch, wir waren seit der Kindheit befreundet, und sie war ein sanftes, liebreizendes Geschöpf. Wir hatten unser Verlöbnis brieflich vereinbart, aber ich war noch im Ausland, als der Admiral angeklagt wurde. Henrietta hing sehr an ihm. Sie wäre nicht auf diesem Schiff gewesen, wenn der Schock über die Verurteilung ihres Vaters nicht mehr gewesen wäre, als sie ertragen konnte. Ihre Gesundheit war derart angegriffen, daß ihr Bruder sie in das mildere Klima Italiens schickte.« Er starrte auf seine Hand, die die Stuhllehne umklammert hielt. »Als Falcon und Morris auf der Suche nach dem jungen Templeby zu mir gekommen sind, habe ich gespürt, daß hinter der Geschichte eine ganze Menge mehr steckte, als sie mir gesagt hatten.«

»Furlong und ich haben uns im White's Club getroffen«, ergänzte Glendenning. »Wir haben angefangen, die Sache mit Lord Merriam und den Fall Albertson zu erörtern, und haben gemeinsam ein paar Schlußfolgerungen gezogen.«

»Die sie daraufhin mir vorgetragen haben«, sagte Gideon Rossiter. »Als wir diese beiden Beispiele – jedesmal ein prachtvoller Gentleman ruiniert und sein Besitz konfisziert – in Verbindung zueinander gebracht haben, konnten wir nicht umhin, manche Ähnlichkeiten festzustellen. Ich war der Meinung, Sir Owen habe ein Recht, sich uns anzuschließen. Wenn die Liga nur halb so mächtig ist, wie wir argwöhnen, können wir, weiß Gott, Hilfe brauchen. Doch wenn Sie darüber abstimmen wollen ...«

Nur Leutnant Morris sprach sich dafür aus, und als er sah, daß die anderen darauf verzichteten, zog er seine Einwände zurück und erklärte auf seine liebenswürdige Art, sie sollten nun »besser weitermachen«.

»In diesem Fall, Sir Owen, möchten wir Sie wissen lassen, daß die Liga der Juwelenmänner unserer Meinung nach das Ziel hat, Unheil über England zu bringen«, sagte Rossiter. »Und wir glauben, daß die Vernichtung und Verhaftung Admiral Albertsons, die Schmach und der scheinbare Selbstmord Lord Merriams und der Ruin meiner eigenen Familie Teil dieses Plans sind. Daß Glendenning nur knapp einer Tragödie entronnen ist, fügt dem Puzzle ein weiteres Teilchen hinzu.«

»Ja, aber wenn es eine Verbindung gibt, worin besteht sie?« wollte Falcon wissen.

»Im Erwerb von äußerst wertvollem Eigentum?« überlegte Furlong laut.

»Daran haben wir auch schon gedacht«, erwiderte Morris. »Doch, wie Tio gesagt hat, es gibt eine ganze Menge prachtvoller Landsitze, die man haben könnte, ohne auf so ausgeklügelte Theaterspielchen zurückgreifen zu müssen, wie Admirale zu ruinieren, Diplomaten in Ungnade zu bringen, große Unternehmen auszulöschen oder eine ganze Familie zu ermorden.«

»Wenn es ihr Ziel ist, einige von Englands großartigsten Männern dahinzuraffen und in Ungnade zu bringen«, meinte Rossiter, »dann erreichen sie es auf jeden Fall.«

Furlong beugte sich vor. »Gentlemen, Sie wissen alle weitaus mehr über diese Liga als ich, aber ... ist es denkbar, daß es gerade *diese* Landsitze waren, die sie haben wollten? Und daß die einzige Möglichkeit, sie zu erwerben, darin be-

stand, sie konfiszieren zu lassen, damit sie nicht mehr unveräußerliche Erbgüter waren?«
»Wenn dem so wäre«, meinte Glendenning, »dann frage ich mich, wofür die Liga sie haben will.«
Falcon, der mit seinem Lorgnon eine unsichtbare Acht auf den Tisch zeichnete, murmelte: »Es wäre interessant zu sehen, wer sie kauft.«
»Nein, nein«, sagte Morris, »das bringt uns nicht weiter. Rudi Bracksby hat Promontory Point gekauft, und einen besseren Kerl als ihn gibt es nicht.«
Falcon funkelte ihn unter seinen Brauen an und knurrte: »Das ist Ihre Meinung, Morris. Ich persönlich habe den Mann nie gemocht.«
»Himmel! Wen *mögen* Sie denn? Der Weizen mag golden reifen auf seinem Halm, doch zu schnelle Sichel ...«
»O mein Gott!« jaulte Falcon auf und rollte die Augen gen Himmel.
Alle lachten. Dann sagte Glendenning: »Nun gut. Laßt uns erstens annehmen, daß ganz bestimmte große Güter erbeutet worden sind, und zweitens, daß mehrere hochgestellte Gentlemen, früher sehr respektiert, absichtlich in Ungnade gebracht und ruiniert wurden. Gibt es noch etwas Charakteristisches, das uns noch nicht aufgefallen ist?«
»Weißt du, Tio«, meinte Rossiter nachdenklich, »wahrscheinlich ist es reiner Zufall, aber manche der Vorfälle hatten mit Schiffahrt zu tun. Ist dir das aufgefallen? Zum Beispiel die Werft meines Vaters, diese verdammte betrügerische Handelsgesellschaft und Admiral Albertson.«
Morris nickte. »Und Furlongs Gemälde.«
»Furlongs ... *Gemälde?*« wiederholte Falcon und starrte ihn an. »Was, in drei Teufels Namen, hat ein *Gemälde* mit der Liga der Juwelenmänner zu tun?«
»Es ist ein sehr schönes Seegemälde«, verteidigte sich Morris. »Und wenn Sie ...«
»Was ist los, Owen?« unterbrach Glendenning scharf.

Furlong, der ein wenig blaß geworden war, stöhnte. »Gütiger Himmel! Ich hoffe, nichts! Aber Morris hat ganz recht. Es *ist* ein sehr schönes Seegemälde. Eine Darstellung des Schiffs, auf dem mein Bruder fährt. Er ist Kapitän auf einem Ostindienfahrer. Mein Vater besitzt Aktien der Gesellschaft.«
»Meiner hatte auch welche«, sagte Rossiter. »Und ich weiß zufällig, daß Rudi Bracksby einer der Hauptinvestoren ist.«
»Möglicherweise hat das alles nichts zu bedeuten«, warf Glendenning ein. »Viele reiche Männer besitzen Aktien von Handelsgesellschaften und Unternehmen. Trotzdem meine ich, daß wir uns ein lautes Hurra verdient haben, denn wir haben jetzt eine ganze Menge mehr Indizien, an denen wir weiterarbeiten können. Wir können General Underhill beobachten – nur für alle Fälle. Wir können bei jedem Skandal, in den ein großer Familienbesitz verwickelt ist, auf der Hut sein. Wir können herausfinden, wer diese konfiszierten Güter aufkauft.«
»Und wir können auf die aufpassen, die wir lieben«, ergänzte Falcon. »Vergeßt Trethaways Botschaft nicht. *Châtiment un.* Wenn Glendenning der *erste* war, den man zu bestrafen beabsichtigte, ist die logische Folge, daß es noch mehr Bestrafungen geben soll, und jeder von uns kann der nächste sein. Oder unsere Familien, und …«
»Beim Zeus!« unterbrach Morris, und seine Augen funkelten aufgeregt. »Wir haben etwas vergessen! Den Lillibulero-Pfeifer, Tio!«
»Gütiger Himmel!« rief Glendenning. »Du hast recht. Er ist Trethaways *Cousin.* Wenn wir ihn finden, dann haben wir ein Mitglied der Liga.«
»Das sollte nicht allzu schwer sein«, meinte Morris.
Falcon gähnte. »Das wäre es auch nicht, wenn Trethaway der richtige Name des Lumpen wäre – was ich bezweifle.«
Morris warf ihm einen entrüsteten Blick zu. »Wenn jemand es fertigbringt, daß einem das Hurra im Hals steckenbleibt …«

»Ich meine jedenfalls, daß auch das kleinste Detail wichtig sein kann«, sagte Sir Owen ermutigend.
»In diesem Fall«, erklärte Falcon, »werde ich ein wahrscheinlich belangloses Detail hinzufügen. Als Morris und ich bei diesem Jadeexperten in Windsor waren, erwähnte er, daß die Figuren, die er geschätzt hat – zwei der Juwelenmänner, Furlong –, in allem identisch waren, außer im Gewicht. Die eine Figur sei ein wenig schwerer gewesen, meinte er.«
»Das könnte belanglos sein, wie Sie sagen«, stimmte Glendenning zu, »aber Mr. Consett hat mir erzählt, die beiden Gentlemen, die die kaputte Rubinfigur zu dem Juwelier gebracht haben, hätten größten Wert darauf gelegt, daß die Reparatur ohne die leiseste Abweichung von ihrem ursprünglichen Gewicht und ihren ursprünglichen Maßen ausgeführt wurde.«
»Doch wenn das Gewicht der Figuren etwas variiert, warum bestanden sie so sehr darauf, daß die Reparatur derart exakt ist?« fragte Furlong verwirrt.
Alle überlegten.
»Wir könnten die ganze Nacht hier sitzen und die absurdesten Rateversuche anstellen«, murmelte Falcon.
»Richtig.« Rossiter erhob sich. »Aber dennoch glaube ich, daß wir ein Recht auf unser Hurra haben. Wir haben Fortschritte gemacht, und vorgewarnt ist gewappnet. Ich habe auf jeden Fall die Absicht, diese Bastarde zu bekämpfen, wie und wo ich nur kann.« Er legte die rechte Hand auf den Tisch. »Gentlemen? Sind Sie dabei?«
Alle erhoben sich. Einer nach dem anderen legten die Männer ihre Hände übereinander und stimmten in einen feierlichen Schwur ein, alles in ihren Kräften Stehende zu tun, um die Machenschaften der infamen Liga der Juwelenmänner zu vereiteln und an die Öffentlichkeit zu bringen.